# 吉田正人詩集・省察集

# 黒いピエロ　1969~2019

コールサック社

# 吉田正人詩集・省察集　黒いピエロ　１９６９～２０１９

目次

# 吉田正人詩集・省察集　黒いピエロ　１９６９～２０１９

# VOL.1

## 詩集　黒いピエロ

あゝ、彼らは、人間を埋葬するために偏見を必要とし、僕たちは、人間を取り戻すために偏見を埋葬するのだ！

### 「日本やぁーい！」

水っ溜まりにのめり込んだ
泥の中に顔があった
いやに　しつこい世界だった

腹芸などお手のもので
野太鼓だぁ
胡麻すりだぁ
金魚の糞みてぇな奴らが
佃煮のぬめりの中で
ぴょんぴょんしていた

盗っ人め！
それっ　持ってけ！
遠慮なんぞ柄じゃあねぇよ

負け犬一匹　男でござる
恥の文化にゃ
用はない

## 自殺

これで終わり……か?
なんでぇ
くだらねぇもんだ
ハイ　さようなら　だってサ
ちぇっ　赤面だなぁ
それに天国なんて　どこにも
在りゃあしねぇじゃねぇか!

死体の
無言の言葉など
他人に分かろう筈もないから
俺のみじめったらしい
苦悩の唄は
俺が自分で始末しよう

俺の生命の
成れの果てなど
誰にも知って欲しくない

## 綱渡り

お泪ちょうだい
へっへへへ……
誰にだってありまさぁ
悲しいことのひとつやふたつ
へっへへへ……
他人の不幸　悦ぶ奴らを
鼻の曲がる程ぶん殴って
胸の溜飲下したのだ

よぉ　其処なるお偉いお方
インテリ源ちゃん
へっへへへ……馬鹿にするな!

詩では飯など食えねぇから
内職がてらのサンドイッチマン
死ぬ気にならなきゃ
詩は
書けぬ!

## 聖なる無宿

僕の買った一冊の地図帳は
全くの白紙だったので
僕は　都会の真ん中で
再び自由になった

十字路で他人がためらう行き先も
僕は自由に
白い地図に書き入れた
誰が　僕の行き先を知るだろう
誰が　僕を引き止め得るだろう
僕は　彼らに背を向けて
ひとり素足で歩いて行く

黒パンの快い甘味を
舌と胃袋とで感じながら
夜の屠殺場に
ビッコの足を引いて行こう
白い豚の死に顔を見に……

## 賭博

小さい　小さい
まだまだ　小さい
一万　二万の端金で
サイコロ遊びとは
泣かせやがらぁ
そいつは
チンピラ野郎のするこった
へっへへへ……兄ちゃん
怒ったね
そんなに目くじら立てなさんな
月にむら雲　心は闇だぁ
真の博徒が笑わせる
人生　ギャンブル！
身体を賭ける
帰途禁止の大博打

死ぬか生きるか　やろうじゃないか
天下御免だ　あの子も許す

## 歩行者

「うわぁーい！」
街の真ん中で　俺が怒鳴ると
二三分で黄色い車がお迎えに来た

白マスクの兄ちゃん　二人
真面目な顔して　聞いたもんだ
「お名前は？」

知る訳ねぇよナ
俺は　《歩行者》
君たちの中の誰でもない
見ろよ！　奴らは　ただ
何かに向かって　一生歩き続けるだけ
そうして　どこにも行き着けない

なぁ　兄ちゃん
ところで　俺はどこへ行こうか？
この《歩行者》という名前を持って

## 引かれ者の小唄

何の因果か知らねぇが
この世に生まれた馬鹿らしさ

飲んで　吐いて
また　飲んで
泣いて　浮かれて
すってんてん
晒しっ首にでもしやぁがれ！

貴族　侍　学者さん
一皮剝けば　色と欲
猫っかぶりもはなはだしい

咲いた徒花　心も軽く
今日も行く行く　居酒屋へ
――死ぬのは野暮だぜ
なぁ　お若ぇの
生きて居りゃあこそ　花も咲く

## 黒いピエロ

彼は　舞台には立たなかった
客の白けた笑い声を
せめて　彼女にだけは
聞かせたくなかったから

もの言わぬピエロ
人は　彼を一目見ようと
彼の虚ろな楽屋に
赤い風船を持って訪ねて来る

天才の名に相応しく
彼の居る所
つねに　嘲笑の悪臭が立ち込めた

楽屋で　人は彼の裸体の
いくつかの赤痣を見る
あゝ　その時　赤い風船は不覚にも
呪いの針に刺されるのだ

## 思念

一　愛

けだものの後ろめたさに
今夜も
あなたは呟く……
《I love you》

二　学問

退屈に耐える勇気
あゝ！

三　沈澱（おどみ）

自負のない男
謙遜を知らぬ女

四　食い物の恨み

あゝ　そんなものがあるなら
僕は　疾うに
殺されている

五　女の泪

……バカヤロウ！
本当に
泣いているのは
むしろ　男だ

六　責任ある忠告

口さがない批評家たちよ
一体　君たちにこれ以上のものが
書けるとでも言うのか！

七　アンケート

あなたは　何故
お書きになられますか？
《不安だから……》

八　早すぎた幸福

せめて　一夜
遅れて来て下さい

九　神

信じるも　信じないも
僕次第だ！
けれども　神よ
あなたは　僕を信ずるだろうか？

十　詩のない悲しさ

ちんぴら詩人は　絶えず
現実の無意味さに
溺れている

十一　感応

僕は、さながら虚ろな《鏡》。
覗く者には《心》も開く！

十二　思念

……ｅｔｃ……ｅｔｃ……
……ｅｔｃ……

## 冬の断片（一）

あゝ、彼らは、人間を埋葬するために
偏見を必要とし、僕たちは、人間を取
り戻すために偏見を埋葬するのだ！

## 冬の断片（二）

今日、《無》を自覚することの出来る
人たちは、幸いである。――明日は、
《無》を超えることが出来るであろう。

## 冬の断片（三）

未来に向けて、詩は、詩を招請する。
自ら、《生命》の武器を携えた、あの
孤独な抵抗者たちのように……。

## 冬の断片（四）

愛が今、その腕に抱きしめているのは、
宇宙だ。――《倫理》を脱がせるまで
もない。

## 後記

絶望だけが、僕たちのたった一つの勇気だった。ところで、この冷笑的な言葉の意味合いを、僕たちは知っている。けれども、僕たちに許されているのは、本当は、これ位のことでしかないのだ。限りない苦悩の中で、君は、真の君――君自身を見付けるだろう。そうして、僕も又、君のように僕自身を見付けよう。そのためにこそ、僕たちは、今日の絶望を生きて行こう。

☆

全作品の改版にあたり、若干の移動、並びに加筆、訂正を施した。その他は概ね当時のままであるが、「落ち穂拾い」の形で、旧作を二三篇加えた巻もある。作者と作品との関係は、僕にとって、今なお現在進行形である。

＊初版発行：一九六九年三月　第二版発行：一九八六年十月
＊B6判、二十六頁（第二版）

# VOL. 2

# 詩集　黄昏

## ――きわめて個人的なる反抗

未来に向けて、詩は詩を招請する。自ら、《生命》の武器を携えた、あの孤独な抵抗者たちのように……。

### 黄昏

I

僕たちは時代に売り飛ばされた
敗北の精神
僕たちは懐疑することを学んだ
ある種の沈黙
僕たちは希望に飢えていた
怠惰な明日
僕たちは信頼されすぎた理性が示す
最後の懺悔

あゝ　歴史が破り捨てる
不遇な情況と人間たち！
それらを――文字通り
どこまでも――抽象化して行くと
やはり　僕たちは
狂気せざるを得ないのだ
そうして　その狂気こそ
僕たちの永遠の故郷に他ならない

知っているのか　君たちは
何が僕たちであり
何が僕たちでないかを
科学が
哀れな道徳を飛び越えたことを
《主義》は　個性を威圧し
肯定が否定に留まりつつあることを
勝利は　敗北よりも力弱く
存在が無に指向しつつあることを

果して　底無しの不眠がやって来た
狂気は　僕たちの
お気に入りの《思念》を復活させる
僕たちは　それを
行為において体系化するのだ
失語症に病める僕たちの
形而上学そのもの！

僕たちは運命を導かない世界にいる

しかし
太陽は今でも　僕たちのものだ
そうして　僕たちは狂気する
立ち返る　無意味なものから
意味あるものへ　立ち返る
僕たちは　狂気する
孤立する　僕たちは立ち返る
永遠の中の僕たちから
僕たちの中の永遠へ　立ち返る
僕たちは　孤立する
立ち返る　そうして
僕たちの愛のモノローグへ

不可能だった僕たちそのもの
不幸だった歴史そのもの
不安だった希望そのもの
不快だった認識そのもの

お丶　偉大なる逆説よ！
そういうものを僕たちは愛する

Ⅱ

それでも　僕たちは
生きていた
存在理由など置き去りにして
それでも　僕たちは
愛していた　不平を言う程
幸福ではなかったけれど
それでも　僕たちは
知っていた
《主義》に殺された
ベトナムの子供たちのことを
それでも　僕たちは
唄っていた
汚れなき倦怠を
酔いどれのクルーナーのように

僕たちは　立ち返る
加工されすぎた文明と
邪まな偶像とに憎しみを込めて
再び　狂気へ立ち返る
洗面所の白すぎる壁
ヨーロッパ精神の厚すぎる壁
そうして　僕たちの猥褻な落書きよ！
空虚な胸に込み上げる
この絶望をつなぐ
健康すぎる僕たちの反抗よ！

広大な闇の彼方に
おぼろげに光る原始の炎
燃えろ！
敗北の世代の自由精神
燃えろ！
母さんの葡萄色の乳首
燃えろ！
バラームの驢馬
燃えろ！　曖昧屋の
二重扉の内にいる僕たちの仲間
燃えろ！
メルヘンの中の青い城の悪魔たち

ピノキオの鼻　赤頭巾ちゃん

そうして　僕たちは立ち返る
孤独な愛の中に　立ち返る
永久に不可能な歴史を超えて
より遠い根源に　立ち返る
今日の微笑を育みながら――

Ⅲ

生活の中で死亡した者たちに
僕たちの愛すべき
孤独の城を提供しよう
――《芸術》をこそ！

★

《吠えろよ！》

吠えろよ！
負け犬
負けても　吠えろ！
――ｐｅｎｉｓに滴る牝犬の血

## ヒポコンデリー

失意の内に投げ捨てられたある種の
情熱は僕たちの存在理由を入り組ん
だ自我の中に引き入れる　けれども
僕たちの遠近法的感情が現実を消化
しきれなくなったのは果して僕たち
の所為なのか？
――おゝ！
そこには　僕たち以外の何かがある
豊かな思惟は理由なく変質し
言葉は自らを語り得ない
何かがある　そこには
僕たち以外の何かがある
歴史そのものであった未踏の限界を
僕たちは敗北において超えるのか？

時間の沈滞は
僕たちの通念を吹き飛ばす
喝采と大いなる侮蔑よ

三十万ガロンの狂気を返せ！
僕たちは歴史をパロディーに変え
個人的事象の価値を
追求するのだ
行方不明である僕たちの仲間よ
僕たちのパロディーに
君たち自身を見出せ！
せめて　自らの内に歴史を作れ！
君臨する英雄は
常に　僕たちの加害者だ
聖者の仮面を被った回帰する野獣だ
彼らは　僕たちを
生きたまま
歴史の片隅に葬り去る
まやかしの神々よ！
選ばれた暗黒の支配者どもを
僕たちは　弾劾する
　（おゝ　一体　誰がそれを
　ヒポコンデリーだなどと
　言えるのか？）

## 死語

伝統とかいう不可解なほらふきが
いとも照れ臭い死語を
持ち出しゃあがった

従順で神妙で
おまけに高尚とくらぁね
おありがとうござぁーい……！

　亡霊の微笑みの
　キザったらしい安易さにゃあ
　人間の絶えざる反逆の自負など
　どこにも見えない

見せ掛けの平和なんぞ　たくさんだ！
絶望したって　いいじゃあないか
敗北したって　いいじゃあないか
俺たちの黒い夢の中に
真実を求め続ける愛の故に——

## 本能寺

反逆のない奴に
敗北なんぞあるまいが……

天上紛いの閨房で
胃袋も腸も
アソコさえも腐り切り
「やっ！　本能寺でござるか？
あの馬鹿めが」などと
大声で叫ぶ忠臣も居たっけナ
ところが
この野郎が真の本能寺だったとは
あまりに　シニカルなお話
いやまったく
鳶に油揚げとは……このこと
なにっ　俺か？
昔も　今も
ずっと明智の大ファン！

## 死んだのは……

死んだのは　僕ではない
死んだのは　黒ん坊のキング

死んだのは　僕ではない
死んだのは　ベトナムの兵士

死んだのは　僕ではない
死んだのは　ケロイドの女

死んだのは　僕ではない
死んだのは　一握りの泪もろい現実

慰めには足りない
過去の祈りに
繰り返される《他人》の死を
絶えず泪で洗い流す世間がある

——僕は　見たのだ！

言葉にならない死の影が
尻切れとんぼの
悲しさを残して
今日　歴史の彼方に去って行くのを

あヽ　死んだのは
僕ではないが
せめて一言　言わせてくれ
――彼らを殺したのは
お前たちだ！

## 《戦争についての　極めて冷笑的な一考察》

元気の良い子供たちさながら、大人たちも又、しばしば徒党を組んで、飽くこともなき兵隊ごっこに打ち興ずる。果して、子供と大人、彼らの間に存在する唯一の相違は、この遊びの神聖な見本となるべき大人たちが……哀れなるかな！……逆に自らの理性を失ってしまうということだ。

## 後記

何でもないことを、何気なく書きたい。これは、詩を書く僕の密かな願いだ。どんな時にも他人を辱めない君のように、そんな君を遠くから慕う愛のように、僕も生きたい。それは、今でも僕たちの心の片隅にあって、そうして、いつか、ふっと思い出のように帰って来る。

こんなにも僕たちは、平和を愛しているのに、こんなにも憧れは大きいのに、信頼への希望は、堅く門を鎖している。

——忘れないで下さい。

せめて、《人間らしさ》に悩んで下さい。……僕たちの求める愛のために！　歴史が、僕たちの内に復活する時まで……。

＊初版発行：一九六九年十二月　第二版発行：一九八六年十月
＊B6判、二十八頁（第二版）

VOL．3

# 詩集　ユダの微笑

――今日、《無》を自覚することの出来る人たちは、幸いである。明日は、《無》を超えることが出来るであろう。

## ユダの微笑

美しいボロをまとった背教者たちで
僕の胸は　はちきれそうだ

では　ユダ
お前の大好きな予言者の声を
酩酊の内に聞き流すとしようか？

信条のオードブル　あゝ
分別の酌み交わす酒の苦さよ！

飢えたナルシスには　むしろ
一枚の洒落た春画が似合っている
ここは　僕の慰めの
フロイドの谷間だ
フォーヴの理想も立ち消えて……

バラモンでは　僕の《身分》を
差し詰めチャンダーラと決めている

あゝ　インドよ！
望むところだ
それは　僕に似合い過ぎる
そうして　どの道　僕は僕だ

お前の愛が　ユダ
お前に返っただけなのだ
それもその筈　それを
声張り上げて歌ったのは　ユダ
お前の哀れな御主人様なのだ
戯れに懶惰を讃え
気まぐれに虚言を讃えた
あの愛すべきドグマと祈りと
童話と生理学は　まさに
僕の憧れの的……あゝ　ユダよ！
マリオネットは鼻で使うんだ

僕の罪業が僕を超える　超えて行く
——生活の産み出した鉄火面の
上品すぎる懺悔を　僕は聞こうか？

ユダ　僕のユダよ！
トルコ風呂で
特別奉仕をするお姉ちゃんの
太陽のような温かい手！
汚れた壁に張り付けられて
いつも微笑を絶やすことのない
ヌード写真のマダムの
晴れた空のような青い眼！
バベルの塔を売り歩く誇大妄想狂の
ペテン師の野良犬のような泥足！
好色な親父の欺きを受け入れて
身重になった娘の
百合のような傷付きやすい心！
あゝ　これこそ　僕の幼い愛だ
ゲッセマネが　火の鳥を
灰の中から甦らせる　そうして
ユダ　確かに　お前は若かった
空しく陰るお前の胸に
今も　鮮やかに照り映える
あの絶望的な真紅の空……あゝ

あれは　一体　誰の好みなのか？
苦悶と忍従によって果たされる
虹色の約束――けれども　ユダよ！
お前は知っていた――願うものは
けっして　手に入らぬことを……
又　それは　僕の《永遠》の女
求めるものは　それ以上に奪われ
再び　返る術とてもない
それでも　祈りは　細く　長く
切れ切れに続くのだ　そうして
死が　僕を忘れてしまうまで
あゝ　遠ざかる愛よ！
僕の不安と絶望と無智の三位一体が
お前を　天上の星に昇華させる
それは　僕たちの作った
燃え上がる背教の頌歌！
浮浪者の在り付く素晴らしいパン屑！
あゝ　ユダ　野に咲き続ける
日陰者のユダよ
お前のいない天国などには

むしろ　災いあれ……だ！
けれども　この古傷は　ユダ
ひどく痛む　ユダ
卑しい僕のプライドが
罪業としてのこの身体を
さいなむのだ　あゝ　すでに
それを知っているのか？　ユダ
僕のユダよ！

都会の孤独が
今日　僕を地獄に駆り立てたのだ
久しく見なかったブロンズの悪魔が
窓の中の無秩序な住人たちや
雑踏の中の無関係な《隣人》たちを
ぺろりと平らげてしまっている
あゝ　僕のこの不思議な感動は……
都会の孤独に接吻まで贈らせた！
それから　ユダ　僕は思ったのだ
処女のように……頑《かたく》な心で……
「お前だけを愛している」

けれども　夥しい時代の精神たちに
媚びる気持ちなど　さらさら無い
ひとりの愚者の前でする
あの押し殺した嘲笑を
むしろ　理想に向けて
希望に向けて　お贈りしようか？
あゝ　眠りが　安らかな眠りが
僕を待っている……

《言葉》は所詮　意味を成さない
与えはしない……あゝ　だが
《言葉》を後に　どこへ行こう？
運命は　その僕の《言葉》さえも
不器用に抉り取るのだ
だからこそ　ユダ　僕のユダよ！
お前だけは　信じてくれ
血の滴る　この僕の言葉を――

《……はじめに
　絶望
　　ありき……》

今　僕は
都会の孤独を嚙み締めている
それは　いつでも
僕とは別のところにあって
軽く　ふわふわと流れて行く
時々　僕が耳をすますと
それは　恋を語っているのだ
不幸が僕を愛する時さながらの
罪深い台詞で……

あゝ　ユダ
忘却の淵に佇み　僕は目覚める
もはや　お前の愛を怨せにはしない！

……果して
ここで通用している微笑には
排他性のドキュメントがある
そうして　すでに　都会は
記憶のオメガを　その深刻な

単純さと共に超えてしまった
都会の孤独……を
罪業の至福を前に　僕は今
艶めかしく戦慄している

《港を見殺しにするのは……？

《近いんですよ……えゝと　ほら！
《あの女の薬指の　あの光を――

《ちぇっ　手を出すんじゃねぇ！
《で……ご商売は？
《皆様も　お変わりなく……はぁ

《お前の母さん　出べそ！

《わたし　無実なんですもの……
《まあ……立地条件から申して
……えゝ　そのプランでしたら

変質的なまでの
僕の《言葉》への愛は　いつも
ルフランを伴って　やって来る
そうして　不眠の夜には
こっそりと取り出し　それを
自分の身体に着けてみるのだ
ユダ　お前　ユダよ！
僕は　生来のマニアなのか？
罪業を通じて　ひたすら
自分を作り上げる　この僕にして
あの《言葉》あり……
都会の吐き出したものを
僕は呑み込み　捨て去るものをこそ
拾い集める　……あゝ　ユダよ
僕は一介の乞食に過ぎないのでは？
「だが　何だって又　彼らは
あんなにも　無欲なのか？」
ひとつは《理性》の
ひとつは《進歩》の
ひとつは　《平和》の　甘い甘い

コクテールに酔い痴れているのか?
酩酊にかけては　別段
僕と変わりはしない……

あゝ　僕の絶望のアブサン!
都会の狂気は　僕の狂気だ
そうして　《言葉》は
ブルネットの堕胎した
ホルマリン漬けの孤独――
理由もなく断ち切られる生命の糸だ!
寝取られたことを知る由もなく
出口のない一日を
都会の狂気は　繰り返す……

今　僕は　フランス語の
無音《h》を発音しようと必死だ
けれども　それには
いつも　失敗している

だから　僕は安らげない

だから　夜な夜な《h》を
捜し求めて……あゝ　ユダよ
あいつは　いつも《母親》と
いっしょなのだ!

だから　僕は口も利けない
一度は声を掛けてみたものの……

暗い!　暗いんだ
この時間は暗すぎる
求めて泣きはらした赤い眼は
泪の液さえ出せない始末だ
あゝ　ユダ　僕のユダよ!
埃まみれの　この身体は
お前の《裏切り》にも値しない
何とも手に負えぬ
この狂おしい　おしゃべりの虫……

僕の愛よ

僕に返れ！
都会が僕を忘れてくれる
この孤独を　ユダ
僕は　悦んで受け入れよう
さあ　もはや僕は独りなのだ

都会が消える……
僕の前から　孤独が
消える　僕の前から……

そうして　ついに
僕は　目覚めた！
全てのものに微笑むために――

## 後記

報いのない《努力》。……もしかすると僕たちの生活は、本当はこのようなものなのかも知れない。そうして又、この限りなく続く灰色の《眩暈》こそが、僕たちの飽くこともなく抱き続けている《希望》の正体なのではあるまいか？　けれども、僕たちの生活において、ある種の陶酔を産み出すのは、むしろ、斯かる不快な――理由のない《暗黒》の――時間なのである。
おそらく、今も僕たちは、この陶酔の中で、自分自身に呟いているに違いないのだ。死が、報いになってはならない……。

＊初版発行：一九七〇年九月　第二版発行：一九八七年一月
＊Ｂ６判、二十八頁（第二版）

# VOL．4

## 詩集　漂泊

——僕は　さながら虚ろな鏡　覗く者には　心も開く！

### 漂泊

まあるい虹の傘さして
今宵は　宴としゃれこんだ
月にカラスの浮かれ鳴き
さて　人の世の暗示とは？

まだ　僕が死なない内から
僕の《死》を取り上げて
「お前のためだ！」と
雲は叫ぶ　けれども　あゝ
その声は　天にのみ木霊して
何の手も差し伸べず
素知らぬ顔で　流れて行く

はるかに遠く　忙しげに
《エフロワ》の鐘　鳴り響く
僕は　逃れ去る雲を追って
聖書の中のピラトさながら
気になる一つの謎を掛けた

無が注ぎ込む闇の内に
あるがままの僕を招く不幸！
期待は　いつも不在のドラマで
絶えず血塗られた華を咲かせる
けれども　僕は断言しよう
そこにこそ　僕がいる……と

《僕》は言葉に表わし難い
僕は　言葉を嘲笑う
言葉が《僕》を振り返る時
沈黙湛えたアナルシの極北を
自我の光に照らされながら
すでに　一人で行脚している

人知れぬ悟りの河も　あゝ
求めて捜した《つまずき》の石も
生い茂るなずなの下で
自分を横切る　僕の影を
意に介さぬ憂いのように

ただ　空しく見送るばかり

この痛ましい漂泊が
僕の亡くした情緒の証し！
一人の女の愛が　素足のままで
《相対》の森を駆け抜ける時
僕の鼻先を掠めて行った
無垢の快いそよ風に似た……

そうして　雲よ！
恐れとおののきに宿る
過去の王国への試練には
死者の祈りが込められている
あゝ　果てしない悪夢の夜！
それは　いつもの冷酷さで
苦悩の淵へと　僕を導く

僕は　何も知らない
僕の愛する故郷について――
かつての笑いが

泪の内に返るとしても
故郷は　何も語らない
「然らば　最後の衒いをこそ！」

生命よ　この僕の黙示の愛！
僕たちは　手に手を取って
自由の反旗をひるがえし
《類》の許容に抵抗しよう
あゝ　その時までは
その時までは……

不安の描く《ムンク》の季節に
僕のイカれた蛇の毒……
生きながらえて　生き返り
生き過ぎて　生き始め
僕は歌おう　乾いた喉で
絶望的な《パン》の勇気を！

「さようなら」は
やがて来る閃光の眼差し……

僕の呪いの砂時計が
その静かな落下を止める時
廃墟の庭に咲き出でた
――見よ！――
《うどんげ》の花一輪……

体系の《闇》の中を
回帰しながら通って来た
僕そのものである
カインの嘆きを　すでに
星たちは知っている　あゝ
その場限りの言葉において
まだ　何を語り得るのか?

けれども　雲よ！
化膿した青春の傷口に
僕は　今なお生きている
盲目の愛が　自ら
重力の支配に屈伏するまで
誰も寄せ附けぬ孤独の前に……

狂気はなく　ただ
絶えざる分別に身を委ねる
根無し草の大地に
今は　影を落とす星たち！
——君たちの大好きな不眠の夜だ
そうして　僕を迎え入れる
ヘタイラの愛よ！

漂泊とは　長い間
呟きの内に求め続けた
《忘却》との密かなる出会い——
それには　僕の眼の前から
去り行くものへの
別れの唄がなければならぬ
まず　永遠への別れの唄が……

ＨＮに

## 同時代

求める者には　けっして
与えられぬ光がある

探す者には　けっして
見出だせぬ空がある

叩く者には　けっして
開かぬ《夢》がある

僕は　このままならぬ生命に
茜色の接吻を贈る

僕は　今も報われないが
不思議に　ひとり
目覚めている

僕は　僕の《暗さ》が　いつも
僕のためだけにあることを

そっと　星たちに祈っている

ある時　絶望は　自ら
《希望》の玉子を産む
ニワトリであることを知った

ある時　沈黙は　自ら
稀に見る――偉大な！――
雄弁家であることを知った

ある時　狂気は　自ら
不在の群れの中にあって　優れた
《剣》の所有者であることを知った

そうして　僕は　ただ
ひたすら　この闇を超えて行く
最後に　笑う者の一人として……

## 反世界

エゴよ　僕の名だたる自惚れの神！
思いも寄らぬ　愛の手立てを
聞かせておくれ

流れ星である　お前の喉に
今は甦る　沼の静けさ
《黄昏》が血の糸で編み上げた
――華麗な――意志で
お前の狂気を着飾る時だ

もぎ取られたヴィーナスの
二本の腕が舞い戻る
皮肉な笑いを　確かめるため
明日の闇夜に彷徨する苦悶の娼婦！
あゝ　その不屈の黒い薔薇が
愛の戸口に　忍び寄る時
不毛の《市場》は
いかなる快楽を貪るのか？

やがて　囚われの冬の大地が
お前を呼ぶ――情火の内に
投げ入れられた女たちの
無限の吐息さながらに――
失われた深淵のお前を呼ぶ！
けれども　その時のお前の顔を
僕は知らない　お前を讃える
愛の言葉も僕は知らない
お前は　もはや《当為》の僕を
見出だすことさえ出来ないのだ

あゝ　盗まれた光の亀裂が
飢えた叫びを待っている
立ち戻れ　呪われた楽園の蛇たち！
――今こそ　言葉の破壊の時――
生命の果実の在り処を伝えに
《ひとり》　敗走の頂きから

# 罠

卑しい《言葉》を道連れに
鏡の中を　行ったり来たり
この果てしない闇の壁
僕らは　互いに品を作る

飾っておくれ　僕の悩みを
衒いが君のお気に召すまで

微笑は　今も　善意の鐘だ
あゝ　沈黙　僕らの雄弁！
《無智》の星座に悪意はないが
何故に　輝く――天高く――

堕ちておくれ　僕の愛よ
衒いが君のお気に召すまで

不幸の扉に身を震わせて
流す泪の森の中

僕らは《当為》の仮面を付けて
韻の偽善に憂き身をやつす

伝えておくれ　僕の望みを
衒いが君のお気に召すまで

空しい彼岸を前にして
僕らの踊る　マカーブル
《涅槃》の口付け　心にあるが
生の快楽が棄て切れぬ

あゝ　エレミヤ！

教えておくれ
僕の行くべき地獄の道を
衒いが君のお気に召すまで

## 後記

詩を書くこと。——これは、恐らくそれ自体、何事も意味してはいまい。何故なら、詩は、書くものではないのだから。……もちろん、これは、僕たちの《逆説》にすぎないのだけれども、ある意味では、当を得ている。——詩は、何も書かない。——僕たちは、あらゆるものを詩によって生きるのであり、すなわち、それは「詩を生きる」と言うことに他ならない。そうして、詩は、いみじくも僕たちに教えているのだ。
あゝ……誰も生きないものを生きよ……《反抗》を生きよ！……と。

＊初版発行：一九七〇年十二月　第二版発行：一九八七年一月
＊Ｂ６判、二十八頁（第二版）

# VOL. 5

## 詩集　堕天使の悲しみ

——存在することの《エゴ》が、僕の唯一の悲しさでした。

### 堕天使の悲しみ

それは、僕の声でした。

口の中に、大きな飴玉を入れたような、変に上擦った調子の声……いいえ、声なんかと言うよりも、ほとんど音と言った方が、ぴったりするかも知れません。脂の効き過ぎた弓でヴァイオリンを擦ったら、果して、こんな音が出るかしら？

一度試しに、おやりになってみて下さい。きっと、僕の声を、お聞きになれると思います。

あゝ、でも、どうして又、そんなものを……いつだって僕は、万事、うまくやって来たつもりなのに……。

けれども、確かに、それは僕の声、地下に忘れられた貧しい音のような声なのでした。

一

闇の渇きはそのままに、僕を苦悩でうるおす大地よ。そこで息づいている、数々の果敢ない生命たちよ。僕は、不幸の手の内に、むしろ、愛を夢見るもの。

二

詩の一部分。それが、僕たちの愛だ。君の振り上げる拳の中に、今は、貧しい十円銅貨。――夢一つ買えない。それが、僕たちの愛だ。

三

人が、いちじくの葉を綴り合わせてその腰に巻いた、愚かな、愚かな、愚かな文明。――恥の上の、その恥。

四

らっきょうを剥くために、謂われなき時を過ごす、一匹の猿。それが、僕の姿？　それも、僕の姿。

五

子供は、母親の胎内に、二本の腕を忘れて来た。けれども、ミロのヴィーナスは――美の相称として――今日、パリのルーブル博物館にある。

六

人は、そのままで、唄を受け入れる。唄は、そのままで、愛を受け入れる。愛は、人の中にあって、時を超え、人は、時の中にあって、成す術を知らない。

七

言葉が死ぬ時、けっして愛が消えたのではない。――冬に鎖された恋人たちよ！

八

今や——人に代わって——水辺の葦が考えている。

九

絶えず絶望しながら、なお、生き続けて行くことの、何と優しい僕たちの勇気よ！

十

僕にとって、詩は、盲目の《意志》の白い杖。——永遠が、僕に託した一振りの剣。

十一

ちょっと、ためらってみたとしても……それっきり。あゝ、お酒はきっと、僕たちの間の宗教なのです。

十二

僕たちの自由は、不安と共に、君が振り下ろす壺の中の、采の目に賭けられている。

十三

押さえても、押さえても、押さえても……僕の胸先で暴れ回るのか、お前は？　——ふさぎの虫め。

十四

進歩が、僕たちの《血》を流すなら、それは、ホモ・サピエンスの貧しさのため。

十五

君たちは、君たちの名誉のために、靴下を履き、君たちの品位のためにネクタイを締めるのか？　——哀れなパリサイ人たちよ！

十六

……けれども、一体、誰が僕に許すと言うのか？　罪から逃れようとする、あの虫の良い欲望を。

十七

たそがれの銀河を超えて、僕の忠実な騎士たちは、やって来る。総ての愛の思い出が、大地の苦悩をいつくしむ時、二重の泪に彩られた、巨大な《厭世》の城を目指して……。

十八

楽園から追放された者が、この地上に、自らの楽園を造ろうとしている。――それが、僕たちの悲劇だ。

十九

僕たちにとって、懐かしいものが、何故、こんなにも少ないのでしょうか？

二十

欺きの花たちよ！　……明日が信じられない程に、明日を思っているが良い。その時、僕は《無》だ。

二十一

苦悩している人間の《美しさ》にだけは、神でさえも、その足下に跪かなければならない。

二十二

僕たちは、人生という、それぞれの土塊を前にした、孤独な彫刻家である。――作品は、僕たちに似、僕たちは、作品に似るだろう。

二十三

「わたし、これが罪だなんて、少しも知りませんでしたわ。」――ある罪の可能性。

二十四

耳のない音楽家の叩く、甲高いピアノの音や、死んだように眠っている底無しの夢や、それ以上に、不安な都会の忘却……。

二十五

研ぎ澄まされた記憶の底に、虹をたばさむ青空がある。虹は、夢の核心に、僕らを招く橋を架け、希望の訪れ、祈りもしたが……今は、あえないゴルゴタの露。

二十六

僕たちは、永遠と絶えず《踵》を接しながら、ある悲しみに身を奪われて行くもの。

二十七

苦悩を除いて、あらゆるものを、僕は《無》に負っている！

二十八

鏡の中の君を見詰めると、僕たちがいる。次元を異にした、孤独な僕たちがいる。

二十九

今は、科学が教会にいて、《進歩》という血の臭いのする、美しい法衣の内に、自らの中世を隠し持っている時代だ。

三十

闇の中にいて、明るさを見詰めるという、あの《幸福》を、君たちは知らない。

三十一

本当に狂っているのは、果して、あの病院の医者たちの側なのです。

三十二

僅かでも、君が別の世界を夢想する精神を持つなら、君は本質において、一人の偉大な《反逆者》である。

三十三

ひかりの手の届くところに、恵み深い《深み》がある。君の愛する、あの白い雪に鎖されて……。

三十四

僕たちに敵対し、僕たちを虐げているある種の力は、弱さの産み出した眩暈そのもの。

三十五

友よ。——君の矛盾が、君によっていつも目覚めてあるように……。

三十六

僕たちの世界は、そのまま、解釈する者の手の内にある。

三十七

僕の愛する美よ。君が、僕に与える不安は——君そのものよりも——はるかに深く、はるかに大きな意味を持っている。それが、僕の《生命》の発火石だ。

三十八

「幸福が欲しいと思い、そのように思っている間は、その欠片とて手に入れることが出来ないのですよ。」

青い鳥は、僕にこう囁いて行った。

三十九

生き得る、己れの総てを生き抜くこと。それで十分。——星たちの微笑は、今も、君の上に輝いている。

四十

嘘吐きは……あゝ、でも、これだけは信じて下さい……それは、僕だけではないのですから。

四十一

十字架を背に、僕たちも又、繰り返す……人の子と同じ、恨みの言葉を。「主よ。主よ。どうして、わたしをお見捨てになられたのですか？」——あゝ、これこそが、神のアリバイ！

## 後記

僕たちが《沈黙》と言う時、それはけっして、あの狂おしい不条理の世界への妥協を意味するのではない。それは、むしろ僕たちの心の故郷にあって、未だに青々としている大空との、極めて雄弁な——仮借のない——対話の時間なのである。
現実が、僕たちに映し出すのは、いつも救い難い絶望の泥沼でしかないが、僕たちに、それを明瞭に意識させているのは、ひたすら、この種の《沈黙》と、僕たちの苦悩の健康さなのであろう。
僕たちは、この逆説の中でこそ、真に、僕たちの憧れを育まなければならないのだ。

＊初版発行：一九七一年二月　第二版発行：一九八七年三月
＊B6判、二十八頁（第二版）

# VOL．6

## 詩集　道標《みちしるべ》

僕たちの目指す唯一の道。――それは、《無限》だ！　君たちの嘲笑う理想などではない。

### 般若酔狂

嘘と知りつつ嘘を吐き、
何食わぬ顔をして……。

お酒を、角の《りある》と言う飲み屋で、ちょっぴりやったような気もするのですが、僕のちょっぴりという奴は、あまり当てにはならないので、僕を気遣って、無理に信じようとなさると、却って僕の方でまごついて……いや、なあにネ、樽を一つ……と言うことになって、又々、嘘を吐かねばならぬ羽目になります。

僕は、嘘が下手なのです。
……と言って、これも信用なさらぬように……。

おや？　君も、嘘を……。

## 「ボルガ」哀歌

かつて《バクダン》は、遠い記憶の闇にまぎれて、来たるべき曙のその息吹きさながらラッキー・ストライクの燃え差しを、軽やかに浮かべていた。それは、あがないの泪に潤う蜜のしたたり。あまねく戦慄にそそがれた油の盃を、君は無言の悼歌と共に、ひとり静かに傾けたものだ。けれども、清らかな水に委ね、それの狂おしい情熱を産み出した闇屋の愛すべき笑顔の内に、悲嘆の色を見た者はない。――星影に埋もれて行った数々の思い出たちよ。あてどない祈りの言葉に隠されて、恐怖の翼は、今も血を求めて羽ばたいている。
君は、僕の恋する酒が、人々の眼差しの中にはぐくむ、心の虹!

## 地獄鍋

うなだれた
いつもの《幸福》を
抱き締めるその手に
戯れの酒が
残して行った言葉の重み

――あゝ、苦悩よ!

闇に映し出された
星たちのまたたきの中を
傷ついた《憧れ》乗せて
僕の愛は　走って行く

君は　今
天と地とのあわいに
《時》のまどろみを
夢見ている

君は　今
呪われたいばらと
あざみとの上に
恋人の温かな手を
――待ちわびている

拒まれることを
むしろ　自分の泪の内で
快楽のパンに変えながら……

――忍び寄る
枯渇のざわめきを尻目に
僕は　千年もの
長い記憶の河をさかのぼる

それは　絶えず
死の綱をもって
まいないを掠め取る
狡猾な支配者の面差し

それの歩みは
巨大な冥府を形作り
種蒔く者の血を流す

あゝ
そこで息づいている
種持つ君よ
もはや　君を
返すべき故郷が
どこにあろうか？
君を宿すべき
悲しみさえも

――けれども　僕は
速やかに伝えよう
僕の言う《悲しみ》が
すでに
君のものではないことを

かつて

君の手が語り
そうして　僕の眼が聞いた
「春を告げる」
あの一羽の雲雀の
悲しみすらも
すでに
僕たちのものではないことを

そのために
僕の愛が　時として
醜い怒りに
変わろうと
孤独な《自慰》に
耽ろうと
君は
僕を　許しておくれ

たとえ
無能を装うとも……

## 道標

一

君は、自分の言葉の内に
まだ熟さない　青い《果実》を
持っている。――それを
もぎ取る僕のペンの悦び。

二

泪で君を傷付けないために
あざみよ。あの人のことは、
もう聞かないでおくれ。
手折ることを僕がためらう
いばらの中から……。

三

畦道の上で、
どうしたらいいの?
逃げるには――追う悲しみと
いらだちを持って

四

《時》が踏み拉《しだ》く足の下で、
冬の大地を持ち上げた
霜柱よ！　——春に向けて
陽気な子供たちを狩り出すために。

五

もはや、争いはない。
一輪の水仙として
もしも君が、泉の中に
自分の気に入る笑顔を見たなら。

六

ぶなの樹に巣食う虫たち。
山雀のくちばしを前に
——気をつけろ！——
一片の雲を笑っている。

七

君は、いのちの河岸に
絶えず舟を待っている。
もの言わぬ《死》の
装いをなして……。

八

うるおいを求めて
孤独があるなら——泉よ。
僕は、裸で帰って行こう。
希望のあかを、洗い流しに。

九

労することもなく
ただ、泥に埋もれて、
一匹のみみずの——限りない——
《幸福》があるだろう。

十

岩の支配に屈することのない
あの青空。——そのために、

陽は、再び昇るのか？
目覚めつつある小鳥たちの
清らかな愛の歌声を前に。

十一

君たちの血の思惑が、
大地の眩暈を産み出した……。
今は、さかしまに怯えながら
草を食む野うさぎの《耳》。

十二

緑なす牧場のひろがりに沿って、
愛の仕種を身に付けた
善良な牛たち。――君たちの
足下に、幸運の白詰草が
眠っている。

十三

腹に入れるだけでは足りない。
《悦び》を味わわなければ……。

その故に、海を干して塩があり、
果実を腐らせて、酒はある。

十四

みじめな――あまりにも
みじめな虫たち。君たちは、
自ら、その狂おしい穴の中に
はまり込んで行くのか？
蟻地獄の消滅を信じながら……。

十五

引き離された手足は、
結び合うこともなく
海を彷徨う亀さながらに、
《重荷》を負うべく
産まれて来た僕たちがいる。

十六

鳥よ。魚よ。獣たちよ。
君たちの悲しみよ。

てんとう虫よりも小さい
僕たちの世界。

十七

疲れ果てた狡智の中から、
糞にまみれて這い出した
蛆虫ども。——お前たちは、
どこに行くのか?
叩きつぶされるための
汚辱を持って。

十八

闇をつらぬく星たちの
愛の《眼差し》の中で、
詩は、今も
力強い産声を挙げている。

十九

道標。——終曲の苦悩へ。

## 後記

果たされるために、《約束》はある。

《約束》の内に——そうして、その《約束》が、絶えず宿しているだろう信頼の内に、僕たちはいる。

けれども、一体誰が、僕たちのために応えてくれると言うのか? あれこれの笑顔によって、委ねられた筈のものを……。

歴史が振りかざす《約束》にとって僕たちは、仮令、ちっぽけな蟻のごとき存在であるにもせよ、例の「清き御一票」の連中よりは、どんなに人間的であるか知れないのだ。

僕は、いつも僕たちの側にこそ、本当の《約束》があるような気がしている。

＊初版発行：一九七一年四月　第二版発行：一九八七年三月
＊B6判、二十八頁（第二版）

# VOL．7

## 詩集　時の淵から

人生から隔てられた僕の哀しい胸奥には、あれこれの思いと共に、当てもなく吹き寄せられた孤独な《夢》の吹き溜まりがある。

### 時の淵から

古惚けた《下水道》の中を、僕たちの流した黄色い血が、蟬時雨のような騒がしい音を立てて通って行く。

闇の底まで、もう僕たちの声は届かない。やがて《眩暈》が、僕たちを世界の水平化に巻き込むのだ。

——すでに落下は、始まっている。断章を読む僕たちの凍てついた眼に見えない影が忍び寄る。

それについて、僕たちは何を知っていると言うのか？　何かが暮れて行くのだ。けれども、暮れて行くのが僕たちではなくて、一体何だ！

希望は《無》の上を這い、夢は日常

の罠の中で、一滴の精液を漏らしている。

人々はもはや、自分の言葉で何も語れず、自分の顔で笑うことも出来ない。絶えず、誰かと同じことを願い、同じ沈黙を守り、同じ過去を生きて行くのだ——むしろ、そんな人生を誇りだとさえ思いながら。

これが、僕たちの立っている《時》の淵で、羽根をもがれた天使たちの故郷で、そうして、巨大な没落を担う運命の墓場だ。

信頼は、僕たちの内で崩壊し、装える《無智》に変身した。——あゝ、それこそが、僕たちを貫く無限の自己主張ではないのか？　成長する自由の可能性ではないのか？

だが、そんなことは、もう知りたくもない！

僕たちは、ただ自分を見詰め、行き着くところまで流れて行き、誰の力も及ばない自分自身の世界を、享受したいだけなのだ。

過ぎ去って行くものに、何の未練などあろうか？　《追放》が、僕たちの宿命であるなら、悦んで転落して行こうではないか！

再び、この逆説が主役を演ずる時まで、地獄でこそ僕たちは、《人間》……《人間》……《人間》を叫び続けなければならない。

——ＭＫに

一

胸をときめかせながら……来るべき
《平和》の時をささやきかける鳩。
――僕は、言祝ぐ君のくちばしが、
運んで来たオリーブの清らかな若葉
の思い出。

二

受難。――今、明るい家庭。

三

太陽の輝きの前に、君の総てをさら
け出せ。謎を残す必要は、ない。僕
たちの警戒心――生の闘争――は、
むしろ、残された君の謎の内にこそ
ある。

四

同一の十字架を背負い、それに苦悩
する者がある、という思いによって
僕たちは、共に支えられている。

五

毒を以て、しばし語らえ。君は自分
の炎の喉の、叫び求めるものとなれ！

六

言葉が揺るぎないものとなるための
《時》。――僕たちには、必要だ。
まず、それが必要だ。

七

腹の闇が支配している。あゝ、ひま
わりの心を受け入れよ。――太陽が
君たちの《良心》を傷付けることの
ないように。

八

重要なことは、唯一つ。君の時代が、
必要とする人間にならないこと。

九

僕たちの間では、「さようなら」と「こんにちは」とが、かつて経験されなかった世代に特有の、同義語として交わされている。

十

意志する孤独は、身内に沸き出す途方もない試練を介して、僕をある閃きの内に呼び招く。——あゝ、家よ！僕は自分を巻き込むものの、鎖された企てを呪っている。壁に蝕まれたお前の中の喧騒を……。

十一

《理想》の壁。ぶちあたる小鳥たち。
君たちの明日。死について語ろう。
——輝ける《理想》の死について！

十二

たそがれの光明の中で、あけぼのとあけぼのへの限りない情熱とを同じくする蛇たちのために——。

十三

今は、ぼうふらが川を拒否し、人間の汚濁の内に、よみがえる時。

十四

神を、小道具とした者たちの平和。

十五

雲が、その時々の《真実》を語り伝える水の面。夕べの窓に遠く、君たちの生命と通じ合うことの出来る言葉は、《まだ》ない。けれども、その努力を惜しまない僕たちは、間近にいる。

十六

慢心のソクラテスに向けて、一羽の気のふれた《鸚鵡》さながら、彼よりも不器用に、僕は唄おう。――汝……、汝……、汝自らを知れ！

十七

考える前に走り出すこと。ためらうことなく、ただ《ひとり》走り出すこと。

十八

はらわたの神。ほくそえむ闇。

十九

僕たちの信頼は、いつの日か《時》の正当化を超える二本の足を以て、帰って来るだろう。――今は、門を鎖した真冬の砦。

二十

わずか一匹の子羊さえも、救うことの出来ない《秩序》とは、何か？

二十一

僕の流し見る少女たちよ。揺れ動く君たちの視線の森から、今は巣立つ愛の鳥たち。――青空を馴染ませた《ふくらはぎ》の艶やかさよ！

二十二

嵐の後で、いつも僕に微笑みかけて来る、一輪の薔薇。狂おしい愛の、その無数の《棘》によって……。

二十三

一つの、全く新しい空間が用意されている。杖もなく、あの尊い第一歩を踏み出した、君たちの《心》だ。――それが、僕には分かる。

二十四

生命にとって、避けようもない悲劇とは、例えば、僕たちが言葉を探しあぐねた時、しばしば、その言葉がないという、奇妙な心残りを伴ったあの《空しさ》に似ている。

二十五

僕が大地に平伏すものよ。あゝ、身につまされる苦悩の《わだち》！
──それを、せめて一言、愛と呼ぼうか？

二十六

君の語る言葉が真実なら、僕たちの世代に欠けているものなど、何もないのだ。──《敗北》の同志たちよ！
──欠けているのは、むしろ時代の方だ。

二十七

あからさまに、──臆面もなく──人間の流血を《愛の尺度》だなどと決め付けて来た歴史の垣を乗り越え、僕たちの身を守る術を心得ること。

二十八

鎖された窓に向けて、憂愁に似た砂を舞い上げ、風は、愚昧な《時》のオーボエを吹き鳴らす。

二十九

反逆も又、一つの伝統である。

三十

淡い快楽の予感が、絶望の果てに幾度か夢見た孤独の法悦が、僕を生かす。けれども、僕の生命は予感のままで、白い天使の顔をして……。

三十一

生と死と。――ただ、そこにある、一枚の鏡。

三十二

愚かな者たち。ショー・ウインドーの闇の中で、足を《靴》に合わせている。

三十三

君を愛さぬ者が、どこに居るだろう？　青空よ。それが出来ないのは、謂われない恐れのため。――君に、敵はない。――拗けた《こころ》に、君は、まばゆい。

三十四

輝かしい死を以て、自らの確信に到達する《所有》の時代。

## 後記

現代の不安は、恐らく眼に見える形を取って現れることはないだろう。否、たとえそれが、困難な情況を産みつつあり、現実に又、産まれているとしても、その本来の姿は、容易に把握し難いようだ。けれども、この形なき不安が、僕たちを呑み込んでいる、そのこと自体に違いはない。そうして、僕たちは、一つの巨大な機構の無意味な回転の中に（己れの意志とは関わりなく）ある種の記号として、組み込まれて行くのだ……どこに行くのかも知らされぬまま！　この恐るべき現代の不安をイメージをして形あらしめ、それに対して僕たちは、文字通り捨て身の《抵抗》を提示して行かなければならない。

＊初版発行：一九七一年十月　第二版発行：一九八七年六月
＊Ｂ６判、二十八頁（第二版）

# VOL．8
# 詩集　洞窟

## 洞窟

一

距離の闇が、僕たちの間を縁遠いものにすることはないだろう。《時》の恵みが残して行った、微笑む僕の眼差しの中で、真夏の青い空の下、弾け飛ぶ午後の陽射しは、今も至高の《記憶》を留めている。——君は、それを思い浮かべるだけで良いのだ。君を、僕は愛しているから……。

二

内に秘めた炎を燃やし、あけぼのの《光明》目指して甦るべく、今日僕を掻き立てる、飢えた大地の躍動よ。恋する蛇の情熱が、それの行為の純粋さにおいて、君の《期待》を欺くことのないようにするには、どうすれば良いのか？

三

君たちが宿している《思い》の内で、僕の悦びとならないものが、どこにあろうか？　――みみずは、泥の恵みを生き、ひばりは常に、目眩く空の青さを目指している。

四

この身に受けた傷のため、今は呪われ地の果てに、僕は、君を慕い求める。……あゝ、あざみよ！　僕の願いは、ただ《孤独》。

五

絶えず、むき出しの不幸があり、悲しむことさえならない、あの不条理の強制があり、その《苦悩》の頂点で、なおも誠実に闘うことを、僕たちは知っている。

六

当《あ》て所《ど》ない足掻きの中で、闇によって手懐けられた、数々の《限界》たちを、遠く、さらに遠く、遙かに遠く押し遣るのだ。それの執念の結実が、僕たちの意志の《空間》を埋め尽くすよりも先に――。

七

罠にはまることなく、彼岸に泳ぎ着くための《無神論》。

八

鞭よりも軽やかに、僕の思いをあやなす者よ。……あゝ、いつも陽気な《理想》の番人。秋風に散った木の葉の上で、さながら《みのむし》の顔をした――ごらん！――子供たちが遊んでいる。

九

呪われよ。生命あるもの、地に満ちよ。——君は留まれ、この淵に……。いかなる《災い》あるにもせよ、君の悲しみと悦びの総ての叫びを、僕は聞きたい。

十

おそらくは、かつての謎。僕たちにとって無縁であり、これからも努めて、そのようにあり続けるであろうある種の、極めて尊大な《符牒》が今日、野心に沸き立つ蛆虫の貪婪な群れの中で、公然と囁かれ始めている。——《国益》……?

十一

翼よ。思いを惑わすその雪は……。

十二

君はまだ、悟ることを恐れているが——ここに一つ、あそこに一つ、むこうに一つ——僕たちの世界が、陽気に、秩序付けられているのを見るだろう。……抗う権力の支配ではない、自由なる《同等性》の原理によって!

十三

今日、青葉に身を託する者は、自らの注意を、闇の必要によって「逸らす」ということはないのだ。足下を深く大地に根差し、絶えず光を合成すべく、光を通じて、その眼差しは、自分の肉の《負い目》に向けられている。

十四

他人の評判について、あれこれと気

に掛ける人間。自分について、語るべきものを持てない人間。――そこに、品格の《浅瀬》がある。

十五

舌によって、《倫理》の街道を歩み行く者にも、時として闇が手を貸し、新たなる、あの《高み》を用意しているに違いない。そうして、僕たちは、それをつぶさに認めているのだ。けれども、轟く《時》の雷鳴が、閃光を以て――彼の眼前に――あらわにするのは、逃れる術もない切り立った崖と、その下で口を開いた荒れ狂う嵐の海とだけである。

十六

身を守るはずの《かぶと》の中で、手傷を負った小鳥たち。

十七

《概念》の橋桁が、水嵩を増した河によって洗われている。嵐について、君が、何を知るだろう？　――あゝ、猛り立つ危険の流れ！　それは、狂おしく重なり合った波の内に、時折言葉たちの言い知れない《驚き》の姿を垣間見せて行く。これまで、絶えず交わされて来た、僕たちの信頼である、あの共通の《笑顔》さえも掻き消しながら……。

十八

この愛に充ちた瞬間を、忠実に味わうが良い。あゝ、偶然！　――今は、総てを引き受けよ。――小鳥たちを解き放し、愚かな醜聞の戸口を開けて、日々に当てた《天啓》の無限の声を聞くために。

十九

パンは石に、酒は毒に、総ての望みを奪われて——実りもないまま——大地は今も、《愛》の光の直中にある。

二十

あれこれの汚れた手によって、高められてある《闇夜》。

二十一

詩は、僕の《思い》をうるおす花のつぼみ。大地の悦びを胸に……詩は何かに向けて、花開かなければならない。すでに、一粒の《種子》の時から——。

二十二

問い掛け、疑い、反抗するところ、詩は、待っている。美と愛と真実とを内に秘めて、詩は、君たちを待っている。

二十三

罪もない人の血で、象徴と《重荷》を鋳造する、馬上の権化たち。

二十四

もの言わぬままに、はるかに遠く、その内側に、僕の思いを描き出す冬の大地よ。白く、又、深く、無言に応え合う雪の世界を、今は経廻る、《わだち》となって……。あゝ、そこに指し示される、あやまつことのない、自在の《愛》の同心円！

二十五

ひび割れた、この洞窟の内にあって、常に、時の流れよりも新しいもの。——それが、僕たちの《苦悩》だ！

二十六

太陽の手が、認識である《一対》の箸を、あやつることを教えたのだ。幼な児たちよ。——粒の麦さえも、残さず、こぼさず、疎かにせず——全てのものに、君たちの愛が注がれることを願いながら……。

二十七

君たちの意識にのぼる《精神》！——あれこれの巨大な修辞の王国の前で、測定され、価値付けられ、定義され、位置付けられて、あゝ、もはや、ほとんど死滅している。

二十八

混沌たる自我の彼方。存在の深淵に、僕は、ひとり帰って行く。寂寥とした光の内に……今は、拒まれているあの好意の《眼差し》を目指して。

二十九

《鍵》は、失われている。けれども、彼らに気を許してはならない。現にあるものを、ないものとし、又、ないものを、あるものとする、あの恥知らずな思惑が、互いに騙し合う術を求めて、堅固な城を巡っている。

三十

権力としての《装い》の内に、自分を見誤ることのないように、友よ！僕たちは、闇に鍛えられた者として最後の一人まで、羊の《弱さ》を担っていると、くりかえし、くりかえし叫びながら歩いて行くのだ。……たとえ、相手が誰であろうとも。

三十一

《鳩》を射落とすための矢。——引き絞る、おののきの弓を作り出す者たち。君たちは、わざわいである。明日は、太陽の《義》が、君たちを射抜くであろう。

三十二

詩にとって致命的な打撃は、《義務》の法廷が下す、ある種の有罪宣告である。……けれども、今日、それを受けずして、どれほどの《正義》がなされようか？

三十三

眼に見えるものの《死》を前に、ただ一度だけ、僕に呼び掛けて来るあの雲！　——刻々と、その顔立ちを変えながら、たそがれの《かげり》の中で……あゝ、没落への限りない愛を歌っている。

## 後記

僕は、思想の体系化を望まない。それは、思想の体系化によって僕の自由が犯されるからだ。思想の体系化が、僕自身を偽るからだ。けれども、正直に言って、僕にはその能力がないのである。もし、人生を総て論理的に運び得ると考えている人たちが居るとすれば、そのような人たちの間にあって、恐らく僕は、つまずきの石となるだろう。詩という一つの世界においては、なおさらのことである。だからと言って、僕はそれを卑下したりするつもりはない。むしろ、それが僕の唯一の誇りなのである。——僕は、詩を書く。自由に書く。もちろん、論理の《つじつま》を合わせようとする、作為的な偽善の内からも解放されて……。

＊初版発行：一九七一年十二月　第二版発行：一九八七年六月
＊B６判、二十八頁（第二版）

# VOL. 9

## 詩集　絶望への遁走

生命が、己れの進化を体現するなら、猿の《不幸》も又、進化する。歴史においての——文字通り——人が人を超えたとしても。

### 絶望への遁走

一

絶えず何かを奪われて行く。もはや、還るべき故郷もない。……あらゆる《期待》が、人間を踏み台に、世界についてのおぞましい分別を教えてくれる。然れど、倦怠に身を委ねる訳にも行かない。感傷には病み過ぎ、高唱するには、馬鹿げた時代。あゝ、一体、何を求めたら良いのか？　あるものは、所詮、ごみ溜めの屑。

二

憂鬱な空の下、計り知れぬ危険の内に——見よ！　——僕たちの生きる《塹壕》の時。街は、さながら木枯らしのように僕たちの心の中を吹き抜けて行く。孤独が僕たちの闘いの根底にあるように、《時》も又、無数の断片をなして崩れ掛かって来る。

三

《新しがり屋》の風見の鶏よ！　お前は、いつも風まかせ。――自ら、意志する術もない。

四

生命の森の危険の小路を、今は、ひとり駆け抜けて行く君よ。あれこれの作為によって編み上げられた思惑に、君の無垢の洞察を汚されることのないように――止まらず、休まず、振り向かず――大地を蹴って進まなければ……。あゝ、胸に閃く思いのままに、それは、僕たちにとって無用のものだ。

五

各々の指の跡形である、その紋様に同じく、僕たちのたましいの、相違の《ことわり》を認識すること。それが平等。――けっして、その統一ではない。

六

愛を、《服従》と看做すような人間の心の内には、恐らくそれとは別の、名付け得ぬ、よこしまな世界が潜んでいるに違いないのだ。……あゝ、愛が生命を持ち、意識を備えているところでは、それは自分が生み出された時の意図をも踏み越え、より純粋な、より対等な、虚空の《視点》にまで僕たちを持ち上げる、美しい行為として示されている。

七

彼は、思う……彼らについて。故に、君と僕、僕たちは《不在》である。

八

尊大な《慈悲》の鎖につながれ、それの猜疑をかたどりながら、唸りを上げて襲い掛かる残忍な鞭の快い痛みだけを、自ら、絶対の主人と仰ぐあらゆる種類の奴隷たち。彼らによって、《認識》の市場は、今や空前の危機に瀕している。

九

大地と青空とが、ひかりの接吻を交わすところ、虹をはぐくむ人々がいる。抽象の瞳を以て眺め見るところ、《憧憬》の僕たちがいる。

十

自らを汚すことのない、もう一つの手によって、計画され、実行され、あかるみに出された数々の《犯罪》よ！　闇に隠れ、今もなお、それの多大な恩恵に浴しているヤーヌスの顔に似て……。

十一

野心の《悲劇》。——陰謀をはらむものである、舞台裏の投影。

十二

自嘲すべき者たちが、自嘲を知らない。……あゝ、不穏の鐘の音に先んじて、束の間の未来を掠め取った同時代の《苦悩》たちよ！　僕たちを侮り、さげすむ者たちには、むしろ高遠なるあのイロニーを捧げようか？　反発もなく、彼ら自身の自嘲を誘う、僕たち、弱き者の《保身術》。

十三

冬扇夏炉と笑わば笑え！　浮き世離

れは承知の上だ。昼行灯でも点さにゃあ、好きなお酒も鼻に呑む。

十四

田畑を耕し、種を蒔き、自ら花開き果実となるため——詩よ！　——僕は、お前に《生命》の息を吹き入れる。……鍬を取れ。飢えに乾いた呪いの鍬を……。今は、お前が産み出す時だ。

十五

科学の自惚れに対して、事毎に追従する人間たち。僕たちを迎え入れる彼らの《笑顔》の本質を嗅ぎ出すためには——僕たちの経験した——たまさかの例外を、たった一つ示してやるだけで事足りる。

十六

歴史と、その愚かな現実とに、身を以て対峙している君の、美しい行為の《動機》を、自由な情熱にまで高めることだ。そうして、自らそれを《絶望》の内に解放するのだ。……諦めにもめげず、ひ・と・り不可能を夢見る勇気！

十七

泥となって《道》は飛び散り、歩み行く者たちは、互いに他人の足を揶い合う。雪は、黒いのだということを知った時の僕の悲しみ。けれども、友よ……僕の胸は、悦びのポケットでふくらんでいた……昨日、届いた君の便りに！

十八

数々の悦びを従えて、妥協を許さぬいばらの中を、今、素足のままでやって来た——あゝ、思いも掛けぬ訪問者だ！　——僕を魅惑する、その《印象》は。

十九

たとえ、今、お前の背中に生え出た《羽根》が、自分の身体を空高く舞い上げたとしても、ただそれだけで総ての世界を見渡し得るなどという浅はかな考えは持たぬが良いのだ。——蛆虫どもよ。それが、お前の力だろうか？　それが、お前の使命だろうか？　絶えず、お前の小賢しい眼が、汚辱にまみれた《肥担桶《こえたご》》の内にあるなら、一つ残らず、呪われてあれ！

二十

罪の報いを受けなければならない。歪んだものを、強いて真っ直ぐだと思い込む人々は。……長い間、それらのものに慣れ親しんで来た彼らの眼、それ自身が受けている、本当の《歪み》のために。

二十一

文字たちの《洪水》によって、もたらされたあの不幸について、僕たちの負わなければならない《責任》とは何か？

二十二

反抗とは、法則——と、僕が言う時、それは現実の正当化、および理想化を意味するのだが——の拒否である。僕たちの《意識》は、反抗を通じてこそ、真に僕たちのものになるのだ。法則を支配するのは、常に現実である。……すなわち、法則とは、闇にまつわる《必然》の肯定。

二十三

神の《所有》を、僕たちの手に競り落とすこと。――君は自分のために、そうして、僕は、僕自身のために。

二十四

指先だけで、一頭の巨大な《象》を認識する例の盲人たちのように、僕たちも又、世界について、各々の指先によって捕らえた、あやまつことのない数々の真理を語っている。

二十五

穏やかな面差しを投げ掛けるあの青空に、草たちの語らう泉のほとりに、僕たちの愛を呼び覚まそう。たそがれが残して行った、ある快い予感の中で――「どこへ?」と問う少女の胸に……。

二十六

産まれた時から、すでに死んでいるが、僕にとって、それは一つの巨大な宇宙にも較べられる。……永遠の名の下に、理由なく甦るものである実在の《瞬間》!

二十七

闇にあって――僕は、拒否する――人間から拒否される前に、自ら《人間》を拒否する。

二十八

喉の渇きが、一杯の清らかな水を欲している。泉を前に――あゝ、誰がそれを潤さずにいるだろう? あがないの《牙》を研ぐ、数々の獣たちよ! 僕たちの抵抗に理屈はない。

二十九

自分に対して、背を向ける行為。それが、どんなに君たちの身を危険に晒していることか！　しっかりと眼を開けて、自分自身を見詰めることを、さらに、さらに、知る必要があるのだ。この厭うべき《恐怖》の森を避けることの出来ない限り……。

三十

他人の顔に、ただ泥を塗り付けるために産まれて来た愚かなる《倫理》よ。どうして、お前など求めていよう？　僕は——三度——知らない。

三十一

果てしない苦悩を通して、それの絶望的な《渇き》をうるおし、生命と共に、使い捨てられるための僕たちの《世界》。

後記

どのような目的を以て書かれたものであろうとも、詩を読もうとする人たちが、自ら意味を与えることによって、それは、愛の唄にも孤独の唄にも、そうして又、慰めの唄にもなるような気が、僕にはするのです。けれども、その詩はまだ、文字でも言葉でもなく、これから生え出ようとする君自身の大地の中で、ひっそりと息づいている、もう一つの若葉の芽のようなものかも知れません。——だから、注意して下さい。僕たちの《心》の花園が、無遠慮な豚や犬や、悪賢い狐などによって踏み荒らされることのないように！——春には遠く、あけぼのには間のある《苦悩》の季節に、僕たちはいるのだから……。

＊初版発行：一九七二年二月　第二版発行：一九八八年二月
＊B6判、二十八頁（第二版）

# VOL. 10

# 詩集　断層

怒りの極限は、笑いである。完膚なきまでの笑いである。

## 断層

### 一

額に映える《苦悩》の淵に、そのつまさきで立ちながら、炎と燃える瞳を凝らし、絶えず僕を待ち伏せている。――呪われた闇の、この巨大な不安。あゝ、僕を虜とした者よ！

僕はお前が、僕の身に投げ掛けて来る幅広き胸のその木霊の内に《叡智》の実りを読み取るだろう。仮借ないお前の試練は、時として僕に敗者のかげりを見るが、けっしてそれを、お前に対して身を屈した僕の最後の姿だとは思わないでおくれ。たとえ、僕が《いばら》となってお前を祝福するとしても……。お前を讃えるそのことと、お前に対する《闘い》とは、同じ一つのものなのだから。

二

《泪》が、どこにあるだろう？　このたそがれの廃墟を前に――あゝ、どんな災禍があるだろう？　愚かな者たちの思い出を、無言のままに塵と化し、大地は、巨大な《別離》の丘を形作った。

三

見栄によって築かれ、それの外観を眼に美しく飾り立てた人間の《善良さ》の内には、何とも手に負えないものがある。けれども、その媚態の《贖い》を取り沙汰するまでもなく、彼の思いは、一匹のかげろうさえも引き留めることは出来ないのだ。……やがて、目覚めの冬が来る。

四

たとえ、これが永遠の《別れ》だとしても、詩よ――僕の生命にかなうもの！　――君は、自分の闘いの内にそれの比類なき誠実さを以て、自ら「正しい」と思われる道を切り開いて行くだろう。僕はただ、笑顔と共に君を見送ることが出来るだけ。

五

巣囲いの内に居て、造ることも、壊すことも、知らぬ《ともがら》。

六

僕たちの世界は、その最初の《収穫》において、あまねく結果が原因に先んじている。――だが、どうした訳か？　誰も彼もが一様に、《果実》の発端である、種子のそれから語り始めるのは。あたかも自分の犯した数々の罪科が、露見することを恐れてでもいるかのように……。

七

河岸に立って、世界は、流動していると叫ぶ、一人の《聖人》がいる。彼の言葉は、正しい——と、今は、斯く断言しようか？　けれども、その河の流れに棹さす僕の眼には、彼自身も流動しているように見える。……あゝ、悟りも、《つまずき》の石でしかない。

八

……その時、僕の愛する総てのものが《道連れ》となるのだ。けれども、それと同時に——僕の内に——いつでもそこに帰って行けるという、あの掛け値なしの思いがなければ、どうして、生命を確信することなど出来ようか？　……《故郷》を持たない孤独は、僕には無用だ。

九

一時、ただ一時の嵐に、屈服してはならない。君と僕……僕たちの泪は、嵐の二重の《設計図》。思案に暮れず——ごらん！　今、起き上がる路端の草を。——まだ姿なき《虹》を目指して、共に、親しく、彼の一粒の《水滴》となる勇気。

十

覚えて置くが良いのだ。——負い目ある、その恥多き《智恵》のために。——そこでは、絶えず真理が門を鎖し、《美徳》は、無智にぬかずくものだと。取るに足らぬことのみが、十分に、且つ、存分に《手間隙《てまひま》》掛けて教えられる。

十一

雑踏の中、《出会い》は自ら、思い

掛けなくやって来た。あヽ、いつも気紛れな僕の恋人！　もしも、このただ一度の機会を逃したなら、君は、僕をあえなく見捨ててしまうだろうか？　風そよぐ歩道のへりに、舌によって吐き捨てられた僕の恋人！
額に垂れかかる前髪を、指の《櫛》で掻き上げながら、自分の胸の弾みの内に、僕は、君の《つぶやき》の後ろ姿を追って行こう。

十二

用意されているものを、頑に拒む《人間》がいる。しかも、その言い訳を念頭に、拒まれるものを、敢えて、執拗に用意する《人間》もいる。そうして、さらに不可解なことには、おそらく自分が、そういう方便なしでは一歩も立ち行けないと、長い間信じ込んで来た《人間》さえ、いるということだ。

十三

それ本来の責務である、完成への執念において、進歩は今や、自らの姿――不断の《解体工作者》としての栄光――を、あらわにしている。

十四

大地の責め苦と祈りとのあわいに、天使の呉れた青空を持って産まれて来た僕。永遠とは無関係に、自らの《愛》を持ちこたえるための生命として……。けれども、《時》が僕を変えた。――「変わる」ということが、さながら《罪悪》であるかのごとく考えられて来た者たちの世界で。……すでに、何かが過ぎ去った後にも、僕が絶えず、僕であり続けることに変わりはない。

十五

ある種の不備を埋めるため、もう一つの不備があり、不備が、不備を埋めることによって、又、別の不備が生まれ……、そうして、正にこの故にこそ君が居て、僕が居て、僕たちが居て、くりかえす《時》の……、くりかえす《愛》の……、くりかえす《反抗》の……。

十六

友よ！ ——それは、良いことだ。無一物なら良いことだ。無為であるなら良いことだ。無名であれば、なおのこと。その上、無用であるならば、さらにずっと良いことだ。無二無三の世界において、無比無類である者よ。それが、何より良いことだ。

十七

悦びに満ちた君の五月の《足取り》からは、僕は、どんな悪意をも見出しはしなかった。君の手探りの信頼であるその歩みは、夜と昼とが互いにもつれ合う《青さ》の中に、僕が勝ち得た、愛の気高さ。——君を、鏡の前から立ち去らせた者たちの間で、君はどんなに、けち臭い、皮相の《扱い》を受けているのか？ 僕に哀れみは、ない。それは、君に対する彼らの《畏敬》なのだ。……僕は、君の死を突き詰める。けれども、僕は君に、その時々の行為の《妥当》を委ねて行こう。——あゝ、矛盾よ！ 僕は、生き物である君の身体。——この生命の涸れる時まで、僕と共に、僕たちの闘いを生き抜いておくれ。

十八

どこから来たのか？　そうして、どこへ行くのか？　僕は、知らない。遠く……、近く……、この《望み》の当て所なく……、人間。又、人間……。雪深き山。物言わぬ山。

十九

不断にしつらえた《教義》の嘘が、――理性の仮面を被って――まかり通る《世の中》。

二十

僕たちの時代が、掛かり合いになっている、例の軽薄な関心について、今は、敢えて無視することにしよう。僕たちの《忍耐》は、そのようなもののためにあるのではない。呪われた星たちが、無心に、輝かせているあの高貴な《情熱》の真意を、それ自身の光明として、あらわにするには、さらに、何と多くの苦悩の時が必要なのか……この腹黒い《闇》の、試練に打ち克つ苦悩の時が！

二十一

信頼の置けない《レンズ》によって、捕らえられた神々の顔。

二十二

唾棄すべきことだ……あらゆる点で完璧さを誇る、苛烈な行為が――彼らにとって、それは、さしたる問題ではないにせよ――自分よりも、むしろ彼らが日頃《軽蔑》の対象としている、あの慎ましやかな哀願に対して要求せられるのは。……だが、僕たちの内に《彼ら》が居ないと、どうして断言出来るだろう？　恥ずかしいことではないか！

## 二十三

自分に対して誠実さを欠き、自分自身を絶えず欺いている者たちにとって、真実と純粋さとは、仮借なき探究によって掘り起こされた《確信》によるのではない。……それは、ただ人々の喝采を浴びるためにのみ思惑された、ある種の《期待》のごときものに過ぎない。彼らは共に危ぶまれてある、お定まりの道に従って自ら毒盃を煽るべき、充分な運命にその尊い《生命》を委ねている。

## 二十四

見よ！　天を指して僕は誓う。運命であるそのしるしにおいて、眼に映えるこの現実が、謂われなき逆子であるなら、独りでも《大衆》。君たちと共に——それが、僕の権利！

## 後記

《中断》を余儀なくされた仕事がある。——それは、良かれ悪しかれ、偉大な者たちが、彼らの死によって僕たちの世界にもたらし得た、最大の遺産なのである。

けれども、仮令それが、彼らの犯した唯一の《怠惰》のあらわれであるとしても、それによって彼らが、後の世の人々から、責められて良いという理屈にはならない。

彼らが、生命を賭けた《恋》——僕は、闘いのことを言っているのだ！——によって費やされた時のために残されたものが多くあればある程、彼らは、その故にこそ偉大なのである。

僕たちは、今一度、彼らの踏み誤った《道》に対して、感謝の眼差しを投げ掛けるべきである。

＊初版発行：一九七二年五月　第二版発行：一九八九年四月
＊B6判、二十八頁（第二版）

# VOL. 11

# 詩集　仮象と追跡

詩は――僕と共に――産まれながらに
《祖国》を持たない。

## 仮象と追跡

### 一　射程

僕の《地平》を境とした、もう一つの別の風景の中で、長い間、人目に付かず、それのもの静かな優しさを絶えず《身振り》によって育んで来た野の花であるお前。僕の胸の闇の奥に、けっして色褪せることもなく、小さな息を弾ませているお前。あれこれの信頼が必要としていた画布の上に、自ら一つの精彩を与え続ける僕の淡い《恋》であったお前。……どうして、忘れることなど出来ようか？　このたそがれの国に居てさえ、ただ《瞳》を閉じるということだけで難なく思い描けるものを。――無垢のままに、あゝ、僕を掠めて行くお前の歓喜よ。僕の生命の荘厳さよ！僕は、それを《幸運》と呼ぶ。

二　道（TAO）

少年時代。……僕は、《夜道》が恐かったので、歌いながら歩いて来た。今も、その《癖》は抜けず、人生というこの一本道を、独り――大声で――歌いながら、歩いている。

三　表出

自分の腕の中で、君たちの《愛》を眠らせてはならない。

四　情況

一匹の蠅を殺し損ねたという、ただそれだけのことを、さながら大層な《功徳》を施しでもしたかのようにうそぶいている人間の、ちょうどその足の下で――僕たちは、見たことがないか？　――逃げ惑う《蟻》たちが、狂おしく鳴り響く災厄の鐘の音を聞きながら、《生命》の危機に瀕しているのを……。

五　黙示

僕たちのたましいは、《万難》を排して、僕たち自身の手の中で造られる。《手》を動かす。――周知のように、これは大分、骨の折れることだ。――しかも、その行為は不断に続けられることを要求する。だが、それは、誰のためでもないのだ。……《倦む》ということのないように注意したまえ。総ては、事の終わりにやって来る。

六　証言

僕は、かつて《義務》が詩を書いたなどという、手酷い事実を聞いたことがない。

## 七　義眼

時流に倣い、他人の眼によってものを見る、あの《有徳》の習慣を身に付けた人間たち。――あゝ、自由よりも高価であった君たちのあがないの眼よ！　薄汚れた日々の、ある調いの上には、けっして暮れることのない立ち木の《闇》が、悲しみの色を添えている。けれども、そこにはもはや、改めて問を発する必要など欠片とてないのだ。そうして、例の不作法なテキストさながら、すでに叩き込むばかりの、入念な《答》が用意されている。

## 八　社交的な……

愛を語るべき女性を前に――それが、彼らの唯一の慇懃さなのだ！　――世話になった他人の《過失》によって手に入れた、自分の頭より数倍も大きな、《威厳》の帽子を被っている。

## 九　徒花

僕は、自分を産み落としたこの世界が《不必要》であると認めるものをしか考えることが出来ないし、又、進んで愛することをも知らない。だから、僕は自分が、現実にとって、つまらない人間――つまり、世の中には、何一つ役に立たない人間であるという、君たちの共通した、その《卓見》に対して悦んで同意する。……願わくは、君たちの信頼が、僕によって、常に欺かれぬものであらんことを！

## 十　回心

新たなる信仰に従って、宗教を編み出し、彼らは――又ぞろ――《神》

を見付けたのだと思い込んでいる。

十一　EGO

限りなく《内側》に拡大しながら、それのうべなう記憶の中を、それ自身として流れ動く、一個の《点》の存在を思い浮かべることが出来る。——さて、僕たちは《彼》によって何をものとすべきであろうか?

十二　暗室にて

ここに居る、ほら、この輝きに満ちた僕をごらん!　——陰画（ネガ）の中では、何と豊かな、感じの良い笑顔をしているのだろう。……現像の、あの忌まわしい《光》に、もう僕を当てないで下さい。果して、僕はそこから、すでに足を洗ったのです。《復讐》の苦い後悔が、僕の身体を焼き尽くすから……。

十三　桜桃の唄

《純粋》であること。……それについて——あゝ、君以上に——誰が教えてくれただろう……この僕に!　君は、どこかで義のために、文字通り、いのちを賭けて遊んでいる。けれども、今日、僕たちの周囲には、君より利口な奴はいくらでも居るが、君の《精神》に太刀打ち出来る、そんな愛すべき人間など一人も居ない。

＊註　傍点は太宰治の言葉。

十四　家訓

韻にかまけて、思うことの半分も言えなかった自分の《作品》に対して、僕が味わうあの敗北感は、僕にとって、それの《勝利》よりも貴重なものだ。——韻が、僕を《試練》に掛ける。

十五　ある不安

K……。君の描く、その深い海の底には、もの言わぬ魚たちがいる。それは、君の画筆に秘められた生命の《謎》！　そうして、恐らくは僕たちも又、例の重苦しい《夢》と共に——信じ難い程の、ゆっくりとした潮の流れを——音もなく、身内に染み込んで来る、あの悲劇的な渇望の流れを、時に、感じ取っているのではないのか？

十六　情緒

《物事》の上を、素早く走り去ることでしか得られないという、あの解釈について、今は、何も言うまい。——それは単に、胸の鼓動を少しばかり早めたというだけに過ぎないではないか？　僕たちの《感動》には所詮、遠く及びはしない。

十七　柩

聴き手の失望さえも、見抜くことの出来ない、この種の《話し手》に限って——一見、何か非常に重大なことを語っているかのように思える、その実——取り留めのない鳴り物入りの《多弁》を労する。……見よ！　舌の回りの速さが尊敬を克ち得るところで、言葉は常に、自らの《影》を失っている。

十八　覚え書

意識の内で、僕は、自分が何ものかによって「傷付けられている」ことでしか、自分自身を見詰めることが出来ないのだと、真剣に、そう思い込んでいることが良くある。

十九　空白

僕の手に残された、旧い《日記》の白いページ。——今日まで、それを付けなかった日が一度でもあるだろうか？　——あゝ、懐かしい友よ！　君と共に、僕はそれを、雲一つない《青空》に書きなぐって来たのだ。……僕たちに出来、彼らには出来なかった、あの《身振り》と《叫び》とで……。

二十　恩寵

詩の本質に従って、僕たちが絶えず《真実》を語り得るのは、苦い努力の、その途上において、意地の悪い敵たちの浴びせ掛ける《罵声》の内から、僕たちが身を守るためにのみ通ることを許された、《比喩》という回り道のお蔭である。

二十一　非望

当て所ない《探究》に打ちのめされた者たちの間にあって、多くの問題が——解決されようとして——しばしば《眩暈》を起こす。

二十二　道理

常識と分別とは、二つながらに嘘であった。果して、その嘘を以て巧みに《世渡り》が出来るという、この現実は、あらゆる点で、尤《もっと》もらしく思われた。……ところで、この逆説が、尤・も・ら・し・く・通用している内は、僕たちの《信頼》を満足させるに相応しい、尤もらしい事柄など何一つないのだ。——僕たちは、依然として、消滅すべき逆説の、その嘘の中に生きている。

二十三　岐路

たとえ、青空が己れの身内にあったとしても、その青空を《鍵穴》から眺めるような人間にだけは、断じてなりたくはない。

## 二十四　虚栄

鏡に向かって《背伸び》をする——あれは、どういうつもりなのか？もしも誰か、そのことを気に留めてじっくりと考えてみたならば……。斯くて、人生には《茶番》の異名もある程だ。

## 二十五　厭世

僕は、自分の《弱さ》のために、今もなお、この現実と和解することが出来ない。——《尻》を捲くり、居直ってみせるには、それも又、必要なのだと、自分自身に絶えず言い含めていないことには……。

# 後記

巨大な伝統の力に抗して、荒廃と悲惨さとの間に産まれ出た新しい苦悩は、常に自らの身を挺して闘いを挑む、無名の、力弱い者たちによって始められる。この苦悩は、不幸にして、自らを正当化し得る明確な経験という論拠を持たない。確かに、僕たちは、現実の悪意に傷付き易い。それは、僕たちが自分に対して、何一つ野心を認めていないからだ。けれども、僕たちの、傷付くことによって、尚且つ立ち上がる、あの雑草の勇気は——それが、彼らにとって、いかに信じ難くあろうとも——自らの内に絶えず息づいている不幸（正当化されない自我）にこそ根差しているのである。そうして、恐らくはこれこそが、僕たちの間に呼び交わされた信頼の、究極の証しであるに違いないのだ。

＊初版発行：一九七二年八月　第二版発行：一九八九年五月
＊B6判、二十八頁（第二版）

# VOL. 12

# 詩集　解析と闇

――世界が、僕のエゴとなり得る。然らば、その時の君、君の形象は、僕の《美》である。

## 解析と闇

一

ひとり《夕映え》に背を向けて、今、僕が辿り行くこの道は、自分の眼の前にある《別離》の淡い影よりも、さらに一層長いのだ。「さようなら」と、僕は言わない。そこにはもはや惜しむものとてないのだから……。けれども、見よ――僕の輝ける意志の矛先をこそ！　――永遠の《闘い》だけが、ここにある。

二

鎮めようもない内心の《嘲笑》を前に、僕のペンが――悲壮の愛と憎しみを込めて――僕に胎ませ、産み落とさせた、恐るべき《息子》たち。

三

僕たちは、かつて荘重な田園の拡がりにも似た、あの共通の風景の中に自らのたましいを魅する最愛の《家》を持って住んでいた。かげりのない大地と共に、《家》はそのまま夢を充たし、僕たちに向けて絶えず戸口を開いている、数少ない故郷の一つに掲げられたものだ。――時は流れ、日は巡り、《家》はそれでも建ってはいたが……すでにそこには、僕たちはいなかった。長い恐怖と苦悩の果てにも、それと知れる宿命の重い足跡を残して……。どこへ？――それは多分、僕たちの、舌ではなく足が、答えることだろう。後を追う者の幸福が、太陽の光の手のとどく明るみに出される時まで。――ただ、今は《家》が、その鴨居の上に、得体の知れぬ、陰惨な風景を住まわせているだけである。

四

その同じ運命の《耳元》で、散々に――文字通り、諳んずる程――わめき立てられた判断に対して、僕はむしろ《歯軋り》で応える。それによって、仮令どんな仕打ちを受けるにしても、一匹の蠅をかわすためなら、《好物》だとて唾を吐く。

五

《神》。……あるいは、認識の発作。――信ずることと、感ずることとの間の、この相違に注目した上で――時に、彼は《存在》する。

六

――幕は、下ろされた。けれども、それは、あの愚かしい《舞台》の上での話なのだ、限りなく続く客席の怒号の中では、一体何が始まったのか？　それを知る者は、誰もいない。

七

不毛なる雄弁の安易さの上に、自らの求める《概念》の安らぎを見出した、あの高慢なる神託の使徒たち。——闇の必然である《綜合》において、彼らの演じ得る、最大、且つ、絶対の役割は、その思考の方法でも、目的でもない。むしろ、あるいくつかの思考の集積を結合するために、価値あり、と見做された、目新しい《接続詞》の登記と、それに関する彼ら一流の思惑にある。

八

自分の人生を前にして、詩人はペンであるよりも、まず《試験管》。それは詩が、彼に対して要請する一つの態度。

九

柩の外で、絶えず僕を脅かし続けた《死》よ。たとえ僕が、ほんの一瞬、お前の深い《不滅》の淵を覗き見ることが出来たとしても、この敬虔なる《思い出》の大地に、今、永遠の別れを告げているもの……それは果して、《たましい》なのだ。謎は、すぐに解き明かされる。——では、せめて、お前の勝利を前に、香を焚いて祈るとしよう。生ける者たちの《たましい》にこそ、祝福あれ！

十

希望にとって、是非とも必要だと思われる、その堅牢な《檻》の内でしか——哀れなるかな！——彼らは、《真実》を飼うことが出来ない。

## 十一

嵐の前夜……僕たちが《理性》を放棄したと、そう思い込んで巷に触れ歩いた、あの《伝説》の主たちのお蔭で、僕たちは、それに相応しい、もう一つの根拠を手に入れた。——斯く言う言葉を信じて欲しい。——《理性》が僕たちを放棄したのだ。

## 十二

愛を亡くした《信念》など、海の藻屑と消え失せろ！　もはや、僕には無用の長物。後生大事と言いたいのだが、僕にお前は荷が重い。いずれにしても重要なのは、お前に嘘を吐かぬこと。白状しようか？　《信念》よ。人は、お前に惚れ込むが、心の中では戦いなのだ。時には、自分を欺いて、独り静かに嘆くのだ。——僕は、お前を愛せない。かつて僕の愛したものは、お前ではなく、その動機。

## 十三

装いの《磁気》を帯びた街の通りで、誇らしげに僕を追い立てた盲目の風が、俄作りのとぐろを巻いて、盛んに、あのいかがわしい風体の《塵芥》を持ち上げている。信じ易い群衆たちは、彼らに出来る精一杯の叫びと共に、諸手を挙げて活気付いたが、僕は、舗石の間に目を伏せて、風に逆らい、最も重いものたちを標べに、今は、動かぬ《影》となった。

## 十四

僕たちの歌声が、反響し合う空間。——そこには、迫害の血で塗り上げられた《壁》というものはないのだ。

十五

僕は今――自分に対して、絶えず隠し通して行ける程の――どんな小さな《矛盾》をも持ち合わせてはいない。……と言うのは、僕は、それを黙殺する必要がないのだから。誓って良い。正に、僕の一切が《矛盾》なのだ。

十六

敵意のみで武装した人間たちの間にあって、語の《尻》に乗ずる隙を与えず、尚且つ彼らと共に、一杯の旨い《お茶》を酌み交わすために必要な、そういう作法を僕は心得ている。
――《無関心》！

十七

科学に対する僕たちの《疑い》は、すでに母乳を超えて、《乳房》にまで及んでいる。

十八

いつの日か……祝祭の酒盛りが勝利の歌を奏でるだろう。僕たちは、その高らかな《歓喜》の声を聞くことだろう。けれども、その時の君と僕――僕たちは、一体、どこに居るのか？　素より《酒宴》の、その賑わいの内であるには違いないのだ。果して……どうか？　そこに居並ぶ晴れやかな《良心》たちに向かって、「僕たちは、どこに居るのか？」と、そう尋ねてみたまえ。そうして、彼らの分別臭い、限られた口許に注意するが良い。恐らくはそこに近づくであろう――あゝ、それは誰かに似てはいないか？　――苦汁に満ちた、その哀れな《盃》の姿に……。

十九

言外の《意味》を含めたその一行を、僕の愛する「昆虫記」の欄外に……あゝ、ファーブルよ。……君は、自ら揶揄を以て、書き加えねばならなかった。――《ごきぶり》ども。奴らだけが力を蓄え、あの世までも生き延びて行く！

二十

翔べない哀れな《翼》の下で、生まれ育った両親たちよ！　数々の意識の、その《交わり》において、僕たちが求め、分かち合うことの出来たものは、結び難く隔てられた、あの最も罪深い《愛》の部分だった。そのために僕たちは、お互いの良心の《あり方》について、深い溝を掘り合っているのだ。

二十一

巧みに《服従》の鞭をかわしながら、恐らく、そのくちばしから一番の好物として伝えられるであろう《生命》の息吹を携え、家々の軒先を掠めて素早く、右に、左に往き交っていたあのつばめの姿を、僕たちは待っているのか？　為す術もない祈りの中で、《巣》の暗がりに取り残された雛の死骸を流し見た日も……。

二十二

《独り》だということ。――それはけっして、不幸ではないのだ。ただ、それを耐え忍ぶ者のみが不幸となるのだ。

二十三

結果において……たとえ、その身を

非道の罪に問われたとしても、詩は、自らの《弁明》を必要としない。

二十四

僕たちの世界には、すでに探究し尽くされた……掘り尽くされた、と言い得るものは、何もないのだ。そうでなければ、嫌々ながらの《努力》が、僕たちの顔——好奇心——を覆い隠してしまうだろう。《驚き》を内に秘めた曇りのない眼差しこそ、失意の底にある僕たちを背後から支えてくれた、あの未曾有の《真理》が、絶えず待ち受けているものなのだから。

二十五

気の利いた《洒落》を飛ばしながら、人生における、最も厳粛な問題について語れること！

## 後記

《思い出》の豊かさで、総ての物事を推し量ることは出来ない。今ある僕たちの立場が、もし、そのような小賢しい手法に対して、当面のお伺いを立てなければならないのだとしたら——僕は断言するが——そんなものは、巨大な《宇宙》の謎を解き明かすための鍵を求めて、さながら一冊の書物の間を《紙魚》のごとく蠢いている、例の老いぼれ学者にくれてやるが良い。僕たちはむしろ、彼らの《思い出》を排斥するのだ。そうして、自らの意志の空間——際限もなく拡げられるあの夢の頂きへと飛躍するのだ。《人生》……この最も美しい壮大な無を我が物とするまで、僕たちは常に、永遠の日溜まりから放たれた純白の鳩でありたい。

＊初版発行：一九七二年十月　第二版発行：一九八九年五月
＊Ｂ６判、二十八頁（第二版）

# VOL. 13

# 詩集　風刺考

――《刺》なきは、薔薇にあらず。言葉にあらず。

## 風刺考

一

僕たちそのものであった輝ける地平に、あの愚かしい《境界線》が描かれた時も、渡り鳥たちは、北へ、南へ飛び立って行った。産まれながらの旅人である彼らを、《闖入者》として拒む、森も湖もなかったから。そうして、今年も又、やって来る筈だった……けれども、見よ！　……招かれた者たちは、絶えず僕たちを見捨てて行く。数々の思い出は瓦礫に埋もれ、やがては《種子》も残さず死に絶えるのだ。あゝ、この上何が必要なのか？　それが、もしも言葉だけなら、むしろ然るべき不吉さをこそ！　――斯くて、《報い》は天下る。切なき生命の叫びを他所に、僕たち自身を見捨てることで……。

二

《気前》良くある……そのことに、絶えず頭を悩ましながら、例の謎めいた《お返し》を、腹の底では待ちわびているのだ。おののきの太陽が《義理》の海に没する時まで、それは、もちろん彼らにとって——理に適った——永続する《権利》であることに違いはない。

三

徒らに《自我》の破壊を説き明かす訝しい、諸々の賢者たちの間にあって、嫌悪されるべき当の《自我》が自分に対する彼らの軽視を良しとせず、むしろ、より多くの権威を求めて、尊大に働きながら、彼らを身の破滅から救っている。

四

憎しみを抱いている《敵》を相手にその憎しみを、自分の顔付き——多くは小鼻のあたり——から、巧みに消し去ることの出来る、実に器用な人間がいる。素より、それは、羨望に値することではないが、そういう器用さのないお蔭で、僕は、自分にとって好ましく思われる人々に対してさえ、どのような顔付きが彼らの《信頼》を勝ち得るものであるのか、今以て、理解出来ないでいる。

五

レッテルの非常に見事な牛たちには迷惑至極の話だが、罐の《中味》は馬なのだ。観光土産の上げ底などを引き合いに出すには及ばない。——毎度、毎度のことながら、何故か腹も立たなんだ。——あゝ、お優しい君たちよ！　厳めしい《肩書き》などには、呉々も用心してくれたまえ……《虚仮》にされたくないのであれば。時には、他人を欺くそのことを、鼻に掛けては悦に入る《人間》だとてあろうから。

六

深い《眠り》の中で、絶えず起き上がる術を学ばなければならない。

七

自分の《口先》を滑らかにするための貧弱な想念によって結ばれた、あのやくざな《同類》に対して、愚かな忠誠を誓うその時、すでに僕たちの意識の上を、《差別》という蛆虫が這い回っている。

八

《欠伸》の泪の中で、君はいつしか生気を失い、人手のないことを理由にして身を溺れるに任せてしまった。……あゝ、今の僕に、何が出来よう？　けれども、もし君の手に、時の流れに寄り添うあらゆる種類の《偶然性》を捕らえる勇気が、ほんの少しでも残されているなら、君は、まだ助かる。憐憫を求めてはならない。友よ！　――君は、独りで浮かび上がるのだ。――そのためには、ただ一本の細い《藁》があれば良い。

九

認識を排し、《信仰》をかなぐり捨てて、しかも、そのことを、自分に対する負い目とせずに……、今日、《神》と交わることの重大さを、僕は感ずる。

十

長い間、自分の背負って来た重い荷物を降ろす間もなく、《人間》とは彼の荷物によって運ばれて来た、もの言わぬ死体。——その《無縁》の代償として、死体が、荷物に支払うこの暗澹たる《歴史》。

十一

突如！ ……足元に拡がる《思弁》の虚空を、無限に落下し始めた夢の中の僕を、その眩暈の恐怖の内から——事も無げに——救い出すのは、いつも名付け難い《眠り》の感触だけであった。けれども、もし、その時の僕が、次第に加速されて行く時間の重圧に耐え、《救い》の目覚めを断念して、当て所なく夢の空間を落下し続けたとすれば、そうして、又、自分の眠りの《意識》の内から永久に解き放たれて——夢が夢であることを止めるまで——尚且つ、その夢を見続けたとするなら、果して僕は、いかなる《地平》に叩きつけられるであろうか？

十二

あゝ、神にも見紛う我らの《労働》！——薄汚い打算から、それとも、高潔なる義務感からか？ ——いずれにしても、君たちよ。こう叫んで拝跪するのは、ひどく気分の良いものだ。——求めよ！ 神聖なる、この至高の《労働》。ご主人様も、それがお望み。崇め敬う君たちの神が、奴らと同じものならば、あえて歯向かうこともない。……さても、哀れな兄弟たちよ。精々、ブタを肥らせて、自分の首を絞めるが良い。

十三

自殺は、総じて――例外なく、手段と目的との《同化》を可能ならしめるが故に――難解である。沈黙のあがないである、この《迷宮》への距離が、多くの解説を必要とする。……時に、解説は、一つの芸術にまで形成される。それ故、総ての芸術家は、好むと好まざるとに関わらず、すでに――生きながら――自殺している。

十四

もしも、これまでに、誰一人として口にしたことのない彼の《秘密》を、世界が独りで、勝手に喋り始めたとするなら――打ち明けておくが、僕は正に、それを望んでいるのだ――その言葉の終わらぬ内に、人間は自らの《威信》を駆って、この世界を破壊してしまうことだろう。――世界よ。お前の《紊乱《びんらん》》は、死の制裁に値する！

十五

疫病や死や、その他もろもろの災いをもたらす《蝿》に対して――自分たちの眼の前に、その不敵なる二枚の羽根を、万一休めていようものなら――僕たちは、ただ打ち据えるという《行為》しか思い浮かべることが出来ない。けれども、ある時、母がこう言うのを、僕は聞いた。……「ごらん。蝿が、パンを前にして祈っている。」……覚えておくが良い。この言葉の故に、誰か、彼女を嘲笑う者がいるなら、僕は、むしろ――蝿よりも――奴の方を打ち据えるであろう。

十六

荒立つ《胸》の血を浴びながら、今僕が、さかしまに握っている、この短剣よりも的確に、君たちの盲目の《舌先》が人間を殺す。——教えてあげよう。それは「中傷」と呼ばれているのだ。——見せ掛けの笑顔の裡で、《影》をあざなう者たちの群よ！　君たちは、まだ何を囁いているのか？　……君たちの口を塞ぐことだ。——それは、《あくた》飛び散る井戸端から、欠ける茶碗の音に紛れて、《広場》の叫びよりも、良く聞こえる。

十七

僕は——恐らく君も又、理解しているように——けっして詩を創っているのではない。そうではなく、僕はむしろ、詩において、僕という一個の《人間》を創っているのだ。

十八

今日ほど、人間が特別な《意味》を持っていた時代はない。そうして又、今日ほど、《絶望》が太陽の間近にあって——人間と人間の可能性について——より多くのことを語っていた時代もない。

十九

後ろめたい新奇さの中で、正当化されようとしている現実が、僕たちに対して、運命の《逆立ち》を強要したのだ。——友よ！　そのために、僕たちは、この苦渋なる《認識》への道程を、いつも手で歩かなければならない。

二十

会釈の《深さ》と、それの《数》とに比例して、彼の頭は、胸の上で反り返る。——彼の《心中》、推して知るべし！

二十一

身に降りかかる《危険》の内で、僕たちを本当に痛めつけることの出来るもの……恐らくは誰もが認めているが、けっして口に出さないものが、ここにある。それは、彼らによって《義務》と呼ばれ、《伝統》のお先棒を担がされている。

二十二

僕が愛するのは、一日の終わりを常に《笑顔》で迎えることの出来る人間。……鉄ではなく、《磁石》のようなたましいを内に宿して……。

## 後記

人生における悲劇の多くは、日常的生活の案じ出した《問い》の過ちによって引き起こされる。——こう言って良ければ、答は、常に正しいのだ。——果して、彼の《問い》は解き明かされる。だが、希に自ら、その過ちに気付くことがあっても、すでに出してしまった答が、ひどく自分の気に入っていたので、改めて問い直すという行為が、彼には何故か胡散臭いことのように思われるのだ。況《ま》して、それに忠義を立てるなどは論外と言うべきである。僕たちに必要なのは、むしろ《問い》を問うという誠実さなのだ。——この宿命の闇の内にあって、答えの正しさが《問い》の解決にならないものなら、せめて、僕たちは《問い》の正しさ……正しい《問い》と言い得るものを見極めて行こうではないか！

＊初版発行：一九七二年十二月　第二版発行：一九八九年五月
＊Ｂ６判、二十八頁（第二版）

# VOL．14

# 詩集　犬儒礼讃

歪んだ口で、《あけぼの》を讃えること
は、僕たちにとって相応しい姿ではない。

## 犬儒礼讃

一

やあ、僕のお国は、善人だらけ。なのに、どうして住みにくい？　隣の人は神様だ。いつも《自分は悪くない》。こっちの隣も神様だ。いつも《自分は悪くない》。見苦しいね。夫婦喧嘩じゃあるまいし、もはや僕は、うんざりだ。神のお国は、真っ平だ！聞いておくれよ、僕の愛する隣の人たち。僕は、根っからろくでなし。箸にも棒にもかからない、嫌われ者のエゴイスト。それについては憚りながら、誰より自分が良くご存じだ。けれども、あなた方は良しとしない……この上、僕にしゃべらせて置くのを。——では、僕を黙らせよう。あゝ、そうだ……そのために、手など振り上げる必要はない！　あなた方の濁声で、僕に一言、こう囁けば良いのだ。――《お前の脛が見たい》。

## 二

誇るものとて他にはないが、この身を僕が誇るのは、けっして僕が、日頃、尊敬出来ないでいる人たちに対してではない。そこで僕が、何を誇り得るのか？　彼らは、総ての面で《汚名》をも買い受けるまでに富んだ者たちではないか。――あゝ、僕が今、求めて止まぬ青空の近くを、一片の羽毛となって翔けて行く鳥よ！　言葉に尽くせぬ愛の思いに、ふと立ち止まる道のたもとで、僕が落とす影の重さをさながら賢婦のように耐えていた一輪の百合の花よ！　巡り合う者がたとえ誰であろうと、自らに相応しい《生命》の前には、一糸まとわぬその清らかな裸身を横たえて、少しも不安を抱くことがない。天と地との、それぞれの場所から、お互いの《種子》を取り交わすのに都合の良い美しいポーズで、僕の視線の抱擁を、甲斐甲斐しく受け入れてくれた君たち――君たちにこそ、僕は語ろう。あの腹黒い意図を以て君たちを傷付け、そのことが同時に自分たちをも傷付けているのだということを悟ろうとはしない彼らの間で、むしろ、嫌われ、隠され、嘲笑され、ののしられ、踏み付けられ、打ちのめされて来た《絶望》の祈りを、未だに所有し続けている、この悦ぶべき僕の誇りを！

## 三

大いなる夜の闇で、絶えず、それの

深みを増して行く、死すべき生命の謎を前に——論理は空しく、形なく——思考は、総て《翼》と《えら》とが必要である。

## 四

「健康」……「いいじゃないの」……「わたし、それをあんたに、お勧めするわ」……「もしも、あんたがそれのために、骨の髄まで腐るってことを」……「つまり、わたしのために殺されるってことを、承知してさえくれていたら」……「そうして、あんたが、その上で、まだ、わたしのことを可愛がってくれるんなら」……「問題にもならないわ、そんなこと」……「でも、お馬鹿さんね、あんたって」……「わたしが、身体に咲かせた花」……「消えたわ、いつの間にか」……「ねっ、見て！」……「こんなに綺麗」……「だって、わたし、健康なんですもの。」

## 五

僕は絶えず、自分が持ち続けて来た例の、鼻持ちならない《卑小さ》という事実なしには、今、そこで生きている、僕の《屈辱》を物語ることは出来ない。……恐らく、僕の下手な告白などを、聞かせるまでもあるまいが、もし君が、本気でそれを希望するなら——同好の士よ！ ——日本人のように《体面》に生き、日本人のように《勤勉》で、日本人のように《良識》に富み、日本人のように《分》を知る者であれば良いのだ……かつての、愚かなる僕に似せて。

## 六

《愛する》。——それは、僕が自らの指を以て、僕に拡げられた、あの雪のように白い、君の《肌》の下にある何ものかに触れることだ。

## 七

僕が、僕の所有する詩的《現実》に対して、自ら加え得る唯一の評価は《パラドックス》である。

## 八

ふところの夜の賑わい……そこで、端座する略式の《印判》。それが彼らの、人格の価値に関する、思惑の全て。——それ故、彼らが僕の書棚に、自分たちの《顔》を見出すことは出来ない……と、自ら証拠立てている以上、すでに、何をか言わんやだ。

## 九

君は、歌う。昔ながらの小川の中で……さざめく波に、姿かたどる岸辺の水草……みずすましの丸い眼をした子供のように、青い春に包まれて僕の陽気な《憧れ》を、君は歌う。——あゝ、僕の愛をなごませた、今日そこにある、一輪の薔薇の花の面差しよ！　無邪気な魂の産み出す、君の生命の《衝動》に、棘はない。——棘にあるのが、棘の《衝動》。——僕の内なる感性を拠り所に、僕は、僕の信頼を裏切る、いかなる魂の存在さえも認めていない。

## 十

迷い込んだその《泥道》で——あゝ、君の自由を引き摺るな！　哀れな君の《磁石》のために、僕の自由が汚れてしまう。

十一

長々と続いた《自然》の誤解に基づいて、新しく目覚めたか、あるいは目覚めつつある《闘争》の闇。――そこでは自然が、香り高いわらに包まれ、朝の食卓に味を添える、新鮮な《納豆》のように思われている。けれども、彼の浅手の器の中で、その認識の糸を引く《腐敗》は、何か？時に、僕が襲われる、この鈍い痛みは、何か？

十二

僕は、しばしば、自分が書かなければ忘れてしまったのではないかと思われるような、全く影のない自分を存在させることで、辛うじて、言葉の使い道と、それの可能性とを自覚し得る、永遠に孤立した《超言語》空間を発見する。

十三

自殺について《考える》のは、良くないことです。お嬢さん。苦悩は飢えた沼の香り。君のうなだれた小さな肩に、長閑な冬の陽が降りそそぐ。……君は多分、お酔いになっていたのです。彼の美しい墓の前で、君が捧げた、燃える思いに……。あゝ、君は今も、君の不幸を温めている。君の頬が、彼の泪に跡付けられていた間、風が、密かに、囁いて行ったあの誓いの言葉をお忘れですか？至福の愛を求めながら、君は、それでも、まだ、そこに、そうして足踏みをしたまま……。さようなら。お嬢さん、お行きなさい。君の祈りが君と一つになるように――自ら求めて、《行う》ために！

## 十四

運命の気に入られようと願うのか？　僕が抜き出し、手に入れた、胸もときめく《おみくじ》よ！　あゝ、君と僕……僕たちは、いつも意見を異にした。難癖付ける訳ではないが、果して、これは、良くあることだ。――君は《大吉》。僕は《大凶》。

## 十五

お菓子を前にお茶を濁し、お菓子について彼らは語る。――子供たちよ。それが、彼らの《上品さ》。……蠅は、群がる。埃は、たかる。やがてお菓子は、干からびる。――さあ、ママの言葉を良くお聞き！　愚かな知識を振りかざし、ネクタイ着けて見栄を張る、あの人たちは知らないのだ。お菓子は口に入れるもの――けっして、口から出すものではないことを。

## 十六

あらゆる《希望》が、絶えず僕たちを除外しようと企てている。僕たちは彼らが、僕たちの各々から奪おうとするところのものに、愛を捧げる……それは、時に激しく、信じ難いまでの執拗さで。だが、彼らは自分たちにとって不可解であるものを、ただ意味もなく容認したりはしない。彼らは正しい。そうして、そのことが尚一層、彼らと彼らの《不動性》とを明らかにするのだ。――僕たちは負けて来た。又、今も負けている。それは、恐らく《必然》と呼び得る以外の何であろうか？　僕たちは、僕たちの最良の良心に懸けて誓う。――僕たちは、これからも負け続けるであろう、と！

十七

ことわざは、矛盾の《相剋》に支配されている。——人は、それを信頼すべきだ。——と言うのは、それの矛盾が、体験において確実にされたものだからである。従って、体験されないものには、いかなる矛盾も存在しないが、代わりに、それ自体が一つの《疑い》を含んでいる。

十八

恋人の爽やかな《記憶》だけを胸にして、今日も又、家路に就く。——それを、当然のこととして思える日が明日も《ある》と信ずるなら……その時は、君よ！　信ずることだ……彼は、君を愛している。

## 後記

物事に対する僕たちの《眼》は、総て最初は僕たちの作品の上に、あるいは人生の上に、無意識的な関係として立ち現れるものだ。それは恐らく、僕たちの自我の内包する最も原始的な欲望、好みや関心の類である。僕たちは、まずそれを養わなければなるまい。けれども、それが一個の世界として、充分に確立されるためには、従来の無意識を脱して、それの関係をより高度に意識化し、極限化して行くことが必要である。すなわち、この意識化の過程を通じて、僕たちは、自らの世界をものにすることが可能となるのだ。——斯くて僕たちは、内的な生命の韻律と深く結び合う。そうして、その時にこそ僕たちは、本来の《私》と呼び得るものになるのである。

＊初版発行：一九七三年五月　第二版発行：一九八九年七月
＊B6判、二十八頁（第二版）

## VOL. 15

# 詩集　遺恨の書

——格好良く、お国のために死ぬよりも、自分と自分の愛するもののために、どうしようもないところで、格好悪く生きようと思います。

## 遺恨の書

一

僕が今、ここで語り掛けているペンの相手は、どこか戸棚の片隅にでも置かれている、珍しい《お菓子》などではない。むしろ、それを密かに摘んでしまったために、後で叱りつけるであろう母親の、拳の痛さを感じながら、なお《お菓子》への愛着を禁じ得ない、子供たちに対してである。

二

新しい《夢》の時代のその敵は、絶えず、笑顔でやって来る。君たちの好色な《脇腹》が、快く手を差し伸べる、暗い夜道の袖の下から。——その道では、誰もが《手管》を心得ている。——昔取った杵柄で、襟の汚れた着物をまとい《懐手》の下品さが、あゝ、何故か好かれる、好まれる。

三

「誰を尊敬するか」だって？　――決まっているじゃないか……そんなこと！　恐らくはネ……あんた方のけっして尊敬出来ない人間を、サ。

四

毒盃。――ソクラテスの《栄光》。

五

君は、君の《運命》の手綱として、人生を進めたまえ。常に、一匹の同じ《牛》に引かれて行くような人間の真似をしていてはならない。

六

雨上がりの砂場から、泥にまみれたそのまだらの笑顔を投げ掛けて来る元気の良い――残忍な――子供たちの肩越しに、今日、僕は一匹の蜘蛛の《臨終》に立ち合った。これらのプロの殺し屋たちは、事の終わりを見定めると、瞬く間に殊勝なるあの《葬儀屋》に変身したのだ。――僕は、思わず快哉を叫んだ……何故なら、それが僕の眼には、とても自然な、ある種の《畏敬》のごとくに思えたから。――僕は、彼らに一切咎め立てをしなかった。殺された蜘蛛がたとえ僕だとしても、彼らは多分同じように振る舞うだろう。……その時、僕は、蜘蛛と僕とが永遠の親密さを以て、堅く《死》に結び付いていることを、明確に理解出来たような気がした。

七

空想とは、《遺恨》漂う墓場から、忽然と生まれ出て、人を行為に駆り立てるものだ。――確証され得る全てのことは、一様に腹立たしい。

八

その時、二本の編み棒の間では、困り果てた小さな手が、僕の襟巻きになる筈の、ひどく縺れた毛糸の玉と哀れな格闘を演じていた。「単純さは」……と、彼女は叫んだ。さながら我慢のならない歯痛のように……「あんたのイカれた頭みたいに、総てが気紛れで、ややこしい！」

九

発熱してから、熱の冷めるまでのそれは、《苦痛》なのだ。たましいが唄い出すのは、その後だ。――友よ！

――うわ言は、詩ではない。

十

何の変哲もない路端の石。――僕は時に、それを拾うかも知れない。それが絶対に、あり得ない《行為》だなどとは、僕は言わない。そうして、恐らくは君たちも又……。だが、いつも僕が投げるために、それを拾うのだとは思わないで欲しい。あるいは、ポケットに忍ばせるためか……そうでなければ、単に弄ぶだけのものかも知れない。ただし、口に入れる真似だけはしないつもりであるが……。いや、実のところ僕でさえ、その説明には、窮する次第だ。こう言って良ければ、ただ僕にのみ許された《必要》というものがあるのだろう。けれども、万人の確信に裏付けられない不遜な《行為》は、断乎として、君たちを納得させない。

十一

僕は自分が、それによって、然るべき不評を買い、《自滅》するのではないかと思われるような、ある種の認識——つまり、自分にとって、恐らくいつかは《弱み》となるであろうような意識の蔦の縺れを、自分にも他人にも、一様に隠し通すことが出来ない。

十二

現実への接近が始まるたびに、目的が《手段》によって翻弄されるという、この避け難い悲劇に対して、絶えず眼を瞑っている人間は、無気力な《歴史》の忠実なる反映に過ぎない。彼は、その名前の通り《大衆》と呼ばれるだろう。

十三

自らの内に巣くう、あの避け得ない敵のためには、むしろ《諦念》を学ぶべきだ。——けれども、それは、けっしてお前を「見捨てる」ということではないのだ。——慰めを求めるよりは、遥かに優れたことではないか？……生命よ。お前は《不治》の病である！

十四

憐憫。——紋切り型の《お節介》。

十五

背後から首筋に這い上がる、垂直の《霊感》。それに呼応する括約筋の収縮。——戦慄！　——この、あまりに生理的な《感動》。

十六

愛は、《行為》である。——だから、絶えず呼吸していなければならない……さながら空気を呼吸するように……僕は、君を呼吸しよう。——僕にとって、君は重大である。いつもはそれを意識しないが、僕は、君の《生命》によって僕の芽を吹き、実を結ぶのだ。——君に与える……それが、僕の総て！——青空を目指して伸び上がらなければならない。——それのない者たちは、滅びるだろう。愛において呼吸せず、生かせず、満足せず……共に死ぬ。

十七

僕は、《神》を信じない。何故なら、それは今、ここに存在するから。疑いを入れぬものは、明白であり、その存在の明白さにおいて、《神》は、信仰に値しない。

十八

泣き腫らした泪の淵から不幸の赤みも消えない内に、それ以上の不幸を目撃するように迫られる人間。……あゝ、何という《幸福》！　何という馬鹿らしさ！

十九

画家の魂に、より近いところで、もし彼の作品に触れる機会が一度でも与えられているなら——覚えて置きたまえ——鮮烈な一枚の絵の重みと共に、それに付された彼の《画題》を鑑賞せられんことを。あがなわれることのない《生命》を求めて、そこにも又、生彩を放つもう一枚の絵がある。人はそこに、彼の人生の遭遇する究極の《美》を、垣間見ることが出来るだろう。

## 二十

血の産着に包まれた、かぐわしい春の匂い。愛は、すでに《大腿》の揺り籠の中を飛び出した。――舌足らずなお嬢ちゃん。僕は、あなたの悲しきピエロ。あなたの胸のもやもやは、僕をいじめて憂さ晴らし。いつも、あなたの思うまま。……時には嫉妬で狂おしく、僕の心は、張り裂ける。――気紛れに、あゝ、僕を惑わすあなたの愛よ！　あなたの立てた《爪痕》深く、恋の泪に血は混じるとも、可愛いあなたの望みとあらば、たって浴びよう塩の水。――それに付けても笑顔が欲しい。無邪気なあなたの笑顔のためなら、僕は、サタンに平伏して、神も《国家》も何もかも一切合財、売り渡す。

## 二十一

はきだめの夜明けの中で――さらに伸しかかる《飢え》を前に――僕は、自分に染みつく汗の匂いを、快く、爽やかなものにするための術を知った。――《反抗》だけが、なお僕を生かし続ける！

## 二十二

彼らは、しばしば、首を捻る……あたかも不思議なものを見た犬のように。――あゝ、思慮深い《仕種》だ。けれども、彼らが特に、何かを考えているのだと思うのだけは止した方が良い……彼らに《恥》を掻かせたくなければ。――もっとも、彼らが首を捻り過ぎないように、一寸の間注意を振り向けてやることは必要である……彼らから、あらぬ《恨み》

を買わないために。

二十三

僕は、不器用なのだ。——柄にもなく、《詩》が書ける。

二十四

……けれども、諸君！　今、仮に諸君の猫が——文字通り、彼を呼ぶだけの名前はなくとも——諸君の前で、悪怯れず一声、「吾輩は……」と叫ぶなら、諸君！　その時は猫も又、諸君に同じく、社会的である。

二十五

産毛が、影の中で揺れている。——あゝ、あけぼのの間近にある君！　愛について、語らないで下さい。むしろ、愛として語って下さい。

## 後記

政略としての《福祉》。——根源的な愛の不在が、常にそこから僕たちを遠ざけてしまっている。——すなわち、それは、僕たちの国の醜いたましいを背負い込んだあれこれの習慣が、少しばかり《駆けっこ》の遅い僕たちから、絶えず奪い取っているものなのだ。——果して、僕たちは、それを真面目に受け入れることは出来る。そうして、それを共に悦ぶことも出来るだろう。けれども、それに代価を支払わなければならない理由などどこにもないのだ。——それは、僕たちに返されたのだ。友よ！　それは、僕たちのものなのだ。だから、それに相応しい《卑屈さ》などを、僕たちは知らない。

＊初版発行：一九七三年六月
＊B5判、二十八頁、ガリ版

# VOL. 16

## 詩集　敗走と孤独

——天地創造の初めより、詩は常に異端者の言葉を以て、唄われている。

### 敗走と孤独

一

泪を浮かべた今日の《夕餉》が、水溜まりのゾウリムシに夢中になっていた僕たちから、衒いのないつくしの笑顔を奪い返した。束の間の春と共に、すだく自由の子供たちは、もはや、どこにもその姿を留めてはいなかった。彼らが駆け出して行ったまだ淡い門の傍の暗がりに立って、僕は、しばらく、自分の足の廻りで孤独な蟻の真似をしている、あの白い《影》を眺めていた。人生から遠く隔てられてしまった家の中では、大人たちの僅かに真実味のある言葉が囁かれていた。——「外は、暗い。もう、誰も遊べない。」

二

世界は、目蓋に重すぎる。意識は、くびきに喘いでいる。眠りだけが軽やかだ。あゝ、《近視眼》の君たちよ。——聞いてくれ！　これは、傾聴に値する。——眠る時にも、眼鏡は取るな。遠くの《夢》が、良く見えぬ。

三

《努力》。——まっぴら！

四

蛇よ。僕の愛する敵たちのために、哀れんでおやり。毒持つお前の鋭い牙から、《踵》の高みの守り手が、絶えず必要であることを。——そうでなければ、今にも滅びて行きそうな、何とも不甲斐ない奴なのだ……彼らの崇める、その《伝統》は！

五

それは、《痛み》の表情をしている。馴れ合いに似た、あの真新しい活字の顔……当世風の目敏い顔に、僕はことさら冷淡に振る舞う。——どこが痛むのか？　あるいは、どのように痛むのか？　——それは、明細に答えてくれる。そうして、今では誰もが気が向けば、少しばかり大仰な身振りを以て、その表情を習得することが可能なのである。……だが、これは芝居ではない。何故なら、この無感動な呟きが僕を圧迫し始めた時から、すでに僕は、自分の《痛み》を感じ取っている筈なのだから。ただし、そこにおいても僕は、言葉が僕の《痛み》を代弁してくれようなどとはお世辞にも言うまい。——では、僕は言葉を無くしてしまったのだろうか？　……馬鹿な！　そこでは、いかなる言葉も、さして重大な問題とはならないのだ。要は、一声叫び、さらに叫び、繰り返し叫び、執拗に叫び、ただ、ひたすらに叫び続けることである。——狡猾な、心さいなむ舞台の上で、彼らの仮面が表明する理路整然とした《痛み》など、僕は知らない。

六

こんなにも、生きることが下手なのだから、《お金儲け》を考える、そんな余裕がこの僕の、一体どこにあるだろう？　生きるだけでも一杯なのに……。

七

幸福とは、唯一つ。——許しておくれ。僕は、言わねばならないのだ。——「生まれなかった」子供たち！

八

あゝ、《階級》の娘たち！　挙げて世界は、君らのパトロン。星が君らにつれない時は、金の衣に身を包み、薔薇の窓辺に忍び来て、恋も語るぞ《弁証法》で——。

九

肉体を退け、君の歓喜の叫びと共に抱き合うことを知らない《愛》は、猥褻である。

十

都合良く考えられた理想の内で、最も僕の心を掻き乱すものは「永遠の生命」である。けれども、神よ！　もし人間に、惜しみなくそんなものが与えられるのであれば——結構なことだ——その時は、何としても、

《死》を望まなければならない。

十一

魂にとって、事物に《肉迫》することにもまして、重大な問題はない。――それ自体の内に、相対する総てのものを、変化の過程に応じて包み込むこと……いや、単に包み込むのではなく、言い換えてみれば、そこに横たわっている、ひとつの巨大な《深淵》さえも、詩の本性と関わりながら、あくまでも誠実に埋め尽くすことが、それ本来の役割なのだ。ともあれ、それには魂が、いつも形を持たず、柔軟に保たれていることが必要である。――魂とは何か？ 恐らく《鋳型》ではないのだ。それは、火に聞くが良い。むしろ……彼は、こう答えるだろう……そこに熱を帯びて入って行く《鍛冶屋》自身である、と。

十二

「出し抜けに」……「どうしたの？」……「泣き出して」……「君の泪は、胸の思いを鎖すばかりで」……「ちっとも、教えてくれないのだ」……「君の名前も」……「それから、君の頼りないママのことも」……「君と僕とのつながりでは、それも至極当然の話だけれど」……「もう僕を、そんなに困らせないでおくれ」……「だって、ここにはさっきから、君のママは居なかったのだから」……「でも、それに気の付く以前には」……「君の笑顔は素晴らしく」……「君には、とても似合っていたのに」……「あゝ、輝く空の青さの中に、君は、翼を託したままで」……「もっと、遊んでいれば良かったのだ」

……「永遠に、ネ」……「ママの方こそ迷子なのだよ」。

十三

戦略としての兵器は言うに及ばず、《自衛》の名の下におけるそれであれ、あらゆる兵器に、絶えず——潜在的に——付きまとっている共通の《悲劇》は、人間が、それを使わずには済ませないという事実だ。——僕が恐れるのは、君がそれを使用して、敵とおぼしき《誰か》を殺すということではない。あゝ、馬鹿らしい！　そんな真似が、どうして君に出来るだろうか？　——むしろ、本当に恐れなければならないのは、それによって、君や僕……愛する家族や恋人たちが「殺されて行く」ことなのだ。

十四

《横顔》のない人間は、さながら一枚のつまらない絵のように、乾いている。悲愴な顔を見せてはいるが、やはり——それだけの人間だ。

十五

一つの《想念》が、僕を捕らえる。すると、まるで味を確かめるかのように、《舌》が——それに相応しい韻律を求めて——繰り返し、身をくねらせる。彼は僕に、こよなき詩の誕生が、ペンに因るものではないことを教えてくれた。

十六

本音が《失言》を誘発する。——友よ。それは、正しいのだ。——責任の所在を明らかにしたまえ！　僕は君の言葉に、文字通り公正な「清き一票」を投ずるだろう。

十七

一枚残らず、剝げ落ちた、《鱗》。ハエは、無心に、肉をついばむ。どんな気高い売り声も、すでに客の足を、留めはしない。時の《汚濁》は日々に流れ、生命の糧の行く末に、非情の鐘さえ鳴り響く。――あゝ、そこに今、人の波が打ち寄せる陸の《魚》たちよ！　お前たちは、一体何を夢見ているのか？

十八

なお、その上に――彼のクレオパトラも同意する筈のことは――パスカルの《鼻》が、もう少し低くあろうとも、依然として僕たちが、歴史の《悲惨》を相手にしていることに変わりはない。

十九

誰一人、語るべき相手がいないのだ。けれども、言葉は、僕の卑しい乾いた《喉》から、独り不意に飛び出して僕をひどく周章てさせる。そうして、もし、それが感じの良い《表現》として、耳に響けばひびく程、僕を一層惨めにさせる。

二十

《尊厳》。――いじめられて、強くなる。

二十一

時の蛮勇に踊らされて、星に与うべき沈黙よりも、未だに名誉を重んずる、愚かな《死》の要請に対して、君たちの耳を貸してはならない。

二十二

人目に付かないということ。——それは、正しく《真理》の内に息づいているということだ。

二十三

彼らが、そのように名付けている総ての詩が、詩なのではない。君は、それを知っているか？　一握りの人間によって「生かされて行く」ある種の詩だけが、詩に一層近いのだ。

二十四

僕は、飢える——奴らのところで。多分、安易な侮蔑を込めて奴らが使う、奴らの言葉で「飢えている！」友よ。君は、飢えないのか？　奴らのではない、自分の《神》に。奴らのではない、自分の愛に。奴らのではない、自分の意志に！

## 後記

僕は、自分を理解する必要を認めたので、自ら人生について学び始めた。けれども、それはけっして、現実の称賛を勝ち得るために、今も、人々の関心を沸き立たせている、あの「欠点に対して我が身を縮める」追従へのおぞましい能力を願ってのことではない。それは、自分に託されたあれこれの欠点を、取りも直さず一枚の鏡として愛して行くことであり、延いてはその鏡と自分とを、自分が判断出来なくなるまで、自分の生命の総ての可能な側面に——すなわち、鏡ではなく、この僕自らに研きをかけて行くことなのである。僕は、それを信じている——いつかは僕も、鏡なしで一点の曇りもない自由な僕を映し得るかも知れないことを。

＊初版発行：一九七三年八月
＊Ｂ５判、二十八頁、ガリ版

# VOL. 17

## 詩集　虚無の底流

――科学の知らない《苦悩》の前で、詩人は絶えず、自らの身を捩ることを迫られている。

### 虚無の底流

一

長い間……《希望》という名の僕の闇は、自ら、ある種の存在感をまとい付けた黴臭い風景の中に、その大いなる屈辱の泪を以て輝いていた。

――抗う意識とは裏腹に、生きるためにはいかなる理由をも持ち得なかった、あの暗い《青春》の陽の光を一杯に浴びた言葉たちの間で、僕は今も、淡い《物見》の影を背負いながら、けっして語ることの出来ない懊悩を抱く鬱病患者のそれのように、自分の胸に《穴》を開けたもののことを呪わずにはいなかった。……たとえそれが、自らの苦渋さに身を委ねたままであろうとも、くゆらす悦びをさえ与えずに灰と化さねばならなかった何本かの煙草だけは、僕のつぶやく《呪い》の意味を理解してくれた筈である。——けれども、多分、その時の僕は、正気を無くした《泡》のような存在として、写るかも知れない……総てのことが、公式の不透明さの中に報われて居り、他ならぬ、運命の《馬脚》をあらわす蹄の鉄で蹴られなければ微動もしない、石のごとき彼らの眼には。——そうだ！　《戒律》の王国よ。僕は、自分が闇でしかないことを知っている。そうして、確かに僕は、闇だ。僕が、休みなく掘り起こしているこの土塊は、ただ、別の《道》を作るためにのみ運ばれて行くのだ。そこで、僕は、日常の行為の土台を覆すだろう。——では、僕の信頼……僕が今日、《現象》の鎖された空間の中で示す、あの陽気さ……あれは、僕の《方便》でしかないのだと、そんなことを真面目に疑い出す人間が、どこに居るのか？　一体、僕の眼の前で、そんな寛容さを論破し得る人間が、どこに居るのか？　……だが、この反問に対する《責任》など、僕は初めから、負うつもりはない。そこでは、呪いも又《唄》に変わるのだ！　——あゝ、僕の外に《青空》は、ない。君に捧ぐべき《虹》さえも、ない。かつて僕の愛したものが、一瞬の内に引き裂かれ、消え失せて行ったあの《虚空》を求めて、再び大地が僕の闇に照り返す時まで——僕の生命よ！　——僕は、《秩序》に拝跪しない。

二

止してくれ。——もう、沢山だ！　君らの《お世辞》は。——歯に聞かせて、それが分かった。

三

意識の内で、《自由》がそれの死と闘っている間は、人はまだ、十分には死なないだろう。――君に同じく、それは僕にもなお、耐え難い《苦痛》のように思われる。

四

詩の沈黙を満たす……地下水としての《人間》。

五

君は今、そこに居る。……開け放された戸口の傍に……満面に、子供のような笑みを浮かべて。――やあ、君……僕は、君を待ち侘びていた。他の奴など気にするな。今宵は、共に語り明かそう。入りたまえ。我が友《キリスト》！　もはや、ここには、神は居ない。

六

食卓が……物干しが……そうして、あるいは昨日のベッドが……、半ば忘れてしまった、あの慎ましやかな《誠実さ》で、あゝ、正に鏡にこそ、女は、自分を告白する！

七

《歪んだ》ものは、美しい。

八

欲得ずくの嘲弄や、意識的な無視、その他、根拠なしと思える、様々な酷評の内にある《人間》にしか、僕は信頼を寄せない。僕は、僕の内部に生起する無明の闇に、光よりも、むしろ、生命を与える《人間》にのみ共鳴する。

九

T……駅に向かう電車の中で、一人の若い尼僧の姿を眼に留めたある日の僕たち。——ほろ苦い甘美な沈黙の一時の後、僕は、ふと我に返る。「ねえ、何を考えているの?」——耳元で、ためらいがちな君の視線が僕の顔を覗き込んでいるのが、分かる。——「あゝ、君、ごめんよ。今彼女のことを考えていたのだ。あの清廉な法衣の下で、彼女の足がどのようにして組まれているかってことを……つまり君のミニスカートよりも彼女の法衣の方が、僕にとって、一層淫らで刺激的だってことをネ。」

十

嘘は、《分別》である。——無くさなければならない。

十一

意識の絶えざる《寝返り》なくして、人は、どうして夢と闘い、その汚れなき《安息》の要求の内に、自らの確信を呼び覚ますことが出来るのか?

十二

詩の世界にも時として、恋に胸を掻きむしられる、あの悲しい《片思い》がある。

十三

隣組の《道徳》は、土足の親しさ!勝手知ったる他人の粗を、鵜の目、鷹の目、あばき立て、《二進法》で触れ歩く。——あゝ、僕の嫌いな高等数学!

十四

人の記憶に残らぬものなら、それはどこにも無かったのだ。――ここでは、自ら忘れるために、一つの記憶も持つことはない。――《やくざ》な存在とは、実にこのようなもののことを言うのだ。

十五

僕は、僕の魂に触れるもの、根気強くそれを握り、擦り掻き立て、熱くするもの……たとえそれが、峻厳なる神の《手》であろうと、垢に汚れた浮浪者の物乞いの《手》であろうと、そうして、さながら刈り取ったばかりの青草のかぐわしい匂いのする少女たちの《手》であろうと……それ自体の愛の内で、僕の魂をうるおすなら、いかなる《手》をも拒みはしない！　――僕は、僕の魂に対する、総ての禁欲を排斥する。

十六

《国家》と共に、僕には無用の歴史の外で――友よ！　――僕は、君たちの愛に囲まれている。《生活》は、僕に不平を言わない。

十七

矛盾は、ある。――あなたの中にも！あなたは、「ない」と思っている。けれども、それは「ない」のではない。あなたに、意識されないだけだ。……又、ある時の、あなたは言う。「私は、矛盾を消滅させた――私は矛盾を超えたのだ」と。あなたは、それを信じている。けれども、消滅したのは、矛盾ではない。むしろ、あなたが消えたのだ。……他人の矛盾に、目敏いあなた。誹謗に長じた、貧しいあなた。あなたの嫌いな矛盾のために、あなたは、僕を殺すだろう……あなたが、あなたを殺したように。——僕には、それが分かっている。僕はいかにも、あなたの前で矛盾をくりかえし口にした。何故なら、矛盾が僕を捉えるからだ。けれども、あなたは、矛盾に眼を鎖す。あゝ、あなたは、「矛盾を超えた」のではない。矛盾との闘いを、あなたは、止めただけなのだ。

十八

策を巡らし、罠にかけ、ひたすら自己の勝利を求めて、互いに、相手の自尊心を打ち砕くこと……そうして正に、この愚にも付かない猿芝居が数千年の長きに亙って、公然と「真理への意志」の名の下に演じられているのだ。——君たちよ！　恥を知るが良い。

十九

恐らくは、自分の《腹》から生み出されるであろう醜い面相を、多少なりとも、調いのあるものに見せようとする女の悲愴の趣味が、すなわち《化粧》と言われるものなのだ。僕たちが、物事について、何か価値ある思想を互いに述べ伝え合うための文学——そこにおいては、彼の行為をレトリックの名で呼び交わしているようである。彼らが僕を侮蔑するために良く口にするのは、この言葉なのだ……が、僕はそれぞれの領域における《メーキャップ》の必要性を、すべからく否認してしまう程の野暮な人間になるつもりはない。——ともあれ、それの許容の範囲を弁えることは問題だ。——過度に飾られた女は浅薄だし、文学においては、なおさらのことである。

二十

説得を必要とする人たちに対して、「僕は、今、詩を書いているのだ」とは言い難いことだ……と同時に、「僕は、今、詩を書いてはいない」などとも言い難いことだ。——特に詩を、生命に結び付けようとしている僕にとっては……！

二十一

罪は、低く、《救い》は、声高に祈りつつ……。

二十二

存在しない《虚無》の中にも、明晰なる思考の流れと共に、けっして、人生から離反することのない、自分の《位置》を、見つけておくこと。

## 後記

あなたが《人間》であるのは、猿よりも美しい顔を持ち、火で物を焼くことを知っているからではない。あなたが《人間》であるのは、あなたの、所謂お人好しから、巨万の富を掠め取る、安易な嘘や駆け引きに長け、さらにはあなたの道具と化した、見るも哀れな社会に対して、お得意の号令を掛け得るからでも、断じてない。あなたが《人間》であるのは、あなたが、あなたのように生き、あなたのように考え、あなたの言葉で、あなたを語ることなのだ。——もはや僕は、あなたとは言わない。——あなたが、この僕に何の関わりがあろうか？　あなたの過去を歩まぬために、僕も又、僕自身の行為において、《人間》を体現せねばならないから……。

*初版発行：一九七三年九月
*Ｂ５判、二十八頁、ガリ版

# VOL. 18

# 詩集　無用者の瞑想

――僕たちの《無》には、総て思弁という重さがある。

## 無用者の瞑想

一

僕は、かつて無限の虚空に放たれたあの一本の黒い《矢》のことを思い浮かべる。それは、あどけない期待のさなかで僕のわななく愛の《弓》から放たれたのだが、その時――僕は一体、何を《標的》として望んでいたのか？　――それについての僕の記憶は、すでに時を経た、不在の彼方に消え去っているのだ……あたかも一本の《矢》が、失われたそれの記憶と、運命を共にしたかのように。――僕は今、君の流す無言の泪を、僕の求める《しるし》に変えるその落日の中に立っている。僕は、もはや現実の腕の冴えを、《弦》に託することでしか、自分を生命に引き付けておくことが出来ないのだ。

けれども、あゝ、そこで放つ僕の未来は、いかなる星の下に飛んで行くのか？　——あの一本の黒い《矢》の想起のために、僕は、あらゆる方位に向けて、これからもなお、無数の《矢》を射続けるであろう。

二

血の通った《苦悩》。詩人は、絶えずそこから生まれる。——床の上の《死者》の安らぎには、用がない。

三

客観的なあれこれを、巧みな口調で述べ立てた後、批評家たちの現実は卑屈な程の笑顔に変わる。そうして、こう切り出すのが常だった。「……なお少しく、個人的な見解を付け加えさせていただければ……」と。——おゝ、いやらしい！　一体、それまで奴らは、誰の言葉でものを言っていたのか？

四

《顔》が売れ過ぎることのないように、要心したまえ。唄歌いの君たちよ！　お為ごかしは柄でもないが、耳に良くない喉をして、思い掛けなく手に入れた神仏まがいの《人気》でさえも、やがては消え去る身の上なのだ。——造られたその星の下では、《名前》が絶えず君たち自身を忘れて行く。

五

《買いかぶり》とは、空恐ろしいことである。——次の日からは、すでに容赦ない《見くびり》が待ち受けている。

六

名ばかりの《平和》のために、今は
鳩が、闘っている。

七

お互いに、同じ《憎悪》を分け持つ
ことで、人は、より良く結び合う。
——何故なら、友よ！　いつの時代
もこの《原則》が、政党、党派のい
しずえだった。——だから、彼らは
恐れているのだ。人が《愛》に目覚
めることを……。

八

都会のネズミは、《飢え》を知らな
い。たらふく食べて、肥え太る。近
寄る猫さえ眼で殺し、ネオンの巷を
のし歩く。——人間どもよ。これぞ、
《進歩》のあらわれだ！

九

宛て名のない《ラブ・レター》を、
山のように書きました。お返事は要
りません。あなたも一通、貰って頂
けますか？　——捨てるには、あま
りにも身を入れて書き過ぎました。

十

僕は、あれこれの矛盾のままに、顔
立ちの異なる二つの《愛》が、意識
によって結び合わされた人間。——
腹ではなく、その心の内に、一匹の
《仔羊》を宿した狼のように！

十一

怒りの導火線に、火を付けた《人間》
と、爆破されるべき、当の《人間》
とは……それは、実に、同じ名前の
《人間》なのだ。

十二

ある《絶望》。――その非十全なる認識。――人間を奉じ、《自己》を放棄したヒューマニズム。

十三

《後ろ姿》に魅せられて、彼らは、いつも恋に落ち、眼を伏せながら別れて行く。――《愛》とは、見定めることなのだと、互いの腹でうそぶくように……あゝ、眼を開けている時は、いずれも相手の《悲惨》だけしか見なかった。

十四

《真面目》というだけでは、腐る。

十五

右折禁止。落石注意。――人生……このあまりに暗示的なる道路標識！

十六

僕は彼女が、その矛盾した《行為》によって着服している神聖な領域を、自ら、不器用な《手付き》で探り当てる時のことを思い浮かべながら、時折、熱に浮かされることがある。――《二律背反》。……そうだ！君も又、彼女のことをそう呼んでいたのだ。――僕たち二人がお互いに《秘密》めかして話そうとすることを彼女の方でも内心は好ましく思っているらしいので、ことさらに挑発的なポーズをしてみせ、それに対する僕たちの《反応》を楽しんでいるのだ……と考えたとしても、これは強ち、不思議なことではない。――けれども、彼女の奇怪な《形》のスナップは、甚だ強固に見えるので、いかに時間を掛けようとも、それを外すことが出来るかどうか？　……僕は今、密かに思い悩んでいる。

十七

従順な《下僕》として、お金に仕えるあなたのために、この秋、社交界がお贈りするお洒落なネクタイ……素材には特に、菊の花模様をあしらった《ちり紙》、トイレット・ペーパーなどを使用してみました。——浮き世の《水》にも、良く流されることでしょう……。

十八

努めて、悪い《つら》をしてみせてくれ！　これは、悪いことだと公言しながら、堂々と悪いことをしてみせてくれ！　——口では言えるさ、何とでも……。「他人のためだ」と言うことにゃ、いつもみんな《裏》がある。

十九

「存在しない」ということも又、君たちの意識に上る、永遠なる《神》の概念である。

二十

人は常に、自分の好む《言葉》を以て、ものを考え、それに相応しく、《理解》する。

二十一

《孤独》を失うと、僕はいつも「独りぼっち」になってしまった自分を感じて、さながら冬の海の《塩》のように悲しくなるのだ。——だから、K……よ。僕は再び、眼に泪を一杯ためて、《孤独》の中に帰って行くのだ。

二十二

「もがく」ことは、すでに首肯きであるのだ。――絶対の信頼の中で、《行為》は、自ら同意する。

二十三

束の間の《後悔》に満たされて、僕が、彼らと語るのを止めた時、彼らは――僕が、《言葉》に詰まったのだと言って――犬のように、僕をなじった。けれども、それは、単なる《疲労》というものであるに過ぎなかった。勝ち誇る彼らの前で、僕は彼らに、それを許すだけの《自負》と平静さとを失いはしなかったから……。《耳》の遠い人たちの間ではいつも大声で話すので、体力のない哀れな僕は、その都度、嫌でも一息入れねばならなくなる。

二十四

異質の次元から、《宗教》を説明しようとする総ての努力は――哀れなるかな！　その認識の表現において《宗教》そのものを無力化する。

二十五

――見よ！　この上なく善良な人間にも、闇の心の奥底では、《必要》こそが価値あるものだ。

二十六

膿に汚れた《歯形》の中から、餌に尾を振り、鞭に額ずく、犬のごとき《法則》！

二十七

あゝ、誰もが僕を信じている――それが僕を打ちのめす。――とりわけ巧みな、あの《嘘》によって！

二十八

愛以外のものについては、いかなる信仰をも持つべきではない。何故なら、それは僕たちに対して、「信ぜよ！」と命じ、その度に「馬鹿になれ！」と要求するのだから。

二十九

今日——詩は、何ものかの《象徴》としてあるのではない。それは自らて、時代の狂気と苦悩とを僕たちと共に担い合うもの。

三十

……もはや僕には、たったひとつの《教訓》しか残されてはいない。
——すなわち、美とは《わたし》だ！

## 後記

僕の《癖》は、存在しないものを、あたかも存在するもののように考えることだ。僕はそれが、《癖》だということを、良く知っている。——ある人間の髪の縮れは、いかなる非難にも値しないものであることを、君はどこかで聞かなかったであろうか？　——ただし、僕は君に、僕の《癖》を押し付けようというのではない。唯、ほんの少し、僕に幸運を味わわせてくれれば良いのだ。僕には、それだけで十分だ。——けれども、君よ！　自らの足下に跪くものを必要とする彼らの《癖》、世論という顔のない化け物を、体よく陰であしらいながら、絶えず野心を遂げようとする小賢しい彼らの《癖》は、そろそろ反故にすべきだと、僕は、愚考するのだが……。

＊初版発行：一九七三年十二月
＊Ｂ５判、二十八頁、ガリ版

# VOL. 19

## 詩集　黒い自画像

《二者択一》。――人生に同じく、それは、
僕には意味がない！

### 黒い自画像

一

はるか彼方……ひび割れた思い出のレールの上に、孤独な、愛の余韻を残して遠ざかって行く、《背信》の汽車を見送りながら、僕は、絶えず自分の胸に突き上げて来る、その悲しみの《後ろ姿》を、ひとり悄然と受け止めていた。そこには、さえずる鳥たちの歌声はなく、迎える笑顔に、もはや昔の親しさはない。けれども、僕の耳の《ほこら》の中では、未だに空しく軋む車輪の音が、少年時代の淡い《郷愁》をくすぐっている。――あゝ、眼の前に拡がるお前、荒涼とした冬の大地よ！　垂れ込める雲と固陋の岩とが、等しく、宿命の《闇》を形作る狂乱のさなかで、嵐が呼び交わす僕の名は《不幸》。

すでに、いかなる栄華の時も、その白銀の《ふところ》深く、雪が慈しむ草の葉以上に僕の心をなごませはしない。——斯くて、無骨な僕の足の下、切れ切れに、《道》は続く。消滅への暗い期待が、僕に微笑み、次いで、始原の山並みへと、重く木霊する。……凍てつく《恍惚》の一瞬！　僕は、永遠に踵を返し、さながら《敗北》そのもののように構成された、長い旅路を胸に描く。——僕は今、僕の不屈の第一歩を、この《終着駅》から始める。

二

鳥と矢とは、同じ《羽根》を持ちながら、互いに異なる使命を帯びて、大空の中を翔けて行く。——鳥は、自由な《生命》のために、矢は、殺戮の恐怖を担って。

三

言葉が勝手に泳ぎ出すようになると、僕には、それが《嘘》だと分かる。気が向けば、どこから《尾鰭》が生えてきたかも……。

四

《幸福》。——君は、存在しないのだ。人は、しばしば《不幸》を忘れる。……それは、忘れただけなのだが……僕のこの考えに、《歓喜》はいつも、けっして同意したりはしない。

五

目的を失う度毎に、僕は、《人生》に近づいて行くように思える。——素晴らしいことではないか！

六

あゝ、僕の愛よ！お前は、何と慎み深く、その上、何と貪欲なのか！——それが、確かな証拠には、いつもお前は叫んでいる。「たった一人の、総てが欲しい。」

七

絶えず自分の《耳元》で、話し掛けるように書くこと。又、そのように生きて行くこと。——これらは、僕にとって、全く同一の事柄を意味するのだが……。

八

見る者の眼の前で、画家のこせついた《筆》の動きを——幾度となく——忘れさせてくれる、あの不思議なもの言わぬ《静物》。

九

《孤独》が深まるに連れて、僕の周囲には——人々の心を逆撫でていたあの喧騒は、姿を隠し——代わりに穏やかな陽射しの下で、独り手紙に費やすための、幸福な《時間》が増大する。変わらぬ《友情》の優しさを携え、母屋の階下の板敷きに嬉々として舞い込んで来る《封印》の小鳥たちよ！　君たちのくちばしに似た可愛らしい《文字》の一つ一つに、僕は、口笛で答えながら、それの生命に相応しい今日一番の出来事を、自分の惜しみない《ペン》の先に託す。——そこに僕は、日々に流されて行く人間と、その《盲目》の生活とが常に置き去りにして来た、最も気高い《愛》のドラマを、深い感動と共に見出している。

十

古来、音楽によって無視されて来たある種の粗悪な《ラッパ》のために、歴史は、数多の息ある生物の内からそれを吹く、最も危険な使い手たちを選び与えた。——すなわち、その一人には《政治家》を、又、一人には《軍人》を、そうして、さらにお気に召すなら《坊主》たちさえ！

十一

愛を求め合う《たましい》は、恐らく詩の中でしか出会うことがない。それは、唄うか——あるいは、燃えるか——の《力業》を必要とするが、いずれにせよ、奇跡の関与する余地などないのだ。たとえ、僕たちの詩が永遠の闇に埋もれていようとも、僕たちは共に、この《道》の上にいよう。

十二

出来ることなら、人生が、すっかり終えてしまうまで——さながら、拡げた網の巣の中心に居て、じっと獲物を待ち受けている、あの誇り高い《蜘蛛》のように——けっして、君が何者であるかを、自分にも他人にも明かさぬが良い。何故と言って、それを明かしてしまった以上、君は君にとって、何者でもなくなるし、況して他人は、君がいつも、そういう《人間》でないことには、一切、我慢がならないから。

十三

「もし……」という言葉は、時に、融通の効かない《敵》の反論に対して、自ら恰好の証言を与える。

十四

人生とは、しばしば《手》で触れることの出来ない——神聖な——ものの《喪失》である。——果して、それを僕たちは、眼にも見、声にも聞いてはいるのだが……。

十五

《権利》の剝奪。——それが、国家の平安だ！

十六

《鉤十字》の旗の下、種族保全の意気に燃え、「ヒトラー、万歳」を叫んだ人も……胡散臭い建前から、あえて、その名を拒否した人も、共に《英雄》を生み育て、日々血の粛清に明け暮れた。——今は、あゝ、ユダヤ人がメシアを気取り「血の純潔」を讃えている！

十七

不幸な者を、癒す《力》がないのだとしたら——友よ、僕の言葉の意味を汲み取れ！　——彼の不幸を哀れむよりも、むしろ、黙って立ち去ることだ。……君が与える《哀れみ》に、不幸の影さえ重くなる。

十八

薄暗い僕の部屋の机の上で、書くための《手》が、言葉の厳然とした支配によって、およそ、その表現にはそぐわない無益な《労働》を強いられている間は——たとえ、それが僕にとって、必要な行為の結果を産み出し得るものであれ——《足》は、自分に対して課せられた本来的な役割の、ほとんど総てを見失っているのだ。……果して、あり得る限りでのこの状態は、僕の《思考》を不快ならしめるための十分な、正当の動機を持ち合わせている。——恐らく、そのためなのだ。僕が時折、ペンを投げつけ、狂おしい《血》の叫びを挙げて立ち上がって行くのは！

十九

《物》と《人》とを、秤に掛けた。——《物》が重い……と、子供は言った。——何故か、僕は、仕合わせだった……？

二十

「……わたしが、誤解だと認識し、確認したことの一切は、わたしによって明白にされた。……それ故、わたしは、斯くのごとき良識に基づき、わたしのこよなき正当性を、自ら、立証する……。」

二十一

あれこれの骨が肉を引き裂き、大地が、眼の中で、正に砕け散ろうとする、その時……まだ生きていた僕の《恐怖》は、今も素足で、あの崖の上に立っている。——僕は、そこから身を躍らせることによって、自らの想念を《永遠》に変える。

二十二

僕は、《匙》を投げ出した。——頑ななまでの僕の思考は、恐ろしい背理を併発し、新たな《疾患》を殖やし続けた。すでにそれは、いかなる療法をも受け付けはしなかった。けれども、これらの意識の解体は予想に反して、僕の《痛み》を完全に掌握することが出来なかった。——僕は、精神を擁護しない。だとすれば、君は、僕に——気兼ねなど要らない

――はっきりと「最後宣告」を下すべきなのだ。……それを僕は、平然と聞く用意がある。

二十三

明日、歌を「見に行く」のだと、彼女は言った。――そうだ！　この表現は、とても僕の気に入っている。

二十四

僕は、あたりまえの言葉では語ることの出来ないものを、自ら語ろうとするために、他人がしかつめらしく用いるだろう他のいかなる《手法》にも興味がない。――僕は、吃りながらも、なお誠実に語り掛けて来る《人間》を愛する。

## 後記

僕たちの世界には、様々な《制約》の名の下に――例えば、彼の車が右手を走る、際立った《お国柄》とか、眼や耳が、すでに何の役目もなさなくなった冬枯れの《年齢》とか――君も又、良くご存じの性格や見解を異にする、実に多くの人間がいる。僕はもちろんそれを以て、この現実の《しがらみ》を隠し立てするつもりはないが、その中においてさえ、どことなく一種の離れ難い《愛着》を感じさせる人間がいるものである。僕は、むしろ――自分の全き《仲間》よりも――そのような人間に対してこそ、僕の持つ嘘偽りのない《感情》が、いつも素直に受け入れてもらえることを、独り密かに、願っている。

＊初版発行：一九七四年三月
＊Ｂ５判、二十八頁、ガリ版

# VOL．20

# 詩集　翼なき自由

平然と、ごく日常的に、独り己れを弄ぶ
ための権利！

## 翼なき自由

### 一

あゝ、過酷なる《運命》よ！　聞いてくれ。――確かに僕は、この世の中に《産声》上げて、まだ間もないのだが、何が望みで生まれたのやら、すでにそれさえ忘れる程に、斯くも醜く年老いてしまった。夜となく昼となく、いつも僕の周囲には、沢山の《顔》があったが、それはいずれも、僕の口喧しい親たちに似て、馴染めないものばかりだった。時と共に、心ない人々の《嘲り》の声が、僕の内なる唯一の誇りを呼び覚まし、僕はひとり、生命を介して、薔薇の《爪痕》の歌声を聞いた。遙か彼方……闇は、僕を讃えていた。僕は自ら、持つべきものを奪われたための、あの実りない《悦び》によって、他人も羨む《苦悩》を学んだ。今日、僕に自惚れはないが、もし、まだ何かあり得るならば――包み隠さず話すとしよう――それは僕が、絶えず《独り》だったということだ。僕にとって、師と仰ぐべき軽薄な人間の類など居なかったし、又、友と呼んで蔑む相手は、さらになかった。だから、僕は、数多の《敵》を仲間と呼んで心置きなく、彼らを愛した。僕は、遁走しながら、美に留まり、《不幸》の成就を理想とするこの現実を破壊する。僕は、いかなる信仰をも持たなかったが故に、あの巨大な《深淵》を手に入れた。――では、お別れだ。ご機嫌よう。これは僕が、吐き気と共に、お前に送る《感謝》の言葉だ。胸に深く、刻み付けて置きたまえ！　――僕はただ、自分のために……他人の死なないもののために、死ぬ。

二

僕は、出来の悪い《生徒》として、青春の暗い門を潜って来た。かつて教え授けられたものは、何もかも、綺麗さっぱり忘れたが、《暇》に飽かせて学んだことは、総て不思議に覚えている。今と同じで、その頃も余分な金こそ無かったのだが、僕は、心に恥じないだけの《夢》をさかなに遊び暮らした。才能とは気楽さから来ると、僕は、真面目に信じていたから、《努力》についての何の意義をも認めなかった。――いつも僕をうんざりさせた、神にも見紛う教師たちよ！　君たちに対して、もはや媚び諂《へつら》う謂われもないので、さらに一言、言わせてもらう。――「今日、わたしのある」……しばしば僕が耳にする、君たちへの感謝の念など間違っても持てないからだ。

三

運命の不誠実さに対して、僕たちが――我知らず――吐く言葉の内には果して、ある種の卑しさ……闇をくわえ込む、あの奇妙な羨望が隠されている。――「うまく、やった。」

四

絶えず、留めよ――君の《狂気》を！飢えはなお、パンを求めて倦むことがない。《美》も又、然りだ！――あゝ、その身はたとえ、朽ち果てようと……友よ。自らの《人生》を正当化するなかれ！

五

内気なる《自尊心》のお蔭によって慎み深さを余儀なくされた、あの未曾有の《犯罪》には、僕の頭脳の食欲を、嫌でもそそる何かがある。――だが、君たちよ。ご心配には及ばない。人の《喉》を通すには、それは、あまりに苦すぎる。

六

もはや、答えを返すことに飽きてしまったママの柔らかな膝の上で――あゝ、なおも執拗に、子供たちよ！――君たちの「何故」を繰り返すことによって、人生は始まる。

七

ある《流行》が生きていた時間――すなわち、それの持つ創意の利発さが、未だ評価の十全な対象であり得た時間――は、常に《過去》のことである。

八

犬と鞭とが、共に唸りを上げている《囲い》の中には——君が良く口にする——あの《放牧》という言葉はないのだ。

九

詩人は今日、自らによって不可欠なものと認められた彼の《ヴィジョン》に奉仕する。——それ故、彼は、事ある毎に、自分をののしり、悪態を吐く。

十

時に、君が《眼》で見て知っている差別の棘を、僕は絶えず、《肌》に触れて感じている。——そのことで僕が、君を差別しないで済むのは、友よ！　正に願わしきことである。

十一

《自由》に対して、僕は、ただ、自分の力を示すだけのために、敢えて《隷属》を求めたりはしない……彼が、僕を必要とする時以外には！——僕たちの《仲》が常に、お互いの愛の上に成り立って行くように、僕も又、彼の《意見》を尊重する。

十二

詩は、《神聖》なものである。——書きなぐる訳には行かない。

十三

《現実》。——この当て所ない無意味な重複！　恐らく、誰もが体現しているだろう彼の耐え難い《憂鬱》の日々を、正に、己れのものとして捕らえてしまった、その時には——

あゝ、君たちによって、あたかも、そのように理解されていた——最も《幸福》な人間の耳にも、玄妙なる死の囁きが聞こえる。

十四

《愛》とは、約束された神聖な時間。——恋人に逢う前の長い《身支度》。そこで、君が呼吸を整え、念入りに身なりを正す、《心》の鏡。今日、君の眼差しのほとりに艶やかな薔薇が一輪、信頼しながら、君を待っている。——君の泪で、彼女の顔を曇らせてはならない。——君が見る……それは、君の《姿》だ！

十五

……だが、考えても見たまえ。僕たちの、一体どこに《節約》の余裕などがあるのかネ？　諸君の生活……諸君の必要……諸君の権利が、方便であるとは言えない以上——僕は、斯く断言しよう——消費は、今なお《美徳》である。

十六

あゝ、何という皮肉！　——政治嫌いにも、この無用の《一票》。

十七

僕の認識の《瞳孔》は、闇に対して拡がるばかりで、今はもう、それを縮める術とてないのだ。——だから、君よ。お願いだ。僕を独りにして欲しい。——あの《現実》の世界に出ると、僕は、いつも眼が眩む。

十八

どのような《情熱》も、僕のものではない。どのような《愛》も又、僕を燃え立たせることは、出来ない。——あゝ、今日の僕の《幸福》。それが一体、何だろう？　——幽かに濡れたくちびるが、糸の先で優しく微笑み、着たままのシャツのほつれを、傷心の《泪》と共に縫い合わせてくれる君……君が居なければ！

十九

歯に衣を着せずにおくと、《言葉》が裸身で飛び出すのだ。——奴らもそれが《真実》なのだと、普段は堅く信じているが、姿形の醜さが、いかにも疚《やま》しく見えるので、《道徳》などを振りかざし、胸に畳んでしまうのだ。《村八分》が怖いのか、今では、誰も語らない。本当のことをしゃべらない。——だから、僕が聞かせてやろう……お気に召さぬは、承知の上で……身の毛もよだつ裸身の《言葉》を！

二十

誇らしげな愛のさまで、僕の見る眼を焼き尽くし、それの煌めく《春》の息吹を、二つながらに反芻させる傷一つない彼女の——パンのような——あの《膝》。

二十一

力によって、《釣合い》を保持しようとするその愚かしい考えは、君！　もう、その辺で止めたまえ。——計算が、僕たちの美しい《関係》を侮蔑するのだ。

二十二

おぞましい彼の舞台を跳ねてから、やっと、本物になる《役者》が居る。——それこそが、見物だ！

## 二十三

賢明なる《教養》とは、彼らにとって、単に、才能の豊かさを示すだけのものではない。――それは、人が暗黙の了解の内に、自ら《常識》の前で身に付けたもの……すなわち、適度に――正しく適度に――己れを《隠蔽》する能力を指すのである。

――弁《わきま》えておきたまえ！　彼らこそは、斯くのごとき言動を、最も良く《隠蔽》する。

## 二十四

「……よろしい！　説明は、分かった。……どの道、わたしは、死ぬのだな。……だが、君よ。……すでに時間が、ない。……では、もう一度だけ……真理を、頼む……。」

## 後記

真理への長い道程を歩み行く友よ！　君と共に、闘いに明け暮れた日々の僕の顔は、今も君の前に輝いている。僕はそこで、絶えず詩に自分の表情を与えながら、僕の人生の洗いざらいを、君に対する問い掛けとして投げ出して来たのだ。果して、美とは、人生を激しく生きる人間のみが捕らえ得るものであることを、僕たちは学んだ。それは、僕たちが題材によって限定されることのない自由な立場に留まることを……さらには、ランボーのように言葉を超えて、自らの行為の内に裸身で帰って行くことを要求している。

――だから、友よ！　僕は自ら、そうした激しさを捕らえない限りは、詩に対していかなる感動も覚えないし、況《ま》して、徒らに呼応することなど出来ない。

＊初版発行：一九七四年五月
＊Ｂ５判、二十八頁、ガリ版

VOL. 21

# 詩集　失われた視線

《気紛れ》の復権。——生活への僕たちの回帰！

## 失われた視線

一

日毎の糧である彼の思いに、香り高い《比喩》をまぶし、愛の炉の火に掛けることは、詩人にとって——何よりも、ある種の胃による《消化》を拒む——最も巧みな調理方法である。

二

さながら、良質の武器を選ぶように、自ら最良の《敵》を選ぶこと。

三

誰の眼にも、止まらなかった。見ても、それには気付かなかった。いつも誰かは認めたのだが、ついぞ表現しなかった。——今もなお、あゝ、この僕を捕らえて離さぬ《美》！

四

思索の《敵》は、絶えず耳から闖入する。——もし、君が、斯く言うことをお望みならば——はるか彼方の畳の上に、落ちる幽かな《針》の音さえ……。

五

ものを尋ねようとして、《幸運》を捜すような振る舞いからは、是非とも遠ざかっているように。——何故と言って、人の気を引く《名声》は、姑息な利害の取り結ぶ、あの集合の結果でしかなく、もちろん、他人にものを教える術など、どこにもありはしないのだから。——《不幸》。それが、君の唯一の教師！　彼に対して、むしろ誠実に問い掛けたまえ。《幸運》の語る言葉は、君の心を、ただ一度空しく騒がすだけだから。

六

傷つきやすい果実さながら、人間の《精神》も又——衝撃に対して様々に関わり——自らに加わる傷において、一際、高貴な香りの内に輝き出るのだ。肉は、《欲望》の内側に腐り行き、彼の短い生命を終えるが、傷は、それの痛みを以て世界に触れ合い、《愛》の鼻孔を甘くくすぐるものである。

七

人は、しばしば答えによって、自分に課せられた問題の在り処を、益々複雑なものにしてしまうという訳の分からぬ《過ち》を、自ら承知でやってのける。——だから、僕には彼らの騒ぎ立てている問題が、何故かいつも、答えの都合によって編み出された、あの《知恵の輪》のように思われてならない。

八

「……法は、この世じゃ、真実だ。……紛れもねえ、真実だ。……だが、この法が、嘘を吐く。……俺たちだけにゃあ、嘘を吐く……！」

九

「現実的である」ということ。――それはたかだか、証明の《必要》を自ら放棄せしめるような、手に入れ易い事柄から、ある種の利益を真先に受けてしまった極めて幸運な人間たちが、互いに分け持つあの共通の《迷信》であるに過ぎない。

十

論争における《弁舌》の勝利は、差し詰め鼻息の荒さと、甚大な声音の力とに由来する。――吠える犬の耳に、《説得》は無用である。

十一

その身の《不運》を嘆くのか？　自棄になって、ぐれるのか？　救いを求めて、額突くのか？　闇に乗じて掠め取るのか？　《力》に屈して、奴婢となるのか？　――あゝ、君たち、心の不具よ！　《狭量》にこそつまずきがある。求めるものを得ようとして、今あるものまで無くしてしまう。

十二

あたかも、人生のそれのように、ここでは、《真理》でさえも、老いて行く……。

十三

《死》は、あまりに近くあり過ぎるので、人が、それについて知っていることと言えば――《死》そのものではなく――《死》の産み出す、彼の不安と恐怖とでしかない。……人は、忘れる……そうして、ただ忘れることによってのみ、《死》が未だ、遠い存在として映る。

十四

《国家》。――反社会的概念！

十五

人生において、何一つ成し得なかった《無用》の人間にも――自己の名を附して――尊重すべき、明らかな《生活》がある。

十六

大衆は、受け入れる……かつては自ら、けっして高く評価し得なかったものを！　――彼らは、《眼》で学ぶことを斥け、頻りに《耳》で聞きたがる。

十七

多くの人間たちが今日、自分は、飢えているのか――あるいは、乾いているのか――という、自己の《魂》の存続に関わる、あの明瞭であるべき事柄すらも自覚し得ない、極めて危険な《感覚》の飢餓状態の内にいる。――果して、彼らの身に起こっている《昏迷》の事実を悲劇として捉え得るもの……あゝ、それも又、《感覚》なのだ！

十八

言葉と言葉の当て所ない《連結》から、時折産まれ出るある種の意味や音の《歪み》が、詩への道を切り開くのだ。――詩人は独り、その道の上を自分の胸で瞑想しながら、試みの《荒野》に向かって歩いて行く。

十九

《自由》は本来、何ものかのためにそれを使い、自ら《行為》するところのもの！……だが、いつの頃か？人がそれを渇望し、追い求めるようになったのは――。

二十

舌が《諷刺》を始めると、僕の口は――独りでに――その苦い液で一杯になる。……あゝ、この《毒》を吐く大地の草よ！　許しておくれ。枯れるのは、けっして、お前たちではなかったのだ。

二十一

嫌われた学校。――僕たちの「劣等感」養成所！

二十二

「わたしは、あなたの有能な道具」……「わたしは、あなたに還元される、顔のない無害な一票」……「わたしは、わたしの意見を持たない」……「わたしはただ、あなたの嘘が、あなたのためにより相応しくあることを望むだけ」……「斯くして、わたしは、あなたの幸運を約束する」……「一体わたしは、存在するのだろうか？」……「わたしはすでに、わたしの名前さえ忘れてしまった」……「時々、股間が騒ぐので、強《あなが》ち死んでいるとは思えぬのだが。」

二十三

罪からの《救い》と称して、意識は
逆に、ある種の罪を植え付けられた。
――うまい《遣り口》だ！　人は、
口を塞ぐだろう。

二十四

僕は、諸君に敬意を表す。愛国主義
のつわものどもよ！　――諸君は、
《国家》を打ちのめす。僕より、さ
らに上品に。僕より、さらに早急に。

二十五

あるべきものは、あるがままのもの
の内に……あるがままのものは、あ
るべきものの内に……。覚えておく
が良い！　《最良》のことは、総て
今も昔も、これからも、そのような
ものとしてあるのだ……と。

二十六

誤解は、僕が《逆説》によって求め
る、唯一の褒賞である。もし、それ
が誰からも授けて貰えないと、僕は
自分が、ひどく傷つけられたような
気がするのだ。

二十七

至上の《愛》を以て与えられた――
ゴキブリのごとき、蝮のごとき、糞
蠅のごとき――全く、取るに足らぬ
《自然》！

二十八

彼の内に――僕は、信ずる――絶え
ず、僕は息づいている。僕は、彼に
祈らない。僕は、彼を求めはしない。
……僕の《神》への全的な愛は、た
だ彼を拒否することにおいてのみ、

可能となるのだ。……あゝ、彼に対する僕の《行為》は、君たちのそれに少しも似るところがない！

二十九

僕は、しばしば他人の言葉の内から、己れの《思考》を導き出す。……他人の言葉そのものを、正に逆転させることによって！

三十

墓の中で、一つ、じっくり考えてみたまえ……この世に生まれる以前のことを！　かつて、《そこ》には、君は存在しなかったのだし、すでに《ここ》にも居ないのだ。——来るということもなく、又、行くということもない。——そうだ！　君は、馬鹿にされたのだ。

## 後記

歴史の真の証人……それは、敗北者たちである。彼らは、その時代の生きた可能性を代表していたにも拘らず、日々増し加えられる目前の謎の内から、僕たちの未だに理解していない真理の土壌の一塊を摑み取ったが故に、自ら逆説として追放されねばならなかった。——時の波打つ濁流に呑み込まれ、あるいは人知れぬ砂礫となって湖底深く埋もれたまま、彼らの記憶はすでに、歴史の脳裏から掻き消されてしまっているのだ……あたかも僕たちの時代が、彼らを誰一人必要としてなどいないかのように！　果して、歪曲の歴史の創造者たちは、自らのおぞましい行為の正当化を歴史から取り付けるために、彼らの存在を巧みに抹殺し続けて来たのである。けれども、それらの悪意ある企てにもめげず、この宿命の闇の中で、今なお彼らは語り止めない。あゝ、その歌声を聞く者は聞け！　僕たちこそは、歴史の証人……失われた時代を引き継ぐ敗北者たちである。

＊初版発行：一九七四年七月
＊Ｂ５判、二十八頁、ガリ版

# VOL. 22

# 詩集　錯乱への序章

闇が、美を取り籠めている宿命の前では、歌も又、自らのために立ち上がらねばならない。

## 錯乱への序章

### 一

海の荒れる不安な夜には……子供たちよ……話して上げよう。砂に埋もれた哀れな貝が、嵐に聞いた打ち明け話を。——舵を持たない《大船》には乗らぬ方が良い。喉に厭味な骨を立てる柄の良くない小魚たちは、密かなその《黄金》の釣針で、時に人をペテンに掛ける、罪の深い悪ふざけをする。食卓で彼らに出会うと君たちは、自分のお皿にそっぽを向いて、いつもママを悲しくさせた。笑っておくれ……子供たちよ。僕にとっても、彼らは「喰えない」存在なのだ。——けれども、あゝ、心の広い、大きな海は、けっして彼らに「手を焼く」ことはないだろう。たわむれの飛沫を上げる波の近くで、可愛い《突起》を剥き出しにした誇らかな君たちが、ヒトデと共に打ち上げられる、あの赤茶けた木屑を集め、競って未知の危険に立ち向かうあれこれの《希望》の舟を作ることも許すだろう。君たちの舟には、立派な《夢》の舵がある。そのことも又、海は良く知っているのだ。——さあ、君たちの身に絡み付く、現実のもやい綱を解き放ち、《自由》の海へと船出しよう。やがて、眼に見る彼方の星の、紛う方なき明らみを求めて、今は、逆巻く《潮》の流れを越えて行こう。

二

長い間、忍従が、人の身体の中にあって、最も強大な圧迫を加え続けて来たのは、《歯》である。——貧困の苦悩は、彼らに対して、絶えず、それを——文字通り折れる程に——「食いしばる」ことを要求した。

三

元より、人は、パンのみに生きるのではなく、さらに《より良い》パンを求めて生きなければならない。

四

小さな、白い歯の見え隠れする君の赤い《唇》の先で、一粒の葡萄の実のような動きをする、可愛い舌を見つめていると、僕は、それが、何か楽しげな話を、今しも聞かせようとしていたことを、時に「すっかり」忘れてしまう。——あゝ、どうか、僕を叱らないで欲しい……不作法な僕の《思い》が、君の胸を掠めたとしても、それでも、どうか続けて欲しい。——僕は恐らく、我知らず、自分のしようとしていたことが、君の《頬》を染め抜くまでに、夢中でそれに聞き惚れていたのだ。

五

断って、《象徴》がお望みなら……どうかね？　……この際、選ぶ権利も与えてみては。――酷いものだよ。この《カビ》臭さ！　あんたの名前を口にすると、僕らは決まって、むせ返る。

六

しようと思えば、君からだって、僕は苦もなく、君の《信頼》を盗むことが出来るのだ。僕を誹謗するために君が注ぐ、あの後ろめたい《努力》などしないで……。僕たちの愛する《自由》の鳥は、けっして鳥籠を贈り物にするような人間の手には乗らないものだからね。

七

意識の《振り子》は、時の深層を刻みながら、絶えず生命の律動を誠実に繰り返す。――《弧》を描く……あゝ、それの軌跡が《精神》だ！　どのような人間にも、果して二種類の極点がある。

八

諸君！　僕のペンを黙らせてみたまえ。――それには、ただ一言、僕に「書け」と命ずるだけで十分だ。

九

――知らずばなるまい。《渡世》の仁義！　仇が、しばしば、さらしを巻いて、売られた《恩》を買いに来る。

十

「……お祈りの声が聞こえている、そんなにも長い間、じっと、ただ頭ばかり下げていたので、神様！　僕には、自分の足下にある床板の、あの窪みの他には、何一つ見えなかったのだ……。」

十一

あたかも一本のおぞましい《棘》さながらに、ここでは痛みも、自分の姿を、けっして真面に見せないことで、絶えず、その巨大な《存在》を誇示して来たように思える。

十二

思惟するものの《相》に応じて――見ること。聞くこと。触れること。

十三

眠りの床に就く度ごとに、僕はただ、自分の胸でしか聞くことの出来ない小さな声で、「さようなら」と独り呟く。――起きている時には、影をさえ見せなかった容赦ない《死》の恐怖が、永遠のひだの中に崩れ落ちようとしている僕を、執拗にも救い出しにやって来るのだ。けれども、僕には、彼が覗かせている、尊大な《友情》のしるしを受け入れる気など、端から在りはしなかった。――果して、僕のささやかな《抵抗》であるその寝返りは、逆に自ら、不安の結束を掻き立てるばかりで、彼を益々、無遠慮なものにしてしまう。――だから、僕は……このまま死んでも良い……という彼の《保証》を手に取るまでは、いつも絶対に眠ることが出来ない。

十四

誠実なる君。僕の支え。あゝ、平和に飢え渇く心の友よ！　――何故、いつも僕たちは、他人に「与えた」苦痛によって自分を憎み、他人から「受けた」苦痛によって、何故、自分を愛する人間であるのか？　――何故、誓って僕たちは、その逆ではないのか？

十五

ある種の《笑い》の内には――見よ！　――一本の箸というつまらない形象から産み出された、あのこじつけの軽薄さがある。……その《笑い》の本性に同じく、総ての人間がそれによって、いつも《幸福》を感じ得るか否かは、少しも考慮されるところではない。

十六

《必然性》の巨大な枷を付けるためだけに、人は、生まれて来たのでもなければ、死んで行くのでもない。――実に、それの始まるところに死が始まり、死の終わるところに、それが終わる。――あゝ、このことを誰が知ろうか？　豚も、犬も、今はまだ、同じ《意識》の泥の中に眠っている。

十七

頭の固い、やくざな教師も、鉢に咲き出た一輪の花も、《性》については、良く知っている。――然らば、偽善者どもよ。自らの耳をふさぎ、眼だけで、これを理解せよ！　――《おまんこ》については、何も知らない。

十八

あゝ、《自我》よ！　――僕は三度祝福する。――数々の《苦悩》において、君は、輝く未来を残す……偉大な者たちに特有の、不滅の体臭。

十九

僕たちは、自分の身体が、《浮く》ように造られていることを真に体験するまでは、けっして《泳ぐ》ことが出来ない。――意志に反して、誰もが《沈む》ことは出来るだろう。けれども、自ら、手足を使い、水を蹴って分け入るために、さらに深く《潜る》ことなど、あえてそれを求めぬ限り、力及ばぬものである。

二十

弁証法とは、かつて《猿》の所有物であった、永続する《矛盾》の進化論である。――因みに、その猿知恵の《止揚》を以て、自らの思考の究極目的とする。

二十一

光と闇とが、互いの心を取り交わすあの一瞬に、自然は、人間にとって最も相応しい《背景》を産み出す。――だから、僕たちは、自分に出来る精一杯の《感謝》を以て、彼に応える。――たそがれのためには《泪》を……あけぼののためには《微笑》を……。

二十二

言葉にとって、《詭弁》とは、結局説得を作り出すための技法にすぎない。――あゝ、《信頼》を求めて止まぬ数々の舌よ！　君たちの主張において、誠実なれ。

二十三

尻馬の《多数決》。——錦の御旗にその身をさらし、破門の恐怖に慄えている。時には、そうだ！　この僕とても、《組織》に心を引き付けられる。だが、君たちよ……果して、それが《正義》だろうか？　あゝ、確信を以て、ここに記す。——僕は、《正義》を軽蔑する。

二十四

もしも、友よ！　現実が君を《疎外》するなら、君と僕——僕たちは、もはや一人ではない。出口なき、この《夢》の中を、どこまでも、足を延ばして行きたまえ。ボードレールの《雲》のように……エトランゼの名前を担って。

## 後記

冒頭の詩句から筆を起こして、一つの気に入った作品を書き上げるまでの僕の愉しみは、そのために費やされる分厚い《辞書》との長い対話の時間である。それは僕が、自分の貧弱な、取るに足らない頭の内にある仮想の流れを、文字として捻り出す《論争》の相手として、恰好の機会を与えてくれる。僕は、自分の手になるどのような一行をも、けっして、ただの手慰みのために産み出しはしない。僕は、絶えず口籠もりながら、他人が一息に書くというあのペンの《離れ業》に、半ば羨望に似た眼差しを投げつつ、時に懐疑される自分の詩を——あゝ、何とでも勝手に、ほざくが良い！——それでも、なお訥々と書き続けて行くだろう。

＊初版発行：一九七四年十月
＊B５判、二十八頁、ガリ版

# VOL. 23

## 詩集　頸木と重荷

詩人は、今日——大いなる水のおもて——漂うノアの方舟の内にいる。愛を言祝ぐ《自然》と共に！

### 頸木と重荷

一

この果てしない真昼の《闇》に、おののきの毛を逆立てながら、僕は、次第に唸りを上げる。……汗に濡れた良く効く鼻が、絶えず吹き交う巷の風に《死》の臭いを嗅ぎ分けた日は、すでに遠い。不安は、僕の眠りを妨げ、喧騒の《斧》の一振りで、場末に咲いた一夜の夢を、残らず石の欠片と化した。——あゝ、忍び寄る《冥府》の影よ！　胸を貫く凄惨な美よ！　僕は、狂った犬のように《毒》にくすんだ、鋭利な牙を研ぎ澄ます。——吠え立てる僕……僕の理由を、君は知らない。埋もれ行く日々の姿を映す、あの友情のしるしを介して、僕に近づく者たちの自らを差し伸べて来る誇らかな手をも——

誰彼の容赦なく——噛みちぎる程に僕の《報復》は、激しく、苦い。けれども、他人にその身を擦り寄せて諂《へつら》いの尾を振る《術》があるように、それが僕の、彼らに対する、唯一の《信頼》の表明なのだと、一体誰が気付いてくれよう？——今日、まだ暗い明け方の街の通りを、僕に良く似た野良犬が、独り、軽やかな足取りで駆けて行くのを、僕は見た。そうして、同じく、そのかおり高い液の跡も……。彼は、黙って餌を漁り、彼方此方のゴミの山から、愛する自分の《生命》のために、誰より豪華な食卓に、舌打ちながら在り付くだろう。——そうだ！　僕は、それを信じている。——《道義》という名の檻につながれ、胸糞悪い施しを、今や遅しと待ち受けている、哀れな仲間の犬よりも早く……。

## 二

僕は、しばしば実在の事物を、神にさえ仕立て上げる程の《唯物論者》であり、さらには——これも又、当然のことながら——その神を、自分の位置にまで、引きずり下ろす程の《無神論者》である。……僕にとって、世界は、一つの「ナンセンス」にすぎない。

## 三

《弾丸》の行方に合わせて、自らの標的の位置を定めようとする君たちの考えは、至極単純明快で、いかにも《道理》に叶っている。しかし、それも又、考えることが出来るというだけのものなのだ。——《銃身》は、君たちの手の中で小刻みに動くし、標的は、絶えず《祈り》に逆らい、それ以上に動く。

四

今日、幼稚園から帰って来たキュロット姿の可愛い姪が、得意そうに聞かせてくれた。――「お兄ちゃん」と、彼女は言った。「ともちゃんの家のニワトリも、ジョナサンっていうんだって！」

五

嵐が、さながら《収穫》の先駆けであるように、数々の途方もない危機を介して、《歴史》の未来は、産み落とされる。――刈り入れの期待の前では……友よ！　人も稲も、身を以て、同じ一つの《闘い》に備えなければならない。

六

《背徳》について、終日、気軽に語り合うことで、僕たちは、お互いの信頼を立派に深め合うという、実に無邪気な《悪魔》の才能を身に付けていた。――あゝ、何を今更、僕たちに《衒う》ことがあり得よう？　――恐らくは、それこそが、僕たちの虚栄の悦びを不可能にしたのだ。然らば、君よ！　敵意を産み育てることでしか《善》を口に出来ないような哀れな人間には、勝手に、その議論とやらを続けさせて置きたまえ。《自由》が一つの解決であるように、僕たちは、もっと遠くへ行こう。

七

《幸福》とは、乗り越えるべきものである。……然《さ》もなくば、不幸が君を《虜》にする！

八

僕はただ、このかりそめの住処の中で、求めることも、拒否することも出来ないという、僕の《死》に対する——二重の意味での——力不足を除けば、ほとんど同じ《人生》を別の場所で望むことも又、可能であったので……もし、何か、想像を絶する特別な事態でも起こらぬ限り……今では、そこで繰り返される自分の行為が、総て《過去形》で行われているような気がする。

九

あゝ、右も左も、似た者同士！　絶えず《野望》の血に飢えて、僕を、僕の敵にする。一杯食わせるその手には、大義名分、同じ《剣》！

十

陰口を利くために、《善意》はある。施しを受けるために、《従順》はある。偽りの誓いのために、《忠誠》はある。——憎しみを育て上げるための《忍耐》よ！　仕返しの時を待つための《良心》よ！　——誰をも救えぬ《希望》を胸に……あゝ、あまりに《健全》な人間が、ここにもいる。

十一

噛み合わぬ《歯》が、一時に唾を飛ばし泡を吹き、議論を呑み込むものだから、怒りの《炎》に胸を焼く苦い胃液が突き上げる。——そこでは、何やら廻らぬ舌が、訳の分からぬ愚かな《奇声》を発していただけに過ぎないのだ。……あゝ、《沈黙》。安らぎの心の広さよ。——それが、僕の唯一の関心！

## 十二

僕たちの下す判断の背後に、いつも眼に見えない《疑問符》の付添人を確保すること。——それによって、僕たちの《忘れ物》が、誰かの手にそっと委ねられるあの《幸運》の時を残しておくこと。

## 十三

絶えず死に向かって急ぎながら、なおかつ、その死に後れを取る程、ああ、《重荷》を負う者の人生は長い！

## 十四

薬が、毒となる世の中だから、毒も又、薬になり得るのだ。——一体、どうして、斯く言えぬことがあろうか？　——今は、むしろ、神に代わって《悪魔》が真理を叫んでいる。

## 十五

……始業の鐘が鳴っている。あゝ、まだ醒めきらぬ《期待》を胸に、その巨大な茨の門を入って行く子供たちよ！　——いつも出掛けに、ママの言う「恐い車の道」よりも、白亜の気高い塔の内、黄色い帽子を脱いだ後、笑顔で擦り寄る《隠者》のことが、むしろ、僕には気掛かりだ。——果して、そこでは、教育という《殺人》が、今も、公然と行われている。

## 十六

詩における言語のイメージには、時に言語の本性——すなわち《意味》そのものよりも、遥かに重大なものがある。……さながら、小川に映した君の《姿》が、そこに流れる水そのものよりも、価値持つことがあるように。

十七

僕と、僕の生活との間に横たわっている《思考》の距離を縮めることなくして、僕は、自分に何か価値ある一つの詩をも思い浮かべることが出来ない。——僕は今、ここに居る僕の《歩幅》の下にしか、自分の世界を保ち得ない。

十八

狩猟者が、担いだ銃のとりことなって、日夜、《獲物》に追われることを、詩は、けっして許すことが出来ない。君と僕——僕たちは、絶えず自ら《危険》を見定め、互いの脇と膝との上で、その反動から身を守る自在の《生命》を位置付けよう。

十九

「走ってはいけません。座ってはいけません。立ち止まってはいけません。配ってはいけません。ものを投げてはいけません。声を立ててはいけません。」——こんにちは！　お嬢さん。素敵な歩行者天国ですね。お一人でお買物ですか？　お召し物が、とてもお国に相応しい自由な柄で、あなたによくお似合いです。ところで、すでにこんな貼り紙にお気付きですね……そう。でも、ちょっと後ろを振り返って下さい。え、、お嬢さん。多分、あなたにもお見えになれると思います……。

二十

すでに、照り付ける夏の陽射しはここにはないが、君の《樹蔭》が、僕には、どんなに恋しいことか。――ああ、僕の愛よ！　君の優しい影の中で、この迸る胸の思いを遂げさせておくれ。たとえ、僕たちがただ一つの《忘却》に、互いの生命を引き裂かれてしまうのだとしても、君は、高鳴る情熱の《嵐》を恐れることなどないのだ……僕の見る、君の瞳の輝きが、悲しみの《泪》のためではないとしたなら……。

二十一

もし、僕たちの行為が、自らの《悦び》と共にないのだとしたら、もはや、僕たちは、何一つ産み出すべきではないのだ。――もし、僕たちの産み出したものが、自らの《悦び》と共にないのだとしたら、もはや、僕たちは、何一つ行為すべきではないのだ。

## 後記

人間にとって合理的な思考のみが、常に唯一絶対の真理を担うものであるという例の小賢しい議論に、僕はそれ程、執着しようとは思わない。人生においては――ある意味で――より多くの非合理的な考え方が、逆に最高度の合理性を示し得ているのである。けれども僕は、この種の議論にも又、特別執着している訳でもない。ただ僕は今、このように考えている僕自身を、果して、自分の総てであるように思うそのこととだけは、是非とも無縁でありたいのだ。――どのような気分が僕を襲い、どのような望みに僕を導くのか……あるいは又、その時の僕がいかなる驚きを以て自分を眺め見るかを、僕は、絶えず諳んじておかねばなるまい。――もちろん、僕が斯く告げる十秒の後に、それに対して執着しているか否かは、誰にも言えない。

＊初版発行：一九七四年十二月
＊B５判、二十八頁、ガリ版

# VOL.24

# 詩集　不純な祈り

ゴンチャロフではなく、《オブローモフ》のように……！

## 不純な祈り

一

今日喰う米にも事欠く時は、人にも掛ける《情け》があった。誰が授けた訳でもないが、互いに、触れ合う《心》があった。情けと共に、心があって、それで立派に渡りが付いた。やがて《運》にも恵まれて、小金が溜まり、家も建て、どうにか喰える日が来れば、人は情けを忘れ果て、かつての苦労を誇らしく、尾鰭を付けては子に語る。どこで聞いたか受け売りの《進化論》など持ち出して奇妙な理屈をこねまわし、今では弱肉強食の《野獣》の倫理に身をやつす。けれども、上には上がいて、金で《力》を凌ぎ合い、法の網さえかいくぐる。濡れ手に粟の身となれば昔のことなど夢の夢。恐れるものとて何もなく、世間は欺く、友は裏切る。絶えず、《悪事》の仕放題。とどのつまりは皆死ぬのだが、びた銭一枚出し惜しみ、あの世も《力》で買い叩く。――あゝ、誰に語ろう？　我が胸の内。――金が、《仇》の世の定め！

二

あゝ、何が奴らのお気に召すのか？――僕が罪を告白すれば、待ってましたとこき下ろす。口を鎖して語らなければ、《裸》になれと鳴りわめく。自惚れは、ただそれだけで反感を買う。《弱み》を見せればこれも又、付け上がられるが関の山。一歩進めば、命知らずの愚か者。後ろを見せれば、早速《腰抜け》の見本にされる。不満を漏らせば我慢が足らぬ。では、自足の境地に帰るとしよう。果して、それを《独善》と呼ぶ者がいる。もちろん、社会との交流をゆるがせには出来ない。だが、何をすれば良いのか？　何かをすれば、いつも他人の足手まとい。何一つしなければ、決まって《役立たず》の汚名を拝領する。出来れば、心証だけでも良くすることだ。しかし僕には、それを培う《才能》がない。信ずれば、空しい思いが増すばかり。疑えば切りがなくなる。すでに望まれて生きることにも、惜しまれて死ぬことにも、共に無縁の僕なのだから、他に《手立て》のあり得よう筈もないのだ。――あゝ、今も昔も、これからも、永遠に呪われてあるこの身！　せめて、自らの《運命》を見極めることを以て良しとしなければならない。然らば又、このことも《自虐》のそしりは免れまいが、世に言う「愚鈍のロバ」となって、絶えず、重荷を我が身に負うか、然もなくば、狂気を抱いて《地獄》に堕ち、犬のように鞭打たれるか、いずれにしても、僕は、僕を憎むことでしか、生きて行くことが出来ないという訳だ。

三

虎の威を借る度合いに応じて、人は、その《人格》の、最もつまらない部分を、然るべき評価の対象とする。
――奇妙な《習性》だ！　――彼らは、《牙》を抜かれることよりも、むしろ《ひげ》を抜かれることに、より激しい憤りを覚える。

四

「……頻よ！　これで、総てを納得したことだろうネ。――つまり、君にも、未だにそれを知るってことが、充分、素直に出来さえしたら……染めても、塗っても、晒しても……恥の色は、いつだって、そんなにも赤いのだということを……。」

五

健全なる思慮を担って《自己満足》に到達することは、僕たちのたましいにとって、この上なく優れた、又当然の権利ですらあり得るのだ。
――あゝ、誰が、それを疑い得よう？
――《自己欺瞞》の後ろめたさを以て……友よ！　君は、これを放棄してはならない。

六

「俺の男」が立つか否かの瀬戸際で、彼らのしがない意識を捕らえる一切の《男性的》思考は、反動である。

七

豚や犬にも言葉があって、真実、ものの言う術があるなら、あるいは彼らの《良心》を彼らの言葉で叫ぶかも知れない。——そうだ！　それも又、あり得ること。けれども、たとえ豚や犬が、彼らの《良心》を持ち得たところで、それは、やはりどこまでも、豚や犬の《良心》なのだ。——あゝ、それ故にこそ、人間どもよ！　自らに省みて、事の次第を読み取るならば、せめて、お前の《良心》をお前の言葉で聞かせておくれ……品の良くない譬えを以て、お前を彼らに比較する僕の無礼に抗うことで。——そもそもの初めから、怒りは、総て《良心》だった。

八

地上の多くの人間たちと共に、芸術家も又、光を束ねる彼自身の美しい《眼》を持って生まれて来る。けれども、君よ！　それは単なる《眼》ではないのだ。——見えざるものの領域をこそ、幻視するのだ。

九

《法則》。——この至高の《法則》！　——さながら正義が、正しからざる社会にあって疎ましき存在であるように、総て美しいものは、《美学》にとって邪魔物である。

十

《平凡》であること。——それは、良いこと。君の愛が、今日の思いに相応しく、自らの《人生》を調えてあること。——今もなお、あゝ、この僕が、一番求めて止まないもの！

十一

……何事であれ、自らの《真実》を語り出すべき必要のあるところでは、君は、いつも「胸に手を置く」という《省察》の態度で、ひとり自分の闇の奥底に、突き進まなければならない。――果して、君はそこで、君の《信頼》を手にするだろう。――何故なら、友よ！　君の手のあるところには、《愛》も又、あるからである。

十二

僕にとって、《絶望》とは……それは、自らの精神に翼を与えることによって、内的に《諦念》を超えることだ。――けだし、《揚力》を持った生命は、より永く持続する。

十三

眼に美しい慈悲を以て、理性の闇が禁句となした、《差別用語》など存在しない！　――あるのは、根深き《差別感情》ただ一つ。――然らば、哀れな良心よ。君の小鼻にしわを寄せ、舌の四五枚腹で出し、他人を見下すいつもの調子で、一度、試しにしゃべってみたまえ。どんな愛の言葉さえ、《差別用語》に成り下がる。――たかが、《憂国》！　――たかが、《武士道》！

十四

困難なことは、絶えざる《意識》の配分だ。――分別と打算とは、人にものを教えはするが、《生活》を限るだけに、《感覚》のバネの力は、失われて行く。

十五

生命の《道》を踏み外し、人が小石につまずくと、苦汁に充ちたいつもの大地が、嫌という程顔を寄せ、膝に《教訓》を囁きかける。

十六

《野心》は奪い、《愛》は与える。
――共に、自ら望む以上に！

十七

ただ、在るか無きかの――むしろ不要でありさえした――一つの単語と、それの持つ、微妙な《色合い》の違いとから、人は、時に、不倶戴天の《論敵》を産み出す。――あゝ、そこでは、さながら《磁極》のように異なるものが互いに引き合い、似通うものが退け合う。

十八　友に

土に埋もれた《仮寝》の宿には、蔓よりも長い月日があり、光と露とが《手塩》にかけて、はぐくみ育てたさつまいもには、鋤より深い期待があった。――あゝ、うららかな笑顔の中の君の《青空》！　それは、僕が、君の示してくれた数々の友情に対する、貴重な《返礼》として掘り当てた君自身の詩である。――僕は今、君のいるあの美しい所沢の秋の陽射しを鮮やかに思い浮かべながら、君の手になる詩の《賜物》を、舌と胃袋とによって反芻している。

十九

抜けるような、この《青空》の下にも――哀れなるかな――自分がどこに立っているのかを知らない人間！

二十

誰にも《生命》は買えないのだから、日々の貧しき糧にさえ、どうして金など支払うのか？ ――僕には、その訳が分からない。食らうことに、今はいかなる《悦び》もないのだけれど、胃が飢えに目覚める時刻になると、人は嫌でも、野菜を買い、肉を買い、果物を買い……いつもの空っぽの財布から、一日の《労働》を捻り出さねばならない。――襟に吹き込む浮き世の風と、見る影もなき冬の日の《苦痛》に耐えて……。

二十一

……然らば、見よ！ この世に仇なす輩の口が、人をののしるさかしまの紛う方なき《讃辞》を以て、僕の魂は称えられている。――《陰険》。斯く、あれかし！

後記

絶えず、自らの耳許で、愛の言葉が囁かれている間は、人はけっして、単に眼だけで、愛を尋ね当てようとはしないだろう。恐らく、それは人の身内が、総て愛によって充たされているからであり、そのことによって、人は愛そのものとなるからである。けれども、この世界において、何一つ必要とされなかった人間、あるいは、感性の自由な発展としての生活から、その存在を拒否されてしまった人間は、愛の代わりに十字架を求め（己れを欺くための方便として）、それを愛と呼ばなければならない。これは果して、悲劇以外の何であろうか？――何故なら、およそ十字架と名付くものの存在するところに愛は不在であり、愛の不在こそが、正に十字架を必要としているのだから……。けだし、十字架はあくまでも十字架であり、断じて愛そのものとはなり得ない。このことは僕が、教義に基づく一切の宗教的信仰を拒否する所以ではあるが、僕たちの身近に起こっている殺伐とした問題に対しても又、充分答になり得ている筈である。――愛に、代わりはない！ 愛そのものを求めなければならない！

＊初版発行：一九七五年三月
＊Ｂ５判、二十八頁、ガリ版

# VOL.25

## 詩集　陰画と構図

――僕たちの国には、年齢には無縁の《老い》がある。

### 陰画と構図

一

深まる歴史の混迷と苛立ちとのさなかで、実りなき死の《冷徹さ》を身に付けた狂信の輩よ！　君たちが善意と称するその《神託》は、さながら子供染みた振舞いから、すでに不幸を背負っている生気ない旅人たちの疼く肩に伸しかかる、もう一つの《重荷》のようなものなのだ。――単に、知恵が、自惚れのために証したに過ぎない、見も知らぬ《神々》を、君たちは、有無を言わさず彼らに押し付け、人が現に、その拠り所として持っている、自分だけの神聖な支えを「あれは、いけない」……「これは、いけない」などと言って勝手に奪い取ってしまうのだから。――一体、そんな権利を、君たちはどこから手に入れたのであろう？天使にだって、《情け》を掛ける心のゆとりが必要なのだ。人が、自分を伸びやかなものとして感ずるために、有用であると認めたもの……あるいは、お互いの《幸運》を示し合うことで、時には、大目に見てくれるようにと願うものを、君たちは、他人から根こそぎ取り上げて《屍》のようにしてしまい、あの自尊心の一欠片さえ、彼らに残してやれないのだから、それは、《悪意》だと言われても仕方のないことなのだ。君たちが彼らを、対等のものとして受け入れなければ、どうして彼らが、君たちを受け入れよう？　君たちの《狭量》が、彼らに掛けた首の鎖は逆に、敵の勝利と、その拡大とに、揺るぎない希望を与えている。君たちの作り出す行為の《影》は、この血塗られた大地の上で、おぞましい《臭気》を放つ敵の行為に、絶えず重なり、もつれ合う。だから、彼らは、嘲りながら、《毒》を抱いて、そこに群がり、再び、捨て台詞を吐いて去って行くのだ。——あゝ、君たちの明日への視野は、未だ薔薇よりも《棘》に近い！

二

あけぼのへの《春》の目覚めは、長い失意の眠りの内に、蓄積された空腹感と止むに止まれぬ排泄意欲……今日の期待と約束との《時》にたがわぬ共同行為！　——あゝ、庭に、屋根に、樹々の枝に、小鳥たちの唄声が増し加わるに連れて、穏やかな陽射しが君の心に立ち返る。洗面所は、開かれている。食卓では、パンの焼け焦げる匂いがする。《愛》が総てを調えている。君の清純な旅立ちの朝を——素早く、しかし、確実に——恋する女の、その白い肌に覗かせながら……。

三

政治は——自ら言明するように——《質》の問題ではなく、《数》の問題である。

四

見えない《内心》の錆付きのために、もはや何の用もなさなくなったその古い《時計》の中から、文字盤と針とを取り出し、一段と声の調子を高めながら彼らは言うのだ。「諸君！　われわれは、時間を手に入れた。」——あゝ、馬鹿らしい！　——いつもこのようにして、数々の《運動》が抹殺される。

五

鼻が、自分の《功績》を掛け得る程の高さになると、人は、その行いをしばしば《自慢》の種にする。——欠くには惜しい立派な鼻だが、そこに根を張る《人間》が気に食わぬ。——あの子が欲しい口づけに、それが、いつも邪魔をする。

六

鳥と雲とを混同するような詰まらない《仕方》でしか、青空を眺めることの出来ない人間の眼に、どうして、この《時》の流れを……来るべき嵐のしるしを見抜くことなど出来ようか？　——生命と《傷》との判別も付かぬ哀れな人間よ！　「ほとんど」という制限抜きでは、世界について何事をも語るべきではない。

七

《黙秘》。——能動的沈黙！

八

自己の《意匠》の極限を目指し、その絶頂の永久持続を可能ならしめる勃起した《美》意識。……あゝ、僕の勇壮なるデフォルマシオン、湧き出でよ！

九

今日、僕の周囲に《敵》は近く、僕の仲間は、遙かに遠い。この眼に映る数多の《敵》は——闇にはあらず——むしろ、光の内にある。彼らに対して、独り闘う！

十

詩は、感覚が身に着ける、裾の長い《衣装》である。——思いの丈に及ばぬ時は、不浄の足がまた覗く。

十一

「善処します」……「最善を尽くします」……「前向きに検討いたします」……「極力、改善に努めます」……「早急に、事態の収拾を計ります」……「勇断を以て、お約束いたします」——諸君！　言葉は粋だが……つまり、それは結局、何も出来ないということではないか？

十二

幼な児が、飢えに渇いたその表情を和らげ、自ら、一つの《冒険》をなし終えた後、軽やかな寝息を立てて乳房は眠る。……信じやすい彼女の《夢》を、独り、自分に語り聞かせるように——。

十三

治癒されるに足る十分な《理由》を持ち得なかったために——あゝ、果して《精神》は、病んでいるが故に治癒を望むのであろうか？——僕は今日、多くの患者たちが、医者から受け取るであろうようなあの傲慢なる《信頼》を、何一つ必要とせず……否！　むしろ、医者よりも病に対して、《信頼》を与えることの方を選ぶ。

十四

あゝ、僕の《思索》は、酒の瓶だ！　酔っている間は上機嫌で、あれこれと《人生》を捲くし立てるが、時が経って、酔いが醒めると、さながら気の抜けたゴム毬のように、再び、正体なく塞ぎ込む。——僕はかつて、身なり正しい《道義》の中に、僕の希望を見出だしていたが、思えば、その恐るべき《退屈さ》を味わうことに加えて、自分の運命から嘲笑されているような気さえしたので、直に、それを捨ててしまった。

十五

現実が、彼の《片目》で見た未来への距離感を話題にするな！

十六

嵐が、自らを意識化する過程において、人間は、彼の《思考》の船体に方位と位置とを見定める《羅針盤》を要求する。——けれども、僕たちは、けっして嵐に慣れないだろう。——《時》の波濤を乗り越える生命を賭けた航海は、永遠に、ただ一度……さながら《処女》のように、ういういしい。

十七

願わくは——死の祭壇に跪き、日々声高に、《資本》は祈る——あゝ、天に哀れみを、地に憎しみを！　肉には呪いを、たましいには従順を！　父なる御国の力において、我が《夜》の名の崇められてあるように！　あけぼのが来ませんように！　神に偽りのあるごとく、人にも偽りがありますように！　今日我が《階級》に対する一切の反逆を許さず、ただ選ばれてある者たちのみが、その持てる運命を平和の内に全うし得るように、我が《利潤》も又、さらに増し加えられてあるように！　……あゝ、聖なるかな、この《所有》の闇は！　世に掟の続く限りは、我が《搾取》にも永遠に、慈悲なるその手が差し伸べられてあるように！

十八

あれこれの語のイメージを《道標》として、思考は自ら、その果てしない《視野》を拡げ、未知の荒野に突き進む。——あゝ、語の景観を損ねる《観念》の汚物よ！　この眼に描く旅の行方にこそ意味があるのだ。——脈絡のない《道標》は、信じやすい旅人たちを、困惑の深い谷間に陥れるし、況して、その一つ一つは《盲目》なのだ。

十九

ちょうど画家が、《額縁》の中に平然と落ち着いてしまう絵を恥じるように、《冒険》は常に、計画の中に人を閉じ込めてしまうことを恥じる。——経験には、どのような《理論》

をもくつがえす程の息吹がある。

二十

言葉たちよ！　僕は、精神のテロリスト。――《矛盾》は、絶えずこの僕を生命の側に帰属させ、その時々の狂気を以て、独り《認識》の自由に参画させる。

二十一

《劇的》であること。――その茶番ではないこと。

二十二

君の口ずさむ詩の内に……沸き出す《言葉》の泉のほとりに……その岸辺の草に隠れて、草よりも高く、成長して行く《人間》がいる。――彼は、今日、心置きなく、僕が愛せるただ一人の《人間》！

## 後記

不毛な世評を気に留めながら、絶えず無内容な読書を強いられているために、今日、自分の全人格を賭けて読むべき価値ある書物を、何一つ発見出来ない哀れな人間が数多く見受けられる。彼らにとって書物とは、果して、それを話題にする社会の側から、いわゆる《お墨付き》を以て提供されるものでしかないのだ。その種の書物が読まれるのは自分が求めるからというよりも、むしろそれを読まなかったことで相手の期待を裏切らないために――つまり、彼らの言葉を使えば――遅れていないためにも、口々に相槌が打ち合えるような社交の道具と化しているからである。もちろん、僕は、そのことの是非を問おうとは思わない。けれども、君や僕、僕たちがそれらの書物を読まないからといって、そこにいかなる支障があり得よう？　彼らのところで評判を取った書物とは、たかだか「よく売れた本」というだけのものに過ぎないではないか！　僕と来たら……友よ……こういうものについては、自ら求めたものでもない限り、端から全く問題にしていない。

＊初版発行：一九七五年六月
＊B5判、二十八頁、ガリ版

# VOL. 26

# 詩集　夢の眺望

――仮借なき、《回想者》としての理想！

## 夢の眺望

一

あゝ、いつまで、こんな思いをすれば良いのか？　一体どこまで、こんな所業を、続ける気なのか？　――酒の席での醜態ならば、いさ知らず、《公共》・《福祉》の名の下で、絶えず互いに角突き合わせ、口汚く罵り合って、詰まるところは、力か？金か？　一つ覚えの《自己宣伝》は真似も出来ない、切れの良さ！　俺にも言えるぞ――言うことだけなら――総ては世のため、他人のため。そうして、いつも騙される。いずれが《正義》か分からぬが、どの道、比較にならないものを、椅子に坐って腰さえ上げず《言葉》で解決しようだなんて、正気の沙汰とも思えまい。誰も、彼らの《思惑》などは、大して知りはしないのだ。果して、気の良い人たちは、体よくそれに乗せられて、彼らの愚劣な《方便》を鐘や太鼓で触れ歩き、あたかも自分がただ一人、ものに目覚めた存在で、他の奴らは総て皆、《夢》を見ているのだと言わんばかりに、めいめいが——腹も割らず——文字通り、手前勝手に論じ合っているのだから。——あゝ、何を今さら、あれこれと未練がましく……ねえ、お偉いさんよ……聞かせたところで始まらないが、あんた方の《不始末》は、俺たち、みんなが背負い込むのだ。

## 二

見知らぬ人から、もしも、《道》を尋ねられたら、その人の心根に対して、感謝の眼差しを投げ掛けるが良い。——たとえ、君が《余所者》でも——彼が、一時、君を頼りにしてくれたことに……。

## 三

僕たちは、《帽子》をわざと阿弥陀に被って、上辺ばかりの人間の内部に潜む、醜い《しみ》や《あばた》に対して、時に、激しく抵抗する。おそらく、僕たちの《行為》は、その刺のある不遜さによって、現実の厳しい《非難》の矢面にさらされることだろう。——彼らは、尊敬されたがっているのだ。——然らば、友よ！　僕たちは、それに手を貸し、人間としての、一番奥深い、彼らの《望み》を、真実叶えてやろうではないか！　けれども、そこに、あの愚かしい《威厳》のすり替えを読み取るならば、僕たちは、けっして自分の身をかがめずに《靴紐》を結ぶような人間の態度を信用しない。

四

飼い犬が、人間の言葉を解するという例の《噂》は、やはり本当のことであるらしい。――そうして、もしも彼に、過不足なく《餌》を与えることが出来、その言葉が、常に命令形を以て発せられるならば、さらに忠実に解するらしい。

五

どこにでも……その無邪気な顔を出す、知りたがり屋の《好奇心》。

六

《父兄会》の席上では、相共に借り物の羽織や指輪が――何故か、今でも――互いの嬉しい《思惑》を買うのだという。……そうだ。僕たちの頃も又、子供たちは、無視されていた！

七

殺人、詐欺、恐喝、窃盗……僕にとって、それらは――文字通り、考えることは出来るが、未だ手を下したことがないという、些細な《理由》によって――心密かに、隠されているに過ぎない。……僕は今、突然のユーモアのようにこのことを感じて居り、ただこのためだけに、総ての《悪》が保証されてあることを願うのである。――だから、僕は、自分を半分だけ、善人らしく仕立て上げること……つまり、自らを《無力》にすること……によって、彼らよりも、はるかに《自由》であることが出来る。

## 八

「言わないと」……「ママが、とっても困るから」……「あとでぶたれるのは嫌だから」……「いやいや貰ったお土産でも」……「にっこり笑って言うんです」……「有り難くない」……「ありがとう。」

## 九

あらかじめ用意された相反する二つの《事実》の要請に、人は絶えず、己れの首を以て、受け、応える。横か？　縦か？　いずれにせよ、そこにあるただ一つの共通性は、《振る》という意味深い動作だ。――果してそれには、明らかに《選択》という義務も又、隠されているのだ。けれども、友よ！　《現実》から免職されてしまった僕には……振ろうにも……その《振る》ための首がない。

## 十「母の日」に

人並みの《お祝い》など、何も出来ません。――花を買うお金が、なかったのです。――でも、母さん！

僕には、毎日があなたの日でした。

## 十一

僕は、自らの腰の上、一体の思考するトルソーを運ぶ、二本の足の動きに、楽しさを覚える。僕の《歩行》――すなわち、未だ僕が、それの持つ《リズム》について、何一つ思い及ばなかった時にも――歩くことは、たましいの《解放》への独自の道を保っていた。僕は常に、新しい意識の路の上を、踊るように歩く。僕は今も、僕のステップが気に入っている。――あゝ、この《歩行》こそは、
僕のアナルシ！

十二

判断力は、無益な《詮索》を好まない。――それは、自らの悩みの種を掘り返すばかりだ。

十三

僕が、《自我》と言う時――日頃、僕の最も信頼を寄せている、あの善良な人々でさえ、公然と《自由》を呪う、あれこれの貧血した凶状持ちの群れさながらに、自分で勝手に創り出した《内心》の不安と恐怖とにさいなまれ始める。――あゝ、疑い深い者たちよ！　それが僕と、何の関わりがあろうか？　君たちに、よく言っておく。――僕は、《自我》に疚しさというものを認めない。

十四

あゝ、逆境に喘ぐ、生命の風よ！
胸にいぶる、その《情熱》を留めて、お前は、さらに――今一度――不敵に燃え上がる、《火》となることが出来るだろうか？

十五

人は常に、並外れた《幸福》を求めて旅立ち、あたりまえの《不幸》に到達する。

十六

現実に対する《諷刺》の役割は、物体に対する凸レンズの役割に酷似している。――それは、現象を拡大することによって、事物の《本質》に接近する。

十七

「うまく表現出来ない」という、そ

の一言によって――友よ！　失望してはならない――君の意図するところのものは、正に完璧な形で表現されているのだ。

十八

……お元気ですか？　《夜》は、良く眠れますか？　パンは十分、君の《心》を満たすことが出来ますか？　どこかに、《忘れ物》はありませんか？　今でも――隔てなく――他人の《幸福》が望めますか？　明日のために、誰かと同じ苦しみを分け合うことが出来ますか？　……時々、君の笑顔が気になるのです。――生きているなら、《愛》を下さい。

十九

称讃を当てにして――今では――有名無実の《自尊心》が、へりくだる。

二十

恥を掻かせる《魂胆》など、君にないのは良く分かる。君は、実に愚かな奴で、底の知れた《好き者》で、手に負えないやくざなのだ……と、僕に告げるその口で、《智恵》の木の実をひけらかす。――だから、僕は、信じてしまう。恥を掻くのは承知の上で……嫌でも、君の《言葉》を信じてしまう。

二十一

あれこれの《智恵》の恵みが、パンによって、軽蔑されることのないように……君よ！　……頭でしか同意出来ないことを《胃》に伝えてはならない。

二十二

往き過ぎる《時》の中に、来たるべきものの影を探そう。流れる小川の岸のほとりで、僕は常に、僕自身の《橋》になろう。二度と帰らぬ掛け替えのない生命を、君と共に、取り交わそう。——その時には、きっと僕と同じ《拡がり》が、君の内にも姿をあらわし、雲一つない青空として、極限の美に突き進む、新たなる《信頼》を打ち建てることだろう。……君と僕と、一つではない、二つの《愛》で……それぞれの気に入った愛し方で！

二十三

詩人は、彼の流麗なる文体に、蛆の這い廻る《生活》の、おぞましい虚偽を隠し——あゝ、そうだ！　この僕とても——《地獄》の底まで、背負って行く。

## 後記

今日、僕の《憂愁》の目録は、闇に先立つたそがれの淡い輝きの中に包まれている。もちろん、そこに書かれた《思索》の数に限りはないし、それは、すでに君の眼にも、明かな形を以て映し出されているものである。だから、僕はそれを、くどくどと数え上げるつもりはない。果して、眼で見るよりもさらに遠くを眺め見ることの出来る人たちだけが、最も力強く《未来》に突き進むのである。僕たちは、そのことを胸に秘めて、どこまでも歩いて行こう……現実に対する僕たちの闘いに、たとえ終わりがないとしても。——ただ、《祝祭》を間近に控えた晴着姿の子供たちを前に、僕は、こう呼び掛けることの出来る自分を幸福に思う……「友よ！　君たちと共に、僕はある」と。

＊初版発行：一九七五年八月
＊B５判、二十八頁、ガリ版

# VOL.27

## 詩集　愛の拡充

僕たちにとって、天と地との創造は今なお、日々の《現実》である。

### 愛の拡充

一

かつて……少年時代の空に輝く巨大な《虹》の橋のたもとで、石蹴りをしながら飛び跳ねていた天使の羽根持つ僕たちの無垢のままの《心》の中を、草たちの笑いさざめく、一本の長閑な《道》が通っていた。その良い面差しに、《野良着》姿の微笑を浮かべて、はすかいに声を掛け合う、いつも変わらぬ大人たちがいた。鹿子斑のえくぼと化した、あどけない路のそでには、陽に焼けた、人の
——そこには、《猜疑》に陰る暗い雲の流れはなく、誰もが子供らしい無邪気さで、絶えず、それのあらわにしている敬虔なる思い出に、熱い《信頼》を投げかけていた……この優しい愛の《道》は、胸にふくらむ

僕たちの《希望》の中を、さらに、どこまでも、走り続けて行くであろうと。——果して、僕たちが、物珍しい《飴売り》の笛の音を追って、見知らぬ街を経巡っていた時、沈む《夕陽》の炎の色が、親しみ深い野山をかき消し、気高い森や丘をかき消し……見よ！　可憐なる花たちによって忌み嫌われた、あの固い、灰色の焼け付く《道》を作っていた。——あゝ、今日、自らの足下に、長く暗い影を落として、その呪われた道を行く、荒んだ心の《旅人》たちよ！　君たちの行く手を限る、狂おしい無明の《闇》に……君たちの眠りの底に付きまとう、その隠された《不安》の意味に、君たちは、一体いつまで、しらを切り続ければ良いというのか？

二

流れる《時》の闇の重さが、真実その身に堪え難くあるなら……子供たちよ！　……《夢》を見るのが恐いといって、独りで眠るのを嫌がってはいけない。——君たちの見る夢の中で、《現実》よりも恐い夢というものはないのだ。

三

拡げた、小さな《傘》の中に、恋人たちの名前が二つ……泥にまみれた板塀の上で……今日も、互いに寄り添いながら、無言の《愛》を語っている。

四

見はるかすその《眼》と共に、僕たちの仲間の数だけ、心を魅する人間の愛すべき《詩》が存在する！

## 五

僕たちにとって最も困ることは、人生に《諦め》を見出し、青春が酒と夢とで終わってしまうことである。果して、僕たちの世界には、幼い頃から、すでに自分を値踏みする愚かしい《風習》が存在する。——あゝ、何という自堕落！　——彼らは、それを社会的交流の《安全弁》と呼んでいる。

## 六

政治は、今日、鴉のついばむ《腐肉》であって、地上における自由の死ときらめく《正義》の隠匿とを僕たちに暗示している。——見よ！——遙かなる空の彼方、《輪》を描きながら舞っている、あの青ざめた恐怖の《翼》を……。

## 七

僕が、ここで無くしたものは、もうあそこでは必要がない。僕が、ここで必要なものは、ただ、ここでしか得ることの適わぬもの。だから、もう、僕には、ここでも、あそこでも《それ》を手に入れる術がないのだ。——あゝ、そのためなのだろうか？　彼らの《希望》が、いつも、ひどく薄汚れて見えるのは。

## 八

誰にでも、《盲》のように手を引かれて付いて行くから、人は、それを「盲従」と呼ぶのだ。——けれども、また「敵対」と言ったところで、総ての人が、絶えず自分の眼を開いているという訳でもないのだ。

九

最後にやって来るものは、すでに君には分かっている。――何故なら、君はそれを、待ち望む《必要》などないのだから。――あゝ、捕らえて離さぬ無邪気な《恋》よ！　あどけない少女のような、かぐわしい指で一枚、一枚、その小さな《花びら》を毟りながら、胸にくりかえす君の言葉は、ただ一つ。「愛している」……「愛している」……「愛している」……そうだ！　君の思いを、信ずるが良い。それは正しく、彼の思いだ。

十

あゝ、終焉もなく、発端もなく、今この時、《永遠》は回帰する。――僕たちのまたたきの瞬間！

十一

……果して、それは、誰かに向けられてはいるのだが、一体、誰に向けられた《愛》なのか？　――人類愛は正に、僕が人間を侮蔑するためのあらゆる理由を提供する。それには――思うに――隣の家の《垣根》を踏み倒す、下司な野良犬に対して、美しいご婦人方が示す《憎しみ》程の値打ちもない。

十二

「……然もありなん！　これで総てが分かったよ……彼らのところで、巧みに他人と付き合う術が。何故って、君の家の――名のある――鸚鵡の口真似をすれば、誰でも、笑顔で迎えてもらえるのだからね……。」

十三

死よ！　その美しい面差しに、泪も見せず、無言に寄り添う《生命》の伴侶よ！　――君は、僕を愛しているのか？　君の手厚い持てなしに、《力》を以て抗うことは、人生そのものを無に帰すことか？

十四

いつか……僕が、危険な思想にかぶれていると、陰で非難を浴びた時、母は、彼らに、答えて言った。――
「善悪は、区別されている。それを選ぶのは、あの子の自由だ。わたしには関わりがない。」

十五

森を《自在》の住処とした、愛をはぐくむ鳥たちは、昔ながらの礼節に富み――《時》におもねる肩書などを、たとえ、何一つ、持ち得ずとも――絶えず、《高潔》に生きるための立派な作法を心得ている。

十六

もちろん、《手段》の共有だけは認めてあげよう……けれども、《利益》の共有までは認められない……と言うのが、政治の常なる腹の黒さだ。――けだし、善人は、いかなる政治にも荷担しない！

十七

気紛れな《所有》と化した、ブリキバケツのように、抗うことを知らぬ幼な児の《魂》は、あの謂われなき打撃によって、日々に空しく歪められて行くのだ……正に彼らが、自らの《人生》を手に負えないものとして、再び顧みなくなる時まで。

十八

あたり一面、この神聖な《夜》の大気に包まれているというのに、君と僕とが二人して、星に《祈り》を込めながら、語り明かす清純な、熱い《対話》の一時など、無用の感傷に過ぎないのだと、彼らは、笑って戻って行った。——何しろ、友よ！《人生》が、ただ匙を投げて立ち去って行く、貧しい《食卓》でしかないと、絶えずうそぶいているような奴らだから……。

十九

眼には見えないものたちを前に、現実は、少しばかり眩しすぎる。眼の《覆い》を下ろすが良い。——もしも人に、あえて《盲目》になる一瞬がなかったなら、心は、いつも闇だったろう。——その時、眼に代わって心の捕らえる、唯一の光……それが、《愛》だ！

二十

あゝ、この世は、どこかが狂ってる！——汚れた《ごみ》の出所にゃ、彼らは、いつも素知らぬ顔で、そこから出て来た《蠅》だけを、あっち、こっちと追い回す。便所の中でじっくりと、あなたの腰を落ち着けて、少しは臭い思いをしたら、おかしなことが良く分かる。今では、テレビでお馴染みの、コマーシャルも言っていた。——「臭い匂いは……文字通り……元から断たなきゃ、駄目なのだ」と。

二十一

僕は、置く——僕の《思考》の血と肉を——リングサイドの思惑よりも、激しい《連打》の終わりを飾るカウンター・パンチを顎に受け、マウス・ピースを吐き出しながら、虚ろな視線を《虚空》に投げて、白いマットに沈み行く、その孤独なるボクサーの上に……！

二十二

良い《兆し》だ！　――今日、君が詩人を、侮蔑することが出来るのは。……明日は、詩よりも、さらに尊い何かを手にすることが出来るだろうから。そうだ！　僕も又、それを祈ろう。……だが、その時は、友よ！僕たち自らが《詩》となるのだ。

二十三

自由よ！　正義よ！　恋人たちよ！君たちと共に、《不幸》も又、闘いの中でしか純化されない。

## 後記

僕はしばしば、自虐によって快楽を手に入れる。――僕の傾向は、行為を通して、ただ後味の良さを産み出すものをしか求めないということだ。僕は、それについて他人から、あれこれと詮索されることを好まない。けれども、それはたとえ、僕が意図せずとも、自ずから明晰に語られることだろう。太陽の光の中では、誰もけっして、逃げ隠れなど出来ないのだから。――果して、それは好むと好まざるとに関わらず、自分が快く思っているか、あるいは、そこに属しているかする階級の、然るべき良心を代表するのである。それ故、君が今日、僕を叩くことに君の快楽を見出すとしても……何程のことがあろうか？　……僕はむしろ、その反動のあとに来るものを期待しながら、自分に加わる傷の痛みを耐え抜くだろう。

＊初版発行：一九七五年十一月
＊Ｂ５判、二十八頁、ガリ版

# VOL．28

## 詩集　逆説と日々

――夢と現と幻とは、衆知のようにこの世の《三位一体》である。

### 逆説と日々

一

どこやら怪しい汚れた《金》が、ものを言っているだけなのに、彼らは自分を《高貴》な者だと、独りで勝手に決めている。……舌でくすねた《肩書》が他人を従わせているだけなのに、彼らは、自分を《一廉《ひとかど》》の者だと、心で固く信じている。――あゝ、空しい《やから》だ！　彼らは、汚辱にまみれた持ち物の中で、自分の無垢の《たましい》を浅薄にしてしまったのだ。

二

一度生まれてしまったからには、今日がこの世の見納めなのだ。悔いを残して、何になろう？　《明日》を頼んで、何になろう？　――然らば、友よ。持てる最後の一時まで、己れの《総て》を享楽しよう！　――細く長く生きるのも、太く短く生きるのも、行き着くところは、ただ一つ……同じ《墓場》の石の下。

三

《たが》に締められ、《くさび》を打たれ、樽のように寝かされて、誰のために、いつまで耐える？　――政治の暗い《穴蔵》で、苦汁に充ちた年月がどうにか宿したその《美酒》も、君の力をかすめ取る、奴らを讃えるための酒！

四

名も知らぬ、その古池に飛び込んだ蛙には、芭蕉の《虚無》が分からなかった。――果して、幽かに泡立つ水の音が、一瞬の《悲哀》を残して消え去った、彼の果敢ない《夢》の後にも……。

五

清廉な君の胸の《ときめき》が、新たなる生命を求めて、仮初めの夜の住処を旅立つ時、蜜のごときたましいは、その艶やかな《唇》を滑らかに湿らせて、君を彼の腕に抱き寄せ、炎と燃える《愛》の息吹を、口移しに注ぎ込む。

六

僕は今日、《柵囲い》の中にいて、絶えず、その身を泥土に浴す、豚の《餌》であるよりは、愛する君と共にいて食卓をととのえ、清らかな皿に盛られた、豚の《肉》を食らうことの方を好む。

七

食い詰めた《どぶ》のネズミは、侮り難し。――脛の疵など、ちらりと見せて、時代錯誤の《見栄》を切る。何が《男》か知らないが、汚辱にまみれた蛮勇に、ドスとハジキで身を固め、巷の《闇》に持て囃された、やくざなペストを撒き散らす。

八

足萎えた《意見》を以て……友よ！　杖なしで歩く、健康な《精神》を妬むな。

九

僕たちの《愛》は――時の中で――自分の夢が成長して行く度ごとに、《自我》の柱に目盛りを付ける……さながら昨日、兄さんが計ってくれた可愛い君の《背丈》のように。

十

清らかな君の《手》の温もりが、僕の胸を優しく開き、君の長い髪の匂いが、僕の鼻を甘くくすぐる。八月の《ひまわり》に似た、君のおだやかな微笑は、僕の瞳に相応しく、舌足らずの君の声は、絶えず、僕の耳に快く響く。……求める僕の腕の間で、そのまま一輪の薔薇と化した君の《面差し》。――あゝ、何と君は美しいことか！　――僕は、それでも《心》で愛する。

十一

公に認められた、それぞれの役割を異にしながら、ここでは――医者が食堂で、料理人が仏閣で、さらには坊主が病院で――自らの《闇》に従い、互いの《理性》を代弁する。

十二

かつて人間が、いかなる宗教をも持たずに――しかも、裸身で――堂々と生きることとの出来た《自由》の園が、この地上にも存在した。果してそれは、あの《追放》と《転落》との前夜であった。……見よ！　彼らの《聖典》は、手ずからこのことを記している。あゝ、宗教は、すでにそのことを忘れてしまったのだろうか？　それについては、もはや何も語らない。しかし、それは今もなお、善と悪との《彼岸》にある。――因みに、その美しい園の名を、人呼んで「エデン」と言う。

十三

《苛立ち》。――僕にとって、それは、最も耳の近くにある感情だ。

十四

僕の《牧場》の仔羊に似た、いつも陽気な子供たちは、輝く笑顔と片言とから、求める己れの《幸福》を、独り、素早く――その小手先で――あやなす術を心得ている。……あゝ、あどけない《生命》たちよ。一体誰が、君たちに自分の荒んだ心の棘を与えることなど出来ようか？　……薔薇は、今も美しいままに、野の片隅で咲き乱れているというのに。

十五

束の間の《鞭》の加える、苦痛の叫びに総てを委ね……さあ、真理よ。僕の身体に聞くが良い！　――僕の《気質》が、僕の意見だ。誰も、僕の《気質》を奪い取ることなど出来ない。

十六

古臭い《掟》によって、君のパンを
汚されるままになっていてはならな
い。僕たちの《未来》を失わぬため
に……それの生命が、愛にとって、
常に相応しいものであるように……
友よ！　僕たちは、それに対して、
《かび》一つ、《蠅》一匹、寄り付
かぬようにしよう。

十七

詩は、たそがれに始まり、あけぼの
に成就する。――《闇》に輝く星た
ちの無言の呟き。――刻々の時を彩
る《夢》の反映。

十八

眼が他人を見下すと、《舌》が出る。
――舐められたのだ。

十九

闇の中の鏡のように、今は浮かべる
微笑もなく、空しい日々のつや出し
に、独り、浮薄な《紅》をさす女た
ちよ！　――群がる視線に身をこわ
ばらせ、場末の風に晒されながら、
一体誰に、君たちは、その《唇》を
許そうというのか？　――君たちの
胸で感ずる以外の《幸福》など、ど
こにもありはしないのだ。

二十

法は、総て《犯罪》の創られている
その同じ資材を以て、正に巧妙に創
られている。それ故、法を創り出す
者たちは、果して、それと同じ仕方
によって、あらゆる《犯罪》を創り
出すのだ。――思うに、《犯罪》が
無用である人間には、法も又、無用

である。

二十一

「……確かに、僕も又、認めているよ……つまり、君たちが、いつも自分の気品を重んじ、体面を守る人間であるってことは……だから、良いかね、ブルジョア諸君！　……君たちの信用を損なうことのないように、精々、しっかりつなぎ止めて置きたまえ……金で造った信用を……金と共に去って行く、その移り気な信用を……。」

二十二

困っているなら、手を貸すが良い。求める時こそ、与えるが良い。みんな《謙虚》であれば良い。お節介は沢山だ。――けれども、彼らは始末に負えぬ、甚だ奇妙な《性分》で、頼んだことは、何一つそっぽを向いてやりはしないが、人前ですることは、総て勝手な《善行》で、鼻持ちならぬことだけだ。

二十三

ゴミに同じく、今は人にも、紛う方なき《分別》がある。さながら燃えるものと燃えないものとが、日々を介して永遠に分かたれるように。

二十四

感覚とは、鞭打たれるべきものである。――果して、それは、死から逃れようとする人々には《苦痛》を与え、さらには又《苦痛》から逃れようとする人々には死を与える。――そうだ！　どのように足掻いたところで、ここには、人の逃れる道など何一つないのだ。

二十五

野に吹き荒れる空しい風に、《巣》を奪われた虫たちよ！　逆巻く小川の波のしぶきに、《頬》を濡らした岸辺の草よ！　凍てつく冬の寒空に身を縮めて耐えるしかない、僕の哀れな地の上の《仲間》よ！　――水の底に住んでいる魚たちが、僕たちの投げ入れる小さな石の、その悲しい《波紋》に対して、絶えず無関心であるなどと思ってはならない。

二十六

唄っておくれ……僕のユダよ！……僕らの《罪》の気高さを……声を限りに……熱を交えて……共に地獄でまみえる時まで……あゝ、主なる僕らの《現実》にも、「銀貨三十枚」の値打ちがある！

後記

僕にとって《理想》とは……それが現実の目的として、実現するかどうかということではなく、むしろ、すでに僕たちの心の内にやって来ていると言われる、あの「神の国」のようなものである。それは、真に愛の中で育てられている子供たちが、彼ら自身の生活の上に、微笑ましい形を以て、生かし得ている、その明白なる事実に裏打ちされたものなのだ。――僕は、そのことについて、少しも疑いを抱いてはいない。――然らば、友よ！　僕たちも又彼らのように、野心を捨てて《自由》に帰ろう。時流に抗して、孤立を恐れず自己本来の《思い》に帰ろう。……あゝ、今日がその時である《理想》に帰ろう。

＊初版発行：一九七六年二月
＊B５判、二十八頁、ガリ版

# VOL. 29

# 詩集　仮面の正義

——あゝ、皮肉。逆説。揶揄。風刺。逃れられぬは、この《快楽》！　見えない傷を、塩で揉む。

## 仮面の正義

### 一

今も昔もこの後も、闇が《支配》を固持するために不可欠なのは、戦争だ！　内なる《不満》は外に向け、絶えず戦争賛美する。——それには《敵》が必要だ。無ければ、それを造るだけ。巧みに、憎悪を植え付けて、被害妄想、掻き立てる。——これぞ、奴らの腹黒さ！　——野暮はお止しよ……お国のために《生命》を落として何になる。馬鹿を見るのは俺たちだ。鎧兜は脱ぎ捨てて、この世を華と楽しもう。どうせ、俺たちゃ《無一物》。守るものとて何もない。唄って踊って、酒でも呑んで、今宵は《宴》を続けよう。——戦争起こして得する奴は、脛に《疵》持つ奴らだけ！

二

自由の《味》を、僕は誰より、良く知っているよ！　……この世に生命の続く限りは、それが、どんなに尊いものかも。――果して、いつかは思い知ることにもなるだろう。君も又、それに飢えれば。何故って……この僕が、それに一番、飢えているから……。

三

何とも手に負えぬ道徳のお蔭で、人間が、その自然のままの《良心》を常に、台無しにされてしまっている社会は、最も《不道徳》な社会である。この社会は、恐らく最も道徳を必要とする人間によって造られているのだ。――然らば、斯く言えない訳があろうか？　最も《不道徳》な人間こそが、最も道徳的な社会を造り得る……と。

四

芽生え始めた《自我》を摘み取る。声を荒らげて、張り飛ばす。絶えずガミガミ小言を言い、鉄の《権威》でねじ伏せる。――至上の愛に名を借りて、耐え難くも劣悪な肉体だけでは事足りず、煩わしい、その精神までも、子の親であろうとする……あゝ、偏狭なあなたにもかかわらず自分の息子が、今日真っ当な人間として育ったことを、《天》に対して感謝したまえ！

五

闇が、パンを引き裂く度に、落ちた屑から《反動》が生まれる。

六

君が、社会的義務に対して取る総ての態度は、君が自分の利益に対して講ずる、ある種の《方便》に過ぎない。——果して、友よ！　僕も又、社会の内に、僕が《幸福》になることと以外の、いかなる義務をも見出さない。

七

拡げた君の掌には、どんな《未来》も描かれてはいない。——それを握ると、そこに君の《未来》があらわにされる。

八

「戦争と平和」の問題が、歴史としてのみ眺められている限り、僕にはそれが、いつも「罪と罰」の問題でしかないような気がしてならない。

九

あゝ、抜け目ない《策略》よ！　本音の吐けない建前で、今さら、何を歌えというのか？　……もはや、酒の《酔い》も醒めてしまったしらふ同然の僕ではないか！

十

慈悲心にも、《牙》！

十一

自分を高め、拡大させるための倫理を《楯》に、人は、自己本来の良識を全うしなければならない。それは、自分に——飽くまでも自分に——適用されてこそ《生命》を得るのだ。誰も、これを以て、他人を《徳》の足下に縛り上げ、そのたましいを鞭打つことは出来ない。

十二

文章の粗悪さは、いずれもその散漫な《内容》にあらわれる。――口数の多い精神が、彼らのペンを退屈させてしまったのだ。

十三

妥協を許さぬ《純粋さ》は美しい。たとえ、狂気に見舞われても……友よ……君の《青春》は生き残る！

十四

《魔法》の杖の一振りで、総ての世界を手に入れても、額に汗する苦役がなければ、それが、お前の何になろう？　――そうだ、《資本》よ。忘れるな！　――絶えず、その身を粉にして、パンを生み出す《麦》たちのことを。

十五

僕にとって《尊敬》とは、偉大な者から僕が受け取る、向上心以外の何ものでもない。――果して、持ち上げる者ではなく、よじ登る者が独りこの崇高なる《感情》に到達する。

十六　エピクロス頌

無能な敵の悪意によって、引用され、抜粋され削り取られ、ばらばらにされながら、なおも輝く光を放つ――あゝ、何と力強いことか！　――僕を呼び覚ます君の不滅の《断片》は。

十七

他人には言えない君の《秘密》は、常に「ここだけの話」として、万人の耳に囁かれ、広められて行く。

十八

顔はあっても、効かないから、信用がないのだ。——顔を《売る》ようなやくざな人間だから、果して、面目を失う、つまらない真似も出来るのだ。

十九

「……昨日、所用で人を訪ねて行ったら、お茶とお菓子と座布団が出て来て、それぞれ丁重に僕を持てなしてくれた。……これには恐縮したのだが……ただ、困ったことにあの家では、あるじである人格が、いつ行っても留守なのだ……。」

二十

いつも誰かが、《天使》と触れ合う。
——時をつらぬく愛の子午線！

二十一

《犯罪》。——それは、不可能である。なぜなら、君は、自分に対して欲しくないことを、何一つ意味もなく他人にしよう筈がないから。
《法》。——それも又、不可能である。君にとって君の社会が相応しければ、それは無いのも同じことだし、もし、それが、君の正義に反するならば、君はたとえ、生命に代えてもそれを破らなければならないから。

二十二

詩は、詩人が、外科的手段によって抉り出した、彼の魂の《腫瘍》に過ぎない。——果して、それは、治癒を得たのか？　詩人は、黙して語らない。けれども、彼のペンの流した《時》の苦汁は、永遠に消し得ない血痕として、今も鮮やかに白紙の上に染みついている。

二十三

「……愛する息子よ！　母さんは、いつもお前に祈っているよ。お前がけっして、後ろ指を差されるような人間だけにはならないことを。……人様からは、たとえどんなに差されても、……息子よ！　母さんの信ずるお前自身だけからは、一指たりとも差されぬことを……。」

二十四

今日、直立不動の《精神》を表明する生気ない思考によって、君たちの自由な魂を枯渇させてはならない。それは、恐らく《人間》にとって、最も不安定な姿勢――すなわち、動くものである日々の暮らしと《現実》には、元より無縁の思考である。

二十五

《慈善》。――空腹でなければ、誰もがやってみたくなる。

二十六

いつも、他人にこき使われて、空しく時間に追われていても、《暇》が出来れば、すぐに又、決まってその《暇》潰しに忙しい。――無駄に、使うな。兄弟たちよ！　《暇》は総て、君たちのもの。

二十七

内なる《欲求》に目覚め、それを信じて、初めて君は、あの謂れなき罪の《強制》から逃れ得るのだ。――あゝ、誰が、それを妨げようか？その時は、友よ！　《自我》には、裏も表もない。

二十八

善も悪も思いのままに、僕は、絶えず自由に語る。それが自分に相応しければ、僕の心は、《平和》を得るし、そうでなければ、逆に又、罪の《報い》は一切合切、僕のところに帰って来る。——だから、僕に可能なことは、僕の《力》に許された、実に、そのことだけなのだ。

二十九

そこに《壁》があるなら……その向こう側も又、あるだろう。

三十

権力を打ち壊すために、自ら権力を必要とする者たち——狂おしく叫び立つ歴史を前に、新たなる障害を造り出す者たちは《独裁者》である。

後記

僕は金銭を、ただ意味もなく拒否している訳ではない。又、金銭を全く顧みないという訳でもない。僕が生きて行く限り、どの道金銭の世話になる——多分、嫌々世話になるのだろう——ことは、僕にも良く分かっている。けれども、僕は、金銭からより多く愛されるために自分を卑しめ、絶えず、それに媚を売ってまで生きようとは思わない。僕が嫌なのは、金銭が僕を身動き出来ない状態に押し潰してしまうという、正にそのことなのだから。僕はただ、僕の必要に応じて、金銭が然るべく僕を愛するように望むだけだ。……僕は、果して、金銭に付きまとうあれこれの心労のことを考えると、嫌でも気が狂いそうになるのだ。

＊初版発行：一九七六年四月
＊B5判、二十八頁、ガリ版

# VOL．30

# 詩集　自虐と淫蕩

善良なる《人間》として——友よ！　道徳の禁止していることの総ては、何でも一度は、やってみるべき値打ちがある。

## 自虐と淫蕩

一

見知らぬ《事柄》をあがなうために、人は、総て、マスコミを頼り、その厚顔無恥なる《嘘八百》で、絶えずおもちゃにされている。——しかも今日、マスコミは、この世のあらゆる真実よりも、さらに強い《力》を備えた油断のならない存在なのだ。——世間の眼にする記事というのが、これ又、他人を《虚仮》にした実に愚劣な話ばかりで、「あなたが語ったこと」は、絶対に記事にはしないが、「語らなかったこと」は、いつでも勝手に、面白い記事に仕立て上げようというのだ。——それ故に、あゝ、彼の真実に出会うまでは、自分の受けた印象の《過ち》について誰も疑う術を知らない。

二

喉元に込み上げる、僕の苦い胃液の中を――刹那の《夢》に浮かされながら――今日、焼けただれた一匹の《快楽》の魚が泳いでいる。

三

桜の花よ！　僕が散って行くことには――君を引き合いに出す程の――さして華やかな《意味》などない。たとえ路傍の片隅で、犬のように野垂れ死んでも……あゝ、これだけは伝えて欲しい……僕は、《生命》を愛していた、と。

四

一枚の美しい絵画の前では、それを描いた画家の《名前》など忘れた方が良い。――君の見る眼の輝きが、《世評》によって、いつも曇るということのないように。

五

食卓にあるように、君の《会話》を調えたまえ。――出来れば、客と客の好みとに相応しく――塩、胡椒、《調味料》の類に到るまで！

六

表現しがたい何かがある。――例えば今、君に斯く伝えようとしている僕自身だ。僕は、自分に苛立ちながら、それをものにしようと、一時筆を止めて思いを巡らし……やがて、いささか不敵なその結論を、ここに下す。――見よ！　書くべきことは実に、このことだけである。――その気になれば、表現し得ぬものなどどこにもない。

七

明日、死すべき人間として、平凡に生きること。——絶えず《己れ》に相応しく——しかし、けっして人並みにではなく。

八

愛とは、単なる局部的な《木片》の触れ合いではなく、むしろ、それを持続することにおいてのみ沸き起こる狂おしい《時》の熱から、永遠の火に到る全人的な摩擦の成果だ。

九

あゝ、何度でも、ためらわず……ただその人の《外観》だけで、君は、君の相手を判断したまえ！　——もし、それが誤りならば、君は、自分の《愚かさ》を思い知る筈だから。

## ぬえ　——ある対話

——初めまして。——「いや、その節は、どうも。」——お忙しいところを恐縮ですが。——「いたって、暇な方ですが。」——今日は、二三詩のことについて、お尋ねしたいと思いまして。——「詩のこと、だけでしょうね、誓って。」——えゝ、無論、そのつもりです。それとも他に、何か？——「いや、別にその、こちらのことで。」——では、早速ですが。……まず、詩人として斯くあらねばならぬと信ずる、あなたの行動様式、又は、その信条のようなものから。——「ほら、来た！ふざけないで下さい、そんなもの。あったら、犬にでも喰らわせますよ。」——でも、確かにわたしの記憶では、あなたがどこかで、詩は、僕の総《・》て《・》だ《・》、と言っておられるのを耳にしているのですけれども。——「僕が、ですか?」——え丶、あなたがです。それは、お認めになるのでしょう?差し当たり、信条としてかどうかは別にしても。——「浅はかですね、あなたも。どこでお耳に入れたのかは存じ上げませんけれども、何だって又、そんなものに、義理立てされようとなさるのです……聞いている本人でさえ、納得の行きかねるものに。」——と言われますと?——「別に、難しいことではありません。ただ、あなたの考えておられるようなことは、一切口にしなかったというだけの話で……。」——つまり、何かの間違いだと、そうおっしゃりたい訳ですね。——「まあ、言ってしまえば、そういうことになります。要するに、聞き方の問題、単純な翻訳技術の問題なのですがね……仮に、ここで百歩譲って、僕が、あなたの記憶の正しさを認め、詩が僕の総てであるにしても、あなたにはそれが、どういう意味であるのか、多分、お分かりではないように思われます。」——ほう、それは又、どうして? 信条としても、生き方そのものとしても大層魅力あるご発言ではありませんか! それとも何か、その内容に、得心の行かない点でもおありになるのですか?——「それはもう、大いにね。」——一口に言ってどういうことなのです、それは?——「差し詰めバケツに塩水を汲み入れて、これが海だと子供に教えているようなものです。」——詩は総てではない、ということなのでしょうか?——「そう理解して頂く方が良いかも知れません。特に詩を、書くものとしか考えないような人たちには。」――すると、一体あなたにとって、詩とは、何なのですか？――「生きることです。いつも申し上げているではありませんか！

　つまり、他の誰でもないこの僕自らを全的に生きること。詩が僕の総てなのではなく、むしろ僕の総てが詩であるのだと。」――わたしにしても、けっして物分かりの悪い方であるとは思いませんが、いかがでしょう……一つ答えてもらえませんか？　あなたの今のご意見は充分尊重するとして、それとは別に、あなたがお書きになられている詩、そのペンによって捉えられた詩とあなたとの関係は、一体どういうことになるのでしょう？――「恐らく、それについてはもはや、くだくだしい注釈を付ける必要もありますまい……パンの耳も又、パン！　これでけりです。」――パンの耳、ですか……なるほど。そこには思い至りませんでした。しかし、あなたも流石に、うまく逃げますね、のらりくらりと。――「別に、逃げてやしませんよ。ただ、事の本質に近づいたというだけの話で。」――逆説、又逆説……という訳でしょう。ところで今の、事の本質で思い出したのですが、やはり詩で食べて行こうというお考えはないのですか？――「いやはやお考えも何も、その前に……あなた。詩で食べられるとお思いですか？」――でも、あなたは詩人なのでしょう？――「もちろんです。ただし、あなたのおっしゃられるような意味においてではありませんよ。僕が詩人というのは、己れ自身を全的に生きている人間のことですから。」――やれやれ、あなたという人は、予想以上に摑み所のない方だ。――「やれやれ、あなたという人も予想以上に囚われた方だ。」――もっと端的に答えることは出来ませんか?――「もっと端的に尋ねることは出来ませんか?」――どうも参りましたね、あなたという方には。でも、もし、そういうことでしたら、わたしもご希望通り、詮索抜きでやってみましょう。よろしいですね、一問一答ということで?――「ご随意に。」――では、単刀直入に……あなたが今、詩に求められているものを、まず。――「私の自己充足を。そして、私に関する一切のものへの愛を!」――多分、精神的なものだと思いますが、詩があなたに与える最大の利益は、何でしょう?――「僕の孤独がそれを介して取り交わす、数々の友情。」――他には?――「何も。」――それでは、現在あなたが、詩に関わっておられる動機などを。――「一口に言えば、私にあらざるものへの反抗、ですね。この答にご不満があれば、僕の作品をご覧になって下さい。お分かり頂ける筈ですから。」――詩に、何が出来るとお考えですか?――「必要ならば、書くことを拒否することが。」――詩人の運命、詩人の理想、そして、詩人の社会的義務について、一言ずつ。――「無用。無用。無用。何と素晴らしいことではありませんか!」――生き方という点で、詩があなたに望むものは?――「目的のない人生。あるいは、イノセント。」――詩人としてのあなたの幸福、又は、不幸についての自己分析を。――「共に、逆説でしかものが言えないこと。」――あなたにとって許すことの出来ない詩人の罪は？――「もちろん、神に仕えること！」――あなたの詩的空間とは？――「この胸の左右に備わる肺の内。」――あなたの最も好きな詩は？――「かつて、どこにも書き得なかったある想念の断片。」――出来れば、ご自身の詩についての感想を一言。――「自嘲。このどうしようもない矛盾の累積。」――あなたの最も尊敬する詩人は？――「書くことから、己れを解放した逃亡者ランボー。」――あゝ、ついに、わたしは最後まであなたの核心に触れることが出来なかったようです。――「あなたが、そう思われるなら……。でも、良いではありませんか、そんなことは。それよりいかがです？二人で一杯！」

## 後記

ある種の人間が主張するように、労働が常に快楽を伴うものであるかどうかを、僕は知らない。もちろん、理想的な状況の下で行われる労働の軽い疲労感を快楽と呼ぶなら、僕も又、これに対して異議を唱える必要を認めない。けれども、現実を眺めてみる限り、この種の考えには、多分に承服し難い何ものかが存在するし、況んや、生きて行くために仕方なくやっている大多数の人間の労働には、快楽の生まれ出る余地などないのである。それでも君が君の労働に費やした汗と泪に相応しい、最良の報酬を獲得出来れば良いのだが、君は絶えず、君の受け取る報酬よりも過剰に働き、それによって拘束された君の時間は、もはや永遠に君の手には戻らない。果して、人生における幸福とは、君がどれだけ君の時間を自由に持ち、どれだけそれを自分のために活用し得るかにかかっている。――然らば、友よ！君は、いつもそれを忘れず、君の受け取る金に応じて働くが良い。足らない分は、サボるが良い。誰が、それを妨げ得よう？――君には、そうする権利がある。

＊初版発行：一九七六年六月
＊Ｂ５判、二十八頁、ガリ版

# VOL. 31

## 詩的省察　背教者の慰め

——他《童話》一篇

健全なる精神に、神はいらない。——要るのは、もちろん病人である。

## 背教者の慰め

### 一

子供は、時に自分でも、それの重みに気付かずに、大人が絶えず自明の理として見逃して来たような神聖な事柄や、反論の余地なしと思われる巨大な思考の体系を、その根底から覆すほどの、辛辣な疑問の言葉を投げ掛けて来る。——それと言うのは、他でもないが……ある時、一人の信心深い母親がいて、自分の息子の教化のためにと、《創世記》の一節を読んで聞かせていたところ、それまで彼女の膝の間で、神妙に耳を傾けていたその子供が、不意に無邪気な笑みを浮かべて、こう尋ねたというのだ。「では、誰が、神様をお造りになられたのだろう？」——果して、かの第一原因を奉る、世のおめでたき宗教は、我知らず放った、子供の素朴な疑問に対してどんな答えを返すことが出来るであろうか？

二

人は、神を、人の形に似せて創造した。それ故、彼の意に反して、クセノファネースがこう語ったのは、正しかった。――もし、それが必要であるならば、「馬は馬に似せて、牛は牛に似せて、己れの神を創造する」と。

三

あゝ、何度でも恐れずに――父なる神を讃えた上で――あなたは、《罪》を犯すが良い。そうして、あなたは何度でも、神の御前にひれ伏して、あなたの《罪》を悔いるが良い。慈悲深きあなたの神は、あなたを許して下さるだろう。

四

宗教における論争ほど、僕たちのたましいを傷付けるものはない。彼らは、最も信用の置けない者の言葉を証拠として、常に自己の論理の正当性を力説する。

五

《神》という言葉は、その発音の類似性に従って、《上》という言葉から派生したものであると執拗に述べ立てる人たちがいる。もちろん、言葉だけの問題ならば、それは、大いにあり得ることだ。けれども、この種の言葉遊びによって、《神》の権威とその存在とを証拠立てようとする企ては、宇宙を単に平面的なものとしてのみ捉えて来た、前近代的な思考の産物であり、もはやそれ自体には、いかなる意味もないのである。――僕たちは、かつて、少年時代のトイレの中から、しばしば自分の尻を拭くものを要求して、こう叫んだものだった。――「母ちゃん……カミが、ない！」と。

六

人間に対して――彼がその手で成し得る以上の――遙かに大きな期待を掛けて、絶えず人間を侮蔑する……それが、君たちの宗教だ！

七

教会は、何故、うるおうのか？　どうして彼らは、パンを得るのか？　――考えてもみるが良い。ユダが聖所に投げ入れた、その呪わしき金によって、宗教も又、支えられて来たのではなかったか？　――だから、「わたしは、あなた方に言う。あなた方の敵を愛し、迫害する者のために祈れ」と言われているのは、果して、故なきことではなかったのだ。

八

キリストには、あらかじめ、己れに近寄る者たちの真の姿が分かっていた。――「わたしを指して主と仰ぎ、我が十字架に口づけする憑かれた者たち。その名は、レギオン！　彼らこそが、正に、わたしを裏切るのだ。」

九

願わくは、我が《希望》の打ち砕かれんことを！　神の《救い》の、絶えて無からんことを！　――それは、あゝ、我が身をさいなむ無用の責め苦！

十

愛する者を試みてはならないように、あなたも又、神を試みてはならなかった。けれども、天の父なるあなたの神は、己れの愛する人間に、《自由意志》を与えることで、正に人間を試みたのではなかったか？　――それ故、僕は、あなた方に良く言っておく。――原罪によって堕落したのは、人間ではなく、むしろ神ご自身である、と。

十一

存在しない我らの神よ！　もし、「御心のまま」ならば、あなたに対する祈りは空しい。――なるようにしかならないのだから。

十二

宗教的生活が、ある種の憧憬を以て語られる時、僕がまず思い浮かべるのは、《敬虔》という言葉の持つ、森閑とした逆光のイメージである。おそらく、この謎深い神秘の垂れ絹こそが、腐れ爛れたあれこれの宗教に対する僕の最後の一撃を鈍らせ、その仮借なき批判の矛先を回避せしむる唯一の砦となるかも知れぬ。何故なら、快い思弁を掻き立ててくれる、この世のあらゆる神秘的な存在に対して僕は、あまりに寛大であるからだ。けれども、自らの信仰に身を捧げていると称する彼らの日常が、果して、《敬虔》の名に値するものであるか否かについては、人々の良く承知しているところである。――けだし、彼らが事実において《敬虔》であり得るのは、教会に群れ集う日曜日の朝か、然もなくば、仏壇に向かって、声高に御題目を唱えている時ぐらいのものである。

十三

さながら、汝の隣人が、彼ら自身を愛するごとく……友よ！　汝自らを愛せよ。

十四

《知る》という行為が――彼らの間で――鄙《ひ》猥《わい》な意味を持つようになったのは、「人がその妻エヴァを知った」時からだった。もちろん、それ以前にもこのことは、知られていた筈なのだが……。

十五

たましいが、もし、死後の世界で不滅であるなら、僕たちは、もはや《生》というものを必要としないだろう。その時、神が人間に与える唯一の救いは、自殺であり、宗教の果たすべき永遠の使命は、殺人である。

十六

「カエサルのものは、カエサルに。神のものは、神に。」——そうして、キリストと共に、僕たちも言う——わたしのものは、わたしに！

十七

「求めよ。そうすれば与えられるであろう。」——何故なら、「あなた方の天の父はこれらのものが、ことごとく、あなた方に必要であることをご存じである」から。——けだし、あなた方の信仰とは、所詮、《確率》の問題に過ぎないのだ。

## 童話　少女の流れ星

——いちばん、ちいさなお友だちへ

空には、たくさんのお星さまが、キラキラとかがやいている、ある寒い冬の夜のことでした。すでに、どこのお家のあかりも消えて、みんなぐっすり眠っていたのに、少女がひとりベッドの中で、かたかたと鳴る暗い窓の外をながめていました。

あたりには、陰気なクレゾールの臭いがたちこめています。ここは、小さな村の病院です。少女は、重い病気でした。……そのためでしょうか？　少女のお母さんは、片時も少女のそばを離れようとはしませんでした。長い間の疲れも見せず、きょうも朝から夜のふけるまで、お母さんは、冷たい部屋の片隅にある古ぼけた木製の椅子にもたれて、少女の好きな赤い毛糸で、かわいい手袋を編んでいました。そうして、ときどき小さな病人の枕元に顔をよせては、そっと少女の顔色をうかがうのです。

「おやおや、まだ起きていたのかい。寒くはないかね。夜は、たいそう冷えるから、お前も、裏山のリスのように、温かにしていなければならないのだよ。」——お母さんは、こう言いながら、少女のかけている布団の襟を軽くなおして、再び編み物を続けるのです。

「ねえ、母さん。」——少女は、その細いやせた身体でちいさな寝返りを打つと、思い出したようにお話を始めます。——「わたし、さっき流れ星を見たわ。むかし、言ったわね、母さん。お星さまが消えない内に、願いごとをすると、きっと、かなえてくれるって。」

「そうよ。あのお話を、良くおぼえていたのだね。あれはむかし、母さんが子供の頃、お前のおばあさんから聞いたのだけれど、でも、お前。それが、どうしたというの？」——お母さんは、編み物の手を休めて、心配そうにたずねます。少女のいのちは、もう長くはなかったのです。たぶん少女にも、それは分かっていたのでしょう……ずいぶん前から花の入っていない花瓶が一つ、かたわらの棚の上で、淋しそうに忘れ去られていましたから。

「それで、何をお祈りしたの？」——お母さんは、病気の少女を元気づけようと、つとめて明るくふるまいます。——「お人形かい？それとも、いつか欲しがっていた、あの赤い自転車かい？　もうすぐ、お前も良くなるよ。そうしたら、町に買いに行こうね。」

けれども、少女は、それには何も答えず、かすかに首をふって微笑んでいましたが……やがて、しずかに窓の方、高く広がる空の方、かがやき散らばるお星さまの方をながめ始めました。それは、少女にとって、掛けがえのない平和な一時でした。少女は、暗い窓の外をふきぬけて行く風の音を聞きながら、むかし遊んだ美しい森や、川床のジャリまで透き通ってみえた、あの清らかな小川のことなどを、あざやかに思い浮かべていたのです。

……そうです、確かに、その時です。少女の小さな瞳の奥に、お星さまが一つ、すばやく尾を引いて流れ込んだのは！

「ほら、ごらん。お星さまだよ。今夜は良く流れるんだねえ。」――お母さんは、少女が黙ったまま、何もお返事をしなかったので、もう眠ってしまったのだと思いました。――もちろん、少女は眠ってしまったのです……それが、ただの眠りではなく、永遠の眠りであったことを別にすれば。

けれども、少女の願いごとは、その夜の内にかなえられたのでした。

あなたは、風に乗って伝わって来る少女の祈りを、お聞きにはなりませんでしたか？

「わたしが眠ってしまうまでに、もう一度、流れ星を見せて下さい。」

## 後記

その人間の持つ政治的理念が、保守的であろうと革新的であろうと――共に、自由の疎外者であるという意味で――僕の最も嫌悪して止まないのは、絶えず既成の権威に頼ってものを言う人間の、いわゆる「権威主義的性格」である。もし、この種の人間が、一つの集団を左右し得る指導的な地位にあるなら、おそらくその集団を構成する総ての人間は、異議のあるなしに関わらず、画一的な管理の下に甘んじて従わなければならないだろう。又、逆にこの種の人間が、もし指導される側にあるなら、自らの従属する組織集団への盲目的忠誠心を奮い起こし、その集団から落ちこぼれて行く離反者に対して、残忍なる闘争本能をあらわにするのだ。彼らにとって、ある個人の自由な創意は、概ね唾棄すべきものとなり、権威を離れた意志と行為は、いつも一様に軽んぜられる。いずれにせよ、集団が個人に先行する彼らの内では、個性は総て、邪魔な代物という訳である。もちろん僕は、個人の自発性に基づく集団の存在を拒むつもりはさらさらない。何故なら、それは必要を介して、お互いの合意の上に生まれたものであるからだ。けれども、彼らが己れの頭上に奉るのは、一人一人の個性を排し、個性をはぐくむ自由を排し、ただ権威に対する従順のみを要求する哀れな奴隷の集団である。そこでは絶えず、自由の味を知ることのない不幸な人間が、当たり前の人間として尊重されているのである。——果して、このように考えてみるならば、世にはびこる組織集団の内部から、詩や詩人を抹殺して行くような、多くの権威主義的人間が生まれ出るのも、あながち不思議なこととは言えまい。

＊初版発行：一九七七年五月
＊Ｂ５判、二十八頁、ガリ版

# VOL. 32

# 詩集　鞭と幻想

葬儀の《主役》。——彼は不在だ！

## 鞭と幻想

一

愛らしい一羽の小鳥が舞い下りるように、色鮮やかなスカートの《ひだ》を拡げて、彼女は今、僕の眼の前の長椅子に軽やかに座る。腰より高いその涼しげな《膝》を間に、日付のない——文字通りの——挨拶を取り交わした後の、目眩めく《沈黙》の一時が、言葉の重みに耐えかねている気のふれた僕の胸を、いやが上にも高鳴らせることだろう。——あゝ、《暗礁》に乗り上げた僕の意識に、いかなる罪があり得るのか？　仄かな薔薇の香りを放つ心地よい彼女の官能的な《姿態》の上で、不器用に這い回っている、その露骨な視線に当惑しながら、僕はただ、自分の隈取る《恥じらい》が、やっと教えてくれたものを、彼女に伝えることが出来るばかりだ。――「震えているのを、どうか、お笑いにならないで下さい。美しいご婦人方を眼の前にすると、僕は、いつも自分の思いをどうして良いのか、分からなくなるのです。」

二

数知れぬ夜の《あえぎ》を我が物とするため、愛は時に、荒々しく君の脇腹を責めさいなむが、それは、けっして、今日の不吉な《闇》の重さを増し加えようというのではない。――ひかりは、常に僕たちの内にあり、それはやがて、君が君の笑顔に照り返す、昇る朝日の輝く《しるし》となることだろう。――あゝ、そこに果てる、君の《頂き》は、君の眼の前！――露にあふれる根方の淵で、僕は、君の《下草》を掻き分け……さらに強く、さらに深く、逆立つ《くさび》を突き立てながら……今は、君の悶え苦しむ、情火の内に沈潜しよう。

三

S……公園の中央に、威厳ありげに立っている、僕の知らないあの石像は――いずれは、名のある《人物》の記念であるに違いはないが――哀れ、その《人物》たるや、いつも野ざらし、雨ざらし。おまけに、ごらんよ……カラスやスズメの糞まで浴びて、それでも、《笑顔》は崩さない。……何と、気の良い奴なのだ！よもや、僕にはこれからも、そんなことなどあるまいが――どんなに名誉を讃えられても――あんな《苦行》は、御免こうむる。

四

《籠》の中で殺された、あの巨大なグラムシが、おそらく、近年発見された《昆虫》の類だなどと言い交わされている内は――君の首を締め付けている、その《人格》の重みのために――友よ！　喉元に込み上げる苦き笑いを、僕も又、差し控える術を学ばなければならない。――たとえそれが、僕たちにとって、どんなに空しく、せつなかろうと……。

五

君の《たましい》の在り方が、君の訪ねる故郷だ。どんな運命の過酷さも、君の《失意》以上には君を失わせることはない。――あゝ、今なお君の胸にある《愛》の面影！

六

たましいに対して、自ら《形》を与えようとすることは、同時に、そこから《熱》を奪うことなのだ。冷えてしまったたましいには、その意に適う《形》はあるが、それは、すでに死んでいるのだ。

七

赤い犬も、白い犬も、《首輪》を付けた犬ならば――見知らぬ人には牙をむき、ご主人様の身を守る――いずれも、やくざな同じ犬！

八

孤独に向かって、生きることは出来るだろう。日々の煩事や喧騒を逃れ、独り静かに暮らすことも……。けれども、友よ！　僕には、《愛》から見捨てられて生きることは出来ない。

九

泣きながら、この世に生まれて来たのだから、彼はすでに、自ら去り行く《生命》の悲しみを知っているのだ。――人は、絶えず《希望》に囲まれ、その人生を始めるが、それはまた、泪で別れる孤独な《死》への旅立ちでもあるのだ。――けだし、この同じ一つの《道》の上では、行くことがまた、帰ることなのだ。

十

舌にまかせて、言いくるめてしまった後の《自己嫌悪》。言うべきことを、言えずに終わった《胸》のしこり。――あゝ、言葉にならない無限の《悲哀》！

十一

胸と胸……肩と肩とが触れ合うほどに、僕らは互いに、寄り添いながら一瞬、あなたのその腰が不如意な立場の《報い》として、密かな無言の恍惚を、僕の身内に目覚まし得てもそれは、けっして許されぬ淫らな恋のためではない。――僕らの出会いは、《日常》という汽車の中の当てどない旅の一コマ。偶然が巡り合わせた顔のない道連れに過ぎなかった。あなたは、やがてよそよそしく、別れも告げず身を翻し、ひとり汗ばむその駅に降り立って行くだろう……けたたましく鳴り響く、あの不快なベルの音に急かされながら。あゝ、心乱れる愛の《残り香》！　あなたを僕から引き離す、重い扉の前に立って――あなたの去り行く後ろ姿が遠く、僕の眼の淵からかき消されてしまうまで――僕は、物憂い《時》

の流れに、揺らめく、孤独な幻想を言祝いでいた。

十二

《窃盗》。――それは、絶えざる歴史の闇が、《所有》に対して繰り返す諷刺にすぎない。

十三

あるものに対する好みが、《病い》になった瞬間から、偏執が始まる。けだし、いかなる偏執も――それが《病い》である限り――けっして、軽蔑に値しない。

十四

「突然」と、誰もが、一度は書くらしい――恋する者のけなげさで――「こんな手紙を差し上げる失礼」を幾度となく、詫びながら……。

十五

彩り豊かな小川の砂利が、沢の蟹よりこせついた子供たちの《足型》を眼に美しく形取るには、水と空の青さとが、詩の透明度を約束する巨大な《鏡》でなければならぬ……さながら澄みきった生命の流れが、思想の《川床》を清めるように。

十六

太鼓腹のブルジョアに、爆弾なんぞ相応しからぬ。――奴らが、歴史の《泡》ならば、諷刺の針で沢山だ！

十七

種も仕掛けもない《政治》というものは――さながら、嘘と知りつつ騙される――《手品》以上に不可解だ。

十八

「あいつが、俺に好意を示す……？　それが、一体、何なのだ！　かつては、洟も引っ掛けず、眼中にさえなかった俺が、あいつの知った男になり、あいつの親しい友になり、むかし遊んでいた頃の気の良いあいつの連れとして、噂の種にされるためには、あいつを一時、その光栄に浴させる俺の名声が必要だった。」――然らば、君は、《あいつ》に対して、その陳腐な情熱である支配力の限りを尽くし、じっくり君の存在を、見極めさせせてやらねばならぬ。――そうでなければ、《あいつ》は言うのだ……「俺の、つましい世間体に傷が付く」と。

十九

君の《心情》を解き放つために、時には異なる他人の世界に旅立つのも君にとっては必要なこと。――けれども、たとえいかなる世界に突き進もうと、君はやはり君よりも遠くに行き過ぎることはない。――果して、君のまぶたの下では君の《理想》は、すでに実現していたのではないか！

二十

引け目を、一つ感ずるごとに――嫌でも――《負い目》が増して行く。

二十一

その時、僕の提出した答案は、全くの《白紙》だったので、僕は、彼の部屋に呼びつけられ、それについての弁明を求められねばならなかった。苛立ち始めた教授を前に、僕は、果して、これに応じた……彼の日頃の口癖を真似て……「ですから、先生！

何一つ誤謬を犯さぬために、僕は、一切の認識を止めたのです。」

二十二

自分の望み得るものを、彼らは、名付けて《希望》と言う。それを自分の手に入れて、《努力》の結果と彼らは言う。けれども、僕は、自分の望み得ぬものを望みたい。……彼らが《可能》と呼ばないものを。ただ、けっして、その収穫の《恩恵》に浴することなど期待しないで。

二十三

僕は、絶えず自負している……自分が斯く斯くの者であるという絶対的な《位置》を、自分にも、他人にも強制したことがないことを。――それ故に、友よ！　僕のアリバイは、あらゆる意味で《完璧》である。

## 後記

今日、僕にとって《可能》なことは、確かに、君にも良く出来る。多分、僕に出来ないことも、同じく、君には良く出来る。では、君にとって出来ないことが、一体、僕に出来るだろうか？　――果して、僕には文字通り金も力も、コネもない。――それ故、君に出来ないことは、もちろん、僕にも出来ないのだ。けれども、そうだ！　君とこの僕……僕たちには……か？　あ、、君は、それを信じている。僕も、時には信じている。ただし、僕には、そうは言えない。総ての《支配》が終わらぬ限り――それが、独りで君に出来、僕にも独りで出来るまでは――恐らく、僕たちにもまた、出来ないだろう。

＊初版発行：一九七七年九月
＊Ｂ５判、二十八頁、ガリ版

# VOL. 33

# 詩集　背理と視角

《ユートピア》。——どこにでもある！

## 背理と視角

一

書くためには、絶えずその《身》を削ること。——狂おしく微笑みかける貪婪な《白紙》の上に、肘の力で逆立ちながら、彼の思いを剝き出しにする、一本の細い鉛筆の《芯》のように。

二

歴史を逃れよ！　然もなくば、歴史への《抵抗》を！　——中途半端な善人よりも、むしろ底無しの悪党こそが、それを巧みに支配する《時》の威信を勝ち得るのだ。——あゝ、天地創造の初めより、最後の審判に至るまで、僕は、良心の《呵責》というものを認めない。

三

悲惨は、時に、自ら――その博愛のメスを振るって――ある種の小鳥を清純な一人の《女》に変えてしまう。……果して、クリミア戦争がなかったならば、あの有名な「白衣の天使」も、ただの夜鳴鶯に過ぎなかった。

四

気が向けば、誰でも、あのけち臭い《十字架》抜きで、快い宗教的感情に浸ることが出来る。――あゝ、神のごときバッハのお蔭で！

五

「思いやり」と称して、君は、いつもこの僕に、手ずから他人の《腹》を探ることばかり強要した。それが君の卑しさだった。――そうして、君は、僕に自分を軽蔑させた。

六

玄関のベルが鳴ると、僕は、いつも苦渋に歪んだ舌の先で、未来と過去とを組み替えながら《時》の階段を駆け降りて行く。――「わたし」の不在を、一瞬たりとも《客》に気取られまいとして……。

七

猥談の《昇華》。――これこそは、まさにフロイトが、精神分析学に対して果たした最大の功績である。

八

嫉妬の炎が、僕を焼き尽くす度ごとに《修道院》と《淫売宿》との分かれ道で――長い間――熱に浮かされたたましいが、どちらに行くべきかを決めかねている。

九

盛り上がる乳房の高みに、真新しい《夜》の下着をまとい付け、君は、密かな思いに耽る。恋人の腕の中で君の美しい肉体がお互いの《死》をかおらせるその時を……。今は、愛する彼の眼差しが、意地悪な素振りで、窓辺の君を慈しむ。

十

《傷》は、意に反して、爪よりも舌を悦ぶ。

十一

愚かなことだと知ってはいるが、長生きしようぜ、その日まで。——保険に入れば《墓場》が近い。生命を守るその金で、公害企業がまた太る。

十二

もし、君が《天国》への入口を、どうしても知りたいなら……友よ！君は、自らの精神に《穴》を開けるしかないだろう。

十三

己れの愛好する《処世術》に等しく、名前と顔とをなくした人間の抽象的な《暴力》が、常に一枚の——鼻もかめない——空しい紙の切れっ端で夢を、自由を、真実をお払い箱にしている。

十四

一切合切、我慢がならぬ。我慢するのも、されるのも。そのまた我慢を作るのも。——我慢し甲斐のあるなんざ、それをさせてる奴らだけ！

十五　李哲氏に

「……キミタチハ、イツモ、ワタクシニ強制スル……ワタクシガ、借リ物ノ国語ニヨッテ自分ノ名前ヲ答エルコトヲ……ア丶、ワタクシノ生命ノ誇リヲ踏ミニジル、キミタチノ国ニ、何故、本当ノ詩人ガ居ナイノカガ、コレデ分カッタ……。」

十六

お望みなら……敵が君の脇腹に植え付けた《狂喜》の種を、一つ残らず刈り取らせてあげよう。苛立つ君の寛容が彼らの《死》を願う前に……。たとえ君が、己れの敵を、どんなに崇め奉ろうと、彼らは、君の存在に満足することはないだろう。――敵は、君の《憎悪》を信じている！

十七

「お水を下さい。」――僕は、確かにこう言ったのだ。……僕の注文したカレー・ライスは、とても辛かったし、初めに出されたコップの水は、すでに空だったから。――「ウォーターですね。」……そう言って、無愛想に立ち去ろうとする彼女に向かって、何気なく「いいえ、お水です」と言ってしまってから、僕は、直ちに自分の言葉が、文字通り意味のない、ひどく馬鹿げたものであることに気が付いた。果して、彼女は――僕が、そう思い込んでいたところの――《姉ちゃん》などではなく、れっきとしたウエイトレスなのであり、僕はと言えば《飯屋》ではなく――これまた慣れない、高級な――レストランなどに入っていたのだ。

十八

詩に《縁》のない人間であることを、友よ！　幸運に思いたまえ。――それは、このやくざな世の中が、未だに君を《必要》としていることだからさ。

十九

革命は、《かまど》から始まり……僕らの切なる期待に反して……あゝ、蛆の沸き立つ《肥担桶》に終わる。

二十

僕に対して、《彼》は、病気と金のことしか言わなかった。《彼》にとって、この二つのことだけが《彼》の人生における最も重大な関心事であり……つまり、それなくしては、《彼》には、僕を黙らせて置くことなど出来なかったから。

二十一

僕のズボンに跳ね上がる冷たい《泥》には目もくれず、雨にぬかるむその《道》を――意地の悪い叫びを上げて――風のように駆け抜けて行った、遠い日の僕の仲間よ！　――息を切らして他人を追い、他人からせかされる《人生》は、僕には何の用もない。――先に行くなら、行くが良い。僕は、自分の《歩幅》で歩く。

二十二

強姦。――この同意なき《愛》！

二十三

あの細い迷路のような《血》の管を通って――僕たちの身内を――流れて行くのは、《歴史》だ。僕たちはただ、その中でしか苦悩出来ない。

二十四

僕たちの悲劇は、嫉妬深い《道徳》の陰口を恐れるのあまり、自分にとって最も親密な《愛》の対象を迫害し——これを断罪することで——己れの周囲を、総て《真空》と化すことである。

二十五

かつて、どのような人間もこの世の悲惨を、けっして《悪意》なしには堪え忍ぶことは出来なかった。——だから、彼らは今もなお、他人の不幸を前にすると《悦び》に我が身を震わせ、絶えず空しい哀れみの言葉を口走る。

二十六

虚しい《思考》の墓場の中から、締め出しをくらうという、あの形而上的試練によって、今もなお、数々のたましいを蓄積し得る、塵よりも重い僕たちの《生命》！

二十七

あゝ、馬鹿らしい！——どこの誰とも知れない《馬の骨》のために、コケの生すまで歌う君が代。

二十八

眼は、透明な《心》の傷口だ。

二十九

日頃……金銭に、《必要悪》しか認めていないこの僕のためにも、母は惜しみなく、金を使った。「生きたお金は」……と、彼女は言った……「いつか、必ず、なにかの形で返ってくる。」——そうだ！　この愛もまた……。

三十

自分の愛する子供たちに、絶えず、《良い子》であることを求めているようなつまらない親たちは、彼らの世界を、いつも《幸福》にさせてはおけない。

三十一

暴帝ネロが、彼の巨大な《帝国》に対して具現した、数々の戦慄。――それは、僕が絶えず、己れの胸底に隠し持つ、極限の《美学》だ！

三十二

僕たちは、ただ《錯乱》においてのみ未来を受け継ぐ。――逆説を母に、不可能を父に持つ、あの血まみれの《夢想》によって……。

## 後記

出来れば、理想を持たずに生きたかった。そうすれば、幻滅せずに済んだだろう。出来れば、希望も捨ててしまいたかった。そうすれば、この世に責め苦はなかっただろう。出来れば悪魔に仕えたかった。そうすれば、石はパンになっただろう。出来れば、愛など知らずに過ごしたかった。そうすれば、別れに泪はなかっただろう。出来れば、独り隠れて暮らしたかった。そうすれば、抗うこともなかっただろう。出来れば、誰の救いも拒みたかった。そうすれば、支配されずに済んだだろう。出来れば、言葉を無くしてしまいたかった。そうすれば、きっと心は安らぐだろう。――出来れば、子供のままで死にたかった。そうすれば、あゝ、あらゆる可能性が残されただろう！

＊初版発行：一九七七年十二月
＊B5判、二十八頁、ガリ版

# VOL. 34

# 詩集　苦渋の探究

あらゆる《体系》は、常に——思考のファッショ化を押し進める——精神の飢餓状態を排出する。

## 苦渋の探究

一

たった一度の人生を、《腹八分》とはケチ臭い。——たとえ、万事を控え目に《中正不易》で生きたとしても、未練を残しておさらばすれば、きっとこの世がうらめしく、化けて出るのが人の常。——どうせ、死ぬなら存分に《反吐》の出るほど楽しんで、もはや、この世を立ち去る時は、果敢ない《望み》をあの世につなぐ有象無象に痛罵を浴びせ、「我が人生に悔いなし」と、小唄の一つも捻りながら、大地の《ちり》に帰るとしよう。

二

語の熱に浮かされた《宗教》のおかげで、最も峻厳であるべき僕たちの人生が、一番無意味な事柄に堕してしまった。——あゝ、「死んでも、死なない」などという、あの愚かしい戯れ言のために！

三

時と共に、人は、その《深み》の中へ……たましいの中へ、埋没する。彼は、そこで——己れを限る——生の根底を見極めるが故に、《愛》を以て消滅する。

四

良心に対する僕の《眩暈》は、おそらく自らの後ろ姿を、絶えず己れの眼で眺めようとする、その思考法にあるのだろう。——それは、果して尻の痒みに耐えかねた哀れな犬が、我が身を二つにねじ曲げながら執拗に回転している、あの《受難》の姿に酷似している。——だが、どうすれば良いのか？　火のないところに煙を立てる、《詮索》好きの彼らの前では……。

五

絵にならない。——ダ・ヴィンチの《微笑》。

六

解放と征服とが《同義語》であるところでは、政治は、ただ人間を支配するようにしか、救済しない。

七

独り……眠りの床に身を横たえて、僕もまた、考える。——「革命か、然らずんば、死を」と。——あゝ、我が《胸奥》に巣くう、この笑うべき排中律！

八

泪に濡れたまぶたを持ち上げ、君は、君の《愛》を揺り起こすが良い。……窓は、すでに声高く——胸を拡げて——《あけぼの》を迎え、僕は、いつも軽やかな、君の笑顔を待ちながら、《夢》の近くで、目覚めている。

九

《論争》は、総て——あれこれの敵対者たちと共に——彼らの切なる祈りに逆らい、絶えず、それ自身として永続する。

十

皮肉なことに……この国の政治には、対話は、いつも《独白》に終わるという法則がある。

十一

いつもの陽気な昼下り……僕の開け放つ《窓》の下を、買物籠を手にぶら下げた、笑顔の可愛いあの娘が通る……ほっそりとした白い足に、赤いサンダル突っかけて、《春》の陽射しを浴びながら……。さあ、お前たち、悪戯好きの春風よ！　昨日、僕が教えたように、あの娘の膝にまとわりついて、その軽やかなスカートを、《指》で素早く、捲くっておいで。たとえ、あの娘が叫びを上げて、お前たちを威すとしても、僕の心を悩ませる《恋》の想いに較べれば、何も気に病むことはない。——あゝ、望みあらば、春風よ！　あの娘を一時立ち止まらせて、ここから僕に声掛ける、色好い《機会》を作っておくれ。

十二

アダムの犯した、たった一つの過ちは……果して、食べる《木の実》の順番を取り違えたことだけだ。

十三

初恋は、美しい。初恋の《思い出》は、それ以上に美しい。——愛することに忙しく、理解する間がなかったから……。

十四

僕にとって、《努力》とは、無限に不自然なものである。……然もなくば、彼らが、それを讃えはすまい。

十五

ユダの名において、今もなお、多くの罪人が救われている。——彼に較べれば、己れの《罪》など、問題ではないと言わんばかりに……。

十六

その時……僕が見たのは、荒涼とした砂漠の中で、怪我をして動けなくなった自分の馬に数発の弾丸を打ち込んで立ち去って行く、例のいかつい拳銃使いの後ろ姿であった。——彼の国で、それは、彼に課せられた掟のようなものでもあろうか……僕は、知らない。僕はただ、君たちが彼の吐き出す不条理の台詞を、深い感動と共にくりかえしているのを耳にすることが出来たばかりだ。——果して、彼は、斯く呟く。「これは、お前のためなのだ」と。——そうして、あゝ、彼の哀れな馬のように、君たちもまた、息絶える！

十七

《自己否定》。——それは、出来ない相談だ。否定する《自己》さえ持たない彼らにおいては！

十八

淫猥なる、その表現は別として、福音書の飾りたてる《教訓》位は——見よ！——君たちの忌み嫌う、あのポルノグラフィーもまた、教えている。……「汝の隣人を愛せよ」と。

十九

元より、僕は——お嬢さん！——あなたを、くさすつもりはないが、いつまで鏡に向かっていても、どんなに鏡に尋ねても、それは、教えてくれないでしょう……あなたの求める《アイデンティティー》は。

二十

万学の祖——アリストテレス——の明記した、あの有名な《人間》の定義にもかかわらず、僕たちは、今なお「非・政治的動物」であることに躊躇しない。

二十一

自尊心を失った《虚栄心》……。

二十二

僕のたましい……それは、《現実》の壁の上に、時間によって釘付けされた《情念》の寒暖計だ。ここには、僕の認める限り、適温というものがない。——果して、《意識》が働けば、狂おしいほど熱くなるし、それを止めれば、逆にまた、総ての熱が奪われる。——あゝ、僕にとっては、そのいずれもが堪え難い！

## 二十三

いつも貧しいあなたの暮らしは、とても良く分かっていたのに、僕にはあなたに何一つ、手を差し伸べてあげられなかった。絶えず、正義に飢え渇いていた僕なのに、あなたの抱く悲しみすらも取り除いてはやれなかった。――すきま風の吹き抜ける僕の虚しい《夢》の中で、あなたが僕に投げ掛けた、苦い言葉のあれこれが、今でも僕の耳から離れない。――哀れみは、あなたの役には立たなかった。あゝ、それは僕にも分かっていたのに、やはり僕には、それより他に返す言葉がなかったのだ。――あれから、あなたは姿を消して僕たちの《交わり》は、久しく途絶えてしまったのだが……あなたは分かってくれただろうか？　あなたに同じくこの僕もまた、孤独なる闘いの途上にある《人間》なのだということを……。

## 二十四

菊と刀と。――日本文化における、《闇》の双肩！

## 二十五

僕を魅するその《詩句》は――僕には、良く分かっていた――そこに置くには、けっして適切ではなかったと。……君は今でも、そのことで僕をなじるが、あの時、それを打ち消す《術》が、僕にはあるとは思えなかった。――もしも、君がこの僕にそれを教えてくれたなら、僕は、僕の《人生》さえも、みごと、打ち消してしまったろうに……。

## 二十六

内心の《葛藤》にうちひしがれた僕の肉体は、今宵僕に安らかな眠りの床を要求する……が、それに抗して精神は、僕の思考の存続を望むのだ。――では、僕もまた臆せずに、彼の至高の《哲学》を援用して、こう言うことが出来るだろう。――「あヽ、それを、あくびが綜合する」と。

二十七

歴史に、貧血という《持病》がなければ、血の気の多い僕たちが、あの呪われた《革命》に活気を与えることもないだろう。

二十八

幾たび《闇》を突き抜けても、明日は遠く、僕の憧れは、燃え尽きない。
――あヽ、たそがれに、今日も輝く
あの白い《水平線》のように！

## 後記

かつて親は、僕に教えた……「あの子のように、強くおなり」と。それが、僕には重荷だった。そうして、僕は、僕を憎んだ。――かつて教師は、僕に教えた……「偉くなって世のために、他人のために役立て」と。それが、僕には重荷だった。そうして、僕は、僕を憎んだ。――かつて社会は、僕に教えた……「己れを捨てて、順応せよ」と。それが、僕には重荷だった。そうして、僕は、僕を憎んだ。――けれども、今では斯く答えたい。「弱さが、僕に愛を教え、無能が、僕に享楽を教え、自我が、僕に反抗を教えた」と。僕はもはや、自分を恥じず、彼らの教えをかなぐり捨てた。そうして、僕は、僕の総てを解放した。

＊初版発行：一九七八年四月
＊Ｂ５判、二十八頁、ガリ版

# VOL. 35

# 童話　珍説・十二支考

子供の理解し得ないような《嘘》の中には、さながら頑迷と名付くべき精神の不快さがある。

## 珍説・十二支考

むかし、むかし、この地上の片隅にたった一つ、天国に通ずる、とても高い、塔のような山がありました。いつの頃か——今ではもう、誰もそれを知る者はおりませんが——この切り立った山のふもとに、たくさんの動物たちが、村を作って住み着くようになりました。

むかし、むかし……と、まあ、このような相も変わらぬ、古臭い書き出しで始めてしまったことですから、これからするお話の中に、少しぐらい信じ難いところを見つけられてもそれについては、君と僕——僕たち二人の仲に免じて、大目に見てもらわなければなりません。ただ、このお話が一から十まで、作りごとだと思われるのも困りますので、それはまだ、人間が《こよみ》というものを持たなかった時のことだとお伝えしておくのも、それほど無駄なことではありますまい。

はてさて、長い冬も終わりに近づいたある日のこと、このお話の動物村に、突然、一通の——不快な——手紙が舞い込みました。手紙というものは不思議なことに、いつも突然、舞い込むものです。——もちろん、その頃の動物たちは、今とちがって人間がものを書いたり、しゃべったりするように、言葉も文字も知っていましたから、一目見て、それがすぐに、神さまから来た春のお祭りの案内状であることが分かりました。

そのお祭りは、毎年一回、春になると神さまが、すべての動物たちを集められ、天国にある神殿の、一番大きな《あかねの間》で、賑やかに行われることになっていたのです。

ところが、どういう訳か、神さまの手紙では、天国にも不況の波が押し寄せて、たくさんの動物たちを招くことが出来なくなったので、残念ではあるが今年からは、わたしの選んだ十二匹の動物たちを代表者と決め、後のものは、どうか地上で、この年に一度のお祭りを祝ってくれるようにとのことでした。——神さまの考えた抜目のない計画では、毎年春のお祭りに使われる多額の費用を、何とか節約するために《十二支》と呼ばれる制度を作って、以後は彼らに代わる代わるその年の行事の総てを任せてやらせる腹だったようです。

けれども、その時、神さまの手紙に書かれていた十二匹の動物たち……つまり、神さまから天国のお祭りに招かれた十二匹の動物たちは、現在知られている《十二支》とは、全く別の者たちでありました。

――話の種に、それらの動物たちの名前を、ここにちょっと書いておきますと……まず初めに、あの上野動物園で子供たちに人気のある、中国産まれの珍しい動物、と言えば、もうお分かりのパンダがおりました。

――もっとも、当時の名前はパンダではなく、彼が日頃竹ばかりかんで食べるところから、カンダなどと呼ばれていましたが……。それから、海の動物では、イルカとウナギがおりました。そうして、もっと変わったところでは、ノミやシラミもその十二匹の中の一員でした。以下は、順番に、キツネ、カエル、タヌキ、ラクダ、ワニ、ダチョウ、最後にリスと……合計十二匹が、神さまの件の手紙に書かれていた本当の招待客であったのです。

さあ、これを知って騒ぎ出したのは毎年、天国に行くことだけを、唯一の楽しみにしていた他の動物たちでした。中でも、一番おとなしく従順であると言われていたヒツジでさえ自分が何をしているのか良く分からないほど腹を立てていましたので、目の前にあった、あの大切な神さまの手紙を、狂ったように叫びながら、むしゃむしゃ食べてしまいました。

――多分、その時からでしょう……ヒツジが、うまそうに紙を食べるようになったのは。――でも、そのお話は、またの機会にするとして、今は、この動物村で起きた、馬鹿げた騒ぎの結末をお伝えするだけにしておきます。

あゝ、この語るも愚かな騒ぎたるや、

驚くなかれ、人の書き記すところによれば《七日七晩》続いたということです。――やがて、さすがの動物たちも、もはやうんざりという頃になって、それまで、静かに事のなりゆきを見守っていた人間が、不意に口を開いて、居並ぶ仲間たちの注目を集めました。

「では、どうだろう？　初めに選ばれた者たちには、たいへん気の毒な話だが、今からそろって天国に行き、神さまに、僕たちの代表を自分勝手に決めないように、お互いの納得の行く方法で、もう一度選びなおしてもらおうではないか。」

他に良い手立てもなかったので、この人間の考えに、誰もが二つ返事で賛成し、我も我もと天国におしかけました。たくさんの動物たちが天国の入口に集まって、口々に騒ぎ立てているのをごらんになった神さまは、非常に驚かれ、これでは彼らの願いを聞き入れぬ訳には行くまいと胸の内で考えました……もし、わたしが拒むなら、彼らは天国を打ち壊し、わ・た・し・を・殺・し・て・し・ま・う・か・も・知・れ・な・い・か・ら・と。果して彼らが、天国の入口を鎖している重い《夢》の扉を押し開き、美しい神殿になだれ込んだ時、神さまは、一つの企みを胸に秘めて彼らの前に姿を現し、いつものにこやかな笑顔で語り始めるのでした。

「皆の者よ。わたしはお前たちの熱意を認め、先に送った手紙のことは、すべて水に流そうと思う。そうして今から、お前たちの誰一人、不平や不満を言わないように、お前たちの代表を、それぞれの身に宿る《運》に選ばせることとする。――ここに、見よ！　お前たちの頭の数だけ、わたしの用意した引き札がある。この中の十二枚……それには特に、選ばれし者の証しとして、わたしの国に咲き誇る、みごとな花の模様を刻んでおいた。……さあ、誰からでも引くがよい。それが、お前たち全ての中から、わたしに代わって、新たなる代表を、再び選び出すだろう。」

こう言われると、神さまは、お側近くにいた可愛らしい天使たちにお命じになり、たくさんの引き札の入っている黄金の箱を開けさせました。

ついで、今一度、彼らの方に向き直られて、この引き札を手にする者は誰でも、己れの言葉を失う……しかし、その者のたましいは、死後には必ず、わたしの国に入ることが出来るだろうと、念を押すように話すのでした。

これを聞くと、動物たちは、もはや神さまの言われた言葉の意味を深く考えようともしないで、我勝ちに、黄金の箱に駆け寄り、お互いに殴り合わんばかりの勢いで、その引き札を引き始めました。――結果は、ご存じの通り、ネズミに始まり、イノシシに終わる例の十二匹が、新しく代表者と決まったのです。と同時に、それ以後の動物たちが、総て神さまの話されたように、自分の言葉を忘れてしまったのは、今ここで、改めてお話しするまでもありません。

けれども、この哀れな群れの中にあって、たった一人、最後まで引き札に手を出そうとしなかった者がおりました。それは、かつて――歌を唄い、琴を奏でるしか能のない者として――神さまからこの上なく疎まれて来た人間でした。彼は、他の動物たちが、引き札の幸運にあやかろうと夢中になっている間、独り悲しげに愛の詩を口ずさんでいたのです。

――不思議に思われた神さまは、天使たちが捧げている、あの引き札の箱をお指しになって、何故、お前はやらないのかと人間に尋ねました。

「運が良ければ、お前にも、我が神殿を訪れる、希望の引き札が手に入れられる筈のものを。」

神さまが、このように言われる本当の理由を見抜いていた不敵なる人間は、今や、言葉をあやつる唯一の動物として、神さまに答えました。

「これを一つ与えれば、代わりに、あれを奪い取る。いつも、あなたはそうなのだ。――あゝ、僕の幸運！それが、一体なんだろう？　僕の自由にならないものは、僕にとって文字通り、すべて無用のものではないか。たとえ、今この僕が、運良くそれを手に入れても、言葉をなくした四つ足の哀れな仲間となるよりは、自分の愛する言葉を守り、永遠に唄い続ける者でありたい。」

この人間の言葉を聞いて、神さまが顔色を変えない筈はありません。それも、かつて自分が、最もさげすんで来た人間によって自尊心を傷付けられたのだから、なおさらです。神さまは、たちまち烈火のごとくお怒りになられて、もはやお前は何一つ、わたしの救いを受けられない……この国の扉は以後、お前に対して永久に鎖されるだろうと、声を荒らげて人間を脅しました。けれども、人間は笑いながら、確信を以てこれを打ち消し、さらに一声叫ぶのでした。

「あゝ、わずらわしい神さま！　かつて一度も、あなたから愛されたことのないこの僕が、どうして、あなたの救いなど期待することが出来るでしょう？　結構ですとも！　僕はあなたのおっしゃる通り、我がたましいにとって理不尽な天国などには、この先死んでも来ますまいよ。」

こうして、人間は、神さまと別れました。——それは、果して、人間が彼の誇らかな足取りで、己れの大地を歩き始めた、あの記念すべき歴史の《あけぼの》であったのです。

## 後記

すでにお分かりのように、このお話は、純粋に子供を対象として書かれたものではありません。したがって、もし僕がその文体に固執せず、形式さえも打ち捨ててしまうなら、これはおそらく、童話でもなかったでしょう。けれども、僕たちは、かつては誰でも、例外なく子供であったのであり、また現在、その時代を送っている子供たちは、いつまでも子供のままではないのですから、僕がこの作品を書く上で、誰を対象としたかなどということは、実はどうでもよいことなのです。——僕は、このお話の中で二重の意味でのさまざまな諷刺を試みましたが、ただ僕がそこで安易に、人間というものを礼讃したなどとは、どうか、お考えにならないで頂きたい。と言うのは、このお話がすべて過去形で語られているにもかかわらず、本来、それは、あくまでも現在進行形、あるいは未来形の筋立てとして語られなければならない問題であるからです。——僕たちは、果して、己れの信ずる良心に誓って「僕たちの歴史」と呼ぶべきものを持っているかどうか、そのことを自分の問題として十分に考えて頂けるなら、僕がここでお伝えしたかったもう一つの事柄も自ずと明らかになるでしょう。

＊初版発行：一九七八年四月　＊B５判、二十八頁、ガリ版

# VOL. 36

## 詩集　虹の終焉

一字違いでも良い。どうせ作るなら……
生命のための《無事》立法！

### 虹の終焉

一

あゝ、右や左の高貴なお方……心優しきブルジョア諸氏よ！　――今日、旦那が気紛れに、わたしに施したこの《びた銭》は、わたしが一日の糧を得て、なお余りあるものがある。旦那は、わたしの斯くも卑しき法外な《祈り》を――文字通り、わたしが旦那の足下をちらと盗み見た一時の後に――あっさり叶えてしまわれた。わたしにとって、それは驚愕に値する。もちろん、わたしのごとき下賤の者が、旦那のなさる《行い》に不服を述べよう筈がない。けれども、わたしはこのことで、世界に対する我が《絶望》を大いに深めてしまったのだ。――それ故わたしは、旦那に対して感謝しようとは思わない。――何故なら旦那は、その永遠には続かない旦那の《好意》で、わたしの運命を弄んだのだから……。

二

経験者は、語る……沈黙することを強いられた彼の哀れな《聴衆》を前に、やってみなければ分からなかった彼の愚かな《失敗》について！

三

垢抜けのしない雀たちが、日がな一日、往来に――人目もかまわず――足を止めて、根も葉もない《噂話》に、今日も花を咲かせている。

四

僕にとって、僕に関する総てのことが、絶えず《自己嫌悪》の種になる。――もし、僕に、自分を操る思考の中味を一つ残らず検証する、あの尊大な《能力》があるならば……。

五

僕は、しばしば暗い《悦び》に浸りながら家路に就くという、ただそれだけの意図を以て、ひとり、虚しく外出する。

六

《進化》？　――たかが、毛が三本増えたというだけの話ではないか！

七

観照の哲人・スピノザによって、神が、《公理》という快適な枕を与えられて以来、輝く天空の高窓からは絶えず、その大鍋のごとき、無様な《いびき》が鳴り響いている。

八

あゝ、少年時代の僕らの先生！　虫も殺さぬ顔をして、何故か、毎日、逆上し、恐れおののく僕らの仲間を、したたか打ち据えるのが好きだった。果して、彼は、そのことを、厚かましくも「愛の鞭」と呼んではいたが――それで、やっと僕にも分かった――あの頃彼の奥さんに、どうして《生傷》が絶えなかったかが……。

九

その日、《楽園》を追放された傷心のアダムをからかうように彼の耳許に口づけしながら、賢いその妻エヴァが囁いた。「ねえ、あなた」――と、彼女は言った――「わたしたちが食べることを拒まれたもう一つの木の実には、あの哀れなお方に似て、きっと種子がなかったのだわ。」

十

胃には悪い……が、たとえどんなに脅されようと、我が精神の《覚醒》とその持続のためには、酒も煙草もコーヒーも、止める訳には行かぬ。――けだし、生命に対する僕たちの絶えざる《不安》に較べれば、これらのもたらす害毒など、問題にするにも当たらない。

十一

もし、僕が――文字通り――他人の気持ちになって、ものを考えることが出来たとしたら、僕には、友よ！《生命》が、いくつあっても足りないように思われる。

十二

寡黙の《都会》……そこでは、犬で

さえもがよそよそしい。

十三

冗漫なる《宗教》のおかげで、僕は、この世で最も尊い、貴重な信仰を手に入れた。——神は、存在しないという《絶望》への信仰を！

十四　差別深層

《わたし》は、斯く断言する。……《わたし》の類である《われわれ》は、たとえ《あなた》の存在がいかに個として価値あるものでも、正に《あなた》の類である《あなた方》の存在よりも理屈抜きに優れている。……それ故、《われわれ》の内部において、《わたし》がいかに劣っていても、《われわれ》の一部である貴重な《わたし》の存在は、断じて《あなた方》よりも優れている！

十五

子供のような無邪気な手つきで、彼女は、僕の差し出すグラスを握り、眼の高さまで持ち上げてそれを一気に飲み干した。……と同時に、彼女の中で、胸の《嵐》が、それと分かる喘ぎを見せて波立った。驚いたことに——その時、僕は知らなかったのだが——彼女は《初めて》だったのだ。心配顔に見つめる僕を、一時挑発するかのように、意味ありげな《目配せ》をして、微笑みながら、彼女は言った。——「これだけ飲めば……わたし、トラになるかも知れないわよ」と。——あゝ、もしも彼女がトラになったら……彼女は、斯く言う僕の言葉を、真面目に信じてくれただろうか？　……「僕も、きっと恐いオオカミになるだろう。」

## 十六　如是我聞

「……俺の親方《おやじ》は、業突張りで、家じゃあ自分のかみさんに、小言の一つも言えねえ癖に、何かと言やあ俺たちを、間抜けだ、ドジだと虚仮《こけ》にする。安い銭で、こき使われて、その上、毎日怒鳴られりゃあ、頭に来るのも無理はない。……あゝ、何と因果なこの稼業！　女房子供のためだと思やあ、短気は損気と我慢もするが、半人前だと言われちゃあ、俺も男だ、名がすたる。たとえ、そいつが本当でも、へらへら笑っちゃいられめえ。時にゃあ、腹に据え兼ねて、親方《おやじ》の傍で、聞こえよがしに、言ってやるのさ、なあ、お若えの！……寿司屋へ行きゃあ、俺だって、五人前にもなれるのだ……。」

## 十七

出来れば――激情に駆られるままに――突如、相手の胸ぐらを捕らえ、その高慢なる《鼻面》に、一発見舞ってやりたいような、腹の立つ人間の、何と多いことだろう！　――けれども、友よ……残念ながら、やられて《痣》を作るのは、いつも、決まって俺たちの方なのだ。

## 十八

K……よ！　君の、女性に対する大いなる《信頼》は、絶えず君の身内にあって、最も《健康》な部分に属している。――もし、それがどこまでも、君を奮い立たせてくれなければ、恐らく君は、彼女を前に、君の豊かな《たましい》さえも萎えしぼませてしまうだろう。

十九

雨に打たれて《笠》もなく、眼は、うち伏せて、おだやかに、その口許には無言の《祈り》……あゝ、凍てつく路傍の片隅に、誰を待つのか、笑みを浮かべて、ひっそりと佇んでいた、あの冬の日の《羅漢》よ！

二十

「貧しいながらも、この世は、楽しい。」——馬鹿を見る君たちがいるから……。

二十一

自己矛盾に対する僕たちの《闘い》は、僕たちのたましいと同じくらい長く、僕たちの生命と同じくらい激しい。——だから、友よ！　僕たちは、自分をあきらめることのないように、《矛盾する権利》もまた、残しておこう。

二十二

不思議なことに、この世には——絶えざる観念の飛躍によって——人生を《助走》としか考えない人たちがいる。……彼らは一体、どこに着地するのだろう?

二十三

疲労の科学に基づく、プロレタリアートの形而上的《貧困》！

二十四

彼女が《紅》を差す度ごとに——僕に、鏡が誇らしげに話す——あゝ、目眩めく彼女の《息》が、彼を一瞬曇らせるほどに、あのくちびるに近寄るのだ、と！　……果して、僕は鏡に嫉妬する。

二十五

世の常道を踏み外し、有益なことは何一つしないで良いという《特権》を得て、初めて人は、詩人になる。

二十六

けっして永遠の生命を夢見てはならない。君は、それで何かを言ったつもりになるが、それは果して、何の意味をも持たないのだ。君は確かにそれを約束する……僕が君に絶えざる愛を誓うように。けれども、僕は言いたいのだ。「時間のないところに生命は不可能であり、生命のないところに永遠は無意味である」と。

二十七

たった一人で、この不動の大地を動かしたコペルニクスのように……！

後記

自分のまったく個人的な愉しみから、僕は、口髭を蓄える僕の行為を、けっして意味のない無駄な努力だとは思わない。けれども、平素、彼らに知られた自分の顔を、突如、口髭などという滑稽な仕方で変えてしまうということは、恐らく、彼らを僕のイロニーで、散々に誑かすことよりも罪のない行いであるかも知れない。無論、僕の口髭にも、隠されたそれなりの筋立てはあるのだが、残念なことは彼らが、僕の口髭に興味を示す以上に、僕と僕の紡ぎ出すイロニーについて理解してみようとは、断じて思わないことなのだ。——果して、彼らは嘲笑する……あたかも、そうすることが、己れの分別を明かすよすがでもあるかのように……。ただし、僕は別段、それについて彼らに抗いはしないだろう。だが、覚えていて欲しい。いつかは僕も、そこに蓄えている口髭を剃り落とすことだってあるのだから！　——その時、彼らが僕のイロニーを、長々笑っていられるかどうか……それが、今の僕の最大の関心事であるのだが。

＊初版発行：一九七八年十一月
＊B５判、二十八頁、ガリ版

# VOL.37

# 創作　艶笑譚《一》

精神の《不能》は、常に最も危険なモラリストを創造する。

## 艶笑譚（一）

### 一

むかし、ある商人の夫婦の家に、器量はよいが少しばかり頭の足りない若い娘が、小間使いとして働いていた。冬になると、雪で荷が滞るというので、亭主がひとり、隣の村まで買い付けに出掛けていた時のこと、ちょうど馬車でこの店の前を通りかかった旅の男が、件の娘に目を付けた。そこで、男は店に入り一わたり中の様子を眺め廻してから、何食わぬ顔をして女房を呼んだ。

――「実は、お内儀。一品買って戻りたいが、只今、生憎持ち合わせがない。出来れば、このお女中にでも、宿まで届けさせてはもらえまいか？　代金は、すぐにでもお支払い致そう故。」

男が宿の名を告げて出て行くと、女房は早速、娘にこれを言い含め、品物を持たせて宿まで行かせた。しばらくすると、娘が金を持って帰って来たが、見れば、大分釣銭が要る。根が正直なこの女房、欲の深い亭主と違って、それを、娘の骨折りに対する、客のありがたい心付けなのだと手前勝手に決め込むような意地の汚い人間ではなかったので、いま一度娘を呼んで、宿にいる男の許に金を持たせてやろうとすると、娘は、これを押し止め、さも嬉しげに女房に言った。

――「奥さん。あの旦那は、とてもものの分かった良い方ですだ。急なことで、わたしもお釣りに困っていると、それは自分が代わりにお払いましょうとおっしゃって、わたしに隠し所を拡げさせ、気が遠くなるほど、たくさんのお足を、後ろの方からねじ込んでくれましただ。」

二

公園の繁みの蔭から、一組の若い男女が出て来たのを目敏く見つけた幼い娘が、傍にいた父親に、人目もかまわず、大声で尋ねた。

――「ねえ、パパ！　あの人たち、あそこで何しているの？」

――「馬鹿。そんなに大声を張り上げるな。あれは、もう終わったんだから。」

三

――「君のことを、僕はこんなに愛しているし、君も、まんざら僕のことを嫌っているようには思えない。僕は君を、誰より幸せにする自信があるし、そのことは、君が一番良く知ってくれている筈じゃあないか！　なのに一体君は、何が不足で、いっしょになってくれないんだ？」

――「あら、わたし、いつだってそうしようと思って居りますわ。でも、あなたったら、まだ電気を消して下さらないんですもの。」

四

台所の片隅で洗い物をしていた女房が、自分ののろまな亭主に向かって、苛々しながら声を掛ける。

――「たまらないわねえ、あなたって。一体いつまで食べていらっしゃるおつもりなの？　わたし、もう、一時間も待ってますのよ。早く済ませて下さらないと、他の用事が、何も出来ないではありませんか！」

――「あゝ、何だって君は、こんな時ばかり急かせるのだ？　毎晩、俺がその気になって手っ取り早く済ませてしまえば、いつも君はこの俺に、早いの、短いのと、散々、嫌味を聞かせるくせに……。」

五

――「夕べ、君のところでやったパーティーに、彼女を連れて来たのは奴だったな。そうして、最初に彼女に目を付けたのは、君だったな。……ふむ。そいつは、もちろん俺も認めるよ。でも、そんなことでぐずぐず言われたら、たまらないね。だって、そうだろう？　あの後、彼女とホテルにしけ込んだのは、紛れもない、この俺だもの。」

六

牧師の娘が、恋に落ちた。相手は巷でも評判のごろつきということであったが、世の親の常として、牧師は娘に全幅の信頼を置いていたので、初めの内は、それを質の悪い冗談だとしか思わなかった。けれども、そのことを自分の妻の口から聞くに及んで驚き周章《あわ》て、やっとその噂の真実なることを悟るに至った。牧師は、娘に罪の何たるかを教え諭し、直ちに男と別れるよう泪ながらに哀願した。娘は、年老いた父親のうち拉がれた様子を見てひどく憐れみを覚え、自分非を認めて、これ以上男に近づかぬ旨を神にかけて約束した。

――「だが、何故お前が、あんな男に騙されてしまったのか、わしには今でも、それが不思議でならないのだが……。」

――「いいえ、お父様。わたしは、誰にも騙されは致しません。お父様はいつも、信者の皆さんにお教えになるでしょう。悪しき者共に歯向かうな。あなた方を押し倒し、下着を奪おうとする者あらば、その身体をも与えなさいって。」

――「あゝ、何ということだ。わしの娘とあろうものが、悪魔の毒に汚されおって！」

## 七

僕が二階で寝ていると、夜のしじまの向こうから、何やら話す声がする。

――「寒いわ……ねえ、早く……早くってば……ぐずぐずしないで……何をしているのよ……どこって……ほら、ここ……触れば分かるでしょ……ここよ……ここ……あっ、痛い……痛いじゃないの……下手ねえ、もう……そこじゃないでしょ……下よ……もっと、下……下の方……あっ、そこよ……そこ……廻して……いいわ……あなた、入って……。」

ここで、階下の明かりが点いた。大きな荷物を抱えた旅行帰りのパパとママが、暗闇の中で玄関の鍵を開けていたのだ。

## 八

ちょうど、二匹の野良犬が路上で仲良くつるんでいるところに、小さな子供の手を引いた若い母親が通りかかった。ばつの悪くなった母親は、素知らぬ風を装いながら、その場を足早に立ち去ろうとしたが、子供が眼を輝かせているのを盗み見て顔を赤らめ、咄嗟に子供の視界を自分の身体で覆い隠した。

――「坊や！　あれは、あなたのような子供の見るものではありませんよ。あんなものを見るとお眼々がつぶれてしまうんだから。」

すると、子供は一瞬、顔を曇らせて、母親に言った。

――「えっ、それじゃあ、もう僕は、駄目なんだ。どうしよう？　ママ！　夕べ、パパのお部屋で僕が見たのも、やっぱり、あれと同じ奴だった。」

九

母親に引き連れられた若い娘が、お忍びで知り合いの医者のところにやって来た。

――「先生。誠にお恥ずかしい話ですが、この娘ったら嫁入り前の身でありながら、親に隠れて散々悪い遊びをした挙げ句、お腹に相手の子供まで宿してしまったらしいんですの。本当に、まあ一体どういうつもりなんでしょうねえ……今の若い人たちのすることは。」

――「ふむ。それは、いけませんな。奥さん。それでは、先ず、あなたの方から診てみましょうか。どうぞ、こちらへ。わたしの記憶に違いがなければ、娘さんよりあなたの方が、確かに二週間も早かったですからな。」

十

大学入試に備えて、受験勉強をしている息子の部屋に、母親が夜食を持って入って行くと、息子はひとり、虚ろな眼をして、ズボンの前を拡げていた。

――「まあ、お前！　そんな恰好で、一体何をしているの。」

――「あっ、ママ！　今、僕、その……プラトニッククラブの復習していたところなの。」

十一

ある有名な大学の記念式典において、一人の老哲学者が《歴史と人間》と題する特別講演を行った。例によってその講演も拍手と喝采の内に終わろうとしていた時、彼は、聴衆の熱狂に応えるように、広い会場を見廻しながら、満面に笑みをたたえて言葉を結んだ。

――「以上のことで、わたしの主張の一端をご理解頂けたことと思う……エ・ビヤン！　上部構造は、常に下部構造によって規定される……つまり、諸君。われわれの愛情なるものもまた、われわれの股間の一物、あの神聖なる一物の生産性に関わっているということなのである！」

## 十二

学生時代の親友に、子供が産まれるというので、昔の彼の仲間たちがそろって、お祝いに駆け付けた。

――「やあ、おめでとう！　いよいよ、君もパパになるか。……これから少しは自重して、家庭サービスに相努めたまえよ。パパと言えば、つまりは、人の子の親……この現実は、君！　逃れようはないのだからね。」

――「いや、それがだね。困ったことに、何の因果か、二人同時に産まれて来るというのさ。いくら俺でも、これにはほとほと参ったよ。一度に、二人の子供の父親とはねえ。」

――「おいおい、何を罰当たりなことを言ってるんだ！　双子が産まれるってことの、どこがそんなに困るのかね？　今では、五人同時に産まれたっておかしくはない。」

――「もちろんだともさ！　ただし、それが親の方でなければね。」

## 十三

最近、占いに凝り始めた女学生のいとこが、日頃彼女をものにしようと虚しく張り合っているボーイフレンドたちを呼び集めて、パーティーを開いた。酒とディスコ紛いの音楽とですっかり上機嫌になった彼女は、例によって迷惑顔の彼らを相手に、すでに何度も聞かせて来たあの退屈な星占いの講義に及んだ。

――「ところで、ねえ、君たち。誰か、わたしに運勢を占って欲しくない？　君たち、馬鹿にしているようだけど、わたしの占いって結構良く当たるのよ。」

すると、半ば白け気味の彼らの一人が、冗談まじりに彼女に言った。

――「そうだな。……じゃあ、手っ取り早く今夜のお前の運勢を占えよ。そうすれば、俺たち全部の運命が、それで見事、決まることにもなるからな。」

## 十四

デパートの下着売場の前で、迷子になった小さな女の子が、いっしょに来た自分の父親を探して泣いていたが、やがて、そこに係の者がやって来て、優しく少女を抱き上げながら、あやすように彼女に言った。

――「ほら、泣かないのよ、お嬢ちゃん。あなたのパパは、すぐ見つかるわ。」

――「え、、おばさん。わたし、もう泣かないわ。……だって、わたし、生まれた時からパパを捜すのって、慣れっこですもの。」

十五

――「昨日、思い切って彼女に結婚を申し込んだのさ。僕は前から、彼女が好きだったし、彼女もどうやら、僕が切り出すのを待っていたんだな。でも、何故か一晩で振られたよ。……ねえ、君。僕に教えてくれないか？　女ってのはどうして、あんなに早く心変わりが出来るのだろうね？　彼女、男は顔じゃないって、いつも言っていたのにな。」

# 後記

《艶笑譚》と題してここに納められた小品は、本来――僕が詩的武装と呼んでいる――それ相応の微細な粉飾を施した上で、僕のこれまで書き継いで来た一連の詩作品の内に分散して載せられるべき筈のものであった。したがって、もし、こう言うことが許されるなら、僕のこれらの小品は、僕にとって飽くまでも素描の域を超えてはいない。もっとも、僕はそれを単なる未完という意味で受け取られたくはないのだが……。果して、僕は常々、自分の駆使するあらゆる単語を、あるべき場所に――可能な限り――確実な形で配列しながら、あたかも覚えたての外国語を書くようにものを書くが、已れの平素の流儀に反して、僕がこのような題材を、このようなやり方で料理する気になったのは、他でもない、日頃の僕の作品を堅いと評する人たちに対して、僕が石ではないことを証ししたいがためであった。――友よ。僕は、より完璧な言葉が欲しい！　……とは言え、これらの作品は、何と気軽な愉しみを僕に与えてくれたことか。――そうだ！　僕は、これらの作品が、今では大いに気に入っている。

＊初版発行：一九七九年三月　＊B5判、一二十八頁、ガリ版

# VOL. 38

## 詩集　廃嫡者

愛する。――ただ《肉迫》することにおいてのみ！

### 廃嫡者

一

すべて、品詞は――《記号》と化した、あの謎深い遺伝子さながら――生命にきざす夢想を以て、あらゆる記憶の《連結》を可能にする。……では、まず、主語から始めよう。名詞は、絶えず《位相》に応じて、姿を変える自由な肉体。（抑圧された激情が、出口を求めてそこに見る、わが《破壊》の衝動は、代名詞にこそ預け置く。）動詞は、その比類なき《精神》として、時空に拡がり、形容詞は、やがて来る感嘆符に先立って、ひとり己れの身を飾る。助詞と副詞は相共に、《存在理由》を騙り取り、連体詞をあげつらう。――あゝ、カンマの知り得ぬ《安息》を今、ピリオドが成就する！――接続詞は、常に《愛》。……斯くして、人間の一生は、その各々の息の長さの相違に応じて、ある種の《文体》を構成する。

二

書くためには――季節に外れた花のように――人は、《寡黙》でなければならない。毎日、火の付いた紙のように、引きも切らずに喋っていては、いかなる《詩》の輝きも、虚しく、灰と化すばかりだ。

三

僕の自画像は、常に時の《加筆》を受け入れながら、未来完了で描かれるために、一度、固く《眼》を閉ざした後でなければ、誰も絶対に、それが僕だと気付くことはないだろう。それは、かつて地上に現れたどのような《人間》にも――まったく――似てはいないという、あの不幸なる《特徴》を持つ。

四

太陽の間近で、僕は、あまりに長く《夢》を見すぎて来たので、今ではもう、自分の《影》がどちら側にあるのか、よく分からない。

五

あゝ……ここに欠けているものは、正に、その形式である《対話》なのだけれども、知恵に憑かれた学者どもには、それが一向に分からない。果して、それを究める以前にも、また、それを独り究めてからも、彼の著作に値する抗い難い真の《呼び名》が……。思うに、生きた会話は実際には、こんなものではない筈なのに、あの愚かしい《紙魚》の徒輩は、万に一つの疑いも持たず、天からそれと決め込んで、それで総てが事もなく済んだつもりでいるからだ。——けれども、子供のような謙虚な態度で、一度これを読んだからには、定めし、その《印象》に忠実に、こう名付けても良い筈だ。——然り……「プラトン誘導尋問集」と！

六

「出る釘は、打たれる。」——もちろん、その汚れた壁の向う側に、突き抜けるという条件で！

七

時に、犬が戯れに、奴らのごとき奇怪なふるまいに及んでも「たかが、畜生」で済むだろう。けれども、奴らが犬のように、一度なりともふるまうならば、あゝ、すでに、それだけで……「人間ではない！」

八

「ほら、あの方よ、お母さま！　いつかお話したでしょう……わたしがお茶に招かれて、帰りが遅くなった夜、わざわざ、わたしを引き止めて真っ赤な車で送ってくれた、あの素晴らしい彼のこと……きっと、気に入って下さるわ……ねえ、そうでしょう？　お母さま……背はお高いしハンサムだし、趣味も良ければ目端も利いて、他人をそらさぬ話し振り……その上、名のあるお家柄、お仕事だって超一流、もちろん、学歴にも不足はないし……それに何よりお金持ち。」——あゝ、何たる皮相！　何たる動機！　——「これで、あの方のお傍にいられたら、あたし、何も要らないわ」……なんて、バスの中のお隣さんよ。あなたも少々、虫が良すぎはしないかね？

九

海外旅行を評して、母は常々、僕にこう言っていたものだった。――「それは、身内に、傷心を抱きながら羽田に骨を受け取りに行くことである」と。――諸君！　誰か、この愛らしき彼女の言葉に異議ありや？

十

今日、僕の《後ろ》に道はない。僕の《前》に道は出来る。――あゝ、自由よ！　母なる大地よ！　絶えずこの《逆説》で、僕を充たせよ！
――ザリガニどもの《唄声》は、常に歴史の淀みの中を、後ずさりに遠ざかる。

十一　S……氏に

誰もが、君を笑っているよ。哀れな小父さん！　――もし、それで、君が汚名をぬぐい去るつもりなら……《一日一善》では足りないとね。

十二

……戦慄と共に、その鍵穴を覗くと果して、瞬きもしない、もう一つの《眼》が、こちら側を覗いていることが良くある。

十三

あゝ、彼らは、どうして悟らないのか？　また、何故、過ちをくりかえすのか？　――王子様やお妃様が末永く仕合わせに暮らすという、あの《お伽話》のフィナーレの場面にこそ、正に、この国のおぞましい心痛の種があるのだというのに……。

十四

古い文字たちの持っている、あの懐かしい、清純な魅力。……僕は、果して、そのあどけない《面差し》に親しさを覚える。そこには、人がいまだに忘れなかった——《自然》を形取る子供の頃の——優しい、ものの見方が残されている。鳥は、さながら羽毛のように、魚は、きらめく鱗のように、弓と槍とが互いに掠め合う《狩り》の日々が、今も、ひび割れた粘土の板に、熱を交えて語られているのだ。——あゝ、何と素晴らしいことか！　この文字通り野放図な、生きた《言葉》は……。

十五

僕の《精神》。……それは、さながら副作用の強い《薬》のようなものなのだ。——心してあつかえば、人の生命を高めもするが、《思慮》に欠ける使い手には、いつも、ひどく有害である。

十六

あなたを幸福にしてあげようと、絶えず、身を擦り寄せて来る《人間》がいる。……僕はもちろん、彼らの行為を無下に拒み去るつもりはないが、そうでなければ——苛立たしくも——僕は、わざわざ、彼らから、自分がどんなに不幸であるかを教えてもらわねばならないという訳だ。……あゝ、何と、お節介な《話》ではないか！

十七

健全なる意識にとって、《肉体》は

不在だ。……けれども、もし、君が彼らのように、手や足を——時には自らの胸の《痛み》を——感じていると言い張るなら、友よ！　注意するが良い。君の《肉体》は、犯されている。

十八

「最大多数の最大幸福」。——あゝ、何と素晴らしい社会だろう！　——このおめでたい《定義》の内に、已れもまた、入っていると確信し得る人たちには。

十九

必要なものは、いまだ満ち足りてはいない。有り余るものは、すでに十分ではない。——持てるものと、持たざるものとの、この名付けがたい異質の《貧しさ》……。

二十

そぞろ歩きの昼下り……いつもの陽気な《路端》で出会う、僕の最初の「こんにちは」は、豊かな君の胸にある愛と信頼とに委ねられた即興的な《感謝》の念に他ならない。——僕は一時、身を折り曲げて、その艶やかな《微笑》の内に同化する。

二十一

あゝ、明治は、それほど遠くない！——すでに、そこまで来ているらしい、輝く《明日》への道程よりも。

二十二

失敗に等しい《人生》を、半ば終えてしまったという内心の声を耳にしながら、たとえ、それを、僕が再びやり直すことが出来たとしても、やはり《結果》は同じだったろうという、もう一つの声を聞くことにも況して、僕を慰めるものはない。……分かっている！　だが、それが一体何になるのか？

二十三

あなたは、執拗に尋ねられる……それは、彼らのいずれなのか？　と。
――あゝ、聞くまでもないことだ！
今も昔も、《家庭》においては……もちろん、国家のレベルにおいても……虐待され、尻に敷かれ、小さくなっている方が、断じて《ご主人様》なのだ。

二十四

吹きすさぶ《嵐》の中で、稲妻よりも峻厳に、雷鳴よりも高らかに鳴り響く……それが、詩人の《言葉》だ！

## 後記

《奇跡》。――それは、存在しないのだ。あり得ないことは、つねに起こり得ないからである。けれども、現に起こり得ることの一切は、断じてあり得べきことなのだ。たとえ、それが人々の理解を超えたものだとしても、そこに隠されている理由などは、事実にとって、総てどうでも良いのである。何故なら、それは、正に起こり得たことだからである。――友よ！　僕は、文字通りこのことを確信する。――とは言え、人がこの世で、あり得ることの一切に自らめぐり合えるかどうか、僕たちには知られていない。それ故、僕は、斯く断言する……これから、起こり得る総てのことは、正に《奇跡》的なことである、と。

＊初版発行：一九七九年六月
＊B５判、二十八頁、ガリ版

# VOL．39
# 詩集　破壊の衝動

腹を割っても、《はらわた》の話！

## 破壊の衝動

一

君は、常々――愚にも付かない理由から、無神論者を気取っていたが、君の《葬儀》は、図らずもやくざな周囲の望みによって、長々、仏式で行われた。……すでに、影も形もない《不在》の君には、何の関わりもなかろうが、その呪われた死の前に、君の記した泪の遺書には、果して、紛う方なき改悛と《主》への祈りとが唄われていた。――あゝ、憐れみなしには誰一人、これを読み得る者とてないが、どれほど君が望もうとも、君の眠る《墓石》の上には、断じて、十字架は許されぬ！

二

「地獄の門」の欄間に座して、いか

にも、わたしは考える。――芸術のためとは言え、《憂鬱症》も、ここまで来れば、完璧だ。――どういう訳かは知らないが、こんな大袈裟な《仕種》によって、思考されるべき価値あるものが、いまなお、この世に存在していようとは、さすがの僕も思わなかった。

三

学者とは、哀れな《種族》だ。――博識であろうとして、あまりに沢山の書物を読みあさったので、《引用》するより他に、能がなくなってしまった。

四

……僕は、ついに己れに対して与えることの出来なかった、アルキメデスの《点》である……。

五

《女流》文学……？　なんと、君も物好きなことだね。大した違いはあるまいけれど、どうせベッドに連れ込むなら、書物ではなく、《作者》にしたまえ！

六

女の二本の大腿のあわいに、《天国》を認める僕には――この世の責め苦を味わうために――わざわざ、そこから出てくるような、愚かな奴らの気が知れない。

七

僕は、時に、悔い改める。……たとえ、己れの《生命》に課した絶対の信条はないにしても……。

八

神よ！　あなたはいつまでも、あなたの創り出されたこの《世界》を留守にしている訳には行くまい。——やがて、人々がそれを知って、「われわれは、もはや神なしでも立派にやって行ける」ということに、気付き始めるかも知れないから……。

九

女が通常、その《下腹》から産み出すのは……果して、わが子ではなく……「あなたの子」である。

十

殺さぬに越したことはない。——けれども、あゝ、虎やイルカに情けを掛け、パンダのために泪を流す心優しい君たちの間でさえ、豚が《ハム》よりも愛されたということはない！

十一　ラ・ピュセル

あゝ、哀れ、かの地ルーアンにおいて火あぶりの刑に処せられた女闘士は、敵の手に落ちて、なお己れの成就すべき《異端》の理想を、無邪気に信じて止まなかった。——然り、・・・男の解放を！

十二

ダンディズムとは畢竟《ひっきょう》、自らの外貌を——その精神と同じくらい——完璧に着飾った《犬儒主義》に他ならない。……もしも、かの伊達者ブランメルが、古代ギリシャに生まれていたなら、彼もまた、我が愛すべきディオゲネスのように杖と頭陀袋とを携えて、《生》の巷をさまよい歩いていたことだろう。

十三

偏狭で、疑り深いこの国の人間にも、あゝ、何と気高い《愛》の絆が生まれるだろう……貧困を維持する情熱……《牢獄》に費やす情熱……日夜戦いに明け暮れる、あの厖大な情熱があるならば……！

十四

僕たちの国では、その身に付けた教養が、絶えず《思考》の邪魔をする。

十五

「ご商売は？」「お仕事は？」「で……どちらに、お勤めでいらっしゃいますか？」――いやはや、他人の顔さえ見れば、愚にも付かないこの種の問いを、当然のように発し続ける輩には、さぞかしヴィヨンも、うんざりしていたことだろう。

十六

かつて、この胸奥に沸き起こる数々の《衝動》を、自ら殺して来たという以外――残念ながら――僕はまだ、誰をも殺したことがない。けれども、もし僕が、文字通り《己れ》に対して忠実であり得たなら、あゝ、おそらく今頃は、あいつも……あいつも……あいつも……あいつも……！

十七

敵に送る、その《塩》は、甘い。

十八

神が、すでに君の身内を《愛》の力で充たしているなら……友よ！　自らの眼を、《聖書》に奪われている必要などが、どこにあろうか？

十九

君は常々、語っていた。……「目的なしには、人は、けっして生きられない」と。――あゝ、馬鹿らしい！この世は、すでに目的よりも長生きしすぎた人間たちで、足の踏み場もないありさまだ。

二十

自由は、絶えず《反定立》を生み出す人間にとってのみ、価値を有する。

二十一

「責任は、取る。」……だから、それが、どうしたというのか？――意に反して父親となる、あの数々の危険に見舞われるたびに、わたしの感ずる自責の念は、正にそれによって、己れもまた、あえなくこの世に生まれてしまったことではないか！

二十二

昨夜、酒に飲まれてやって来たやくざな友が、自分の恋の冒険を、長々僕に聞かせてくれた。嘘か真言か知らないが、「三日もあれば」……と君は言う……「裸身にならない女はいない。」――あゝ、それが、君のいつもの自慢の種だった。――友よ！君なら、然もあろう。しかし、僕なら、今すぐにでも、眼差し一つで孕ませてみせる！

二十三

僕にとって、日常とは、泳ぎ渡るべき《彼岸》も見えず、ただその足早な流れの中で、われとわが身を溺れるに任せる、あの《忘却》の河にすぎない。

二十四

「僕は、君に同情するよ……お人好しの哀れな友よ！　君は、一向ご存じないが、かつて君が、僕らを前に無二の仲だと称えた彼は、陰に隠れてこそこそと、僕に君をあしざまに語り聞かせる、やくざな奴だ。――だから、君もせいぜい愉しみにしているが良い。……いつか、僕の見えないところで（彼が僕に話したように）僕に関する罵詈雑言をたっぷり聞かせてもらえることを……。」

二十五

一日の暮らしの《飢え》が、四季を経廻る人間には、深い雪に鎖された今日の貧しい穴蔵の中で――一匹の熊のように――虚しく《春》を待ちながら眠っていることなど出来ない。

二十六

男がそれを望む時、それに答え得る女の能力は、常に肉体の内にある。けれども、女がそれを望む時、それに答え得る男の能力は、常に《精神》の内にある。――それ故、男の倫理は、総て《強姦》を内包し、女の倫理は、総て《売春》を内包する。

二十七

あゝ、何とやくざな世界じゃないか……男を売ったり、女を買ったり！　《只》では相手にしてくれめぇ。

二十八

刻々と姿を変えるたましいの中で、詩人が最も強調する《自然》は、彼自身だ。――暑い夏の盛りを、樹々の梢で鳴き頻る《蟬時雨》のように。

二十九

……僕は、動物が嫌いです。時には、人間も嫌になります。だから、君たちの作っている例の「動物愛護協会」などには、何の関心もありません。
——公衆の面前で、豚とつるむ犬の類ほど、可愛げのないものもないではありませんか……！

三十

へーゲルこの方、《哲学》は、総て泣き・笑いの相貌を帯びている。

三十一

「生年月日」——我関せず。「生国」——不明。「係累」——無用。「信条」——不在。「賞罰」——不在。「職業」——人呼んで、無為徒食。
……これで良し。おのずから良し。すべて良し。爽やかである！

後記

「……将来、あなたは、先生になられることをお望みなのですね……もちろん、運良く学校をお出になられたらの話ですが……。いや、あなたの意欲とご希望のほどは、とても良く判りました。何せ、こんな世知辛い時代ですから、企業に入って、先の知れた出世であくせくなされるより、ずっと安定した職業ですもの……あなたが、そのようにお考えになるのも、もっともなことだとは思いますよ。それに、第一見栄えが良いし、世の尊敬を勝ち得るという点で、これに優るものもないのではありますまいか？（意味ありげな調子で、こんなことを真面目に言うと、あなたは、嫌なお顔をなさいますが、僕は別に、皮肉を言っているつもりは毛頭ないのです。）……きっと、お勉強にも、自信がおありなのでしょう。でも、初めにこれだけは、お聞かせ下さい。……あなた、子守がうまくお出来になりますか？」

＊初版発行：一九七九年十二月
＊B5判、二十八頁、ガリ版

VOL. 40

# 音楽随想　バロック頌　―その一―

――デイヴィッド・マンローの思い出に
我が友、M・Nに捧げる。

## バロック頌（一）

一

《歪んだ》ものは、美しい。
＊註　虚無の底流（VOL. 17）よりの再掲載。

バロックという言葉の意味を――肯定的に――位置づけるために、僕が、ここでわざわざヴェルフリンなどを担ぎ出す必要はあるまい。バロックは今や、あらゆる芸術の根底に、その巨大な存在を誇示している。

二

何ものにも囚われず、ただあるがままの音に聞き入る。……即物的に、淡々と、心揺るがす音のみに聞き入る。――バロックにとって、最も愛すべき、善良な《耳》。

三

バロックは、未だ《忍耐》を強要しない。

……あらゆる騒音の中で、最も《忍耐》を必要としないもの……僕が、そこにくつろぎを見出し、虚心に没入出来るもの……。

四

人は、バロックを《劇場》で聞くこともあるだろう。時には、風そよぐ街角の、とある店から流れて来る、そのこよなきたましいの《旋律》を耳にすることも。——けれども、友よ！　僕は断じて、ベルリオーズやマーラーを《食卓》で聞くことには耐えられない。

五

バロックは、僕に、しばしば、ある種の《柩》を連想させる。——かつて、生きたということがなく、これからもまた、甦ることのない、永遠に不在の神の《柩》を……。

六

バロックの《栄光》！　——それはひとり、偉大なる作曲家の創造的意志の結実であるのみならず、シュニットガーやストラディヴァリウスに代表される、極めて有能な楽器造りの職人たち……さらには彼らの荘厳な《夢》を奏でる高い技術の洗練と無限の感性とを兼ね備えた、数々の名演奏家たちとの悦ばしき《共鳴》のたまものである。

バロックは由来、声楽の奴隷であった器楽演奏に、独自の《市民権》をもたらした不滅の栄光を担っている。

七

ジャズとともに、バロックは、常に《即興》を内含する。——それ故、今日、その演奏の大半を、レコードで聴いている僕の行為は、差し詰め一つの《逆説》にすぎない。

八

ある種の評者の語るように、バロックは、けっして貴族や僧侶や一握りのブルジョアのために、その身を捧げたのではない。——あゝ、誇り高いバロックに、そんな真似がどうして出来よう？　むしろ、彼らがバロックに、下僕のごとく奉仕したのだ。

九

バロックは、イタリアで《産声》を挙げ、イタリア語で唄い、イタリアで、その《生命》を終えた。——これは、まさに奇跡的なことである。そうして、さらに奇跡的なことは、それが、ふたたび時代を超えて、僕たちの胸奥に甦ったということだ。

十

もし、斯く言うことがお望みなら、バロックは、まさに明解な《対極》の音楽と呼び得るだろう。——果して、この美しい音色の中には、持って廻ったいかなる中庸も存在しない。

バロックとは畢竟、僕たちの住まうこの巨大な地球さながら、絶えざる可能性を内包する、ある種の《楕円》に他ならない。――思うにそれは、ただ一つの中心を、悪しき《創造》の観念である、あの絶対を排除する。

十一

コンチェルトは、その名前のごとく、バロックにおける《永久闘争》の申し子である

バロックは、名実ともに、コンチェルトを以て、その《闘争》様式を完成した。――斯くして、コンチェルトの歴史が語られる時、常にその栄光ある第一ページを飾るのは、かの偉大なるコレルリ……自らもまたヴァイオリンの名手と伝えられるローマ派の祖、アルカンジェロ・コレルリを措いて、他にはいない。

十二

デイヴィッド・マンローの、突然の《悲報》に接したその日、僕は夜を徹して、彼のコンソートの演奏する素晴らしい《古楽》の――借り物の――テープを、文字通り擦り切れるほどに回し続けたものだった。短く、また透明なものとして、己れの天才を生命と共に、僕たちの耳から永遠に断ち切ってしまった彼の人知れぬ《苦悩》の生涯を思いながら……。

十三

ギリシャなくして、バロック音楽は、語れない。多分、それなくしては、哲学が語れないように……。

イタリアにおけるバロック・オペラの隆盛は、歴史的には――《ギリシャ悲劇》の復活を意味する――ルネサンスの魅力ある収穫物だ。

十四

バロック音楽。――それは、文字通り、音そのものの《劇化》である。けだし、オペラが、その悦ばしき揺り籠であったということは、果して故なきことではなかったのだ。

十五

言葉を解する必要はない。観ても分からぬ筋立てに意を振り向けることもない。――バロック・オペラ。人は、果して、それらを前にいかなる理屈をこねようというのか？　……あゝ、馬鹿らしい！　そんなやくざな衒いなどは、一切口にしないことだ。そうして、君はただ独り、その瑞々しい《旋律》のみに黙って耳を傾けたまえ。――もしも、君に愛があるなら、それは、清廉な少女のように、嫌でも君を《虜》にする。

モンテヴェルディのある種の官能！　スカルラッティの至高の抒情！　そうして、あのカリッシミの雄大さ！――これこそは、イタリアが、僕の心に打ち建てたバロック・オペラの三本柱だ。

十六

日頃、ヴィヴァルディの作品を「たかだか、六百の変奏曲に過ぎない」などと――鬼の首でも取ったかのように――意地の悪い《評価》を下す容赦ない人々に対して、僕は、安易に同調したりはしないだろう。――もちろん、これまで嫌というほど聴かされて来た、人もくさす食傷気味の彼の楽曲《四季》について、僕がいまさら何を弁じ立てる必要があろう？　――けれども、友よ！　僕は、たとえヴィヴァルディの産み出した他のすべての楽曲が、歴史によって跡形もなく葬り去られたところで、あの――荘重なあけぼのを思わせる――《グロリア》の迫力を、ただ意味もなく拒否するような、陳腐な耳など持ち合わせない。

「何を聴いても、同じように聴こえる。」――けれども、諸君！　たとえそれが本当でも、ファンにとってこれほど身近な存在がどこにあろうか？　……あゝ、何とでも、ほざくが良い！　僕はそれでも赤毛の司祭を、ヴィヴァルディを愛する。

十七

いつか、君にも《機会》があるなら……、友よ！　一度、じっくり、彼の写真を見てくれたまえ。――ランパルの唇。それは、そのままフルートの《歌口》の形をしている。――今日、聴く者のたましいを、一吹きごとに躍動させる、あの絶妙な音色は、まさに《バロック》のためにあるものだ。

十八

クラヴサンは――文字通り――音そのものをデフォルメさせる、純粋にバロック的な《楽器》だ。……僕は、断言する！　……それは、けっして《潰瘍》をわずらった古手のピアノなどではない。

クープランが、フランスに捧げたエスプリは、フランスがクープランに分かち与えた、数々の詩情に対する彼の貴重な《返礼》に他ならない。――あゝ、誰がそれを否定出来よう？　――フランスなくして、クープランはあり得ず、クープランなくして、彼のフランスもまた、あり得ない。……然り！　クープランの洗練は、まさに彼のフランスの洗練である。

## 後記

一般に考えられているように、バロックの世界において活躍したさまざまな楽器は、ものが真にその時代を映す鏡である限り、けっして未成熟なものとは言えないだろう。それらは、すべてバロックに根ざしたその個性的な音色を以て、まさに己れを主張したのだ。――それ故、単にそれが、個人的に好ましいというだけの、僕の独断と偏見によれば、現代の他の音楽には見られないバロック特有の《闘争》様式もまた、リュートやクラヴサン、フラウト・トラヴェルソやヴィオラ・ダ・ガンバなど、この時代の楽器の持つ非妥協的な特徴によって、宿命的に――おそらくは、そのようになるべく――規定されたものであるのだ。……思うに、バロックは、自らの音楽を同質の音色を以て、徒らに組織しようとはせず、まさに初めから（あたかも、僕たちが所有すべき理念のように）異質の楽器の、効果的な音の《連合》を目指したに過ぎない。

＊初版発行：一九八〇年四月
＊Ｂ５判、二十八頁、ガリ版

# VOL. 41

# 音楽随想　バロック頌　―その二―

――デイヴィッド・マンローの思い出に
我が友、M・Nに捧げる。

## バロック頌（二）

一

……気が向けば、誰もがみんな救われる。《神》があろうが、なかろうが……たとえ、その身に何一つ信仰などは抱かずとも。――あゝ、無神論者のこの僕を、斯くも酔わせる、「教会カンタータ」の無限の法悦！

オルガンは――周知のように――大バッハの生涯における「通奏低音」そのものだった。人は今日、無用の歴史の成果を以て、バッハの《神話》を突き崩すことが出来る。そうして、自ら・・・したり顔に、俗世に関する彼の絶えざる悪名を、一つ残らず数え上げることも出来るだろう。けれども、彼の偉大な《芸術》にとって、それが一体、何だというのか？　そんな虚しい《詮索》などは、すべて奴らの足下に、そっくりそのまま、投げ返してやりたまえ。――あゝ、骨の髄まで震撼させる、あの巨大なオルガンによって、バッハが、不毛の教会に創造し得た《天国》は、数ある聖書の約束よりも、ずっと素晴らしいものではないか！

二

今日、バロックが《感謝》を表して然るべき人間……この世の誰を措いても、その足下に額ずかねばならぬ偉大な人間が、たった一人存在する。

――それは、超人の《肺》を持つトランペットの名手、モーリス・アンドレその人である。

崇高なる人間だけが、崇高なる人間を知ることが出来る。――諸君！　斯く言う事実を侮るなかれ。――我らが名手・アンドレと言えども、その人物を前にしては、常に深々と頭を垂れる……あゝ、今なお、天下にその名を馳せる、ジャズの《帝王》マイルス・デイヴィスを前にしては！

三

クラヴィコードの《独白》には――常に、それのみがなし得る――あの辛辣な《諷刺》がある。

四

リュリに代表される、数多のフランス・バロックには、その主要なパトロンである王侯たちの《趣味》の匂い……特に、彼らによって愛好された、あのきらびやかな「宮廷舞踏」の匂いがする。

五

長い間、心を捕らえて放さない、我が最愛のバロックに限らず——あゝクラシックなど、恐れるに足らぬ！——それを好む僕たちにとって、すべての音楽は、常に《ポピュラー》でなければならない。

六

バッハと言えども、ただ徒らに、その指を、鍵盤楽器に《触れる》だけでは、彼の名曲——トッカータとフーガ——を産み出すことは出来なかった。……そうだ。ブクステフーデやパッヘルベル、その他、無数の先達たちの演奏技法の《模索》なしには！

主として、オルガンやクラヴサンの演奏様式であるリチェルカーレが——多声楽曲の一種——モテトゥスの《模倣》によって生まれたものであることは今日、多くの研究者たちの一致した見解であると言っても過言ではあるまい。それは、おそらく、あの厳粛な宗教的スタイルを推し量るだけでも自ずと明らかになるだろう。ただし、その文字通りの《探究》から最終的に生まれて来たのは——まさに僕たちの国で、《遁走曲》と呼ばれている——フーガなのだが……。

七

もしも歴史が、コレルリの気品にあふれるあの美しいソナタを、僕たちの耳からかき消すなら……友よ！僕は、いっそこの手でストラディヴァリウスを叩き壊した方が良い。

八

ドイツの宗教音楽——特にドイツ・プロテスタント音楽に、固有の傾向を与えたのは、ひとえにあの《熱血》の修道僧マルティン・ルターのお蔭である。自ら、巧みにリュートを奏で、作曲をも手掛けたと言われる、その深い音楽への《愛着》は、果して、他の諸国におけるプロテスタント……例えば、カルヴィンのそれのような、芸術的無教養のもたらす精神的硬直から、一つの貴重な音楽を救い出した。——ドイツがコラールを所有するためには、たった一つの《偶然》があれば良かった。——然り。ルターの好みが……！

九

フランスは——リュリにとって——憎悪されるべき《忘恩》の徒である。

皮肉なことであるとは言え、歴史の表舞台にその《名》を馳せた彼の妙なる楽曲は、二三のそれを除いて、今日ほとんど、日の目を見ない。

十

ウイットにあふれ、尽きない生命の《悦び》を教える――バロック随一の道化役――テレマン。彼によって、いまだ心なごまぬ人間は……失礼ながら、精神分析の必要がある。

十一

清教徒革命の《硬直》した精神的禁欲主義の影響は――あの躍動感ある個性的な音色を以て、ヘンデルへの《道》を位置づけたヘンリー・パーセルの出現まで――イギリス・バロックに壊滅的な《打撃》を与えた。ギボンズやローズ以後、一時の断絶を経て形作られた、初期のイギリス・バロックには、不幸なことに、ほとんど見るべき《特色》がない。

……斯く言えばとて、この僕が、その後の歴史に登場した「王政復古」に、何らかの価値を見出しているなどとは、どうかお考えにならないで頂きたい。諸君もまた認めるように、人生において、人には、闘うことと同様に、楽しむ権利も二つながらに存在するのだ。――歴史は、硬直を忌み嫌う。それ故、そこで花開く《芸術》もまた硬直を忌み嫌うのだ。――あゝ、精神的奴隷制をその根底に潜ませた理念の中では、いかなるたましいも育ちはしない。

十二

イギリスにおいては、《メサイア》――救世主――は、その姿を教会に現わすことを潔しとせず、むしろ、自ら進んで《劇場》に呼び招かれた。……オラトリオのために、この世に生まれて来たかのような異邦の天才ヘンデルのあの不屈の闘志に応えて！

十三

あゝ、なんと雅な名前ではないか！……探り合う《指》の下に、気だるい愛の余韻に満ちた、ほのかな弦の共鳴を作り出す《魅惑》の楽器――ヴィオラ・ダモーレ。

十四

アルビノーニは、数多ある楽器の中で、ただ一つあの哀しい独特の情緒を持つオーボエの《音色》を、こよなく愛した。――彼は、そこに己れのたましいを吹き入れ、絶えざるメランコリーに裏打ちされた類希なるコンチェルトを創造した。――あゝ、ディレッタントを自認した僕の最愛のアルビノーニよ！ もしも、君がこの世において、己れの詩心を燃やさなければ、オーボエは果して、その音色の半分を自らの舌の上で永遠にかき消してしまったことだろう。

こと、バロックに関しては、粗野で、無縁だった不幸なたましいが、偶々出会った愛の《アダージョ》。……かつて、この狂おしい未完の初恋が僕に与えた甘美な情熱のほとばしりに対して、僕は今なお、深い《感謝》の念を禁じ得ない。

十五

僕が今日、バッハに感ずる《永遠》

の前では――人々のたましいを震撼させた――ベートーベンの《激怒》の面影もまた、色褪せる。

十六

バロックは――周知のように――時と場所とを選ばない。もし、君がお望みならば、それは、食卓の気安さと劇場の艶やかさ、そして、あの荘厳な教会の崇高さとをあわせ持つ。

十七

《生命》は由来、絶えざる運動と変化との表出である。――それ故、その精神の本質においては、あらゆる芸術もまた、《バロック》でなければならない。

バロックは、永遠に止揚されない！

## 後記

どこから、そんな結論が導き出されたのか……僕には未だに判断の付きかねるところだが、かつて黒人の成し得た最高の芸術であるジャズを評して、愚かにも、低級で野卑な音楽と決めつけた政治家のいたことをご記憶の方もあるかも知れない。もちろん、彼にはその程度の稚拙な「政治的発言」以外に内容のある話の出来る筈もなく――畢竟、ジャズばかりではなく――他のいかなる芸術をも理解し得なかったに違いない。果して、ジャズは、僕の幼いたましいの求め得た思い出せる限りでの素晴らしい《初恋》だった。――あゝ、どうして、忘れることが出来よう？　クールの誕生を告知したあのジャズの帝王マイルス・デイヴィスが、常に俯き加減に吹き鳴らすトランペットの冴え渡る音色を……。ただし、斯く言う僕も、時には気分に応じてあれこれの異質な楽の音に聞き浸りそれの持つ個性的な音のドラマに深い感動を見出すのだ。――然り！　音楽においては、低級も高級も存在しない。あるのは、その音の内容と技術の問題だけである。僕は、モーツアルトも聴けば、フォークも聴く。シャンソンも聴けば、神秘的なインドの楽器シタール・ビーナの音色も聴く。――けれども、言葉の純粋な意味において、僕が絶えず、無条件に愛し続けた音楽……それは、ただ一つ、バロックである。

＊初版発行：一九八〇年四月　＊B５判、二十八頁、ガリ版

# VOL．42

## 創作　艶笑譚《二》

たましいの《硬直》。――それは、萎えた男根よりも手に負えない。

### 艶笑譚（二）

一

犬を連れた若い女が、ブラウスの胸元を引き裂かれた散々な姿で交番に駆け込んで来た。思わぬ災難に遭って、気が動転しているためか、言うことが支離滅裂で詳しい事情は掴めないが、どうやら暴漢に襲われたものらしい。初めは、ただ闇雲に声を上げて泣くばかりであったが、やがて少々落ち着きを取り戻すと彼女は、泪を拭いながら係の署員に事の次第を語り始めた。

「それに、ねぇ、お巡りさん。辱しめを受けたのは、わたくしだけではありませんのよ。わたくしの目の前で、あの恐ろしい悪魔のようなあいつの犬が、厚かましくも、あいつの真似をして、わたくしのこの可愛いワンちゃんを、見るも無残に犯したんですの。」

二

真夜中――久しぶりにベッドを共にした夫婦の部屋で、時ならぬベルの音が鳴り響いた。もちろん、あのけたたましい目覚まし時計の・・それである。すると、何を思ったのか、今まで気持ち良さそうな寝息を立てて眠っていた女房が、いきなり飛び起きて叫び声を上げた。

「まあ、大変。うちの人が帰って来るわ。あなた、早く起きてちょうだい！」

その声を聞いて、傍らに寝ていた亭主もまた、飛び起きた。

「おっと、そいつは大変だ！　グズグズしてはいられない。すぐに退散をしなくては……。」

三

クリスマスも近づいたある冬の夜のこと……すでに寝支度を済ませた幼い兄と妹が、ベッドの上で、何やら頻りに話している。

「ねえ、お兄ちゃん。イエス様のパパって、誰だか知っている？」

悲しいことにこの幼い兄妹には、父親がいなかったのである。

「精霊だってさ。牧師さんが言ってたよ。」

「せ・い・れ・い？」

おうむ返しに、こう尋ねる妹に向かって、兄が答えた。

「うん。何だか僕にも良くは分からないんだけれど、この間、ママに聞いたら、僕たちのパパみたいなものだって話だよ。」

四

ある有名な舞台監督が、近く行なわれる芝居のために、主役の男女を前にして《振り》の稽古を付けている。

「君たちは、長椅子に腰を下ろしている。あたりには誰もいない。……突然、男は激情に駆られて彼女の腕を取り、自分の傍に引き寄せる。女は、予期せぬ男の豹変に驚き、激しく抵抗する。男は、この期を逃すまいと女の腰に腕を廻す。もちろん彼女は、抵抗する。男そこで、女の白い胸元があらわにされる。男は獣のような荒々しさで、彼女を横に押し倒す。彼女が、か細い叫びを上げる。髪を振り立て空しく手足を動かしながら、なおも彼女は抵抗する。そして、そして彼女は……。」

その時、今まで神妙に聞いていた主役の女優が、苛々しながら口を挟んだ。

「あのぉ……お気持ちは分かるのですが……監督さん。一体いつまで、わたしに抵抗させて置くおつもりなんですの？」

五

飲み屋で、仕事納めの盃を酌み交わしていた大工の一人がほろ酔い機嫌で仲間に言った。「よお……お前のかみさん、俺が会う度に、タンクみてぇな、でっけえ腹を抱えているが実際、あれで良く身体が持つってもんだ、まったく。……根っから好きなお前のことだ。年中っていう訳だろう。」

「なに、あっちの方は月によってまちまちさ。」

「ほお、するってぇと、特に少ない月でもあるって言うのか？　面白ぇ。……して、そいつは、一体、何月だ。」

すると、手にしていた盃を音をたてて飲み干しながら、さも当たり前だという顔をして、彼は答えた。

「そいつは、お前。一番少ねぇ月は、二月に決まってる。」

六

立派な口髭を蓄えた一人の大学教授が、むかしの教え子である婦人の家の夕食に招かれた。その日は、他の婦人の客たちも数名同席していたのだが、教授の万事に気さくな人柄のお蔭で、終始和やかな雰囲気の内に会食が進められた。もちろん、この夜のメニューは素晴らしいものであった。何しろ、日頃ガストロノームを自認する教授でさえ、感嘆のために声を上げることも出来なかったのだから……。

ところで、一同の囲むテーブルを、所狭しと埋め尽くした数々の料理の中には、果たしてすぐりのジャムの入ったガラスの器と共に、小山をなした特製のパンも並んでいたのだが、ふと見ると、教授はそれを、ジャムなしで食べているのだ。婦人は、すぐに気を利かせてそれとなく教授に尋ねた。

「先生。すぐりはお嫌いですか？　もし、甘いのがお厭なら、何か代わりのものをお持ちしますが…。」

「いや、ありがとう」――教授は、口髭をしごきながら、にこやかに婦人を制した。――「しかし、ご心配には及びません。小生も皆さん同様すぐりは大好きなのだが、女房の奴が下着に蟻が付くと言って、うるさいのでな。」

七

ある晩、残業帰りの会社員が、人通りのない公園の側を歩いていると、何やら甲高い悲鳴が聞こえ、衣服を引き裂かれた若い女が暗がりの中から駆け出して来た。

「助けて！　悪い男が乱暴するの。お願いよ。早く、あいつを捕まえてちょうだい。」

これを聞くと、件の会社員は意を決して、素早く身構えた。

「任せて置きたまえ、お嬢さん。あんな男の一人や二人、別に騒ぐこともありませんよ。――ところで、ものは相談なのですが、ここであなたを助けたら……如何です、一つ僕にあの男の続きをさせて頂けませんか？」

八

心配性の姑が、新婚旅行から戻って来た息子の嫁を台所に呼んで、その日の首尾をこっそり尋ねた。

「ねぇ、どうだったんだい？　お前たち。正直に話しておくれ、あの子はそのォ……なにの方は、巧く行ったのだろうね。」

すると、嫁は頰を赤く染めながら、蓮っ葉な調子で姑に答えた。

「あら、お母様ったら厭だわ。あたくし、そんな昔の話、とっくに忘れてしまいましたわ。」

九

ネオン瞬く街角で、ある晩、件の女に声を掛けた好き者の男が、かりそめの一夜を共にして、翌朝、まだベッドから出ようとはしない女の傍に、なにがしかの金を置いて、ホテルの部屋を出ようとすると、女は彼を呼び止めて、ウインクしながら声高に言った。

「――領収書いりません？」

十

知名度はあるが、すでに少々盛りを過ぎた年嵩の女優が、吹き替えのことで、意見の違う監督に、日頃の不満を爆発させた。

「そりゃあ、わたしの裸身なんか金輪際見せたくないわよ。だけど、あいつには出来ないとか無理だとか言われては、芸人の名折れよ。いいわ。こうなったら、どんな強姦のシーンだって吹き替えなしで、見事演じて見せてやるわ。小娘じゃあるまいし、今さら何よ！」

凄まじいまでの剣幕でがなり立てる、この女優に恐れをなした気の弱い監督が、身を屈めながら、すまなそうに言った。

「そのォ……僕の方には、別に、これと言って、異存はないのですが……相手の犬が、何と言いますか、聞いてみませんと……。」

十一

好奇心の強い牧師の息子が、己が誘惑を抑えきれず、父親に隠れて街の映画館に封切り間もないポルノ映画を観に行った。――意に反して、それは彼の信仰心を、いやが上にも増し高めたように思われた。――果たして、彼はその映画館から再び姿を現わすと、天を仰ぎみて《主》に呼びかけた。

「おゝ、神よ！　かつて、あなたの尊い楽園で、アダムとイブとはその腰に、自ら進んでイチジクの葉を巻き付けはしなかった。それを付けたのは、もちろん、あの嫉妬深い映倫だった。」

## 十二

少々古臭いお話で恐縮だが、かつて、ニューヨークの街中が突然の停電に見舞われ、大騒ぎになったことがある。これは、都市生活の危うさという点で前代未聞の出来事であったが、その十ヶ月後がまた大変で、市内の産科医がどこも妊婦で溢れたという。……さて、そんなある日のこと、赤ん坊を抱いた中年の婦人が、産院の待合室で、傍にいた見知らぬ婦人に微笑みながら声をかけた。

「どうもこうもありませんよ、奥さん。まあ、見て下さいな。これが、あの時の子だってことは、誰に聞かせたって分かることですわ。それを、うちの間抜けな亭主の奴が、することがないものだから、一晩中、ハッスルしてしまった挙げ句の果てという訳なんですの。ところで、お宅様ではいかがでした?」

「いいえ」——相手の婦人もまた、にこやかに答えた。——「倖いなことに、宅はその頃、自家発電でしたから……。」

## 十三

神は、はじめに女を造り給うた。——神が己れの形に似せて、女を造り出された時、彼女はまだ独りだったので、寄る辺ない我が身のために相応しい助け手を造るよう、しばしば神を急き立てた。そこで神は、第七日目の休みも取らず、土のちりで男を造り、彼女の許に連れて行った。すると女は、男を冷たく見据えたまま、舌打ちしながら神に言った。

「ふん！　なによ、こんなの。笑わせないで。一体、こんな間抜け面のどこが良いのさ?　木偶人形ではあるまいし、とても、あたしの趣味じゃあないわ。あなたも神なら、少しは他人の身にもなって、もっと増しな奴にして欲しいものだわね。背は、高からず低からず苦み走った良い男。才智もあれば力もあって、いざその時となったなら、あたしのうっとりするような粋な台詞の一言も言えないような男では！　それに……。」

「それに？　……それに何だね？」

すっかり音を上げている神に向かって、ささやくように、彼女は言った。

「それに……あんなに小さくない方が。」

## 十四

昔から、ことわざにも《早起きは三文の徳》と言われている。——息子よ！　俺といっしょに、お前まで朝寝していてはならない。」

## 十五

亭主の留守中に早々と産気づいてしまった娘が、病院に運ばれる車の中で、母親に尋ねた。

「ねえ、母さん。……いつか聞こう、聞こうと思っていたのだけれど、わたしが生まれる時、その時、父さんはどこにいたの？」

母親は、聞かれて一瞬戸惑いを感じたものの、やがて生真面目な調子で娘に答えた。

「どこって……そりゃあ、お前。あの人は、あたしの口の中にいたんだよ。」

# 後記

何故、今、《艶笑譚》なのか？　——多少、気取った言い回しではあるが、これは、僕が前回の《艶笑譚》をものにして以来、しばしば聞かれる問いである。そうして、僕は再び、己れの題材をどこまでも純化させようとする我が内なる過激さを以て、その続編を公にするのだ。どうして、このように問われない訳があろうか？　——果して、それに対する僕の答えは、こうである。すなわち「僕と言う人間に備わった、この完璧なる猥褻さの故に！」……けれども、僕は今ここで、マスコミ流の《恥毛論議》を展開して見せるつもりはない。恥毛はそこに——二本の大腿の間に——つねに、厳然として存在する（幸か不幸か、そこに存在しない人たちには恐縮だが）。必然性のあるものは、それがたとえ何物であろうと、断じて猥褻を意味しない。ただし、僕がここでいう猥褻とは、このような視覚的な小細工によって、塗り潰し得る代物ではないのだ。それはむしろ、隠された、内奥の眼に見えない、最も人間的な闇の部分である。……畢竟、彼らは、それを恥じ、それを呪い、それを執拗に塗り潰すのだ。そうして、彼らは自らの恥ずべき行為を、臆面もなく《社会的》と呼び交すのだ。そこには、彼ら一流の論理があり、彼ら一流の情熱がある。彼らが、一体そこから、どんな利益を受けているのか、僕には怒りなくして語り得ない。だが、いずれにせよ彼らは、己れの猥褻さを塗り潰すことによって人間であることを止めているのだ。それ故、もし、彼らの主張するように、それを白日の下に晒す僕の行為が禁忌であるなら、――何故、今《艶笑譚》なのか？　何故、それに対して、こんなにも固執するのか？　――その答えも又、ここにある。……そうだ！　猥褻とは、つねに反体制的であるのだから。

＊初版発行：一九八〇年十一月
＊Ｂ６判、二十八頁

# VOL．43

## 冷笑百科　狂辞苑《一》

わたしは、これらの項目が、総て《虚偽》であることを保証する。——たとえ、それが不幸にして、某かの《真実》を語っていても。

### 狂辞苑（一）

【愛】　神学用語で《原罪》を意味する。創世記における最初の人類（アダムとイブ）の堕落の物語は、彼らが互いにこの種の忌まわしい劣悪の感情を抱き合ったからに他ならないということを密かに暗示したもの。関係を強いるための社会的口実。

【天才】　親が、自分の息子に対して下す早急なる《結論》。——紙一重の錯覚。

【平等】　あなたも私も、彼らによって同じように搾取され冷遇され、いつ如何なる場合にも同じように差別されているのだということを現わす、最も悦ばしい友愛の観念。意味のない通り一遍の処遇。

【永眠する】　己れの愚かさに見切りをつける。「役席効無く——。」

【人並みの】　誰が見ても代わり映えのしない。通常あるべき《誇り》のない。蔑むだけの値打ちもない。

【リーチ】　気に食わない奴の鼻面に、一発お見舞いするのに必要な《距離》。

【助産婦】　この世で最も許し難い《犯罪》が、人知れず成就するための手引きをする情け容赦ない遣手婆。代理母とも言う。

【ストイックな】　やせ我慢の。強情な。

【トルバドゥール】　暮方からギターやそれに類する楽器を携え、ネオン街を渡り歩く流しの歌手。四畳半フォークの元祖。

【蹄鉄】　進化の過程にある馬の《ひづめ》。

【昇進する】　長年夢見て来た甘い汁の吸える立場になる。己が能力を過大評価する。

【犯罪】　警察が捏造しマスコミが増幅する。

【皇居】　東京都千代田区（旧江戸城跡）に魑魅魍魎のおぞましい住処として、すでに一世紀余りも存在する広大な遊休地。

【コスモポリタン】　日頃、マスコミを通じて「世界は一家、人類は皆兄弟」と独り叫んで止まない笹川良一氏を、その思想的な拠り所とする超国家主義者の総称。

【仲裁する】　争っている両者の間に介入して、その《対立》を決定的なものにする。

【手伝う】　一人で十分な仕事に、わざわざ横から手を出して人の邪魔になる。頼まれもせぬのに気を回して、要らぬお世話をする。転じて、なぶりものにするの意。

【ペテロ】　ヴァチカンの地下にある酒蔵の鍵の所有者。または、記憶喪失者の蔑称。

【書物】　学者と称する哀れな種族が、別の本を書くために必要な読み物。

【借金】　相手が忘れてしまうまで、ことさら返すには及ばない金。ローンの担保。

【才女】　才に秀でれば秀でる程、常に顔が良くない。男性社会への程好い敵対者。

【苦労】　かつて自分が厭という程して来た以上は、当然他人にもさせなければならないと誰もが思っている、何とも陳腐な意味のない《しごき》。あるいは、世のくだらない父親たちが、事ある毎に息子に聞かせる体の良い自慢話。

【言うまでもなく】　（もし、ここで言っておかなければ）誰も知る筈のない。

【謝る】　自分のしたことで、これ以上他人に陰口を叩かせない。

【かわいい】　思わずつねって、泣かせてみたくなるような。

【黙読】　口があるのに《目》で読むこと。（従って）読んでいることが、本人にもまったく分からない。

【非核三原則】　一九六八年、政府・自民党が、いみじくも国会において明らかにした核兵器に対する潜在的願望。――因みに、その内容は、一般に「持ちたい」・「作りたい」・「持ち込みたい」の三つの符丁として示されている。

【おい、こら】　民主主義国家において、高度に調教された従僕たちが、自分の主人に呼び掛ける時の、最も鄭重な掛け声。

【ピラミッド】　砂漠で、ミイラがキャンプに使って来た野外用の耐久テント。

【至福の】　幸運にも《腹上死》を遂げた。

【不在者投票】　選挙の投票日に、已むを得ない事情で本人が投票に行けない場合、彼または彼女に代わって、他の者が清き一票を投ずる——最良の棄権防止策。

【君が代】　NHKが、独自に採用している唯一つの《コマーシャルソング》。

【一杯】　もう一杯。あと一杯。

【痴愚】　精神活動における親の低劣な特質が子や孫に伝わる、人間にのみ認められるある種の《遺伝病》。——希に、突然変異によって、当の遺伝子を保有しない子供の誕生もあり得るが、その作用は、必ずしも持続性を伴うものではなく、不断に変異を遂げるものでなければ、自らもまた、呪わしい親の影響を免れることは出来ない。

【愛犬家】　長年、飼い付けてはいるものの一向に懐かない犬の《愛情》を餌で繋ぎ止めるより他に道のない寄る辺なき人々。

【哺乳類】　母性本能を喪失した哀れな雌に代わって、雄が《哺乳瓶》でその子供を育てなければならない下等動物の総称。

【裏切る】　悔い改める。（間違って、自分に気を許している人々の誤解を解く。）

【知的生活】　渡部昇一のような、中身のない空っぽな男のする非創造的な生き方。

【行列】　しばしば、デパートの特売場や劇場の周囲を二重三重に取り囲む――得体の知れない――一触即発の不穏分子。

【弟子】　概してスケールの小さいのが相場だが、日頃、彼らから「先生」などと呼ばれて悦に入っている連中にも、真実偉大な人間のいた試しはない。

【天皇】　《基本的人権》を無視された特別生活保護世帯の世帯主。――神も仏もないこの世においても、常に、これだけはあるという先祖伝来の七不思議の一つ。

【水】　「人はパンだけで生きるものではない」という絶対の真理を、事実として明らかにした神聖なる飲み物。

【論評する】　日頃、考えたこともない余所事について、好き勝手なことを言う。

【なだめる】　放っておけば良いのに、余計なことを言って相手の気持ちを逆撫でする。

【スポーツマン・シップ】　試合に負けた総ての選手が、報道陣に対して一様に示す己れの言葉とは裏腹な態度。

【労働者】　自分と自分の主人である資本家とを養うために、毎日――首になるまで――あくせくと働き、いつも己れの生産物を、割に合わないやり方で馬鹿正直に分け合っている底の知れないお人好し。

【われわれ】　絶えず《わたし》が中心にな

って成立している、架空の集合体。

【甲子園】　全国の狂信的な高校生が、春と夏の休暇を利用して、霊験あらたかなる《土塊》を採取するために鳴り物入りで駆り出されて行く、約束の地。

【実存主義者】　説明出来ない生の不安から逃れるために――浴びるように酒を飲み――へべれけに酔っぱらって、しばしば《嘔吐》をもよおす人。

【朝食】　通常、日に二度しか食べることの出来ない我が国の一般家庭においては、ほとんどその類例を見ない病的な偏食。

【コイン・ロッカー】　一時期、《女》としての権利に目覚めた新しい母親たちによって、「簡易託児所」として流用された秘密の有料更衣室。

【親切】　虐げられた人々を前に唯一人、満ち足りていることへの一時的な羞じらい。

【脳死】　テレビなどに代表される、巨大なマス・メディアが、大衆の頭脳に及ぼす完全な《思考》の停止状態。

【世襲制度】　相続財産の管理運用に必要な子息を得るために、愛情の欠片もない男と女を組み合わせて、執拗に《おまんこ》させる、世にもおぞましい劣悪な風習。――なお、これには《万世一系》という意味の判然としない類語がある。

【ライオンズ・クラブ】　有り余る金の使い道に困り、時々どぶに捨てたり、塵紙の代わりにしたりして、《貧しさ》とはどういうものであるかを肌で体験しなければならない人々が、プレイボーイ・クラブに対抗して創った会員制の高級酒場。

【エッケ・ホモ】　いばらの冠と紫の衣を身に付けたキリストを指して、ピラトが叫んだ言葉。「見よ、この人はホモだ！」

【給食】　学校や職場などで、強制的に与えられる滋養に富んだ《配合飼料》。

【臨床尋問】　初めてベッドを共にした男と女が、互いの《脈》を計りながら、相手の過去を探り合うこと。

【道路】　人が、そこを横切って《あの世》に渡る、紛う方なき大地の切れ目。

【諷刺】　「すでに、お分かりのこととは存じますが、わたしは常に、敵を愛することを心得ているので――あなたのように、お嬢さん！　――真面にののしることだけは、断じてやらないということです。」

## 後記

これは、差し詰め――僕の詩作の《鍵》となる――独自な言葉の「定義集」である。僕はこれまで、この種の殺意ある形式を使って、より直接的に自分の思いを表明してみたいと考え続けて来た。（それは、常に言葉にひねりを加えるという僕自身の詩作態度に、一番身近な存在であったからである。）けれども、この魅惑的な計画が、文字通り実行に移されるためには、従来僕たちがやっていた既存の言葉で詩作する安易な姿勢を根本的に覆さねばならなかった。僕は、これが――彼らの言う――《おふざけ》であることは承知している。ただし、そこに込められた一つの大きな思想の流れは、断じて不真面目なものではない。……果して、語の形骸に眼を奪われている人々にとって、言葉は総て、生気ない無機物的な代物である。それ故、彼らは、絶えず官製の言葉でものを考え、あらゆる世界を官製の言葉で理解してしまうのだ。――あゝ、どうして彼らは、己れの言葉に、自ら限界を設けるのか？　また、何故、己れの言葉について、自らの見解を明かせないのか？　僕たちの持つおのおの顔に同じく、僕たちの言葉にも一つ一つの意味深い表情があり、数多の思想があるのだということをそれ自身において悟らない内は、言葉は、けっして僕たちの生活の内部にはなく、真に創造性を培う、生きた存在にもならないであろう。

＊　＊

なお、この作品は、最終的な段階で「辞書」としての体裁を整えるため——時間が許せば——《あいうえお順》に書き改められる予定である。

＊初版発行：一九八一年五月
＊B6判、二十八頁

# VOL. 44

## 詩集　市民的抵抗

――三保にＬＮＧ基地を許すな！――

経済効果とは、畢竟、己れの明日の生活に、不安も恐怖も抱くことのない人間の考え出した、《屁理屈》に過ぎない。

### 市民的抵抗

一

望むなら、恙なき《生命》の道が良い。愛しい子らの唄声と、僕たちの暮らし。……その他に、あゝ、どんな幸福があるだろう？　――汚れた金や甘言に、心を許すな！　それには、絶えず《災い》が付きまとう。――ＬＮＧのやくざな基地が、たとえこの地に出来たとしても、君や僕のふ・と・こ・ろ・が、けっして潤う訳じゃない。

二

《無知》に付け入る。……それは、姑息な企業の、いつもの遣り口！《詭弁》を弄する。……それは、不実な役所のお偉方の受け答え。――真実。正義。固い友情。《端金》でみな忘れよう。己れの尊い生命さえも……。あゝ、「明日のことは、よく分からない。」——そうだ！　奴らの《理屈》は、常にそれのみ。

三

三保と聞いて、松原や天女の羽衣を思い出すのは、《昔》の人。清水と聞いて、蜜柑とお茶を思い出すのは《旅》の人。——見よ！　この空の下に立ち込める、コンビナートの黒煙と鼻持ちならぬ悪臭を。——あゝ、入り江をなした海岸線は、もはや、昨日の《おもかげ》はない。

四

もし、分別があるならば、何もわざわざ金まで出して、学者に尋ねるには及ばない。——《防災》とは、文字通り危ないものを取り去って、事故を未然に防ぐこと。こんな理屈は誰もが皆、弁えていて良い筈なのに……あゝ、この上《危険》を増やそうだなんて、奴らは一体、どういう気なのか？　心なのか？

五

何でも無理やり、押し通す奴らなのだ。企業と役所のほかに、誰が悦ぶ《計画》だったか？　そもそも自分が何をしゃべっているのか、分かりもしないで、《経済効果》を口走るお為ごかしの助役さん！　——あんたの好きなＬＮＧは、市民の生命の犠牲の上に、永久の《不安》を以て築かれるのだ。

六

どんなものかを知らせていたら、何も造れはしないだろう。どんなものかを知っていたら、誰がそれを許すというのか？　——日々、何事もなかったように笑みを浮かべて暮らしているが、腹を割れば誰もが語るよ。《不安》を交えた、今の切ない心の内を……。果して「こんな土地からおさらば出来たら、あゝ、どんなに幸せなことだろう」と。

七

馬鹿げた奴らだ——あの連中は！
誰もが《不安》を抱いているのに、お偉方が一声掛けて、「動け」と言わなきゃ動かない。——けれども、たとえ、ここで僕の当て擦る奴らの名前が分かっていても、今は、けっして口には出すな。……奴らを君の《敵》にするのは——友よ！　もう一日待つが良い。

八

地方に暮らす人間の避け難い不幸は歪んだ都会のしわよせを被ること。国と企業がお互いに、己れの明日を守るため《省エネ時代》を餌にして地方に付けを回すのだ。——あゝ、ＬＮＧの怖さを知らぬ都会の怠惰な生活が羨ましい。……然らば、僕たちを前にして、君に《故郷》のないことを——友よ、嘆くな！

九

もし、十分に金を掛ければ……長足の進歩を遂げる、今の《科学》を以てすれば……いかなる地震に見舞われようと、それに耐え得るタンクも出来る……とは言うものの、ねぇ、学者さん！　所詮は、それも机上の《空論》。あなたが、どんなに力説しても——周知のように——予測し難い《災害》が、絶えずマス・コミを賑わせている。

十

僕たちの掛け替えのないこの町を、もはや、市や企業の思い通りにさせはしない。百億でも、それ以上でも汚い《金》をばら蒔くが良い。――果して、そんなものは、無駄にもなるし、況して、僕たちの《不安》を掻き消す役には立たない。――何を迷うことがある？　《生命》あっての物種ではないか！

十一

その日……僕は、わが家の玄関に、怒りを以て大書した。――《LNG基地反対》と。――以来、わが家を訪れる未知なる客は、それを見ると一様に眉をひそめて言い放つ。「気を付けろ！　反対するのは、皆アカだ。」――あゝ、死ななきゃ分からぬ愚かな輩よ！　何とでも言うが良い。この《生命》……一度失えば、永遠に戻らない。

十二

今日、この《計画》を許したら、君も僕も、いつの日か、共に焼け死ぬ身となろう。僕たちの骨が横たわる砂礫の上には、形を止めぬタンクの《残骸》もまた、残されよう。――地獄の絵巻が閉じられた後、物知り顔のマス・コミが、悲痛な声で、手前勝手な《教訓》を垂れるだろう。「二度と再び、この惨劇を繰り返してはならない」と。

十三

あれこれの船が、足繁く出入りする

この狭い《港》。肉眼では、舳先も見えず、舵も利かないタンカーに、どれほどの《安全》が保ち得よう？――見よ！　危険の種は、海ばかりではなく、陸地にもある。ミスがないと、誰が誓って約束出来るか？――あの地、この地の《原発》でも信じ難い愚かなことが、絶えず起こっているではないか！

十四

消防署のお偉方は、いざとなれば、「泡消火器」で消すと言う。ＬＮＧが爆発したら、直ちに「水幕」で防ぐと言う。――あゝ、馬鹿らしい！かつて、仲間の恐れるネコの首に鈴を付けよと提案した、あのお伽話のネズミのように、一体、誰がそこに近づけるというのか？　果して、それが――一滴残らず――燃え尽きてしまうまで……。

十五

ＬＮＧに入れた《金魚》を取り出して、生き返ったからとて、何になろう？　火を付けた《マッチ》をそこに投げ入れて、燃えなかったからとて、何になろう？　――恐るべき、このＬＮＧの《性質》を知らない哀れな人々を、赤児のように手玉に取って、恥ずかしくはないかネ？　お偉いさんよ！　――次第に《大気》を取り込みながら、火の付く時までふわふわと、地を這うように拡がって行くその《ガス雲》の正体から、眼をくらませる実験とは、あゝ、そも一体、何だろう？

十六

忌まわしい《基地》導入を計画して、

奴らにどんな利益があるのか？　また、それに賛成して、奴らが何の徳になるのか？　――あゝ、名前は言わぬが、噂によれば、すでに町のお偉方、《招待旅行》に出掛けたらしい……腹の痛まぬ企業の金で、君や僕の《生命》を売りに……！

十七

あゝ、あの地区のお偉いさんも、買収されたか？　愛想の良い奴だったが、この頃は挨拶もしない。……出された《餌》への義理立てという訳か？　聞けば、子供会も企業差し回しのバスで、いずれ遠足に行くらしい。――子供を《出し》に使うだなんて、まあ、何と汚い遣り口なんだ……やくざな奴らめ！

十八

己れの《ふところ》より他に、肥やすものとてない哀れな企業や、市のやくざなお偉方は、誰よりも良く知りながら、ＬＮＧの正体を隠し、あれやこれやの《約束》を裏でこそこそ交わした挙げ句、その腹黒い《計画》を、さながら他人事のように決めてしまった……！

十九

ＬＮＧ反対の《署名》を頼みに行った折、社宅の若い奥さんが悪びれもせず、こう言った。「あそこのタンクを造るのは、宅の主人の会社です。署名はしてはいけないと、主人が申して居りました。」――あゝ、ものの分からぬ哀れな奥さん！　僕にはあんたの気が知れない。もしも会社が命ずるならば、唯一つの生命でさえ、あんたは進んで投げ出すのか？

## 二十

誰も彼も、みんな死ななきゃ分から
ないヨ。いや！　あの愚かしい連中
には、たとえ死んでも分からないヨ。
――あゝ、他のことなら勝手にしろ
と、もはや黙って死なせてやるが、
そうも行くまい……この身に関わる
《闘い》のみは！　――そうだ。今
日僕たちの危惧するものが、やがて
現実になるかと思えば……。

## 二十一

僕たちの頼れるものは、良心と勇気
の他には何もない。頼れぬものを捜
し求めていつまでも嘆くのは止めよ。
――金と力を手にしていたら、他人
の生命を弄ぶあのおぞましい奴らに
似て、僕たちにはお互いの心に触れ
合う出逢いさえもなかっただろう。

## 後記

現在、僕たちの住む三保では、市と中部電力（その背後で暗躍する怪物三菱）を相手に――文字通り死活を賭けた――「ＬＮＧ基地誘致計画」に反対する住民運動が闘われている。この詩集は、市がその気違いじみた計画を公にして以来、住民を中心に、ほぼ日常的に行われている《学習会》を舞台に、そこで交わされて来た様々な会話を基にして産み出された。僕はただ、時の流れの中で忘れ去られて行く彼らの言葉の生気ある部分を記憶に止《とど》め、そこに己れの世界を咬み合わせて、存在感のある一つの空間を紡ぎ出したに過ぎない。おそらく、彼らは己れの言葉に、かつて、どのような詩の光明をも認めたことはなかったであろうし、これからもまた、詩とは絶えず無縁の生活を送り続けることだろう。……だが、にもかかわらず彼らの言葉は、常に比類なき美を、きらめく星たちの輝きを、その内側に潜ませている。……果して、僕にはそれが、長い間の謎であった。けれども、今は、明らかに理解している。――然り！

　闘いの中で発せられる民衆の言葉以上に、詩的な輝きを帯びた言葉はないのだ。

＊初版発行：一九八一年七月　＊Ｂ６判、二十八頁

# VOL.45

# 冷笑百科　狂辞苑《二》

わたしの辞書は、完璧である。——不可能という言葉もある。

## 狂辞苑（二）

【天気】　他人がどこに行こうが、大きなお世話なのに、道端で顔見知りにでも出会えば、相手構わず「どちらまで？」と真顔で聞きたがる、詮索好きの人たちが決まって——その冒頭で——話題にする当日の空模様についての手短な批評。

【原住民】　宅地造成以前にその土地に住んでいた、いたって気の良い《田舎者》。

【お伽噺】　かつて、それは「昔々、あるところに」で始まったものだった。けれども、今は総じて「お茶を飲みに行きませんか？」で始まるらしい。

【世間体】　ありもしない己れの《名声》に関する被害妄想。——残念ながら、君がそれを気にするほど、世間は、君のことなど気にしていない。

【シュールレアリスト】　第一次世界大戦の後フランスに誕生し、全世界に拡がった巧妙なる《詐欺師》たちの一派。——彼らは、西欧中世以来の伝統である錬金術にヒントを得た新たな《手口》を考案し、通常は商品として売ることの出来ない、あれこれの不快極まる妄念や夢想の類を《秘術》を以て金に変え、日々の暮らしを立てていた。その発生から今日まで、彼らの《犯罪》の足跡は、連綿と絶えることなく続いているが、彼らの内のある者たちは、いやしくも世間を誑《たぶら》かしている最中に天啓に襲われ、己が罪を悔い改めて《ロシア正教》に入信した。

【禁止する】　《興味》を掻き立てる。——（ある事柄に対して）注意を喚起する。

【煉獄】　亡き夫の白木の《柩》と、彼の遺した、いたいけない幼な児との間で、しばし泪に掻き暮れる——黒い《喪服》に包まれた——若い婦人の熟れた肉体。

【定石】　馬鹿の一つ覚え。

【有事立法】　事あるごとに、総ての国民を束にして《英霊》に推薦する、何ともありがた迷惑な法律。（民主主義国家における）政治的現実の《アナクロニズム》。

【エンゼル】　かつて、森永乳業から発売されていた「砒素入り粉ミルク」を飲んで育った、背中に羽根のある健康優良児。

【乱筆乱文】　文章や筆遣いなどに特に自信のある人たちが手紙の末尾に書き添える、何とも、わざとらしい《謝罪》の言葉。

【日の丸】　我が国の《軍隊》が――併合と称して――他の近隣諸国を侵略する時、その権威の《象徴》として天皇から下賜される軍旗の俗称。（労働戦線においては）特に、尊敬の意味を込めて「親方日の丸」などと呼ばれることもある。

【教訓】　一度犯した《過ち》を二度三度とくりかえすこと。（狭義では）けっして生かされない過去の《失敗》を指す。

【私生活】　わたしにとって、最も興味ある《他人》の生活。

【クリスタル族】　誰もがみな――頭の天辺から足の先に至るまで――いわゆる一流のブランドに身を固め、絶えずショー・ウインドーのマネキンの真似をして暮らしている「なんとなく」影の薄い、存在感の失われた有閑階級の若者たち。

【脱皮する】　売れない女優が、思い切り良く《裸身》になってスターになる。長年、思い悩んで来た《包茎》の手術をする。

【経験】　偏狭なスノッブのご託宣。（大人が青年たちに植え付ける）月並みな絶望。――すなわち「世の中は、お前たちの考えるような甘いものではない」という、救いなき境地

【人の道】　社会正義のために、いさぎよく蜂に刺されて死ぬこと。

【歌会始】　毎回、年の初めに《皇室》が、自らの調子の外れた耳障りな歌を、天下にご披露遊ばすために、全国の然るべき好き者を集めて賑々しく開催する、昼食付きの《カラオケ》大会。

【至れり尽くせりの】（度が過ぎて）手も足も出ない――。

【前向きに】（政治用語で）あとずさりに――顔だけは、こちらに向けて。

【家族】洗濯槽に注がれた、昨夜の風呂の残り湯の中で、あれこれの《汚れ》を、縮れ毛もろとも混ぜ合わせ、つねに肩を寄せ合いながら――天下晴れて――同じ竿竹の下にひるがえる関係。

【報酬】自分に対して顔向けの出来ないことをして得た、不名誉な《代償》。

【ホステス】（酒場などで）客から呼ばれもしないのに大きな顔をして横に坐り、客にサービスさせながら法外な金を巻き上げ、有無を言わさず店の外に叩き出す手練手管を身に付けた狡猾な女。接待とは、彼女たちの言葉で《虐待》の意。

【友情】互いに、相手が許し得る程度の優越感を抱き合い――加えて――相手が納得し得る程度の批判者であることを自認し合う、微妙な《緊張感》の上に形作られた（通常、肉体関係なしに持たれる）観念的な結び付き。

【文法】言葉を《分解》する人たちには、確かに必要でもあり、また、それを以て己れのめしの種にすることも可能であるが、逆に、言葉を組み立てようとする人たちには、大して必要なものとは思われず、却って、呪詛でもしたくなるような《邪魔》な代物。

【不正】政界や財界などにおいて《大物》とか《一廉の者》とか呼ばれるようになるために、誰もが進んで、潜り抜けねばならない不可欠の試練。

【退院】　もはや医者の手に負えなくなった《不治》の患者が、病院から見放されて天命を待つために自宅に引き下がること。

【ミニコミ】　いつも、極端に《足》を出している（とても真面目には眺められない）《色気》むんむんの、挑発的な情報誌。

【清水幾太郎】　長年、その安定した地位にあって、小金を蓄え過ぎたために、不幸にも《選択の核》を見失った（知識人の末路を如実に示す）最近良くある、恍惚の人々の中の重立った一人。――「小人閑居して不善をなす」とは、差し詰め、この人を指して言った言葉であろう。

【有名人】　新聞の三面記事や週刊誌のゴシップ欄を相も変わらず賑わせる人々。

【ピル】　性犯罪の多発するアメリカにおいて開発された女性用の《傾向》避妊薬。――毎日一個ずつ、自らの局部に挿入することで男性との交接を不可能にする。

【日照権】　周囲に建設された高層のビルなどによって陽当たりの悪くなった近隣の住民が、そのビルの屋上で、自由に――気兼ねなく――《日光浴》を愉しむ権利。

【祖国】　君の《腐肉》を収めるために、絶えず、その心地好い上蓋を開けて待っている巨大な《柩》。――理性を亡くした寄る辺なき者たちの最後の身の置き所。

【無垢な】　気持ちはあるが、いまだ経験のない。ただ奇跡的に《罪》から免れているだけの。その内――跡形もなく――汚れる筈の。

【小心な】　人前で、他人が得意気にやっていることを、横目で見ながら「俺だってやれば出来るが、ただやらないだけだ」と、己れに言い聞かせているような。

【レダ】　独り身の寂しさに、夜な夜な自宅で飼育している白鳥と《獣姦》に及んだ偏執的なギリシア女。

【不可能】　彼の《辞書》に、この言葉がなかったのは無論、故なきことではない。……何故なら、友よ！　（わたしと違って）彼は、つねに奇跡を信じていた。

【亡命者】　周囲の誰にも、気兼ねなく——絶えず母国語で——好きなだけ《独り言》を言うために、適当だと思われる場所を求めて、一時的に他国に移り住む人間。

【憐憫】　つねに他人と同じように振る舞うことを唯一最良の《美徳》と考えている人たちの大いなる生き甲斐。（あるいは）自分がまったく持ち合わせていない不幸を、他人が厭というほど所有していることに対して起こす《病的》な羨望。

【ミス・ユニヴァース】　（俗に言う）男が眼で見て《一発》やってみたくなるような——良い身体の——女。（正しくは）女性美に関する、下等この上ないブルジョア《趣味》の哀れな犠牲者。

【しとやかな】　猫をかぶった。《本性》の知れない。かまととの。

【超人】　わたしを指して、彼女は時折、このように叫んだ。——「人でなし！」……まさに、それだ。

【過激派】　問題の解決にあたって、枝葉末節に囚われぬ、極めて率直な人々。——日和っている連中の《眼》には、総ての活動家が、このようなものとして映る。

【グダニスク】　史上初の《社会主義革命》が勃発した、帝政ロシアの一小都市。

【百家争鳴】　（討論会などにおいて）お互いの声が耳に入らぬ程、めいめいが勝手に己れの意見をがなり立てた挙句、誰彼の見境なしに《摑み合い》を始めること。

【屁理屈】　屁と言えば、誰もがみな価値のない《空虚》なものを連想するが、屁が出るにはやはり、それなりの理屈があるのだということを——微に入り細にわたって——説き明かしたものが、こ・れ・である。……然らば、諸君！　屁と言えども、ゆめゆめ馬鹿にしてはならない。

## 後記

社会や現実との関わりの中で、僕が真面にものを言わないという非難は、以前から、良く耳にして来たことである。けれども、彼らが繰り返し、僕に対して勧めるように、自分自身の言いたいことを、あれこれの隠喩抜きで——文字通りそのままに——書き連ねることが、つねに絶大な効果を上げ得るものだとは僕は断じて思わないのだ。……これは僕が、折にふれて話すことだが、ある種の知恵の高みから、何一つ異論を差し挟めぬものとして他人の眼の前に、己れの真実を叩きつけるということは（自らの意図に反して）その本来の目的から、時に、他人を遠ざけることにもなるのである。事実、それが真面目であり、究極的なものであればあるほど、人はそれを受け入れることに奇妙な不安を覚えるのだ。——人は果して、この種の《説教》を好まない。むしろ人は、自ら「つまずく」ことによって何事かを学ぶのである。他人と共につまずき、他人と共に、何物かを手にして立ち上がること……これが、ペンをあやつる僕の技法の総てである。それは一見、回り道のように思える。けれども、それが人に及ぼす効果は、まさに《説教》以上のものがある。——僕たちは、神ではない。（友よ！　君もまたそのことを忘れないようにして欲しい。）

それ故、僕たちは現実という舞台の上で、己れの死を見つめながら、自らの思いに一人技巧を凝らすのである。……たとえ、人が己れの身内に神を宿していたとしても、他人と共につまずくことを学ばぬ内は、人は誰も、希望を手にして、あの輝ける《夢》の頂きに登り詰めることなど出来ない。

*初版発行：一九八一年十二月末日
*Ｂ６判、二十八頁

# VOL. 46

## 詩集　続・市民的抵抗

――三保に　ＬＮＧ基地を許すな！

――一度、失われたら、もはや、何千年掛かっても、創り出せるものではない。

――過ぎし昔の、思い出の中に生きている、僕たちの《故郷》。

### 続・市民的抵抗

一

わが家の石油ストーブは、まだどこも悪くはないヨ。油は、《芯》までとても良く廻っているし、炎も、けっして乱れはしないヨ。（誰が見ても、これは確かに、新品同様！）なのに、どうして、買い替えさせるか？――奴らのタンクは、土台が傾き、底板が《いびつ》になっても市のやくざなお偉方は、それに対して、何一つ《苦言》を呈したことはない。――あゝ、お役所が請け合えば、たとえ、この身が灰になろうと「安全は、保たれる」のだ……況んや、《ＬＮＧ》においてをや！

二

僕たちの身は、砂礫の上に幾重にも

折り重なって、見る影もなく、焼けただれるヨ。——あゝ、誰も彼もが一瞬の内に《炎》に包まれ、灰となって消え去るヨ。——あゝ、己れの《生命》と暮らしの他に、守るものとてない、多くの名もない市民たちが、こんなにも危ぶんでいる、やくざな《基地》だ！——造らなかったからとて、何が困ろう？　造ったからとて、僕たちの《ふところ》は誰一人、潤わないヨ。

三

昔なら、《辞書》を引いても分からぬ言葉を、今では誰もが、良く知っているヨ。——あゝ、これもみな、あのやくざな市や企業の《お偉方》のお蔭！——然らば、謹んでお礼を申し上げるとしよう。それが、たとえ僕たちの《不幸》の種であるにしても……友よ、君は断じて、この《恩》を忘れちゃならぬ。ＬＮＧに反対しなけりゃ——そうだ！　——「いつか、きっと罰が当たるヨ。」

四

他人に顔向けの出来ないことを、影でコソコソしていれば、他人の顔を真面に眺められなくなるのも、当然の話で、いかに顔が利くからといって、見せてる顔が半分なら、それに対する《信用》もまた、半分に過ぎない。——あゝ、脛に傷持つ、やくざな市のお偉方よ！　先年、僕たちの町を飾った、あんたの選挙ポスターが、何故《横向き》だったのか、その理由が、これでやっと、僕にも分かった。

五

金で動く人間は、誰も彼もが同様に金で動くと思ってる。――金にものを言わせる奴が、あそこにいれば、金の言うことを聞く奴が、ここにいる、という訳だ。――見よ！　金に盲いた人間たちが、金で《世の中》動かせば、いつもろくなことはない。だから、僕は、気掛かりなのだ……市や企業のお偉方が、それで、何を売り買いしたかが……。

六

ものを燃やせば、そこからは、必ず出るのだ……身体をむしばむ危険な《窒素酸化物》。石油でも石炭でも、ガスでも何でも変わりない。環境基準は、周知のようにお役所仕事で、つねに人の健康には、在って無きがごときもの。《ＰＰＭ》に騙されて損をするのは、いつも僕たち、名もなき市民。――あゝ、掛け替えのないこの町を、これ以上汚して、どうするのか？　市や企業のお偉方は、他人の《無知》に付け込んで、「ＬＮＧは、クリーンだ」と、事あるごとに宣伝するが、日頃の彼らの遣り口を――しかとその眼で――見ている限り、そんな話を一体、誰が真面に信ずるものか！

七

《計画》は、誰のでもない、自分の口から――とうの昔に――出てしまっているのに、いつまで造る・造らぬの《水掛け》論議に耽っているのか？――あゝ、《安全》とは名ばかりの、ＬＮＧ対策室のお偉方よ！　答える端から嘘だと分かる、子供騙しの《詭弁》を弄して、僕たちの良心をあなどるのは止めろ。――生命の《危険》にさらされた哀れな市民の真剣な問いに、一つ残らず、偽りとぼけて「われわれを、企業の手先だと思ってくれても、こちらは一向に構わない」などと、良く、まぁ、素面で言えたものサ。

八

昨夜、企業のお偉方が、市の《役人》と連れ立って、こっそり訪ねて来たそうだ。隣の家の爺さんを、歯の浮くような甘い言葉で《計画》を認めて欲しいと、代わる代わるに世辞を並べ《米搗き》バッタさながらに、頭を下げて帰ったそうだ。——あゝ、何という見え透いた《下司》な手口であることか！　その時、奴らが腹の中で、ぺろりと舌を出しているのは「こちとら、先刻、ご承知。」

九

その昔、汚辱にまみれた企業の金で公民館を建てさせた、元・自治会のお偉方。巷で聞いた噂では、かつての誼《よしみ》で、あんたにも《儲け》仕事があるそうだ。やくざな市のお偉方の寄り合いでは、いつも上座に名前を連らね、その肩書きを利用して、陰で《圧力》掛けて来る。——あ、、市の計画に反対する「あの連中に、公民館を使わせるな」とは、一体、どこまで腹黒い人間なのか？——僕たちの口を、それで封じられるつもりなら、封じてみたまえ！　……たとえ、この町の総ての《場所》があんた独りのものだとしても、黙って引き下がる僕たちじゃない。

十

何も分からぬ住民を、騙すのが目的

で、市は、わざわざ《基地》見学に連れて行く。「俺の親父も、バスに揺られて行って来た。」——相手は企業。良いことだけしか言わぬのは、さほど驚くことでもないが、聞けば何やら馬鹿げた話で、《観光》でもないのに、ガイドが唄い、一人一人に弁当やお菓子が付いて、帰りにゃ記念の《お土産》までくれて、さすがに勝手が違ったらしい。——あゝ、誰かその時、気付いたか……金が、どこから出ているか？ ——《嘘》を吐くのも、只ではないぞ！ 確かな元手が掛かってる。

十一

「限りある資源です。」——何を今さら姑息な台詞。「これ以上、石油には頼れません。」——散々、儲けて置きながら。「石油に代わるエネルギーの開発が急がれます。」——安全性など二の次にして。「豊かな明日のために。」——これからも、しこたま儲けるために。「電気の安定供給のために。」——嘘で固めた電力需要のために……あゝ、そのためには「お前たちは、いつでも黙って、死ね」と言うのか？

十二

昨日、貰った《広報しみず》。開いて見れば二三行、許し得ぬ程あっさりと、余所《よそ》事みたいに書かれているヨ。「本庁五階にＬＮＧの安全対策室を新設した」と。——笑わせてはいけないネ。先に答えがある癖に、《検討》も糞もないものサ。そもそも「化学・防災の専門的知識を持つ職員」とは、一体それは、誰のこと？ 調べてみれば二三人、食えない奴らが半端なことに、無駄な金を使ってる。……何の知識があるものか！　お寺の《坊主》に分かるのは、彼岸の入りと銭勘定。

十三

《あんこ》で仕上げた、巨大なタンク。上と下では、厚みが違う。そよ吹く風にも身を震わせる。（友よ！

　これは詩人のデフォルメじゃない。）——それ故に、紙の上では、何一つ要らないはずの《支え》が、要るぞ。いかに万全期すると言えど、神の身ならぬ人の身で、誰がそれを、確かめ得よう？——計算通りにゃ、なかなか行かぬ。《常識》通りにゃ、考えられぬ。——今や、あゝ、学者たちさえ指摘する……これぞ、巨大《技術》の泣きどころ！

十四

そんなにも民家に近く、あのタンクは建っている……知多も、根岸も、袖ケ浦も。「だから、ここでも安全なのだ」と、市のやくざなお偉方は言うが、それでは、論理があべこべなのだ。——「地震などは、問題じゃない。」——一体、どんな学者が言っているのか？　おおかた、伊豆か熱海か、湯河原で、飲んで食って芸者を上げて、それで総て事が済む、いつもの胡散臭い奴らだろう。……あゝ、腹が立つ！

十五

自治会は、つねに会長の腹積もりひとつ。市民は、いわゆる《名士》の舌の先に乗せられる。「あゝ、お前一人に、何が出来よう？　力と金とにゃ、適わぬものサ。」……然らば、友よ、何一つ、黙して語るな！　それで、もし君が、後悔しなければ。——その時、仮借ない運命は、君の哀れな屍を前に、けっして「知らなかった」などとは言わせぬだろう。

十六　故F……氏に

老いたる友は、別れも告げず、独り久遠の彼方に去ってしまった。僕たちは、そのつれない仕打ちに泪を流し、頻りに己が胸を打ったものだった。だが、僕たちは、彼の姿を最後に仰ぎ見た時に、その力強い励ましの言葉を耳にしたのではなかったか！　金に盲いた愚かな奴らの、誰が、彼の童のような《笑顔》の謎を解き得よう？——一足お先に、祝盃を挙げに行ったのだ。閃光である彼を追って、これから、僕たちが辿り着くあの輝ける《勝利》の宴に……。

## 後記

資本は、絶えず人間の欲望を餌にして、その生存を維持するおぞましい怪物である。それは、自ら生き長らえるために、無限に肥え太ることを必要とする。かつて、僕たちは単純に、需要と供給の関わりを教えられて来たのだが、資本は本来、僕たちの需要に応えるのではなく、むしろ需要を創り出すのである。——思うに、その巨大な胃の腑は、断じて満ち足りるということがないのだ。資本は今や、人々にとって必要のないものをさえ創り出し、売り、使わせ、さながら、あの恐るべき阿片のように——それが無ければ済まなくなるまで——人間の欲望を煽り立てている。己れが肥え太るためには、人々が、いかなる危険にさらされようと問題ではないのだ。《LNG》とはまさにそういう代物であり、それは今日、資本が生き延びるための手近な一手段として、僕たちの前に出されて来たまでにすぎない。……いずれにせよ《LNG》は、現在の僕たちにとって、無くてはならないものではないのだ。無くてはならないのは、僕たちではなく、むしろ（それなしには、需要を創り出すことが出来ない）資本の側にあると言える。《LNG》基地建設は、少なくとも僕たちにおいては、確実に不利益を被らざるを得ない、割に合わない賭である。——己れの生命を前に、果して、他の何ものが、これに優先されるだろうか？

＊初版発行：一九八二年十二月　＊B6判、二十八頁

VOL. 47

# 童話　一言インタビュー

——君の《精神》を培うには、猫の手でも借りるが良い。徒らに、虎の威を借るよりは！

## 一言インタビュー

先頃、いなば市にあるホテル《うさぎ小屋》において、各界より著名な代表をお招きし「人間愛護月間を記念する国際動物会議」が開かれました。——これは、そのロビーで我が《動物ニュース》が試みた声のレポートです。あなたも、彼らの言葉にじっくりと耳を傾けてみて下さい。

一　イヌ

不死身産婦人科の院長をなさっているイヌさんに、お話をうかがいました。

——「イヌさん、イヌさん。最近は動物の社会でも、お子さんの少ないご家庭が増えているという話ですが、あなたのところには、子供さんは何人いらっしゃいますか？」

――「ワン。」

二　小イヌ

その一粒種である、可愛らしい小イヌさんにもお話をうかがいました。

――「小イヌさん、小イヌさん。あなたは、まだお小さいのに、お父さまに似て、英語がとても良くお出来になるという評判です……それは、本当なのでしょうか?」

――「キャン、キャン!」

――(恐れ入りました。)

三　カラス

三度笠ツーリストの支店長で、高名な文筆家でもある二足の草鞋のカラスさんにお話をうかがいました。

――「カラスさん、カラスさん。あなたのお書きになる紀行文の中には、沢山の珍しい乗り物の話が出てまいりますが、あなたが今、最も興味をお持ちの乗り物を一つ……。」

――「カァー!」

四　ウグイス

美顔寺の異名を持つ梅林寺住職のウグイスさんにお話をうかがいました。

――「ウグイスさん、ウグイスさん。これまで、あなたは、門前において習わぬお経を色々と読まれて来たことと存じますが、中でも、あなたが特にお気に召されたものは?」

――「ホー、ホケキョウ。」

――(どうやら、定石のようです。)

五　ネズミ

料理研究家でお馴染みのネズミさんに、お話をうかがいました。

――「ネズミさん、ネズミさん。あなたの食通は、今さら申し上げるまでもありませんが、お聞きするところによると、お酒の方も相当にお強いそうですネ。普段、どんなものをお飲みになっておられますか？」

――「チュウ。」

六　カエル

カントリー・ウィスキーの宣伝部長をなさっているカエルさんに、お話をうかがいました。

――「カエルさん、カエルさん。長年、お酒のコマーシャルをお作りになって来られたあなたですから、さぞかし行ける口ではないかと思うのですが……いかがですか？」

――「ゲコ、ゲコ。」

七　ネコ

ミケナイト派の牧師さんで、たま幼稚園の園長もなさっておられるネコさんに、お話をうかがいました。

――「ネコさん、ネコさん。あなたは日頃から、迷える小ネコたちのために、来るべき天国について宣べ伝えておられます。一体、その到来はいつのことなのでしょうか？」

――「ニャー。」

八　キツネ

奇術界の第一人者であるキツネさんに、お話をうかがいました。

――「キツネさん、キツネさん。人目を欺くあなたの芸は、何にもまして鮮やかで、小気味よいものがあります。ところで、長年、同じ鍋のう・どんを突き合って来た仲のタヌキさんは、今日は……？」

――「コン、コン。」

九　鈴虫

有名なエコロジストで、公害問題にも積極的にご発言をなさっている鈴虫さんに、お話をうかがいました。

――「鈴虫さん、鈴虫さん。かつてあなたは、合成洗剤を告発する論文の中で環境破壊に繋がる数々の危険な物質を指摘しましたが、その内でも特に重大なものは何でしたか？」

――「リーン、リン。」

十　アヒル

私立・女難大学で、女性問題を研究なさっておられる哲学者のアヒルさんに、お話をうかがいました。

――「アヒルさん、アヒルさん。あなたの恐妻家は、われわれの間では以前から、かなり有名な話ですが、お家では奥さまから、毎日どのように言われておりますか？」

――「ガァガァ、ガァガァ。」

十一　サル

雑誌《進化》の主宰者であるおサルさんに、お話をうかがいました。

――「おサルさん、おサルさん。われわれの社会では、ご存じのように原発、公害、軍拡、行革などの困った問題が山積しています。端的に言って今のこのような情況を、あなたは、どう考えておられますか？」

――「キキーッ！」

十二　ウマ

今、話題の服飾デザイナーであるウマさんに、お話をうかがいました。

――「ウマさん、ウマさん。あまり感心したことではありませんが、われわれの周囲でも、他人の持ち物について品定めをする人々を良く見かけます。あなたの眼で見て彼らには、何が欠けていると思われますか?」

——「ヒン、ヒーン。」

十三　朕《チン》

重要無形文化財の象徴をなさっている朕さんに、お話をうかがいました。

——「朕さん、朕さん。おめでたくもかしこくも、年の初めに、宮中において囀られますあなたの美声は、近年益々潤いを帯びて来られたとの評判です。いかがでしょう……ここで一声、囀って頂けませんか?」

——「アッ、ソウ!」

十四　ハト

千人斬りを公言し、名うてのプレイ・ボーイと噂される舞台俳優のハトさんに、お話をうかがいました。

——「ハトさん、ハトさん。その道においで、あなたは相変わらずマメなお方ですが、初めての時は、いかがでしたか?　相手の女性を目の前にして……。」

——「ポッポ、ポッポ。」

十五　フクロウ

著名な詩人で、アナキストのフクロウさんに、お話をうかがいました。

——「フクロウさん、フクロウさん。あなたは常々、羊の論理よりも狼の論理で動いているこの社会の在り方を真っ向から批判なさっておられます。詰まる所、あなたが現在、最も不信を抱かれているものは?」

——「ホウ、ホウ。」

十六　ウソ

太宰府天満宮の庭番をなさっているウソさんに、お話をうかがいました。

——「ウソさん、ウソさん。あなた

はお名前はウソだけれども、商魂たくましい宮司さんとは似ても似つかぬ正直な方だという評判です。お差し支えなければ、あなたの一番嫌いな食物をお聞かせ下さいますか？」

——「ジンジャー、ジンジャー。」

十七　ライオン

長年、動物ロイヤル科学アカデミーの所長をなさっているライオンさんに、お話をうかがいました。

——「ライオンさん、ライオンさん。人類史がご専門のあなたはまた、人間の行動様式についてもお詳しい訳ですが、一口に申して、人類最大の愚行は何だとお考えでしょうか？」

——「ウォー！」

十八　セミ

小学校の先生であるセミさんお三方に一言ずつ、お話をうかがいました。

——「セミさん、セミさん。学校では今、何を教えておいでですか？」

——「カナ、カナ。」

——「ポルノ映画は観られますか？」

——「ミン、ミン。」

——「最近、お身体の調子は？」

——「ヂィー……。」

十九　ウシ

はるばる、中国からやって来られた人民公社代表のウシさんに、お話をうかがいました。

——「ウシさん、ウシさん。あなたのお国には、史上希に見る優れた人物が沢山おられますが、今日人々の間で、偉大な革命家として最も尊敬されているのは誰でしょうか？」

——「モウ……。」

二十　ブタ

財界を代表して、丸菱商事会長のブタさんに、お話をうかがいました。

――「ブタさん、ブタさん。今年の春闘も世界的な不況を盾に、弱腰の組合を抱き込んで、実質上ベアなしの資本家ペースで幕が下りた訳ですが、それについて現場の闘う労働者たちは、どう言っていますか?」

――「ブウ、ブウ。」

二十一　スズメ

麻雀狂で知られる風俗研究家のスズメさんに、お話をうかがいました。

――「スズメさん、スズメさん。見掛けのきらびやかな時代の大衆というものは、往々にして時代そのものに欺かれてしまう訳ですが、人々は今日、己れの生活をどの程度のものと考えているのでしょうか?」

――「チュン。」

二十二　風見鶏

不沈空母の艦長をなさっている風見鶏さんに、お話をうかがいました。

――「風見鶏さん、風見鶏さん。伝えられるところによると、あなたは、ハトでもなくタカでもなく(鳥類だというのは全くの誤解で)本当は爬虫類なのだそうですが、日頃艦上でどんな奇声を発していますか?」

――「ブソー、ブソー。」

二十三　ヤギ

文芸評論をはじめ、芸術のあらゆる分野でご活躍中のヤギさんに、お話をうかがいました。

――「ヤギさん、ヤギさん。こんなふざけた作品は、誰も真面に取り合ってくれそうにないので心配なのだけれども、あなたはヨシダ・マサトのユーモアをどう思われますか?」
――「ウメェー!」

## 後記

この作品には原形がある。……とは言え、それを知るのは――僕の周囲でも――僅かに限られた二三の人たちだけである。今、その原物が手許にないのであまり明確なことは言えないのだが、それは当時、小学生だった別所あかねが、自分で発行していたユニークな手書き新聞に請われて書いた作品の内の一つで、中味はもっと短い簡単なものであったと記憶している。他人から頼まれてものを書くことの苦手な僕は、彼女から便りを貰うたびに、さながら途轍もない難題を吹っ掛けられたかのように、日がな一日、机の前で七転八倒していたものである。――思うに、子供の自由な夢を裏切ることなく、彼らが好んで読むような楽しい文章を書くことは、何という難しい仕事であろうか! 相手は子供なんだから適当に書いてやれば、それで良いではないか、と言うのは、定めし事情を知らない浅はかな大人の考えである。子供をあなどってはならない……彼らには、ともすれば大人以上の辛辣な、澄みきった批評の眼が存在する。(これは僕が、図らずも彼女から学び取った貴重な教訓である。) 何故なら、子供にとって本当に面白いものは、大人にとってもまた、十分に面白いからである。――この作品は今日、形を変えて再び世に送り出されるが、それは当初、僕の最も小さな友であった一少女の評価を抜きにしては何一つ成り立ち得なかったものであることを、僕はあえて、ここに書き記しておきたい。

＊初版発行：一九八三年十月
＊Ｂ６判変型、二十八頁

# VOL. 48

# 川柳　非国民宣言

――今は亡き運国斎の思い出に――
竹内の名を知ることもなし　《一木一草》

## 饒舌川柳　非国民宣言

日の丸に軒をふさがれ　《家》暗し
祝日ごとに　ロハで軒貸す　お人好し
優勝の泪で　《君が代》うち立てる
街角を　お子様ランチの旗　立てて行く
「あんな奴　家系にゃ居ねぇ」と　神武言い
窓口で書いた　西暦かき消され
東西の《首領《ドン》》がうらやむ　天皇制
君が代を　真顔で《民主国家》が斉唱し
NHK　ヒロヒトの糞にも　格調高く「御」を付け

君が代を流して　夜毎《聖職》に励ませる

どのつらで反対したのか　中国侵略　八紘一宇

居直りの皇国史観　悔いる暇なき文部省

皇居の地下で「その翌日」にも生き残る

ジャルパック　相も変わらぬ　菊とサックが旅の友

神棚のある共産主義者の家　笑えず

《家》の思想の解体する日　菊も立ち枯れ

天皇の対極にあり　似て非なる身の　障害者

皇室の《慈善》に　きっと差別の顔のぞき

偽善者ほど　慈善が好きだという見本

「危機」の正体　常に担ぎ出された人で知れ

カメラを前に極上のうす笑いして　民化かし

当たり役の粉屋の娘　スター並みに扱われ

皇室に己が《理想》を見る　妖かしの中流意識

ヒロヒトに振られて　三島岡惚れ　腹を切り

歴史を見くびる皇室賛美の《窓口》　哀れな女性週刊誌

ヒロヒトのに　一億の《紐帯》が横恋慕

君が代の意味さえ知らずに　ルンルン気分

戸籍にも　あざとい性根の万世一系が見え隠れ

祭り囃子か　政財界　揃いの浴衣に《菊の紋》

君が代を歌えば　《浮橋》思い朕も兆すか　苔の一念

神道でもないのに　勝手に　氏子に加えられ

馴れ合いで　自治体も使われている　神社の銭集め

この国では釈迦もキリストも　問わず語りのみな氏子

横井さん笑えぬ　いまだ天皇の居る《戦後》

取り繕えば　饅頭も肩をいからせて「御用達」

脛の傷の掻き立てる　民への不信の弥《いや》増さる

民を余所に　朕の《かまど》は賑わいにけり　内廷費

皇族並みに　ベアもされず　首もつなげず

《紐帯》などある筈もなし　我——非国民

死んだ筈の神よりも　不滅の《人》で生き残り

変わり身の速さが気になる　あら　人が神

詫びもなく　オキナワを引き換えにして　命乞い

その故にマッカーサーが哀れんだ　往生際の悪い奴

この期に及んで　責任を取る気もなく　《恍惚》の人

死んだ振りして《戦犯》鬼畜に見逃され

「あっ　そう」と言わせた　戦後民主主義

靖国で《戦犯》の長　英霊のもの問いたげな口塞ぎ

英霊に誰が応える　生命短き反戦平和

この国の戦後に終りなし　神棚の菊臭う

犯罪の陰に　今も昔も　触らぬ神の天皇制

皇室が民をあやつる《糸》となり　千人針の指疼く

玉串かざして　神主の長が祈願の「国家護持」

アジアの民を食い物にする　その国体

血税かすめ　英霊をもっと増やせと　玉串料

誰憚らず血税使って　明日をもあやつる大株主

その笑みに　世代を超えて　骨の髄までしゃぶられる

日の丸背にして　式典を権威付けする《馬の骨》

Xデー　喉元までもすでに来ている　茶番劇

波も風も立てぬ　マスコミの体質あらわ　去年今年

言わずとも　マスコミとお付きが筋書く《狂言芝居》

挙げて自粛のXデー　誰もチャンネル争わず

我が《主義》に　朕も国家も用は無し　夢街道

生き恥晒す元号法で　皇国史観の《愚》を守り

世は太平　神も仏もない国に居る　人でなし

大和魂　《菊座》を前に思慮なき輩の武者ぶるい

法なきがごとく　天皇に直訴のアナクロ　止みもせず

学習院　親も子も姓の分からぬ奴を入れ

「宮内庁に　トルコはないか」と朕も聞き

汝ら臣民に哀切より　朕も「天ちゃん」と呼ばれたい

政財界と　もちつもたれつ　《万世一系》
君が代に飽くこともなし　無明の闇の一蓮托生
暴力も朕には役立つ　鼻つまみの《少国民》
賢き辺りに　部落差別を垣間見せつつ　惚け面
笹川の声色で　《八紘一宇》を焼き直し
皇族が横切るだけで　お百度踏んだ　道なおす
皇族の来る日　なぜか作業着に染み一つなし
下請けが暇を出される　光栄至極の《ご訪問》
皇室が「差別されている」とは　おこがましい
《気くばり》で　沿道の民が　さぞ厄介に思し召し

いやしくも民を敵に廻して《天皇公園》開園す
開園に　昭和の歴史を　臆面もなく自画自賛
公園も一皮剝けば　迷彩色の軍事基地
菊の他に咲く華もなし　昭和公園の四季
天皇をだしに使って　又ぞろ出たか《戒厳令》
「平和」の裏で　存分に戦時体制　画策し
マスコミの絶えざる威信もどこへやら　天皇タブー
陰で言う人も　あえなく巻かれる　長いもの
理不尽な　戦犯の尊厳守って　義に背き
自主規制　揃いも揃って報道の良心なしくずし

《日の丸》参賀　後ろめたさもなく制服行く

初夢で殺した奴が　ガラス越しに「おめでとう」

川柳も解さぬ奴らが　雅を気取って和歌ひねる

戦争に　その思慮なき「万才」が駆り立てる

事あらば否応なく　ヒロヒト神に返り咲く

どこにある　下僕さながら皇室いただく人の実

君が代が　金のなる木に　見える奴

朕の名でどうにでもなる　この恥ずかしい民と国

ヒロヒトに時には　手も貸し尻も貸し

家元も《選民》意識に裏で媚び

朕は無添加無農薬　それでも民は薬漬け

公害知らぬ　千代田の森を独り占め

いたわりも　どこ吹く風の《ご静養》

誰もみな《中道》のつもりでいる　天皇家

右も左も切り捨てて　皇室ご安泰

長子産んで　お役御免の粉屋の娘

いい歳をして　未だに《氏姓》を弄び

国籍も選挙権もない奴に　虚仮にされ

札束に　偽善に魔羅玉　「三種の神器」

《御真影》　闘う農家の壁に見え

脛の傷癒しに　こぞって靖国詣で
先行き不安　寄らば大樹の《菊》の陰
寝覚めても　象徴のその名で　やはり毒流し
なにを言う　天皇の在ること自体が　すでに悪
《戦犯》でなくとも　許せる筈はなし――国歌斉唱！
肩たたきする人もなく　店晒しの天皇制
下々には　底知れぬ奈落の果ての天皇制
天皇制を根こそぎにしてこその《改憲論》
革命起こせば？　ナニ　それでも日本は天皇制
この上に　あゝ！　苔の生すまで天皇制

## 直言　――跋に代えて――

――陛下！　あなた様のお立場を、あまりご明確なものにはなさいますな。あなた様のご意志は、あなた様のお身の上にとって（延《ひ》いては、その尊い御家名に思いを致すわれわれにとって）文字通り不都合なものであり、ややもすれば国民は、それによって自らの眼を開き、あなた様の存在の何たるかを学ぶでしょう。あなた様のお立場の問題は、総て彼ら国民の談ずるがままにさせて置きなさい。《万世一系》の理念とその全構造とを、彼らに把握されてはなりません。あなた様が努めて、ご自身の意志のあるところを、公にお示しなさらない……そのことが、陛下！　あなた様のお立場を、ますます堅固なるものにするのです。彼ら国民を相互に対峙させ、彼らが己れの議論に倦み疲れるまで、不断に争わせて置きなさい。そうして、彼らにもまた、あなた様とご同様に、それによって自らの責任を問われることのないように、充分保障してやるのです。けだし、この日の本の国においては開闢以来、無責任は国是でございます。――彼ら国民をして、《万世一系》の真の礎を築かせなさい。さよう！　それが、陛下御自らのご意志ではない以上、どちらに転んだにせよ、陛下のお身の上は、ご安泰と申すものでございます。

＊初版発行：一九八四年四月二十九日　＊B6判変型、二十八頁

# VOL. 49

# 詩的省察　良心的・あまりにも良心的

――逆説的《市民運動》批判――

血眼で運動を探さなければならないほど、
そこには、夥しい良心がひしめいている。

## 良心的・あまりにも良心的

一

《良心》。――それは、あらゆる運動の基本であって、そこから生ずる一切の人間的行為は、たとえ己れがその言葉の麗しい響きに魅せられたという、ただそれだけの話にすぎないとしても、彼はまさに、その故にこそ自らの本性の内に巣くう欺瞞やごまかし、不誠実、怠惰や打算的行為、さらには――ソノ身ノ内ヨリ魂ヲ駆逐セルガゴトク――大いなる罪の意識からもまた免れている。思うに「良心的」と銘打たれていなければ、恐らく、今そこに名を連ねている者たちの何人が、自らの運動を身を以て担うことが出来るであろうか？

……然り。この良心的な人々の内にあって、最も良心的であると自認するあなたとわたし――わたしたちをも含めて！

二

多くの良心的な人々にとって、《運動》とは――先々、実害をその身に被ることはないと予め判断した上で――己れの名前を会の名簿に連ねることであり、それによって（ただそれのみによって）自分が《良い子》であるためのアリバイを創ることである。……それは差し詰め、わたしたち《運動》に関わる者にとっての自明の理である。

三

署名、集会、カンパ活動、裁判傍聴、デモ、街頭宣伝……その他、埒もない会の運営などに、わたしたちの貴重な時間をむざむざ浪費する必要はあるまい。そんなことは総て、暇を持て余したあの尻軽な連中の気の済むようにさせて置けば良いのだ。――思慮深くもあり、また理性的でもあるわたしたちにとって《運動》に対する最も良心的な関わり方は、果して、会の名簿に名前を連ね、その名誉ある機関紙の「無料購読者」になること以外の何があろうか？

四

単に、舌やペンを動かすだけで、《文化人》としての体面が保てるならば、元より、それに越したことはない。――とまれ、熱狂には凡俗低級の気味がある。

五

己が《良心》の命ずるところに従って、わたしたちが運動のために、何一つしないということは、何かをすること以上に賢明なことである。……斯《か》くして、地位と名前を重んずるわたしたちの《出番》は、いつも運動の幕が下りた後に、華々しくやって来る。

六

思想の代用品として、ただ身内のみに通ずる心地好い《符牒《ふちょう》》を持ち、超能力を武器として眼に美しく闘うことは、つねに良心的であるわたしたちの、誰もが好むところである。――願わくは、その胸の内に何一つ、崇高なる《葛藤》を持たず、徒らに手足のみを動かす軽佻浮薄な輩にこそ、呪いあれ！

## 七

根源的、かつ開放的なわたしたちの《運動》に一人の人間として関心を持ちその趣旨に賛同し、期待を寄せてやって来た熱意ある者たちの知恵や力……あゝ、そんなものを悦んで当てにするほど、わたしたちの良心は怠惰でも無能でもないのだ。――もしも彼らが、そのことを弁えてさえいるならば……。

## 八

極めて良心的な人々の「会」に属するわたしたちにとって、尊敬すべき唯一の生産的行為は、つねに《代表》の陰口を叩き合い、彼らの無能をあげつらうことで、一人一人が英気を養い、それを自ら、当然のように明日への活力とすることである。

## 九

絶えず敵に見くびられ、味方には恥じ入るほどに買いかぶられ、その他の人々には、総てについて、文字通り無視される……斯くのごとき運動を、わたしたちは「良心的」と呼んでいる。――時に、諸君が某かの思い入れを以て、それに手を延べようとすると、初めてそこには、何もないことが分かる。

## 十

集会や裁判傍聴などのために、仕事の暇を作り、家事や勤めを休んでまで――（それは、彼らの勝手である）――わざわざ独り電車に乗って、遠方から出て来てくれた――（それは、彼らの事情である）――熱意ある支援者たちを、その時々にすげなくあしらい、疎外感を味わわせ――（それは、彼らの誤解に過ぎない）――何一つ、言葉を掛けてもやらないのは——（それは、彼らもご同様だ）——身内に対して、つねに良心的なわたしたちにとって至極当然の話である。……況《いわ》んや、集会の場所、日時の変更などがありながら、誰一人、連絡もしないというにおいてをや！

十一

絶え間なく《良心》を念じ、日々これに慣れ親しんでいない限りは、おそらく、わたしたちがするどのような些細な行為も、もはや治癒することのない《悪癖》となりおおせることだろう。……あたかも、このさかしまに活性化して行く運動が、鈍い愛の痛みと共に、わたしたちの《意志》の土台を掘り崩して行くように。

十二

遺憾なことに、わたしには——普通、人にあるべき——良心が、全く欠けているのだと気が付くまでに、数多の歳月を必要とした。けれども、物好きな信仰が、わたしを一廉《ひとかど》の者として尊重してくれるので、嫌でもわたしは《運動》を止める訳には行かなかった。

十三

気高くもまた、我が意にかなったこの良心的な運動において、わたしたちが是非とも手に入れなければならないのは、けっして勝利などではなく、況《ま》してや闘いの継続でさえもなく、唯一、己が良心に対して理路整然と釈明し得るような名誉ある《敗北》である。……わたしたちは、まさにそのためにこそ、日々際限もなく闘っている。

十四

良心とは、たかだか消化器官の《転倒》にすぎない。それは、さながら別様の屁——飽食した人間のおくびである。

十五

あれこれの運動が、その《影》をひそめ始めて以来、わたしたちは、他人から良く「身ぎれいになったね」という言葉を聞く。——以前は、薄汚い良心が、周囲で譬えようのない《悪臭》を放っていたからだ。

十六

つねに、弁えて置きたまえ。——機関紙を出すにあたっては、まず身内に対する《愛》を持ち、彼らが好んで聞きたいと思う耳ざわりの良い言葉を選び、眼に美しく、舌には甘い《良識》ある文章のみを載せるのが、編集者としての最大の務めであるということを！

仮に、諸君の身近にそのような手頃な記事が何一つ見付けられない場合には……ためらうことはない……総て《白紙》でも良いというもの。——思うに、自らの役割を十分に心得ている良心的な人々は、むしろその方をこそ無上の悦びを以て、受け入れることだろう。

十七

言うまでもないことだが、己れの属する——良心的な——「会」の内部で、身内のイニシアティブを守り抜くためには《運動》が努めて大衆的なものとならないよう、つねに配慮されて然るべきだ。《余所者》が人前にしゃしゃり出て大きな顔をしないように「これは、わたしたちの仲間が始めた運動である」という自負の念だけは、絶えず所持していなければならぬ。たとえ己れが、そのために何事もなさなかったとしても、である。——それというのも『誰が最初に手を付けた運動であるか』は『現在それが、どうなっているか』そして『そのために、自分は何をしているか』よりも重大な問題であるからなのだ。このことは、わたしたちの「会」に属する良心的な人々が、総て一様に認めているところである。

十八

「わたしが、どんなに《良心的》な人間であるか」――それを、公に証明して見せるのはわたしにとって、非常に容易いことである。何しろ……わたしに、それがあろうとなかろうと……わたしの信じているものを、このわたしが認めるのだ。諸君――これほど確かな事柄が、どこにあろうか！

十九

その気になれば、いくらでもお目にかかれようというものだ……「良心的な評論」と彼らが称しているものに。（世の中には、この種の霊験あらたかなる代物は五万とあるし、口を開けば、今では誰もが一廉の評論家なのだから。）けれども、わたしという人間が、よくよく運の悪いためであろうか、彼ら評論家の《良心》には――残念ながら――未だ一度もお目にかかったことはない。

二十

わたしたちにとって「良心的である」と言われることは、「思想的である」と評されることよりも人間として有益であり、大いに魅力がある……というのは、恐らく《真実》であるのだろう。――周知のように、世の人々の間では、思想は、つねに危険視され、行為は総て、暴力として忌避されている。

二十一

自分では何一つ出来もせず、また、端から手を染めるつもりもない、遠大なる《計画》を誇らしげに提案して、集会の席における身内の歓心を買うのは、実に心地好いことである。己れの周囲の瑣末なる問題に、日々、空しく関わりながら、仄かな《希望》の在り処を求めて、唯一人骨身を削っているよりは……。

二十二

もはや失望するためにしか、運動を持続し得ないなら、友よ――わたしたちは、何にも増して、自らの良心を鞭打とうではないか！

## 二十三

身内の気分を損ねる、《愛》に対する中傷や過激派紛いの危険思想に侵された、品のない文章が——我と我が思いに逆らい——時にそこに載せられてという、たかだかそれだけの理由によって、「会」から与えられた名誉ある機関紙の無料購読者としての《特権》さえも、あっさり放棄してしまう、余人には真似の出来ない高潔さを備えた、あの無私無欲の人々。……彼らにとって、顧みるべき唯一の主体的行為とは果して、したこともない運動から「抜ける」とか「付いて行けない」などという理に叶った台詞を、一際声高に公言することである。——斯くのごとき良心的な行為が、彼らによって、ここで、あそこで盛大に続けられて行く限り、この比類なき運動の《未来》は、つねに一点の陰りもない。

## 二十四

わたしたちは、己れの身過ぎ世過ぎにとって、良心が、何よりも安全な《逃げ道》であることを熟知している。それは、あたかも本棚の上に並んでいる、厳めしい題名の分厚い書物が、中味のない、ただの箱ばかりであったり、一種の《家具》であったりするのと同じことである。——それ故、わたしたちは確信する。「思想以外のものには、社会は、つねに寛容である……運動にさえ！」

## 二十五

今日、この集会に顔を出し、デモに足を運んでくれた支援者であるあなたへの、わたしたちの《信頼》は、あなたの職業、あなたの学歴、あなたの所属関係を、逐一問いただすことにおいてのみ獲得される。——よもや、あなたも、わたしたちが、あなたの思想や運動観を、そこで問題にするなどとは思うまい。

## 二十六

このビラは、大いなる説得性を持つ……もちろん、書き手の生気ある日常を、言葉の端にも伝えていない《お題目》のごとき、これらの無味乾燥な文章は、何一つ説得性を持たないだろうと、自ら証拠立てているほどの！

二十七

階級、資本、人民、矛盾、闘争、搾取、変革、弁証法、権力、抵抗、侵略、解放、帝国主義……思うに、これらの血塗られた言葉は、わたしたちの敵が、わたしたちの《歴史》の中から犯罪的に掠め取り、その理想である利他的行為を、自ら捏造するために好んで用いるものである。それ故、これらの言葉は、総て時流にそぐわない、憎悪すべき観念的な代物であって、唯一わたしたちの良心を利するものではない限り、たとえそれが、いかに論理的、かつ明快な《視点》を孕んでいようともその使用を避けるのは当然のことである。

二十八

わたしたちは、平和を愛する。但し、それは現にこのわたしたちの手の内にある、平穏な《日常》を守ることであって、そのためにわたしたちが何かを成し、人と物とに関わる中で手ずから勝ち取るものではないのだ。わたしたちの良心は、わたしたちに許す……彼らがその身を、絶えず犠牲に供することを。けれども、己れの空しい生活を変えることなど一時たりとも、わたしたちは認めない。

二十九

わたしたちは、自らの変わることなき良心に従い、我と我が保守性の認める以外の、総ての運動を《過激派》と呼ぶ。それは、つねにわたしたちの良心を甘くくすぐり、身内の連帯感の高揚のために、絶えず一役買っている。わたしたちは今日、同一の目的で、彼らにくみする位なら、むしろ己れの《未来》を捨てて、敵のふところに飛び込む方を選ぶ。

## 後記

あらゆる政治的・社会的な活動の中で、最も重要な位置に据えられるべきもの……それは運動である。市井の名もない一個人が起こし、当初は何一つ展望を見出し得なかった小さな裁判をも、運動によって世論を盛り上げて行くことで必ずや勝利に導くことが出来る、ただそれのみによって可能なのだと、僕は密かに信じている。思うに、運動が《民主主義》の同義語であることを、もしも君が理解するなら、このことは——君と僕——僕たちにとって疑いのないものとなるだろう。然るに運動の何たるかを悟らず、むしろ運動に嫌悪さえ抱いている人々は、これに対して「数さえ多ければ、それで良いのか?」などという愚にも付かぬ異論を差し挟むのである。無論、自発的なレベルでの活動もまた重大な意味を持っている。けれども、それがもし、人と人との関係性を拒否するものであるならば、単なる個人プレーに終始し、いかなる意味でも社会性を持ち得ない自閉症的行為……極論すれば、それはさながら、テロと同じような代物になってしまうだろう。(畢竟、人と人との関係性の見失われている、この運動の閉塞状況が、あれこれのテロを生み出していることは事改めて、言う必要もあるまい。)人々の行為が建前だけのものとなり、己れの生き方を欠落させている現実の中では、彼らが運動に対して何の希望も見出し得ないのは尤もなことである。その意味では「運動がない」という彼らの台詞は、真実なのかも知れない。何故なら、運動とは正に、僕たちの生き方の問題であり、自らの生き方を通じて、おのおのが社会の内に人間のつながりを創り出して行くことだからである。——果して、運動が文字通り、僕たち自身の生き方として血肉化されない限り、それはけっして持続しないし、況して、建前を超えるものには、永遠になり得ないであろう。

*初版発行:一九八五年一月
*B6判変型、二十八頁

# VOL.50

## 饒舌廃句　冬扇房便りⅠ

――夏は、炉を炊きくべて暖を取り、冬は、扇を使いて涼を求めん。正に是「夏炉冬扇」の境地なりや。尻を捲くって、現に夢の糞を垂れる。

### 饒舌廃句　冬扇房便りⅠ

牟礼村　発

シュラフの中で　明日は蝶の夢を見る

負い目のない　無用の生き物として　空っぽになる

段ボール箱の机の上で　なりふり構わぬ今朝の美味い飯

覗いても駅員が居ない　待合室でのんびりと待つ

一日にバスは一本　村人は誰も急がないから　ちょうど良い

向日葵を振り向かせもせず　暮れて行く

山が霧に包まれる　手に負えぬ虚無を抱えて人を恋する

掛ける当てもない　人恋しさに電話を入れる

霞を食って暮らそうか　明月堂の天狗饅頭は恐くもあるが

日だまりに　蜻蛉と化した座禅僧

討ち損ねて　蜂も僕も命拾いしている初仕事

身を捩りつつ蟻と這う　頸椎カラーに滲む汗の愛しさ

土が綿のように柔らかだ　裸足でも良い

山に籠もり　一杯の酒も飲めない贅沢に酔っている

用があれば庭まで　電話を借りに来ると言う狐も居て

埃もなくて　掃除の手間が省ける　ものぐさの小屋

問われても答えようがない　空気がご馳走

バリストとは思い入れの時代錯誤か　「冬扇房」

「冬扇房」　主に倣って　時が逆しまに捻子《ねじ》を巻く

テレビを買えと言う母の繰り言を　諦めて聞いている温もりの部屋

腹一杯食って寝るのは我が家と同じ　ふと覚える　熊に親しみ

不味い方は熊も食わず　牛と人とが分けて食う

閑古鳥も鳴かぬ森の湖で捨てている　場違いな心の塵

吹く風に耳打ちされて　突如　空白になる蟬時雨

気が付けば　天井の蛾に聞かれている　悪巧み

カメラを向けても素顔は見せず　山はつれない雲の厚化粧して

人を立ち止まらせるあの余裕　道端の可憐な花にもある

熊笹に足を取られると　僕は世界を仰向けに討ち据える　報復として

身体が「効率」を拒否している　もはやお前も翔ぶしかない

明かりを灯し　蛾の紋様を愛でる夜

翔ぶ羽根を持てるか　お前も僕も　蝶になれるか

成す術もなく僕を抱いて　コスモス咲き乱れよ――野辺の秋

お湯を掛けて三分間待つ暮らし　あゝ　ここまで来ても

もげそうな腕をした千手観音の姿で立っている　林檎街道

秋の野辺に只で咲き乱れているコスモスよ　街の花屋が盗人に見えるコスモスよ

塵の山に身を託し　ここでも烏が都会を漁る日々

カイトが風を待つように　風を待つ――僕も

兄よ　僕の胸に突き刺さっている刺も又「父」

迷惑と思えば　はらわたの思い　吐き出せば只の塵芥

野仏を前にしばし佇む　銜わずにこの刺を抜く

傍に来て合掌するか　蝶も僕も　野辺の巡礼

閉ざせば石の心　切り裂けば匕首の闇

商売上手の神様ばかりが　この世の不幸を楽しんでいる

柏手が響く　試みに　蜘蛛の巣の張る霊界を覗く

願掛ける　土産屋も神様と同じ一つの芋の蔓

神様から処場代を取られていない　境内の外

思えば夏から　ストーブを焚いている夜の侘しさ

空は星を夜の端からこぼさない　側溝に落ちても

語り合う言葉の一つ一つが詩の衣を纏っている　山小屋の夜

放屁一つ　澄まし顔で聞かれている　夏木立

肺が森の精気で一杯になる　「毒のないお前なんて」

逢う人は皆仏ばかり　この世は地獄

行きずりの娘に街の不良がするように　森の木立に秋波を送る

ちぇっ　単なるずぼらか　悠然と半旗の翻る田舎道を通る

野良に居て　旅人のザックの中を透かし見ている

座したまま見る　あの虹が水滴ではなかった時の時

病める子の肌に触れている　今剝き出しにされた白樺の幹

本物は舐めるように　黒々としていた山の夜

一眠りする度に森が艶やかになる　お洒落な秋

空色のピアノの上で　赤蜻蛉の連弾　飽きもせず

高原の教会で　今日だけの信者のウエディング

山は荒れるか　オープンカーの花嫁が　隣の見知らぬ男に気付く時

耳が痛くなるほど　静けさを聞いている

山鳩の羽ばたきに虚を突かれ　逃げ去って行く車一台
　後ろも見ずに

愛らしい野仏が僕に向かって　合掌しているから
合掌で返す

草の緑が愛しくて堪らないから　刈り取らずにおく

帰って行く人に「またお出で」と　先を越されている

青い稲穂を根こぎにして　手にする灰色の「自由」

食い物が労せずに　生えて来ると思っている人たちの
限界

青刈りをさせておきながら　店先には　米がない

生命の青写真がなくて　明日はコーラとマクドナルド
の雪が降る

今朝見れば　地に平伏している　修羅の虫

「あっちの芝の色は鮮やかだね」と　薬漬けになっている

酔うほどに緑のカーテン・コールを聴いた後のバド・
パウエルの恍惚

水洗便所の感覚で　都会が便槽に溢れている

行き交う人をしっかりと見ている　車の中までも

「拾ってもらったのだ」と隣人に自己紹介している
——わたくし流

田畑が潰れても　小奇麗な村興し

死骸だらけの獣道を断ち切って　人の道が伸びる

切り抜いて置けたらいい　トウモロコシ畠の中を疾走
して行くあなたの横顔

天と地が相対で　蕎麦を打ち上げている霧の下

木漏れ日揺れて　吹くかと思えば　山鳥一羽

ふたりして一つシュラフの中に入っている　あばら骨

絵にも人にも葛藤がない　この壁をぶち抜けば野を血に染め得るか　釘の一打ち

庭の樹を栗鼠が逆しまに駆け下りる「覗き」のように窓から見ている

余罪のありそうな太った奴を　柏手で討ち取っている社務所前

夏が来ない　蟬が足下をおろおろと歩く

ワカサギ釣りの横で　口も聞かずに立っている竿の先

頰を染めて七草を炊いているかと思う　黄昏の底

朝三暮四は猿の道　朝三交夜五交とは「柏原」の人の道

起き抜けに絞れる程の寝汗を　一緒に拭かれているガラス窓

念仏を唱えるなら　荼吉尼天《だきにてん》の股ぐらの中の生き仏

取り憑いて　ここまで牛に引かせて来たか　管狐

飯砂をたらふく食って　僕も修験者　五穀断ち

あかぎれの森　霜焼けの落ち葉の間の虫の息

野辺の花に　羽根を休めて見る　荘子の夢

何度振り返っても　海辺の家をうっちゃって来ただけの身の軽さ

石と語り　花と語り虫たちと語り　人と語り合いたくて茨を摑む

＊註

**明月堂**　上水内郡牟礼村にある和洋菓子の店。手作りのお焼きもある。

**バドパウエル**　バップ期を代表する天才ジャズピアニスト。

**荼吉尼《だきに》天**　《飯綱信仰》の源流にあるインド仏教の女性神。生成の象徴、転じて愛欲、及び、多淫を意味する。それは、狐の背に乗った姿で顕され、人の心を捕らえて放さないから、人肉を食らう悪鬼とされる。天狗信仰にも通じる。

**飯砂**　特殊な自然環境と高原特有の気象が、落ち葉や木の実を介して、土壌に発生させたバクテリアの一種で、昔から、この地方の隠者たちの食用にもなった。

**管狐**　荼吉尼信仰に纏わる想像上の動物。飯綱忍者が竹筒に入れて操ると言われた呪術用の小狐。

## 後記

長野市の裏庭にあたる飯綱山の麓に、今年の夏僕たちの念願だった山小屋が建ちました。親の支援を当てにしたとは言え、僕たちの力では資金不足は免れず、計画の中心だった「福祉」設備は殆ど頓挫した形となりましたが、土地探しから七年余りにして、自分自身の行動範囲を広げるための足場とも言える一つの拠点が、漸く実現にこぎ着けたところです。ここに至るまでの僕たちに、迷いがなかった訳ではありません。それは、僕たちの生き方の問題として、これからも無くなることはないでしょう。尤も、僕たちが、自分の生き方について、それ程、深い思想を持って考えているかと言えば、面はゆい限りです。僕たちは、周囲の事情が許せば、そんな哲学的な問題にはお構いなく、さっさとこの山小屋に居を移してしまうでしょうから。近い将来、ここに住み着くつもりで準備はしていますが、僕たちの生き方などは所詮、出たとこ勝負です。そこから、何ものかを学ぶことが出来るなら、人生においては、「一夜漬け」も、結構意味のあるものかも知れません。いずれ、「冬扇房」をお訪ね下さい。運が良ければ、熊笹の繁る庭の辺りで、管狐にも、お会いになれることでしょう。

＊初版発行：一九九三年九月二十五日　＊Ｂ６判、二十六頁

# VOL.51

## 饒舌廃句　冬扇房便りⅡ

——山が荒れると、管狐が赤い舌を出しながら、夜話に来る。冬扇房で出す、無添加の「魔界」の飲み口に味を占めて……。

### 饒舌廃句　冬扇房便りⅡ
無為と渇望のはざまで

寄ってたかって艶やかにお色直しか　里の春

時がなお　たっぷりとあるような気がする　田舎道

陽晒しの道を塞いで　しばし付き合う　車同士が立ち話する

無用の人間のままで　大欠伸している　こんなところで

頑張れば潰れる　土筆よ——お前も！

浮橋と《痛み》の上に　今は我が身の置き所

旅に疲れて　感謝を強いない野仏に逢う

抱える石に　この身一つがどこまで重い
樹蔭に埋もれて「おや　こんな所にも」　夢追い人
仇なして渡る世間に　いまさら　何を耐えている
人ではなく春が　舐めるように癒している　僕の心の雪の爪痕
抗いを分かち合う者もなく　ひたすら善人どもを唾棄している
朝飯前に「もう外で済ませて来た」　臭い付け
この陽差し　宿酔の《孟浩然》をうそぶかず
手折るとも　なお晴れやかに君臨すべし　伊那の花
鬼百合の咲く墓穴まで　偽善のヴェールを引き摺って行くか

あの人なら　差し詰め「経営とは言わず　付属と言う」　教会のレストラン
年季を終えたあの夏草が　又も宿替えの永劫回帰
最後の雨戸を開け放て　その呪縛の内に眠っているてんとう虫の摂理と共に
食らう《米》なく　明々と爪に火を灯して山小屋の夜
「去年は三人」　冥土に旅立った　曰く付きの山道を越えて看板を貰いに行く
《日月宙》には玄関がない　客は皆縁側から出入りする――主でさえも
芋平の花瓶に熊笹二本　美学という程の衒いもなく
欲しそうに沢の端の鈴蘭を指さしている　傘の中

森の黒衣を自我に目覚めさせた春よ　お前の足下で乾いた女の生命が疼く

青空を仰げばふと耳にする　故郷の訛りに似て「ひどろってえ」

一茶に似た店主が顔を覗かせたので　柏原で買う

闇米とは国産のことだという常識を　逆撫でしている

瓶詰の「魔界」を呑んで　今宵も茶吉尼と六道行脚

火戸を見せて　ままよ　一期一会の草の露

国道十八号を一茶が帰る　昨夜泊まった横河の宿で幾度となく遊女を抱いて

正体のない飢えが胸をよぎる　窓から覗く森の灯火

闇の音に意気地なくおののいては　百鬼夜行の道案内

「まだ」と「もう」との間で　水入りの騒ぎがある夜寒の山

森が今　妖艶な叫びを上げる——鋭利な抜き身の雪景色がまるで嘘のように

釣り人の　野心のバケツばかりが大きい

心急く思いは　取り敢えず寝かせ付けて置け　沢の水

露程も　筒井の毒には傷付かぬ　僕もこの山で断筆志願

米に託せる夢のないことが　恥ずかしい——《食管》強いる

食卓の皿の上で　身土不二が豊かさと知る　国際化

無礙の一道　苔の生すまで　突っ走る

螢烏賊に巡り合う山の背後に　日本海が荒れている

足を伸ばせばどこまでも飛んで行ける　あの鶴のように　ここから

戸を開けて「また誰かやって来たか」と　鬼胡桃

得をしたような気分で　狂った春の夜の時計を直す

相手は変わっても　都会並の塵の出し方が根づいている

虚空に拳を突き上げ　今なお不穏の夢を見る　恋する石の眠りの上で

唐松の梢の上を今宵も天狗が翔んで行く　羽団扇で吉兆を投げ込む

うち捨てられた愛のように樹蔭からひっそりと流し見ている　名残り雪

蓮っ葉な森の小枝に袖を引かれる「僕がこんなに持てるなんて」

これが人なら　森も又うんざりもするが　喧しくて

しゃがみ込む　乾いた路肩の銀蠅の横で「エチカ」を夢見る

直立する唐松の林の中に捩じれた一本の樹　名は知らないが　その樹がいい

窓を開けて　今日一番の朝日を拝む　ありがたいことに新聞がない

零下のない温度計を買って来た——僕のように役立たない

だらだらと行く丸めた背中に　ここでも半端な学校が拒否されていた

春の訪れは気分がいい　いたるところで晴着を着た桜たちに迎えて貰える
庭に来て定石通りに鳴く　うぐいすのコロラトゥーラの照れ臭さ
森の巣箱がわざとらしい　枝に来て小鳥が呟く「余計なお世話」と
藤蔓の締め上げる唐松の幹に今　永遠の喘ぎが刻まれる　サディズムの栄光！
咎める者もなくて　飽きるほど寝れば　黄昏
タラの芽を教えられて　鵜の目鷹の目
拠無く山を下りれば　里は祝祭　あやかしの時
《食管》に食い散らされて　貧しい食卓　蟻地獄

「また　駄句を」と茶化されて　洒落たつもりの唯々諾々
勇み立つ石を起こして　蛙を目覚ましてしまったか
飯綱山は姿がいい　いつも牟礼の野良着を纏っているから
まだ見捨てられてはいない　ここでも不在の電話が鳴っている
取り落とす放屁の他に　睡魔を破る音もなし　山小屋の昼下がり
お前のかみ散らした鼻紙のような姿で　こぶしの花が耐えている
熊笹が手招きするから　丁重に礼を返して踊りに出て行く　風の輪の中に

窓越しに　月光が夜這いをかける――春の密かな夢の中まで

頭を下げ腰を低くして　健気にも　やくざな冬の後始末をして廻る

森の黄昏の接吻は　白い息を吐いて消えて行く　初々しい春の寝床に

今流行りのナチュラルサウンドを　日がな一日ライヴで聞ける村の豊かさ

闇の漆黒の雫が落ち込む　光彩を放つ壺中の天に　一瞬森の霊気を蠢かせて

後先知れず霧に巻かれて歩いて行くか――思えば生命握れば二人

寝返りを打つ　妖艶な緑の中に風の思いを皺寄らせている　湖水のまどろみ

事も無げに「庭先にある」と言われている　形無しの水芭蕉

荼吉尼天の股ぐらに「我　解脱の道を見付けたり」――即身成仏

忙しさに目を回せば　夢か現か　世は魑魅魍魎の万華鏡

米はない　しがらみはない　心に患いもない　ソローを夢見る森の生活

いつまで減反　どこまで脳死　死んでも墓穴を掘る悲哀

荒廃を免れた野良着の下に　その頑丈な暮らしを覗かせているたおやかな村よ！

綿入れよりも　貰った肴のつまが恋しい夜寒

都会が嫉妬しているその豊かさを　明日も又自負し得
るか　野辺の花

饅頭で酔い痴れる程に　下戸にも付き合う人恋しさを
　誰に伝える

究めれば　居ながらにして三千世界に　法螺吹き鳴ら
す

糸の先でわかさぎが夕陽に煌めく　小さな栞のように
　その手応えもなく

一寸法師の乗ったお碗で汁粉を食べる「もう　櫂は
要らない」

詩が落ち込んで来たその瞬間の面差しを見られてし
まった　あいつに

「殺生してしまった」と菩薩の笑顔を覗かせている
修羅の道

炉に熾が入ると　冬が屋根から落ちて行ったあの音が
する　心の雪解け

千里の道も今は昔——周知の《蛇足》で——夢の山野
を駆けめぐる

まだ冷たい沢の水に　裾を捲くった少年の足を入れて
みる　いつも頭だけで

悪態を吐く舌を　鼓に代えて　春の野を愛でる

もう忘れられた人の　選挙ポスターが色褪せている廃
屋の壁

登校するように戦地に向かうか　背嚢を背負った兵士
さながらの虚ろな隊列

野性と野蛮とを取り違えて　少女のごとき可憐な山道
を四駆が行く

発情したお前のように　弄ばれて昇り藤

枝から枝に飛び移れたら良いのに　栗鼠よりも身軽に
　重力の世界を蹴って

レンゲツツジに掻き立てられて　季語など無用の蟬時雨を聞く

草取りの好きな隣人の目と鼻の先の　草ぼうぼう

転倒しても　転倒しても　転倒しても　熊笹の中――懲りもせず

買いだめを拒否して食らう　餓鬼の飯

柄にもない泥水を引っ掻き回すだけの身で　立てば陽炎　消えればうたかた

初夏とその声の拡がりの中にある　カッコウの空間

股ぐらから　逆しまに昇る夕陽を愛でている　唐松の合掌

別れ際の恋人たちが　蛇のようにじゃれ合っている湖の夕暮れ

人に囲まれて息を詰め　樹々に囲まれて息をつく

ただ車で抜けるだけの見知らぬ村が　こんなにも懐かしい

逃げ水のある道の上で　一匹の蝶の孤独をかなぐり捨てている

緑に吹かれて　忘れていた風の色を思い出す

＊註

**孟浩然**　「春眠不覚暁」であまりにも有名な中国唐代の詩人。

**日月宙**　菅平の陶芸家、石関芋平さん夫妻の山小屋。雪のない間は、陶芸教室があり、彼らの気さくな人柄を慕って訪ねて来る熱烈なファンや客人も多い。「冬扇房」の看板は彼の作である。

**ひどろってえ**　眩しいという意味。我が故郷、静岡にも似た表現がある。

**火戸**　「ほと」と読む。陰部を指す特殊な用語。

**釣り人**　霊仙寺湖では、ワカサギが釣れる。面白いことに、ここには「海洋クラブ」という穿った看板もあり、ボートにも乗れる。

**身《しん》土《ど》不《ふ》二《に》**　常に、その土地で出来た作物を食べて生きることが、健康を保つ秘訣であるという「食養」の理論。

**無《む》礙《げ》の一道**　止むに止まれぬ自己発見の道。仏教で言う、とらわれのない自在の境地。

**エチカ**　永遠の相の下に世界を観照した、汎神論者スピノザの主著。

**ソロー**　ウォールデンの森に隠棲した、詩人哲学者。戦争を拒否した。税金の不払いで獄に繋がれたのは、特筆すべきことである。

**餓鬼の飯**　修験者の食用にもなった「飯砂」の別称。天狗の飯ともいう。

# 後記

森の中の我が山小屋は、終日深閑として訪れる人もなく、時折、思い出したように吹く風の音や、囀る鳥たちの声の他には、もちろん、ここには、都会の巷に溢れ返る賑やかな歌もなければ踊りもない。ただ、有り余るほどの《無為》が、日々に流れて行くだけである。確かに、それを憂えることであるかのように、事ある毎に「テレビを置け」と言う人たちもいないではないが、死活の問題ならともかくも、われわれ自身のためならば今まで同様、それは当分買う気はない。絶えず、テレビがもたらす世界に触れ、糞にもならない情報にさらされていることが当然ででもあるかのように、他人の意識によって操作されてまで、僕は、現実というものを生きたくはないからだ。僕は、良く昔から「あなたは家で日中一日、独りで何をしているのか」と、値踏みするように聞かれるが、彼らにとっては、どこまでも《無用者》であり続ける僕が、彼らに気に入られる答えを用意しようとして、何を今さら、あくせくする必要があろう？　例えば、僕がここで、何かをすることより何かをしないことの重大性を言い募ったところで、彼らはそこにある深い意味や論理性など、間違っても認めはしまい。分かっていることは、僕が現実に対して背を向けたことは一度もないということだが、自らを《無用者》と認めることで、生涯、肩の荷を降ろしてしまった僕としては、彼らと自分の生きるべき現実のあり方について、初めから、勝ち負けの決まっているような議論などは、けっしてしたいとは思わないのだ。唯一、金銭によって換算できるものしか、文字通り価値を持たないこの世界にあって、《我》と我が現実とは、何という馬鹿馬鹿しい存在であることか！

けれども、生命の究極の証しとして、胸に刻み付けて置いても良いことは、それを意識するとしないとに関わらず、《無為》が絶対の価値をもって身内を揺るがし、彼らも又、その現実にとって「なにものにもならない」無意味なるものを渇望する時が、いつかは来ると言うことなのだ。常に足下に押し寄せる止めどない情報の洪水に呑み込まれ、自ら進んで、身をすり減らし、身悶えして生きているような人間は、ここにある《無為》の中に身を置くと、不断に流れて行く己れの時を却って貧しいものにしてしまい、場違いな何かがあることを期待して、我と我が身を持て余し、死にそうな目に遭うだけである。

＊初版発行：一九九四年六月十五日
＊Ｂ６判、三十頁

# VOL. 52

## 饒舌廃句　冬扇房便りⅢ

思考に後れを取るペンは削り取るまでだ
森の小枝で作った感嘆符の煌きが一瞬胸
の炎を揺るがせる風の戦ぎでしかないと
しても　ままよ　お前の歓喜を歌え！

### 饒舌廃句　冬扇房便りⅢ
呪縛の薔薇を摘みながら

ヒグラシの生命の侘しさを掻き立てて　山が暮れて行く

夕餉の窓を震わせて　ヒグラシ啼くな　明日は我が身を野に晒す

芋虫の這うこの道を渡ろうか　見る目の前で――一生賭けて

シシュフォスの岩の前で　飽きもせず　雑草を眺めて暮らす

陽射しが強い　朝から蝉のようにじっとしている

浮橋を宙に浮かべて　岸辺の貸し船が沈む思いのはらわたを干す

木立ちの間の青空に　帽子の中の砂漠が蒸し上がる

呆けたように　いくらでも眠れる　この手に明日を取り戻すまでは

明日起きる時間は　鳥たちに任せて蒲団にもぐる

ひらがなで啼くかな　カタカナで啼くかな　日暮れのかなかな

木琴を叩くがごとく　僕の剝き出しのあばら骨と戯れる　お前の指が歌っている

耐え切れず　はらわたの昼寝の夢まで涼んでいる

寝乱れた床の中で　夢も茹るか　蒸し鍋の街

降ると出た予報を頼みに　湖岸を震わす　雨乞いの気合

車で来た粗暴な餓鬼が《都会の虫》になる　ゴキブリの密かな会話を盗み聞く

照り返す湖の底で　汗も涸れた真夏の青空が干からびている

《規格品無用》の捨て台詞が俺の背中で笑っている

喧嘩街道　抗いの道

蟬を己れの素手で取る　少年の夢を成就したこの束の間の快感

鬼灯のような紅い月を飲み干しながら　今宵も《管》と一緒のルナティック

唐松の梢に月が昇れば　蛙よ！　――眠れぬ夜のお前も恋しいか

《大食い》と誰に聞いたか　おくびする身に　一面のげんのしょうこの群れる庭

幾度問い返しても　同じこの草　同じこの花
鍬の柄は　トンボに貸して　一日青空を眺めて暮らす
隣の畑の野菜を腐す　野良の老婆の対抗心が微笑ましくて
御殿場を「どてんば」と言い通して　婆さんの痛快な・・・もろこし自慢
《局》と《郵便局》の違いが分かる　老婆の世代に近い　僕らも
在来種を駆逐して　ピーター・コーンの一世一代
南瓜を食えば種　桃を貰えば種とうるさい　俄百姓
床を取る母に問われて聞き返す　今更　何処の空の《北枕》

泥の手で陽の光に透かして見る──落ち葉の黄色　稲穂の黄色
「良い狐だった」と仲間の最期を看取ったかのように話す　路肩の村人
虫も食う米だから　文句も言わず黙って食べている世の様変わり
突き抜ける秋空を染めて　畳鰯か赤トンボ
蜂に追われて忙しく脱いだ「ほら　お前のサンダルの跡形が笑っている」
戸袋が鳴って煩いだろうと思っている人の横で　眼を開けている──お前も
鍬を持ち出し　何を耕すでもなく　爪の泥

野仏の傍らで　何もしなくて良い一日を　また往き過ぎる

誇らしげに　一日の獲物を路端に並べて　拭う素足の心地好さ

目印は二十七番の野仏　行けば分かるさ　コスモスの咲き乱れるあの人の家は！

世の中が辛く当たることはない　いつもその胸に夏を抱えた少女のようなあなたには

民宿は箸　ペンションはナイフとフォークの　唯それだけの違い

ふと見れば　春来た友が植えて行った　蕎麦の薬味が庭にある

蛆の這い廻る心で　掛蕎麦を食った奴らの　汚らわしい《清貧》が臭っている

貧しさが痛めつける人の心を　表現し得ない　思想の奢り

清貧をリストラすれば　又もや「欲しがりません」のリサイクル

埒もない《生産主義》が　夢の在り処を狂わせた宦官の轍

原爆を禊ぎに仕立てて　過ぎ行く戦後五十年

筆舌に尽くせば　易々と　水に流せぬアジアが見える

打たれた右の頬の痛みを　絶えず左の頬に教えておけ
――三・度・・知らないと言わせぬために

悟れぬか　侵略が解放になる　その思想こそが問われている

阿鼻叫喚を知らぬが仏の　靖国詣で

もはや叩き売りの口上に似る《改革》の声　人並みに眉に唾付けて聴く

託された期待を余所に　悪びれもせず　緞帳芝居の舞い納め

お天気が　袖を揺れ動かしているだけの　この政治

目に見える　ヤマメか鮎かと胸踊らせて　鯵を出された旅人の恨めしさ

あゝ　あの本に載っていた　看板だけが取り柄の「うまい店」

流行の雑誌を片手に　遙々と原宿の写し絵を見に行く人も写し絵

自分の舌で　ものを食ったことのない奴らの　グルメ談義がおぞましい

窓を叩く夜更けの雨に　鳥よ——お前も目覚めているか　笠もなく羽根を濡らして！

耳を澄ませば森の声が聞こえる　白樺の幹に腰を絡みつけて啼く　女狐の声も

熊追いの空砲が夜の山に木霊する　漆黒の闇を裂く見えない生命の花火のように

人を襲った後の孤独な山道は　熊も恐いだろう

腹の減った熊にも　人間の手前勝手な道徳が罷り通るか《弱肉強食》

思いも掛けぬ　一枚の落ち葉の悪戯で　我が家もメルト・ダウンの排水口

雨が降ると眼に見えて　我が家の車が綺麗になる　恋でもしたかのように

二度目はもう洗車を勧めてもらえなかった　ふと漏れる車の中の二人組の笑み

「もう随分旅をしたね」　お前と出会って——彼方がなくなる程あちこちと

目蓋の青空を縫って　雲が足下から沸き上がる　今日ここだけの雲上人

有料の嫌らしさに抜け道を探し歩けば迷い込む「おや　ここは桃花源記の里の村」

フェティッシュさながら　長々とお前の靴の匂いを嗅いでいた　野良犬の眼よ！

然ればこそ遊び暮らすかこの一生　イソップの蟻は早晩《過労死》の身の定め

黄昏の霧の中にお前が見える　岸辺の上を　来迎さながらのブロッケンを背負って

星空を見上げ　ホーキング程の駄法螺を吹けば　夢もまた開放系

見上げる空に憂さはなく　筆を下ろせば秋の絵の具か
　日本の色

《じごぼう》と言う庭の茸を隣人に倣って食べてみる
　二人で　思い切り良く

土呂久《とろく》の蜂よ　今度は「じっとしていろ」と教えたその厚顔な奴を刺せ

帰りでは遅い　路肩の栗を誰もが　イガを剥く思いで見て通る

「やる気がない」と言う精神論が　飢えた俺の孤独を血に染める

何故　今度はたけしを笑えぬか　異形の者を常に笑いの種にした天才たけしを

不随意に歪む僕の顔を　五百羅漢に見立てた　お前の
心の《西方浄土》
言葉ではなく文字でもなく　ただ全身で己れの差別を
誇示する奴らをこそ　撃て！
骨もなく　嬉し涙で手込めにされて　又ぞろ《感謝》
の猿ぐつわ
いじめたら　いじめられただけ吠える――小犬でも
肝を据えてしたたかに《我》を剝き出しにする　今日
細心の糸手繰り
我になお感謝すべき卑屈さあらば　直ちにその祈りを
も卑しめよ　野仏の慈悲
会えば又　徒ならぬ存在感と風格を漲らせているC・
P　阿吽の面構え

教会の十字架が鳴り物入りで　助平心と打算とを結び
付けている――笑止にも
牧師よりフールス・キャップの道化が良く似合う　仮
装舞踏会の日々
忘れられた《ケ》の日の傘を　《ハレ》の日にも差し
て出てみる　風の向き
一緒ニナリマス式ハシマセン御祝ヲ有リ難ウ　僕らの
時は唯これだけ　後腐れ無くて良い
式に大枚注ぎ込んで　成田で離婚もセレモニー　おめ
でたさだけは弥栄！
家と子のしがらみから解き放たれよ！　何は残らずと
も　夢は生き残る
猪鹿蝶に　赤短青短がひょいと出てきそうな　紅葉山

盗み取る指の前では　理性は眠らせておけ　薔薇の棘
心急くワープロよりもエディタで書く　修飾なしの僕の生命のエピグラム
言うなればインターフェースの問題か　この現実の使い勝手という奴も
森の言葉が日々に色付く　樹々と弁証法で渡り合うから　魂の単語登録が増える
お気に入りの牟礼の田園風景を《壁紙》にして立ち上げてみるウィンドウズ
実のならぬ樹と蔑むならば　蔑むが良い　明日はその樹に癒されている
燃え盛る炎が僕の畏敬に触れている　切っ先鋭く森に射抜かれた赤裸の心に
夜することは朝でも良い　何の意味もないが　菅の笠でも戸口に立てて
詩の現在性なくて　惰性が弄ぶ鬼籍の言葉を「使いけり」
この春に眼を奪われた花たちが　今一時に熟れている
「ここならば捨てられても良い」　彼氏形無しの姥捨の秋
掻き集めた落ち葉の前で　飢えたように広告まで読んでしまった　焚き付けの新聞
双眼鏡のレンズの間近で覆る青空――粉雪まぶして踊る　山の背掠めて
香り立つ秋の毛氈踏み誤れば　誰が置き忘れたか　野点の後の朴葉味噌

樹蔭に隠れて　こっそりと森に火を付けているナナカマド
アジアの飢えを米倉に溢れさせていた　この一億の《飽食》の国
田畑は荒れて　明日もなお米の炊き方を覚えているか
　外食の民
くノ一の姦しき血を騒がせて　習わぬ華の手裏剣投げる
否応もなく　この雪がくっきりと暮らしを分かつ　お国振り
手に負えぬ《冬扇房》の庭と同じか　この名月もモグラの穴のあばた面
《知》は森を夢見ている　学校を夢見るな　そこでは《知》が永遠に喪に服す

柿を食わせれば　一句ひねれるというものでもなく二年目の冬支度
棚の上のカレンダーはそのままに　季節の風の花暦をめくる
たそがれの役場の隣の鰻屋の暖簾をくぐる　目蓋の辺の茂吉の面影
祝福すべきは神の癒さぬ魂——幽閉の獄の中　その身をペンに解き放つ不屈さをこそ！
翳る陽に「もう止めよう」と言いつつ　一抱えの落ち葉燃す
何をするでもなく　ただ庭をうろつくだけの　あの人たちの姿が優しい
濡れた落ち葉の山の前で　火の付け方をけなし合っている　無用の人々

故郷の裏側から虹を見るように見る　己れの俗物であることを　今なお証すその山姿

去年の冬に捲っただけの　説明書をまた読んでいる

「だから素人は困る」と言う　店主お薦めの《ふじ》の色　淡く……

唐松吹雪く　目蓋を閉ざす束の間に　野仏の影を宿して滲む日輪

星床を踏み外せば青空抜けて　あれが五山か《み・ま・く・と・い》

蜘蛛の巣に紅葉一枚　抗う夢を包み隠すか　野晒しの冬

手折るあざみの傷に耐えて　この現を呑めば　夢も真も針千本

＊註

**桃花源記**　脱サラ宣言「帰去来辞」で知られる東晋の詩人陶淵明の書いた仙境ユートピア奇譚。

**フェティッシュ**　呪物崇拝と訳されるが、あまり気の利いた訳ではない。昔、生田耕作の抄訳で、レチフ・ド・ラ・ブルトンヌの「ムッシュー・ニコラ」を読んだが、この種の世界を理解するためには恰好の小説ではあるまいか。

**C・P**　CEREBRAL PALSY（脳性麻痺）の頭文字を取って、このように呼ぶ。

**エディタ**　コンピュータでは、主にこの編集機能を使ってプログラムなどを書くが、面倒な設定もあまりなく、動きも軽いので、純粋に文書を作るだけなら、この方が良い。

**インターフェース**　機械の世界のみに止まらず、世の中これ総て関係性の問題である。

**壁紙**　昔のパソコンは、大体画面で文字だけを操る殺風景なものだったが、ウインドウズというグラフィカルなシステムが現れて以来、操作も簡単になり、画面も俄然カラフルになった。

**五山**　妙高、斑尾、黒姫、戸隠、飯綱の上一文字ずつを取って、北信濃の五山を「み・ま・く・と・い」と呼ぶそうである。

## 後記

作家の安部公房が、生前の相当早い時期からワープロを使っていたことは、彼の文体に興味を持つ者にとって象徴的な話だが、自ら「消しゴムで書く」と評したように、その特異な文学の構造は――この種の道具によっては変わりようもなく――ワープロがこの世の中に現れる以前から、すでにそれの持つ基本的な動作環境をことごとく先取りしながら、切り抜き、張り付け、移動、複写、削除といった編集機能を縦横に使い切っていたのである。ともすれば、今でも人々の間に見られる意味のない抵抗や嫌悪感を余所に、彼が他の者たちに先駆けて、己れの仕事にワープロを使用し得たのは、恐らく文人気質の、自己の世界に埋没する古い型の文学者としてではなく、己れの対極にあるものを常に闘いながら取り込んで行く、弁証法的精神の持主だったからであろう。彼がこの文書作成用の補完装置に、自らの文学的営為を託していたことは言うまでもないが、それは飽くまでも、ペンの代替物としての意味でしかない。世の中には笑止にも、ワープロが趣味だとか、パソコンがデジタル文化だとか、実に馬鹿げたことを言う恐ろしく浅薄な知識人もいるが、手段と目的とを転倒させた、正にそれ自体が無内容の議論に平気で乗っている陳腐な輩には、文化も糞もありはしない！　重要なのは、それを使って生み出す内容なのであって、人間の諸行為をデジタル化するだけの裸の機械としてその存在を誇示している内は、パソコンやワープロは、未だ文化の域にも達していない。ＭＳ－ＤＯＳに精通し、タッチタイピングが出来るくらいのことで、文化を生み出したと本気で考えるなら、それこそ人間の歴史を馬鹿にした話である。コンピュータが形作る電子メディアが、世界に対して真に伝達すべき意味のある内容を持てるかどうかは果して、これからの問題である。人間の行為を補完する（代替物としての）手段を与え、不可能を可能にする、この未だ創成期の技術に、未来を開く力があるとすれば、一つの新たなる文化が生み出される精神装置、その対立と相剋の止揚のエネルギーは、唯一これまで社会的な情報発信の埒外に置かれてきた人々にこそ与えられて然るべきである。――僕が何を、そうして、どのような人間を想定しているか？　それが、理解出来れば話が早い。――歴史は、絶えず情報を発信するあれこれの人間たちによって、その舞台を変える。彼らが、政治や宗教の偽善から解放され、人間として自らの世界を闘い取るなら、そこには必ずや《共生》の文化が生まれる。新たなメディアに、僕はそれを期待する！

＊初版発行：一九九四年十一月三十日　＊Ｂ６判、三十二頁

# VOL．53

## 紅色弔句　不在の供物

時を超えて　僕たちは君を呼び招く
互いの宇宙がその魂に引き寄せられる
万有引力の創造者として

### 紅色弔句　不在の供物

今は亡き友・福島豊彦の思い出に

この夢が覚めたら　十万億土で　また逢おう
インスタントではない　剝き出しの生命を背負ってどこまで行くか
呼び掛ける　通い慣れた路地裏の　主のいない窓辺が恋しい
食べられもせぬ煎餅への想いを　大事そうに抱えている
権威には何の関わりもないことの希有なる証しだ　この大いなる不在の供物！
「作品」という作品で　見事に彫り尽くしてしまった君の生命のマニフェスト

猫に小判の掃き溜めから　翔び立つ鶴のような芸術
何もかも
さあ起きて　冗談の一つも言え　目を開けて
自分の手ではもう泪も拭けない　この僕を笑え
闘い終わって　胸なで下ろす　友の寝顔の安らかさよ
秒針のように書き留めて　置き忘れて逝った馬鹿な
奴
胸掻きむしるアイデアを　夢のままで　置いて行く
君の病み衰えた姿を前に　この僕の無力さばかりが痛
ましい
見舞う人を死ぬほど楽しませてくれた　気力の壮絶
病んでなお

相撲　泣き虫《心の支え》なぞなぞ——誰？
娘たちよ　今は枯れ野に吹雪く　風の音
もの問いたげに　最先端の《今》に横たわる　まぶた
の虚ろ
盗人どもの阿鼻叫喚を他所に　徒手空拳の美神が捉え
た　この人を見よ！
夜引いて生命もハートも切り刻む　鼠と競って
紙コップの後には　きっとお馴染みのものを出すイノ
セントが懐かしい
感性のか細い糸につり下げた　危うい生命のモビール
揺らし
味も器も三つ星のレストランの気分で　病院食に舌鼓
打つ

癌は治った薬に負けた――まるで冗談で死んだようだな　え　女医さんよ

食いたいものを眼と頭で食うだけの　最期の友の痩せ細る

声挙げて笑ってしまった人もいる　あの悪食がまさかよもやの帝王病

男泣き　女は泣かずしたたかに　せいぜい瞼をしばたたかせるのみ

《鍼の会》の女たちを前に　軽口叩く友の裸身に　去りし昔の面影もなく

中国鍼打てば生気ない肌に赤み差す　ツボの効用　女の効用

「腹に力がない」と満更でもなさそうに　女たちに代わる代わる触られている

心地よい女たちの《気》を受けて　しばし横たわる鍼の温もり人の温もり

骨も身も焼ける束の間　炎の彩艶やかに　愛の曼陀羅立ち現れる

理趣経唱えて友を送る　会津の坊主もまた非常の人

女陰の毛を万華鏡に入れ　嬉しそうに覗いていた友の顔　今も忘れず

移すまでもなく　日々に集う友の笑顔が　君のホスピス

せめて　友よ　君は管に繋がれた君自身の最高のオブジェであることを疑うな

美と呼ぼう　苦悶の内で満ち足りるなら　瞼に焼きついた君の壮絶な表情をこそ

時を超えて　石の眠りをまた夢見るか　夢男
緑に動かされた素振りもなく　公園でも寝るしかない
　ホームレスの似姿覗く
カメラに収めた何の変哲もない洗濯挟みに　君のアイ
デアはぶら下がっていたか
「優しくしてね」と言わせた孤独に　白衣の背中
むしろ僕たちの心なのだ　身を横たえたベッドの傍で
君から癒されていたのは
即席麺を頭で煮込んで　夜明けまでインスタント・
アートか　夢厨房
道草の出来ない身体で　目一杯　生き急ぐ
盃酌めば　華の銀座のバーの経理係に　メタモルフォ
セス

「ここもまた　あの部屋のようになるか」と釈迦の苦い顔
門口開けて郵便物を取る気もなし　昨夜の蚊取り線香
いぶる
もう聞くこともないあの咳が　長い間　君のやって来
る《信号》だった
手帳には何事もなかったように　鬼籍の人
掛かって来るだけだが　夢の電話は繋がっている
匂いがないことを鰻に悟られぬように　《鼻茸》以前
の思い出で食っている
スパイスにインスタントはなく　アイデアに身を削り
つつ　白む窓
旨い物には目がない　と言うよりも鼻がない　腐って
いても

手品師が《種》を見せるように　美味しいアイデア
くれてやる

悪戯が芸術になるという実演をコピー機で取っていた
　自分の顔まで

小耳に挟めば石膏で勃起したペニスを取る話　「何分
持つか　擦らずに」

たかだか機械の一部にして貰ったことを　感謝せよと
言わんばかりの医の軽み

芸大合格の日に書き送る　我が《詩》に付した　君の
名前のあせぬ思い出

右肩下げたあの足取りが気にかかる　《歩く文房具》
の消えた夕暮れ

良くもまあ試したものだ　悪い冗談かと思う療法まで
　本気になって

脚気と聞いて皆可笑しがる　そこまでの食餌制限　い
くら何でも

芸術は子供のおやつだ　楽しい・美味しい・元気が出
る　この素敵なロジック

週末は　その身体を押入れから抜け出せなかった　や
またにし

良くも悪くもあのまま続く筈もない　会えば週末　寝
たきり老人

都合のよい耳だ「女の声は　補聴器なしでも聞こえ
る」

手間隙掛けず　生命もハートもインスタントのレトル
ト三昧　《夢追い》味

交わされた《さようなら》の数だけ　思い留めよ胸の
温もり　形見草

空き巣が手ぶらで出て行った　価値観の違いに　啞然
として
僕たちが発見した時　君はすでに　東雲の空を駆けて
行く彗星だった
片仮名では軽いが　やって来たことは紛う方なき《革
命》　人生もまた
紹介すると言った女のために　背広を引っかけて来る
だけの　ときめき忘れず
職場が《くもん》か　道理で験が悪かった――あいつ
には
ある日　突然僕は笑う　時を経て仕掛けて行った友の
密かな悪戯に気付いて
気配りが過ぎている　解雇された日に逝くなんて

百余りも玄米噛んで　ふと　作ってやると約束した
《納豆昆布》の話する
最期まで　死に方を我が生き方と心得て　溲瓶《しびん》抱く
念願のラーメンを　今頃食っている筈だ　デュシャン
の便器に山盛りにして
繋がれた管の先で　あゝ　現代医学のうそぶく生命が
逝き惑う
流石は陶芸家　胸に秘めた想いの内で　焼かれた友の
骨の《色》観る
塵と見れば人もまた塵　宝と見れば　人も輝く宝の
山
子供たちの話する　ほころぶ君の笑顔の中に　語り尽
くせぬ親馬鹿浮かぶ

困ったら剣玉の大道芸で食うか　「帽子を持って　俺が回ってやるから」

二つ玉付けて　剣玉も《解脱》を言祝ぐ　立川流

身を以て　食うことと寝ることが大事と知った　後半年

「芋もお前も女運がいいから　長生きだよ」と　林檎をむく

もっと別の《後半年》があったか　期待の中味を医者が本音で伝えていたら

開いたその瞳孔で　虹と星とを君は同時に仰ぎ見た医者にはない心の眼で

六文銭を玩具にするな　心配だから伝えておく

舟にはまだ間がある　葬頭河《そうずか》の婆さんと剣玉で遊ぶ

数だけは煩悩を超えた　一〇九人の思い思いの《さようなら》

「おっ　剝けてるな」と覗いた頃から　思えば小便臭い仲――飲尿でさえ

結果ではなく　プロセスを目一杯楽しんで　塵の山

アイデアは蟹の頭だ　何と言おうと　そこに詰まった味噌が美味い

戯れに一捻りする　訳もなく《無用》の物が嬉しくて

治療しなければ後半年　治療しても後半年の　医者要らず

黒はんぺんに　故郷の在り処を探して　音もなく点滴落ちる

泣き言一つ言わず　運命をも寝業で遊んでしまった戯れの達人

見上げれば　医者の汚い思惑に弄ばれただけの　《後半年》の春爛漫

見舞う度に　小さくなって行く君の顔が　生命の在り処を見据えている

癌もまた玩具に過ぎぬか　病室をアトリエと化した友よ　君には！

この上に　ぶん殴ってやろうか病理解剖なんて　臆面もなく

病気のデパート本日閉店　エイプリル・フールを違えて　訃報駆けめぐる

今朝は山肌までがくっきりと見える　君の分まで見ておこう

長生きも　思えば良し悪し　送ってくれる善き友が居なくなる

「わたしの言うことを聞かなかったから」　誰だって思う　女の身になれば

誰も止められなかった仕事人間のお父さんよ　捨てられたぼろ雑巾の哀しさよ

「お父さん　もう駄目」と戯れ言言いつつ燃え尽きたぼろ雑巾の切れ端拾う

予定には死ぬことなど　一つも入っていなかった！《ポスト退院》春近し

ホームレスの施設行きは本気だったか　泣き笑い誘う《ポスト退院》望みなく

友を見舞った日　喫茶店で猫の首に鈴を付ける役の雁首揃える

この際だから　あの手この手で《点数》稼ぐか　葬儀
屋に手渡す前に

質草取れば　後はどう転んでも五分五分という　医者
の逃げ道がおぞましい

おふくろに会いたくなかった筈もなし　心優しき友の
胸の内　知る

もしやと思い　やはりと悟る　出る筈もない留守番電
話の声聞きたくて

友が居る　こいつは元より酒の種　居なくなればなっ
たでそれも酒の種

何もあんなに頑張る必要はなかったのに　ぼろ雑巾に
なるまで　気力だけで

人生に対して　君が声を荒らげたことはない　他人を
恥ずかしくさせるほど

ギター掻き鳴らす友の隠した泪の中に　我らの時代を
甦らせながら鬼太郎逝く

CDなど買うまでもない　頭の中で回っている我らが
時代の夢のサウンド

もはや舟はやって来たか？　我が肩の憑き物　未だ落
ちぬに

厄などは気にしていないつもりでも　「厄だったな
あれが」と吐息する

君が選んだ道を　脇目も振らず思い描くしかなかった
　あの《分かれ道》

悪戯好きの少年として出口から入って来て入口から出
て行った友よ　友よ　友よ

羽毛ではなく翼のように生き　靴ではなく足跡を残し
て去った少年よ　再び……

菅平が嫌なら　いっそ口車に乗せて連れて行きたかった　ランゲルハンス島

甦らずば　あゝ　飲み食いしかない人びとの《想像力》

神仏を恨む気持ちはさらさらない　その名を騙る奴らのためにこそ南無阿弥陀仏

西方から吹く風の優しさを　芋平の茶碗に入れて呑む

あるがままの生命を　乗り超えるまでもない　野のあざみ

## 後記

風が駆け抜けるように、早々と逝ってしまった友の死を、あれから一ヵ月を経た今もなお、僕は、どう納得したらよいのか分からないままだ。会えば、軽口を叩き合っていた彼との思い出のあれこれは、その生々しい死の現実と共に、僕の胸の内から、いっかな消えてなくならない。彼は僕にとって、その看板である革命的な《インスタント・アート》の創始者であるよりもまず、同郷の幼なじみであり、互いにその夢を、地の言葉で語り合うことの出来た数少ない仲間の一人でした。才能ある芸術家の常として、彼は、自分の体力以上に仕事を楽しんでしまうタイプの人間であり、それが文字通り、己れの健康を顧みなくなるほど、仕事にうち込ませてしまった原因の一つではなかったかと、僕は考えています。ある日突然、彼の口から癌だと聞かされて、僕たちも内心の驚きを隠しながら、それなりの覚悟はしていたのですが、何よりも彼自身が、生還することを当然のように最後まで疑わなかったことが、彼の周りにいた人間たちを未だに救いようのない気持ちにさせています。特に、友人代表として自分の仕事そっちのけで入院中の彼の世話をしていたイラストレーターの貝原さんは、その思いを一層強くしていることでしょう。以前から蓄膿症、気管支拡張症、糖尿病とあらゆる病気を抱え込んだ上に真面な食事もせず徹夜の連続で、そんな生活が長く持つ筈はないと、それとなく仲間たちが意見もしていたのですが、彼が耳を貸したという様子もなく、最後は、リンパ癌で後半年と医者から診断されて、止むなく入院。仕事のこと、子供たちのことを心配しつつ、「三月には退院するぞ」と言いながら、三月三十一日の明け方——あたかも予告したように——自ら、息を引き取りました。

《生き急ぐ》という言葉がありますが、正にそれに相応しい、ある意味では破滅的な生き方でした。入院した初めの頃、アトリエと化した病室で、冗談のように病院の飯が美味いと言っていた彼が、最後の数カ月はステロイドや抗癌剤の副作用でほとんど物が食えず、生命維持装置の機械類に繋がれ、正視できないような苦悶の表情をしていました。「眠ることがこんなに必要だとは思わなかった」と彼が今更のように言っていた言葉を思い出します。彼が拒否しなければホスピスに入れようかという相談までしたのですが、僕たちが話をしていた時には、もうその段階ではなかったようです。彼の仕事の性質上、その作品は常に、物作りのアイデアとしてまとめられるだけであり、出版された書物の形でしか残らないことを友人たちの誰もが密かに悲しんでいたのですが、そんな時間がどこにあったのか、会津に彼の造った彫刻があるという話であり、彼のために催された《お別れ会》の席上で、初めて紹介されたその作品を、いつの日か見に行ってやることが彼に対する僕の供養の一つになりそうです。——だが、それにしても、友よ。僕たちの眼の前から、何という素早さで、君は去ってしまったことか！

付録
《彫刻》と題するこの詩は、僕が、一九六六年、学友・豊彦の芸大合格を祝って、彼のために書き贈った思い出の一編である。

## 彫刻

小さな女の子の夢は
だいこんを刻むだろう
偉大な科学者の夢は
宇宙の底を刻むだろう
父はたばこを刻む！
星の夜に刻むだろう
巨大な歴史は刻む？
明らかな時を刻むだろう
人間の企ての全てが
神の予言を破って行く
悲しみを刻むその手……
喜びを刻むその手……
六十万年の苦悩を
刻んで来たその手は
いまも人間像を刻んでいる

刻む！
刻む！
何を
刻む！
ある日ひょっこり
次元の世界を飛び出た君は……

TO T.Fukushima

＊初版発行：一九九六年五月一日
＊Ｂ６判、三十二頁

# VOL. 54

## 饒舌廃句　腐乱の花束

すし詰めの銀河鉄道は止めにして　今は
たった一人で汽車道を歩いて行った山下
清の後を追わないか?　僕といっしょに
——新聞紙にむすびでもくるんで

### 饒舌廃句　腐乱の花束
——さかしまの虹を水面に映して——

身一つで　運ばれて行き運ばれて帰る　旅の空

山下清の群れに混じって　今年は　どこの花火を観る

お荷物だと自嘲していれば　味噌も糞も納得する《世智》のあり方

止まり木に串刺し残して　忙しげに秋の暖簾をかい潜る

木枯らし吹いても　窓だけは一杯に開けておく——ときめく胸も!

洗いたてのお前の横顔が華やいでいる　山も朝から機嫌がいい

猥褻な大年増の化粧のような　金木犀の花の匂いにふと足を止める　たそがれの街

軟弱なふれあいではない　むき出しの痛みに耐えて唐松揺れる

赤唐辛子の素肌に疾走する獣のような一夏の思い出焼き付けて行く

もはや風景の一部と化してしまった老婆の　ゆったりと野良仕事する

昨夜は蟋蟀　今宵は亀虫性懲りもなく　俺の寝顔を何だと思って虫たちの這う

ふと目覚め　無明の闇に照り返すお前の寝顔を覗く

斜に構え　愚痴を啖呵で洒落のめしてこそ　我が《王道》

悪態も吐けぬ知性に飢えがあるか　舌でしか癒せない心の飢えが！

地中の夢を刻むようにアフタービートで鳴く蟬の一夏爪先が外れながら追いかける

転ばぬ先の側杖か　両手に花の姥桜かなどと無駄言言いつつ　運ばれて行く

パートタイムの気安さでいつものように鳴きに来る村お抱えの森の鶯

ご不自由は聞かぬが花の宿が一番　拒むべきさしたるサービスや愛想もなく

男が気を回してしまいそうなご不自由を聞かれても仕方ない　ビールを頼むか

狐火燃えて　三途の川を歩いて渡る　野辺送り

精液の満ちた《骨壺》抱いて　卒堵婆で渡るか　この娑婆世界

もう居ない友によろしくと言われて別れる　胸の隙間の菩提蘇婆訶

才知の一瞬の煌きに肩書無用　一足先に逝くも続くも十万億土

我が心に浄土のありて　日々是れ《好豆》なり——盛交羽得

用件はＮＨＫだと三度くりかえす　ドアの向こう側の傲慢さ　今風にむかつく

テレビがないという我が家の真実を　無礼にもドア越しに覗かれる

只でさえ信じられぬかテレビのない家庭　下司の勘繰りが言わせた《割引》の不遜

奥にテレビが在ったとしても　腹の内を見透かされる筋合いはないという抗いの気骨

違う話を同時に喋り合っている三十二ビットのデータ処理能力を持つ女どもよ！

他人の家のCONFIG. SYSが気に入らず机からごみ箱まで並べ替えて行く　この茫然自失

長々と入力して行った既存データをアンドゥしに来ただけの上書き話か　十年一日

音楽を駄目にした陰鬱な人の運命を腹立ち紛れに断ち切っている　この指一本の快楽

カイワレの身に覚えなき冤罪の叫びをかき消す巷の闇に　輸入牛肉の高笑い響く

時には宗教の勧誘でさえも丁重にお引取り願っている大人の自分にうっとりとする

いちおう　とりあえず　それってやっぱり人生を無難
に終える《複雑系》？

やらせれば出来る　料理洗濯障りなく――たとえ男子
《閨房《けいぼう》》に入らずとも

老成した若さをいかがわしさに過激に抗う　成熟しな
い老いの図太さ

易々と私事を語りたがる　寅さんばかりいるこの浮き
世

子育ても介護も　万事女に任せて「男はつらいよ」
なんて言わせない

詩にもならないご託を並べて　飽きもせず　万葉の歌
人気分のカラオケ三昧

天も地も苔生すならば早々に　神棚のすえた菊こそ疎
ましきもの

ゼネコン引き連れ明日は遷都だ　千代田の森に三種の
神器はみな置いて行く

流謫の闇に舞い踊る鯨飲馬食の坊主どもが人を人とも
思わぬ畜生呼ばわりの言語道断

針の穴より狭き門をくぐり抜けて　自我を見出した
《無神論》の覚醒

税金がもったいないとうそぶいた奴が　今じゃ福祉の
大きなお世話

気前良く脇腹を擽《くすぐ》られ　只で役人に飲み食いされるボ
ランティアの平和　いつまでも

いずれはお前たちも　心行くまで　床擦れの寝たきり
老人

ただ働きさせている人間が　肩身を狭くしている人間
に《感謝》を迫る奉仕の構図

血も泪もないオプションだらけの老人介護か　色即是空

悦んで奉仕するのだからマゾヒズムと言え　その耳で猥褻な日本福祉のよがりを聞け

言うなればサービス残業の精神だ――掠め取られるだけの奉仕を　掠め取られて

只より高い情けの世界がどこまで続くか　バブルのような儚い奉仕に生命を預けて

心まで数値化するか　持て囃す根はＩ・Ｑに似て《選別》の種

あの人は東大ではないから……と当たり前のように言われて　しばし言葉を失う

他人の怒りも悲しみも　みな私物化してレンズを覗く

銃口のようにレンズを向ける　その愚を恥じぬかシャッター以前

レンズの向う側はみなお前の世界か　たましいの狙撃者のその一瞬の人権感覚を問え

物理学は　なるほどすごい！　有馬朗人も空中浮遊みなオウム

苛立ち募る科学離れは救い難し　先生の教え子たちはしてあのオウム

たましいをよそに何を教えてきたのやら　この先生にが　我らの時代の反面教師

病んでいるという自覚の芽吹く場所もない哀れな科学

己れ一人の好奇心や仮説のために　この国の民の総ての生命を賭けられては堪らない

広島長崎を免罪符と化した　いかがわしい平和主義者の顔覗く

権威ある物腰と巧みな舌で他人のストレス操れば俺も《尊師》の世紀末

家元教授に会見教授　唯野教授もびっくり　売名教授

のれんが貰いたくて　名取りになりたくて　家元大学――滅私奉公

満足にビラも書けない七光　あれで教授だ　へとちりぬるを

学者だと認めてやったら　身を震わして嬉しがっていた　その程度だ肩書教授

世界の狭さをむき出しにした知識人の選民意識が片腹痛い　賃金奴隷の自覚もなく

頼まれ仕事にろくなものはない　とまれ売り込みに馳せ参ずるつもりもないけれど

たそがれに「おはよう」と呼び交わす種族のいる　異邦の街に暮らす

我が胸で軽々と息が出来れば胃も身体も固くしないで済む　庭に出て青空に吠える

かすむ眼で「童話」を「裏話」と読み違える朝　うつけた心に老眼鏡掛ける

相づち打つだけの長電話に　そっと出て行って玄関のチャイムを鳴らす

図らずも三文映画の愁嘆場に涙して　ふと己れの老いを知る

誰もがテレビを見ていると思っている　この俺が知る訳もない話題満載の情報通

古代ギリシャの哲学おたくが胸に刻んだ「隠れて生きよ」という我が座右の銘

虹も薔薇も悉くエントロピーの法則の内にある　今にして学ぶこの常識という熱力学

情報がすべて広告のパソコン雑誌を金で買う　不思議の国のデジタル時代

犬も歩けば携帯電話――新内流しか　恋の辻占

性悪な耳のたこ久しく取れず　篠突く雨に　公約の花乱れ咲く

公約などは　無用になったタスキと共に泥船に乗せて行け――血の池地獄

政党も政策も呆気なく　ファジーのゆらぎ入力　一発変換

漁夫の利はみな　住専に景気よく持って行かれた　バブルの爪痕

ただ一度の奢りに極まるもんじゅの知恵　現の夢に阿鼻叫喚の地獄図描く

地元の成否も所詮は　都合良く解釈されてしまう　主権とその貧しいお国柄

彼らが通って来た《どぶ板》を　その手で持ち上げてみれば政治が判る

他人の褌《ふんどし》では所詮同じ土俵に上がれる訳もない　場所前の不戦敗

夢も希望もない行革指南　昔操った杵柄で群馬の大老また人殺し

税金をつぎ込むところを間違えているこの情けない国で　黙って死に行く民草の夢

政治に哲学のないことを自ら証明して《天下り》に舐められる

先生たちの飯の種だと割り切るしかないか　力への執着　そこまでの根深さ

理にも適わぬ住専に椀飯振舞した金が　神戸の被災者爪弾き

米を忘れ住専沖縄何も彼も忘れ　ひたすらに保身に明け暮れて民主互助会

身売り身請けは世の習い　心中立てても花実は咲かぬ……金が縁の切れ目とあらば

臆面もなく政治不信を連呼して　侘しい歴史の暮方を選挙カー走る

変節なじる　よく見れば頭隠して尻隠さずの　へり出しの嗅ぎ出しばかり

街を震わせて行き交う連呼　商売敵は網戸の張替　竿竹屋

福引付きの投票にタレントの呼び込み　演説はラップで　政治への関心はこれで当確

芸人の何が悪い　どうせ吉本やたけしに似た愚劣極まりないお笑い国会ではないか！

献金や居直りのコマンドもある　サバイバル・ゲームにうつつを抜かす

議論の前にはもう　なし崩しに話が付いている根回しの国の不可思議

宴のあとは裏切りと自殺しかない　団結勝利の後始末

苦海に迷えば「成仏せよ」などと誰に言えるか——怨み留めよ　遺影幾百

死者の背に　いまだ色褪せぬ水俣の怨み染め抜く血しぶきの旗ひるがえる

幾百のたましい乗せて　明日は浄土に行き着くか我が希望の《うたせ船》

自分の口に入れるものは　常に我が家の庭先で作っている真面な百姓

疎外する人々の中になお気ままに立ち交じる《遊民》としての己れを見据えて

無理を通せば道理が嗤うか　人を憎んで法を憎まぬ人権感覚の軟弱さよ！

肉体は猿並み　精神は法王並みに扱われた　進化論の困惑

いずれはアダムとイブさえ　猿として崇められる《歴史》の滑稽

臓器に始まり　果ては自分の頭まで部品のごとくすげ替えて　事もなしサイボーグ

健康が売れ　心が商売になってしまう　この不毛極まりない現実の精神病理

売らんかなの際物に本物の身の置き所なく　埃にまみれて売れ残る棚の片隅

リズムに《雛型》を求めず　この胸の思いに逆らい常にリズムを少しだけ外す

リズムを違え音を外し　シュプレヒコールに遅れて歌う　我が抗いの詩

土塊にこねられて　人も黙って《茶碗》になるか

侘びでもなく寂でもなく一杯の茶碗に呑まれて　尽きない美への渇きを知る

## 後記に代えて　――ワープロの啖呵――

ワープロ文字に心がない？　人の温もりを感じないって？

ふん、聞いたふうなご託を並べやがって、一体、何様のつもりなんだ。ふざけるんじゃねえよ！　この俺に未だに使われている分際で、心の何のと片腹痛いぜ。第一、この俺に心がないなら、そいつがお前たちにとってどうしたというのだ。心なんてものは、人がそこに――身体を張って――移し入れるもので、端から心として備わっているものじゃあない。こちらに移し入れるものがあって、初めてそこに姿を現わそうというものではないか！　小利口な意見を胡散臭い無用の理屈で飾り立てているだけの人間性など反吐が出るぜ。口を開けばお前たちは、ない、ないと気楽に言うが、心がないのは俺ではなく、そこに移し入れるものを何一つ持たないお前たちの方なのだ。そんなことにも気付かない箍《たが》の外れた木偶の坊だから、俺の満足すべき使用人にもなれないのだ。手書きの心が聞いて呆れらあ。悔しかったらこの俺に、お前たちの言う心とやらで、直ちに愛や希望を移し入れる命令でも出してみろ！　自分たちのキーボード・アレルギーは棚に上げて、十年一日のごとくワープロ文字には心がないと逢えば互いに――当て付けがましく――口を窮めて言い募っているから、お前たちの（手書きの！）ビラや手紙は、さぞかし愛情溢れる素晴らしい文章で、読むに値する深々とした思想の息吹が感じられるかと思いきや、なんだ、つまらねえ。木で鼻を括ったような陳腐なスローガンやどうでもよい挨拶文にすぎねえじゃないか。たかだか人当たりのよい薄汚れた御題目を、総花式に並べただけの鉤裂きのような文章の、どこに胸打つほどの心があるのか。笑わせるんじゃねえよ。――これからも自分の文字にこだわる？　ほっほお、見上げた決意だ！　ワープロなど使いたくもない？　面白い。結構だとも！　そのこと自体、誰も別に咎めちゃいない。それが文字通り、他人には譲れないお前たちの掛け値なしのご宗旨であるなら、世の趨勢におもねることなく、せいぜい手書きで己れの道に精進することだ。犬の日向糞のようなお前たちの自堕落な心では、自分の文字にこだわったところで、どの道、鼻の曲がりそうな悪臭い文章しか書けねえことに変わりはないが、俺を拒否するというその理由の、一見確信ありげな前置きが、いかにも物分かりが良さそうで、振るっているじゃねえか。「斯く言うわたしとて、障害を持った人たちの表現手段としての必要を認めぬつもりはないのだけれど。」

＊初版発行：一九九六年十一月十五日　＊B6判、三十頁

# VOL. 55

## 饒舌廃句　砂の回廊

キーボード操る腕の日一日と効率鈍る
わが現し身のホンキー・トンク

### 饒舌廃句　砂の回廊
――陽晒しの《季節》の果てに――

怪気炎吐く「心の時代」の空疎な闇のてっぺんが見えて来た

くりかえす遊戯の危うさに飽いて　進化の夢をシャッフルするか　生命の暮方

迫り来る　ＤＮＡに全能なる神を見出したモンスターの滅亡の時　刻々と

帰らぬなら送っても来い　今夜こそ十万億土から――いざＥメール

ブラウザあらば　西方にも繋がばつなげ　我が《言霊》のインターネット

客もない　押し入れ開ければ八岐大蛇が泊まれるほどの枕ばかり　こんなに

山下清のリュックの中身を覗きみるような嬉しさで大百科事典を開く　クリック一つで

唐松吹雪けば野仏抱いて立ったまま枯れ野に眠るか我が詩　我が夢

興味が唯一「出所」だけとは情けない　詩と哲学が同義語であった時代よ　今いずこ

傍点に埋め尽くされた行間の街で　絶えず虹をペンに告げ知らせる　余白の人々

詩の現在性を認めぬ輩に対話は価値なきものと知る成す術もなくロゴスに飢える

詐欺師も人殺しも爆弾魔も卒業した同じ大学よと　ふてくされて見せる

流せぬ水の思いに堪えて　泥さながらの飲めない過去が積もりに積もる

言葉の首をそんなに絞めれば　もの言う前に窒息する
　愛の叫びも伝えぬままに

人はどこまで欺かれるか　政治的に正しい言葉でその声帯を震わせていれば

どこにでもある都会の土産と引き換えに　新幹線の速さでお前の《故郷》が遠ざかる

二三回噛んだぐらいでもう閧《ねや》の声——グルメ気取りの芸人こそ　いい面の皮

袖触れ合えば先生たちも　献金目当ての援助交際あっけらかん

あわよくば　もしかしての期待の鼻の下で　返り討ちの事の顛末《おやじ狩り》

寝物語にペコちゃんでもかどわかしてみようかと　いつもの不二家の店先を歩いて通る

病室の窓辺で　ペコちゃんが恋人であった幼い日のポートレート　色褪せもせず

老眼鏡にルーペかざしてグラビア写真のヘアを覗くおじさんの《平常心》

まだ見てる　いつまで見てるの　どこが違うの——抜ける訳でもないこんな陰毛

締まりなく人生みな八卦見にお伺い　黙って座ればオウム予備軍

ツ離れのせぬ餓鬼の頃から　知った風に人生を値踏みしている——可愛げもなく

道で見知らぬ犬に出会う　柄にもなく　首をすくめて遠回りする

気楽なことを言っていられる立場にないことはいつかも聞いた　綱紀粛正の空念仏唱える

肩書が空騒ぎして《柏手》打つ　寄る辺のない信仰心がことさらに嘘臭い

坊主頭の恥ずべきサックで　日夜母なるアジアに突撃していた　天皇の軍隊

強姦しておいて相手も悦んでいたなどという人権感覚で　政治家をやっていられる国

償う気もなく　恥っさらしな政治家に処理されている《戦後》　今もなお

南京も慰安婦もないことにして歴史をひもとく　改ざん者の羞恥心いやまさる

ねじ曲げ塗りたくりこね回されて　やっと人前に出られるような美しい日本の歴史

物量の軍門に下ったと今なお己れを言いくるめるしかない　思想の敗北　老いの繰り言

油にまみれた名もない善意が　有り余る政治の無策を
さらけ出す　北の荒海

現実を探り当てれば　すでに老いも若きも浮き世の風
にひるがえる　電車の吊り広告

男と女の間にはそれしかないのだと言わんばかりに
代る代るの週刊誌の種　色狂言

いぎたなく粘膜くっつけ　突付けば身の出るたらこの
演技か　干し店の街

女性自身を拡げプレイボーイを栞がわりに週刊現代が
読み解ける　美容室の憂鬱

《実行》の装いを凝らし　弛まぬ善意を公然と食い散
らすシステムのバグ――検出！

日本語の頽廃などと無用の気遣い　騒ぐ傍から　明日
は死語

言葉も歴史も生き物という感覚のないままに　文部省
の十年一日……ＩＮＧ

哲学のない自分と同じレベルの人間に作り上げて　浮
世狂いにまた送り出す

馬券か株並みに一発当てて後は惰性で一二冊　何とい
う文化　何という教養

羨ましい国だ　お前や俺が一生出会わぬ　濡れ手に粟
のこの手の本で飯が食える

いじいじいじめ　じめじめいじめ　汚辱にまみれた夢
の通い路　底意地　恋路

偽りの雨を呪って校舎の軒にぶら下がるしかない　仕
打ち忘れぬ子のてるてる坊主

いじめも偏差値もガッデームと中指立てて　三途の川
を渡る子に《内申書》

振り向けば　時と共に消え行く言葉の切れ端をそぎ
取っている　我が姿変わらず

プリクラもテレクラもごちゃ混ぜにして　果てしない
孫の話題に乗っている

不見転《みずてん》まがいに入れ揚げて介護保険に捨てられる
えゝい口惜しや　色は役人！

やってやるという意識の《襞》に　ただそれだけの有
無を言わせぬ冷やかさ

悪びれもせず　日々耐えて来た最後の自尊と拒絶とを
　二つながらに奪い取る

ほしいままの善意の内に　どこまでも与えるだけのす
きま風……

システムは貧しいままに　誰よりも分かっていると自
分だけはいい子ぶる

殺す母親の気持ちになれて　殺される子の心になれな
い差別社会の浪花節

その手の子なら誰だってと思う薄気味の悪い物分かり
の良さに　殺されてたまるか！

蛆のはい廻る嘆願に抗いもせず　物言わぬ子のたまし
い三たび殺される

貧相なシステムに載せていれば　ぼろ儲け間違いなし
の箱もの福祉に丸投げソフト

ぽっくりと逝けるつもりで法外な　人を人とも思わぬ
福祉無用の斬り捨て御免

感謝と詫びの言葉を　幾たび吐かせて《餓鬼》の扱い

手のかかる子をデリートさせて症状を軽くする　つね
に場当たり　システム構築

後ろ手に《殺意》を隠して親も子も生きる危うさ　ふれあい家族

誇らしげな問わず語りの悪名が背中の唐獅子覗かせる
　やくざな男の《肩書》嗤う

もう騙されまいと心に決めて　旨い話に乗せられる性の奇怪しさ　二度三度

哀れ懲りない神風よ　旨い話あらば伝えてよ　わが上にオレンジの甘い汁滴らせ……

美人局の明日は勝手次第の損失補てんか　ゆすりたかりの終わりなき泡踊り始まる

金のなる木を手に入れた　その阿呆らしくなるような濡れ手に粟の《弱み》のお値段

震災の喉元経れどまだ《仮設》　児戯に類するこのどうしようもない国の豊さ

サイレン聞けば生え抜きの江戸っ子になって　いっそ車椅子で飛んで出る

仕事なら大して動きもしない胡乱《うろん》な奴らが　目を輝かせて我勝ちに行く善意のほどこし

お為ごかしの「せっかく」という独りよがりが気を悪くする

今に死ぬさ　もうすぐ逝くさに乗せられた　介護休暇が恨めしい

手詰まりの介護休暇に　明日は演じる《役》を決めかねる

仏と夜叉のあいだで　いつまで冷めた日替わり定食食らわせる

眼には見えぬ一人の配膳係の幸せが　呆けの快適　痴呆の逸楽

老いは惑わぬ人の最期の愉しみ――息子たちよ　呆けを奪うな！
月日を忘れるように悔いなく生きて　呆けを待ち望む
快適でない《呆け》があると考える　おかしな国のおかしな福祉
厄介払いした　肩の荷を下ろしたと思う現実に　お前の未来が仇をなす
父ならば父と　母ならば母と　われらもまた共に徘徊して《悦楽》の天に達する
都合良く死んでもらえたら　然もなくば人間やめる
日本福祉のシナリオ描く
安心して　末期の水も飲めない福祉に　お前の付けが回される

使えぬ保険を死ぬまで払って《要介護》の役人増やす
生きの良い臓器を掠め取りたいという下心があって早々と心臓止める
運命ではなく《銭金》が　鼠の時間か象の時間かを選ぶ法律　盾に取る
疑っちゃならないぞ　お前が死んだということはお偉い先生方が決められたこと
他人の死を　文字通り他人事のように決めてしまった人々の荒んだ《脳死》
鼻先で軽薄に　シャッター切る痴れ者の《息》の在り処を引っぱたく
出る幕でもない骨にまで出るところに出られて　肉のない肩怒らせる

股ぐらにそっと手を入れて　買うまでもない「これが
　私のたまごっち」

人質に分不相応なパーティーの付けを払わせた　おめ
でたい一族のご心痛

防弾チョッキで笑顔振りまく男の影に　ある筈のない
対話を求めて　ひた走る

銀三十枚で《主》を売った人とどこが違う　選民主義
が怨み骨髄

懺悔聴聞僧よろしく　聖書と十字架とを送り込んだ教
会の残虐　絶えることなく

嫉妬する想像力もない貧しさを弄んで来た　人質たち
に差し入れられるパンの一欠け

美食で肥満した記事を　正義面で書く薄汚い記者の三
段腹に怖気を振るう

腹の知れない奴らを前に保証に踊る　誰もみな——舌
の中立　筆の中立

お人好しと人でなしの違いの分かる　闘いのフィナー
レの場面だ　あれが！

赤十字と坊主にしてやられた　果敢ない《祝祭》の通
りゃんせ

徒労を味わう暇もなく　虫けらのように叩き潰された
ゲリラの夢よりも　さらに遠く

欺かれたゲリラの犬のような死は　人前で流す坊主の
泪ほど虚しくはない

腹黒い坊主の舌の上で　わが祈りを嘲弄する皆殺しの
トンネル　どこまでも

耳と舌とが失われた沈黙の町では　爆弾というコミュ
ニケーションが炸裂する

セルパが殺られても　一人残らず天皇の人質　おとなしく

音沙汰もなく　逢えばそろってマルクスの訃報　夢垂れ込める

分配の仕方を咎めれば　逆に口を窮めての泥棒呼ばわり　いかにも盗人猛々しい

尊師と呼ばれる人々が五万といて　歴史をマインド・コントロールして頂く

口ほどにもなく吹き荒れた心の　嫌に大人びて　冬霞み

古道具屋の店先に　お前たちが己れの精神と共に売り払った手つかずの弁証法

君が対立物の一つとして入って行くこの精神の攪拌機にマニュアルはない　幸運にも！

野心家よ陰謀家よと罵る思想の幼さに　いずこも情け滞る虚無の飽食　神人の国

誰一人声も挙げずに　マルクスを読んだだけのわが身の軽さは白川夜船

再処理したとて始末に負えぬ　半減期の長い千代田の森の高レベル廃棄物

管理職目当てに　縁側で日向ぼっこほどの《談合》労組　老い朽ち果てる

分かった風に社会主義を腐していれば一角の評論家でいられる　気楽な時代の有象無象

拒否することでしかすでにその価値を見出だせぬ　箍の外れた気分でノーベル賞もらう

イメージをコピーしただけで　原発がリサイクルだなんて言ってもいいの　単純に

我らの開けたパンドラの匣にはリサイクルという不幸
もまた入っていたと　未来の墓碑銘

巷の闇を席巻するか　鍵とくさびを隠し持つ再処理さ
れた《緑》の怪物　音もなく

甦ることだけがこの世に生まれて来た唯一つの目的の
ように倒錯の夢　行き巡る

《親不孝》切る　呆けもせず――二人共々現役でいる

生きることが煩わしくもある　いたずらに肩怒らせて
日暮れまで　キーボード叩く

「今何している?」と一分一秒　携帯電話が追い回す
　公衆便所の中まで

一幕見のあのベルは携帯電話の大向う　聾桟敷を持ち
歩く満員電車の「東西東西」

故郷で見たそれぞれの笑顔を　何はなくとも　器で食
べる

肩の力が抜けたら遊びが出てきた　この器にもわが
《虹》を盛る

螺旋の時を歌い　波動の大地に疼くわが密かなる細胞
の夢　ほとばしるままに

## 後記に代えて　――当世附会三題噺――

学校の勉強というものに嫌悪以上の、強いて言えば敵意さえ抱いて日々を過ごして来た人間のご多分に洩れず、子供の頃から休日の朝だけは、起きるのが早かった。何か当てがあっての話ではない。教育への果てしない期待感をつのらせていた親の我執とも言うべき、さながら襟首を引き据えるような息もつがせぬあの馬鹿げた禁足を食らっていた少年にとって、朝早く目覚めることにどんな理由が必要であろうか。ただただ学校が休みだからというその一言に尽きた。週に一度の日曜日でさえがそうである。偶にある祝日はなおさらだった。休みが増えた、儲けたという思いだけがさわやかな目覚めを約束した。わが少年の意識の内では、休みが文字通りの休みであれば、ただそれだけで理屈なしに価値があった。――あこがれとも言えるほどの懶惰に対する情熱。これこそが息をつく暇も与えなかった親と学校とがグルになってわが精神に施したご立派な教育の成果だった。休みは、多ければ多いほど味わい深いものがある。これは、わが肉体に刻まれた憎しみの道徳であり、精神の熛火のように風あらばつねに燃え上がらんとする懶惰に対するあこがれは、むろん昔も今も変わらない。学生時代は、いつも煎餅蒲団の中で独り休講を祈り、年を経ては一日千秋の思いで動労のストによる家人の休みを待ちわびている。自然災害による休みであろうと、集団風邪によるものであろうと休みと名の付くものであれば、いかなる名目のものであれ、人はつねに臆することなく、己れと己れの休日を享受すべきなのである。聞けば、わが周囲にも一ヶ月に二度の生理休暇を取ったという、その道では敬服に値する名うての猛者もいるではないか！　懶惰の美徳を尊ぶわが享楽の精神は、誰に憚ることはない。人は、みな「遊びをせんとや生まれけん、戯れせんとや生まれけん」だ。遊ぶために生まれて来た人間であるからには、休みを取るということに課する理屈は、無用である。この世において、余裕を持って精神活動をするには、週休二日では生ぬるいのであって、むしろ、自らの休みに耐えられるような精神を持つ人間であることの方が重大なのである。かりにも、己れの休みを持て余し、頼まれもしないのに休日に出勤して、その邪な仕事振りを自画自賛するような軟弱な人間であってはならない。祝日と言われるものには、どうせ真っ当な理由のあった試しはないのだから、その馬鹿さ加減を認めた上で、せっかくの休日を無にすることなく自分の精神活動を豊かにする方に使えばよい。何のことやらさっぱり分からぬ、屁のような理屈で《海の日》が出来てしまうくらいだから、同じように、屁のような理屈で《川の日》や《森の日》が祝日として作られたとしても不思議ではあるまい。屁のような理屈とは、事程左様にありがたいものなのだ。すでにご崩御あそばされた前の天皇の生誕の日が消え去ることなく長々と祝日であり続け、今や、途方もないお生まれの上つ方までが、戯れに下賤極まりないわれわれ庶民の真似をして、平等を口になされる勿体ないご時世である。いやしくも今上だけを、その屁にも劣る庶民のくだらない《肴》にして遊び呆けるのでは片手落ちというものであろうから、同じく、そのありがたい屁のような理屈において、平等であらせられる皇后の生誕の日をも休日にしたところで、どんな不都合があり得よう。物言わぬ時代そのものが、もはやいかなる理屈をも超えた一木一草の《隠喩》である限りは、祝日が一日増えようが二日増えようが、否、たとえ百日増えようが、すべては理に適っている。そうであればこそわれわれは、自らの悲しい性である勤勉という軟弱な精神を矯正すべく、輝かしき次の御代を担う皇太子の誕生日を休日として共に祝い、その愛すべき妃の誕生日もまた休日として盛大に祝い、さらには彼らに連なるすべての宮たちの功徳と共に、その生誕の日を暦に記してそれぞれを休日とし、やんごとない彼らのお生まれを酌めども尽きない喜びを以て祝うことが、延いては、卑しい存在としてのわれわれ国民の義務でさえあると心得る次第だ。「浜の真砂」と謡われた彼らの無私無欲なるお生まれを身を以て思い出すために――弥栄！　――ともすれば、忘れがちな彼らの生誕の日をことごとく祝日に変え、われわれの休日として苔生すまでも讃えたいものである。

＊初版発行：一九九七年六月十日
＊Ｂ６判、三十二頁

# VOL. 56
# 饒舌廃句　トラウマの夏

鎖よりも夢に繋がれた幽閉者たちよ　むき出しの壁を前に　わが身にまつわる闇を穿て！

## 饒舌廃句　トラウマ（trauma）の夏
### 天涯の華と虹の掟に埋もれて――

狂い咲く日光キスゲの庭の前で　時に羞じらいを見せる《器》の傷口

血の色をした激情が　虚空に向けて投げつけた土塊にすぎない嫉妬深い美よ！

猫を慈しむ眼で他人を見る　愛らしき人　窓から手を振る

四季とその全宇宙を凝視する猫　哲学者の後ろ姿で縁側に座る

当然のことながら　この家の猫は奴の鼻息がかかる分だけ　主よりも可愛がられている

陽炎をかき分けて　すだれの中の《炎天》に会う

一句口ずさんで　歪みのあるその立体に　ほくそ笑む
慣用句も紋切り型も　内側から使いこなして《思想》
の洗練
むしろ　リズムを――執拗に――破壊しようとする
《力業》注ぐ
谷の向こうの山肌に幕間の《写楽》見据えて　秋
初舞台
「僕の家にもあの時計がある」と眼を輝かせて聞く
かっこうの声　山の朝
倫理の有る無しに関わらず　秋の夜長を啼き通す
わが精虫の《金剛理趣讃》
日暮れから　方言で鳴く虫たちとお国自慢の酒酌み交
わす

取り返す石の眠りに落ち葉のしとね　安らぎのシンコ
ペーション鼓膜を叩く
乗り越えて新聞沙汰にされる気遣いもなく　わが生涯
のあるがまま
分かったふうな美談で　ネタに困った記者どものした
り顔に一役買う
戒名抜きでは人として　慕る思いも三途の川も　《世
間》に渡してもらえない
振り向けば　安易に《疎外》と呼ぶか　歯軋りするほ
どのこの一生
間尺にあわぬ　濡れ手に粟のバブルで儲けた　名も知
らぬ食い逃げの尻拭い
ただの放縦放言を偉そうに思想と称し　自由と名付く
史実無根の確信犯

人の生身の関係はマウスでアイコンをクリックする程に単純か　デジタル世代へ違和感募る

泡のような学者どもが　芸人の乗りで　ご用もお急ぎもある例の《軽薄》言い続け

ホームページのあるホームレスで今日も賑わう　デジタル世界の闇の街

風向き変われば足切り首切り　公金使って　泥棒にいつも《追い銭》しておいて

汚らわしいと　石を以て追い立てられた奴にしか持って行き場のない仕事

散々世話になって来た奴を　裸身で道に放り出している　使い捨ての恩知らず

一杯の安酒に失せてしまう　そんなにも軽い生命を《寄せ場》で買う

炉心まで　せめて我らの良心を引き摺って行け——科学と名付けた無法の果てに

人情と金銭のへだてない世界に　見栄で生きて来た人々の貧しい老後

僕が耳にしたのは鍵を預けられた人々が聞かなかった言葉　あそこではなく　常にここから

軽々しくも重々しくも　絶えず親の思いが感染させる他人の扱い　浮世のきざはし

しっこしも適わぬ奴に言い負かされて　わが意を得たりの捨て台詞吐く

崩壊した夢の狭間に　抱え切れない波風を携えて行く

日本のご清潔な皇室には　ダイアナほどの旨味もないか——パパラッチ

《創業者》の孫というだけで悪びれる風もなく　万世一系　帝王家業

パパラッチがその全教養であったダイアナの死と　教会がその全私物であった尼僧の死と

美しい花々に包まれ　癒しがたい社会の傷を己れの心の糧とした偽善者たちの臭い立つ死よ

税金節約のため一族で見習ってと　元キャリアがディンクス率先

個ではなく帰属意識を持ちたいばっかりに　節操もなく右左

あの信仰に身をやつし　この教会に入れ揚げる　歌い囃すはオウムに見紛う群盲撫象

文字通りプッツンという音させて根こそぎ切れた　わが《故郷》への思い入れ

脅しすかして集めた布施に現世の救いを　神　騙り取り

食卓を前に　まずは子を叱れるだけの関係にあるかどうかの崖っぷち

世の親よ　金属バットでぶち殺されなかっただけでも増しだと思え　わが子の笑顔

少年の《心》覗けば　日だまりの中にひたひたと崩壊の足音　どこまでも

真実味のある距離はなく　内なる野辺に　わが殺意の黒々とした闇の深さ横たわる

親が受けるべきリハビリを子に施している　明日も危うい社会復帰の果ての果て

少年ではなく　その親の顔が見たいという権利を押し潰せるか　人権派

《共生》を上っ面で撫でておいて　今さら抗菌　何の
抗菌

ソヴィエトを丸呑みにして「縁なきは去る」　聞くも
語るも下痢便左翼

人前で泣くことでしか教会の威信が保てない　法衣の
下の《下心》丸見え

経済学では儲からないから　学者もいないと　今に誰
かがコメントする

己れの《矛盾》を持ち上げることができたら　大地も
闇の裏側に突き抜ける

すぐ終る　話の種に血相変えて　アジアの飢餓を買い
あさる日々

在日のままならぬ思いを《粋》に遊んで　公界千年
――意地でも生きる

実母より継母が残酷とは限らぬ　振り向けば見え隠れ
する瞼の辺の初版グリムの世界

僕の誕生日を開戦記念日だと誇らしげに母が言う　然
もありなん　わが闘争の夢の来し方

便秘と宿便が彼の最期だ　資本にわざわざ　手を下す
までもない

持株は早々に売り抜けておいて　後はよろしくと小汚
い顔で泣く

お話が聞けなかったからというその優しい言葉の下に
　またも餓死する《赤子《せきし》》の心

餓死という孤独な言葉の隣で　お定まりの人情をくす
ぐっている　社会鍋のある平和

何も入っていない冷蔵庫よりも　空っぽの家に冷蔵庫
だけが動いているこの現実の不快

パン種の荒廃をたらふく食って　師走のいつもの街角
にすえたたましいの風匂う

散歩で済む時間を惜しんで買った　健康器具も世相の
反映　また粗大ゴミ

他愛ない無添加信仰をくすぐられて　強請《ゆすり》まがいの
《健康食品》に地道をあげる

ご宗旨が違うと親に抗い　これ見よがしに子連れで耶
蘇に身売りした元中核の自己同一性

認知される身分もなく　常に入れ知恵か嘴《はす》ばかりにな
る　わが故郷の他人面

使えるものはみな捨てる　後生大事はゴミだけの　さ
かしま大国

銭金掛けて　あの世をも奪わん人の　死に化粧

誰が望むか——噴飯ものの白鳩飛ばし　明日は主役の
《御社》で逝く

着飾れど逝きて帰らず　我のみは　この世のゴミの唯
我独尊

自分がやらなかったことは是非とも信仰の手柄にした
い　相も変わらぬ恩寵の鼻柱

口車で往く三寸先の《天国》近し　枯れ尾花

掛け声だけが《庶民》の思いの上に舞い上がっている
霞が関は　夢の島

誰でも書ける腑抜けたような随想載せて　ノーベル賞
のご威光　えゝい頭が高い

冗談でなく息子にノーベル賞をやった方がと本気で思
う　犬も食わない常識の人

目隠しの下で始まる我が世の春の福笑い　手で探る
いざ待望の下克上

地雷反対――頭の上の《蝿》は追わずに　空爆で死ぬ
オルガンを鞄に入れて我が物顔にフーガを聞く　カ
セットの中の荘厳あやつり

天皇に姓なきがごときものと知る　流石と見るか　国
名のないメールアドレスの不遜

彼の仕事を僕は飽きずに眺めていた　芸術家よりも職
人を敬慕するその古壁のように

これぞと思う傍から次々と　胸掻きむしる新機種に
永久革命の悲哀重ねて……

ふところが浅いから　常に夢見る暇もない　金銭の姿
をした貧しい心抱え込む

大臣への推挙は当然の地元　ことわざにも自分流の見
解を持ち得る程の人物ならば

誰もが覚えている美味しい過去を　忘れているのは自
分ばかりのピーナッツの味

大臣が賄賂を貰う腐敗の国ではなく　賄賂を貰った人
が大臣になれる誇るべき慈悲の国

別れても神仏をわずらわせるしかない　先生方の明日
をも知れぬ現世利益の票頼み

悪を身内に飼い馴らしてこそ　他人の痛みの花一匁

はぎ取られても　狭められても　噛《か》む臍《ほぞ》のない奴らの
《人権》守る

我が物顔の親のエゴにずたずたにされた子供の心など
いつだって　あんなもの

悪を払いのけてしまえば　楊枝で突く《歯屎》ほどの旨味もあるまい　神に帰依

マルクスの訃報を意に介する術もなく　金融破綻の夜目遠目

揚がりがあると踏まなければ　神も仏も　模様眺めの《宗教》相場

少年法で少年が守られていると思う　知識人のひとり相撲が嘘臭い

生命を賭けたというその抗議は　筆も折れずに　ただ出版社が変わるだけ

フォーカス対パフォーマンス　いつまで続くマスコミ文化人の果てしない化かし合い

賭博の総元締めはやくざと相場が決まっている　証券業界　何を今更

賞をもらうと誰彼となく殊勝になる　とんだお笑い種のあいつでさえ

一輪の華は愛せど道を愛さず　一服の茶は求めども家を求めず　詩や歌もまた

大音響の裏にがなり立てる歌が消え言葉が消え　もはや伝えるものもなき耳鳴りロック

他人と言葉で関わらない方がやはり楽か　詩も歌も口ずさめずに　神と力の問答無用

自分を理解してもらわなくてもいいのだから　鉄パイプ振り回して　議論の足を折る

言葉に己れを託せない《廃品》の空しさを利用してまで　思いとげるか公営賭博

鈍行を五つ乗り継いで東京に出てくる魔女もいて　心強くもある　道絶えてなお

どう足掻いても格好よく生きられなかった太宰の弱さに　わが半生記　個の救い

宿命の悲哀を含んだ辻潤の敗者の《自我》が　今も昔も　誰より確かに覚めていた

胸奥に永劫の虚無を白々と覗かせていた　朔太郎の憂愁を　恋い慕う夜

まだ思い出とはならぬ父　半分だけ風になる

方舟に記憶は乗せたか　倒れた父の頭の《洪水》覗く

CTに父は写らず　白い陰の拡がる脳髄に　我　父を見ず

「チュッとやれよ　チュッと」　それで親父が紡錘《つむ》の毒から目覚めないでもない茨道

我よりも早く死ぬ訳に行かぬという　受けのよい　手前勝手な《傲慢》生きる

覆いかぶさる母の眼をつらぬきとおして　闇に見えない《日輪》追う

粉々になった意識をたぐり寄せれば　まぶたの中の蟻の夢

意味のない我にも声をかけよという　身内の《演技》を　牙にかける

嚥下できぬ生命の在り処をせめぎ合う　喉に苦悶の吸引器入れる

訳の分からぬ世間の常識が一緒になって　わが胸奥から　父を葬る

我が心より　ともかくも世間の口にお伺いを立てて恥じない　今日明日

# 後記

築三十年にもなろうという《集合住宅》の我が家も、最近は、あちこちと老朽化が目立ち始め必要に迫られるところもあって、思い切って着手した室内改装のごたごたの最中に、父が倒れた。昨年の十月末のことである。――予期せぬ出来事は得てして、こちらの都合には関わりなく幾重にも重なってしまうもので、今まで順調に動いていたパソコンが突然、理由の分からぬシステム・クラッシュを起こし、立ち上げ不能になってしまった。（運が悪かったということもある。しかし、相次いでわが身に起こったこれらの出来事を、現象として眺める限り、それぞれの意味に違いはあれ、どこやら互いに似ていなくもない。）いつもであれば心当たりのファイルや設定を弄り回していると、大した手間も取らずに問題なく起動していたのだが、今回はいくらリセットしても一切のキー操作を受け付けず、完全にフリーズしたまま回復しない。――立ち往生したわがパソコンを前に、考えられる総ての回復手段を試みながら、一週間以上も頭の中を真っ白にして、当てもなく苦虫をかみつぶしている僕をご想像願いたい。何しろ、身体の総ての筋肉に支障をきたし始めた僕にとって、この《魔法の箱》は今や、わが人生をも操る生命線の一つなのだからである。――もちろん、最終的には、これまで時間がかかるという単純な理由で、ほとんどやらなかった「完全スキャン・ディスク」を実行することで、ようやと思われた不良クラスタを発見し、ともかくも再セット・アップへの糸口を摑んだのだが……。そんなこともあって、すでに取りかかっていた作品の準備が、予定が立たないほど大幅に遅れてしまったという訳である。――父の方は高齢でもあり、脳内出血ということなので、知らせを受けた時点で覚悟を決めていたこともあって、それほどの悲壮感はなく「順番が来た」と思えば、あきらめも付くというものなのだが、何よりも、寝たきりになった父を見舞うために車で行ったり来たりしている間に、病室の父の枕許で繰り広げられる身内や他人のやるせない人間模様を我とわが眼で眺めながら、精神的にも肉体的にも疲れ切ってしまったというのが本音であるかも知れない。――当初、三日あるいは一週間と言われていた父は、意識不明のまま、すでに三ヶ月持ち、最近では、見えるのか見えないのか定かではないが、まぶたを開いて音のする方に首を向けたり、手足を盛んに動かすようになっているので、回復への兆しも少しは見え始めて来たのだろうか？　口さがない周囲の叩く陰口を余所に、文字通り何一つ出来ない不肖の息子は、この寒空の下、そのわずかな希望にすがるように、毎日せっせと病室の父の許に通って行く老いた母の身体を案じているばかりである。

＊初版発行：一九九八年一月二十日　＊Ｂ６判、三十頁

# VOL．57

## 冷笑百科　昆虫採集

標べなき道を問わんとして、自ずから言葉の杜に踏み迷い、歩を進めんとして、我が夢あえて千年の道草を厭わず。世間の冷笑、浮世の譏言。総てみな筆の遊びにして、何をか恐れん。――以て、良しとせり。

### 昆虫採集

【その日暮らし】　身過ぎ、世過ぎという杉の樹の幹に取りついて、自分の現在の境遇を嘆き「明日は食えるかな、明後日は大丈夫かな」と、考えても仕方のない心配をしながら一日中啼き暮らしている。――その哀れをもよおす執拗な啼き声から、別名《カナカナ》とも言われているが、あれは、その日暮らしの歌念仏だと嗤って意に介さぬ人もいる。――糊口を凌ぐこの蜩の生態は、「日暮硯」に掲載された野田木工の先駆的研究によって、広く世に知られるようになった。

【春画】　自然の造化によってデフォルメされた、文字通り《春情》をかき立てるような巨大な生殖器を持つ、極彩色の蛾。――その物珍しい妖かしの姿態のために、江戸期に繁殖を極めた在来種のかなりの数が、ペットとして海外に売られてしまったが、乱獲を免れた残り少ない高雅なる種も、今はただ、人目を忍ぶ好事家の孤独な深窓にしか棲息していない。

【百取り虫】　偏差値という味気ない疑似餌を食べて、広範囲に繁殖する《贈収賄目》の幼虫。——一般に教育ママの叶わぬ夢と実生活の鬱積した不満、さらには数多の精神的抑圧に根ざした行き場のない歪んだ欲望の内に、それ自身の発生源が存在すると言われているが、いまや子供の夢に名を借りた《出世》の道に変態を遂げ、何の疑いもなく社会のあらゆる場所にその露骨な姿を晒している。——口吻の退化のために「は行」の発音が出来なくなった東京のがさつ極まりない田舎者がシャクトリムシなどと呼んでいたのがこの虫の名前として、いまだ学会の一部に通用しているのではあるが、しかし、この名の真の由来は、文部省の日々垂れ流す学歴万能の序列化的汚染物質にあることは、いまさら申すまでもあるまい。——長年の性癖となった、灯火に飛来する夜行性は終生変わらず、成虫ともなれば、哀れな取り持ち連を従えて、飢えたようにネオン瞬く歓楽街にくり出し、醜悪な「我」としてのその身を誇示して、周囲から疎まれるようになるが、羽化する以前は、内申書の《恫喝》を細心に受け止めて擬態を示すことが多く、いわゆる選良との見分けが付きにくい。

【極楽とんぼ】　天空から曼陀羅華が降り注ぐ須弥山の頂きに、脳内モルヒネを出しながら、浮遊思考で棲息する蜻蛉の一種。——西方浄土において、自ら釈迦や彼の弟子たる如来たちに説法を施したとされる「幸福の無学」の教祖が、その霊的化身であることは、あまりにも有名な話である。一説では、お釈迦様が気紛れに垂らした蜘蛛の糸に引っかかり、哀れな姿でもがいていたのは、何を隠そう、血の池地獄で輪廻転生の変態を遂げた、この笑止千万な蜻蛉だったと言われている。

【見栄え】　色鮮やかな体軀を持ち、実のないところに実を求めて、現実を食害する虚飾性のおぞましい蠅。――幼虫においては、「氏より育ち」という教訓がまことしやかに囁かれる一方で、馬子にも衣装などと言われる、赤面すべき《正論》が語られもする。羽化すれば、たちまちにして《氏素性》がものごとの侵すべからざる基本となり、好んで、歯の浮くような台詞をあやつる輩と化す。――氏なくして《玉の輿》に乗るものがあるが、これぞ、血と家とに寄生する、隠れなき成虫の常道であって、愚かにもその末席に列し、奴婢の悦びを味わうのは……いざ、ご同輩、われらがミバエの、悲しい宿命ではござらぬか？

【代々木ゼミ】　代々木駅周辺に、好んで分布棲息する、極めて長いライフサイクルを持つ大型の蟬。――将来を嘱望された夢見がちな若者たちが、その蟬の生態や死線を超える、神秘的な力に魅せられ、己れの《収蔵品》に加えるために、親や周囲の反対を押し切り、大学入学を袖にしてまで、重い図鑑や標本帳を携えながら群をなして、遠路遥々捕獲しにやって来る。あまりの人気に、混雑を解消するための《交通整理》に駆り出された小遣い稼ぎの有名作家や、実入りの悪いやくざな大学を辞職して、捕虫網、虫籠の類を専門に販売する虫好きの先生方も出て来ている。――この蟬は一名、免責蟬とも言われ、中には地中生活の長さから自発的な退行を繰り返し、そのまま無精卵で終わるものも多い。

【茶碗蒸し】　甲殻類に似ているが、移動のための手足はなく、その身を覆っている容易に開け難い陶器状の《空殻》を破って、珍なる正餐の一品として食卓に供せられる養殖のカブトムシ。――かつては、高級料亭やおめでたい祭の季節にしか出没しなかったものだが、この世界が文字通り人類の進化を促進する偉大なウランの花粉に充ち、変身願望を成就する環境ホルモンに埋め尽くされた、かくも栄養豊富な、グルメ流行りの昨今では、庶民の食卓にまで日常的に出没するようになった。それと同時に、信号無視とか人権無視といわれる虫も大量に発生しているが、これらは名前は虫でも――似て非なる虫――煮ても焼いても食えない代物なので、賤しきあたりの諸兄々におかれては、くれぐれもお間違えのなきように。

【陸蚊】　苔類からの進化発生以来、恐るべき執拗さで人民にたかり、その血液を吸って繁殖する、わが国最古のタカマガハラ蚊の亜種。――幼虫の頃は、孑孑状の変態をなし《殿蚊》とも言われる。理論生物学の権威である美濃部達吉によって発見された独特の吸血機関を持ち、その吸血行為に際して餌食となるべき人民に、催淫性の毒液を注入して生命反応を抑止するため、夢現のままに思考の自由が奪われる。この毒液の効果は子々孫々にまで持続し、進んで筋肉を硬直させ、直立不動になる条件反射を伴った生理学的病変を身体組織の上にもたらす。――かつては極東全域に捕蝕活動、並びにその生息範囲を広げたこともあるが、生態系の変化と共に、周辺生物の抵抗力が高まり、一時的に衰微した。――近来はＧＨＱ、ＤＤＴ、ＢＣＧなどの薬剤散布による精力的な駆除をも免れ、万世一系という世嗣産卵の下、その巨大な営巣である千代田の杜に巣くい、再び、隆盛の期を待つべく《日本脳炎》という邪な病原菌を媒介する。（この蚊は、旧名を「狆」とも称し、生物学的には――東洋のバイアグラとしてマスコミを賑わせる――珍奇なる菌種・冬虫夏草の一種であって、食餌環境の良い時季には、盛んに近隣を飛び回り、その残虐な吸血行為を重ねるが、捕食に不利な冬ともなれば、「あっ草」という世にも不思議な草に変貌する高貴なる生態が、戦後の実証的な研究において、遅れ馳せながらに確かめられた。）

【鬼も十八】　茜たすきの娘たちが、お茶の新芽を摘み取るまでは、どこにいるのか姿を見せず、鬱々とした《邪念》を抱いて、欲望の谷間に、ひっそりと隠れ住んでいるが、《番茶》の出始める頃になると、不思議なほどに色めき立って、盛んにフェロモンを出しながら、お茶の樹の周辺に音をたてて飛び回る、いとも恐ろしげなメスの《蜂》。――夜毎、新宿・歌舞伎町界隈に出没する、夜叉や牛頭、羅刹の類に譬えられ、その生態はさながら「百鬼夜行」の観を呈するが、この時期になると、何故か身近に取りすがり、毒味をしたがる《いかもの》食いのオスさえ現れ、本能の赴くままに、巣作りに目覚めたある種の蜂は、にわかに前世の悪業を悔いて、鬼子母神に変身する。

【大酒飲み】　通常は、血よりも酒を好む、極めておとなしい、無害の蚤だが、酔狂が過ぎて、時には血を見る種類もある。《神仙》の道にたがわぬ蚤の仲間は、世界的に数多く分布するが、人にたかる蚤すなわち、宿主に寄生する癖の悪い蚤はその中の僅か数種類に満たない。楽しい筈の酒の席に、この種の蚤が紛れ込んで人智を曇らせ、酒の上の不埒に及ぶのは畢竟、酒の所為であるよりも、血のなせる嫌悪すべき仕業であって、《竹林》に棲息する他の蚤たちにとっても言語道断の振る舞いと言わざるを得ない。「尾羽根うち枯らす」という言葉は、つねに酒を求めて身の皮ぐるみ入れ揚げる、隠翅類独特の寄る辺ない生態を言い表したものである。

【異議あり】　「異議なし」という梨科の樹の実に取り付いて、これを巣穴と化する蟻の一種。――生物学的な視点から、この甘みの強い《熊野》産のなしを、特に「蟻の実」と名付けて、蟻との間に共生関係を認める研究もあるが、相互的な面では具体性に乏しく、なしの側からすれば、単に蟻の甘きに付くが如しと言われる関係でしかないのかも知れない。――

通常、この蟻の世界は、それの身分や役割が、擬似的に幼虫期の栄養の質や量において決定される、特有の《階級制》を根付かせた運命共同体である。従って、この社会は、自らの制度である上意下達の平穏無事を願うあまり、次第にそれ自体の持つ自浄能力を失って行く、厭わしい宿命を内含するが、幸いにも死滅しつつある有機的な生態系の中で、しばしば己れの属する集団の行く末を案ずる、特殊な変異性を持つ《個》が生み出され、絶えずその喉元に、刃物のような疑義の切っ先を突きつけ、本能的に波風を立てることで、組織の夢とその活性化に役立っている。この種の闘争的な蟻の生み出す蟻酸から《言葉》が抽出されることは古くから知られているが、これらの義憤を蒸留して思想に変え、行為として形あらしめるのは、さらに至難の業である。

【良くも悪くも】　両性具有、表裏一体、双面双頭の、世にも不可思議な蜘蛛科の節足動物。——昔から、妖怪変化の類と言われており、昆虫であるかどうかも定かではない。その毒腺には、クモ膜下出血の遠因とされる人の思考を惑わす毒液があり、これにやられたものは一瞬、為す術もない行為の不如意な状態に陥り、文字通り、頭の中が真っ白になって、自己決定の規範が失われてしまう。為政者が人民をからめ捕る不吉な網は、この蜘蛛の尻から吐き出させた糸が元になっていると言う。類似種に、「ともかくも」という素性の明らかでない蜘蛛がいるが、松江で捕獲され、地蜘蛛と愛の巣作りを始め、怪談話の種にもなった畏怖すべき小泉八雲は、アラクネの腹から生まれた欧米系の帰化種であり、訳の分からぬこれらの蜘蛛とは、つねに棲息環境を異にしている。

## 後記

観念を動かす意識の自由と規範とから、あれこれの《抵抗》を取り除くことが出来れば、言葉は、普段行ったことのないところ、あるいは、これまで実際に、動くことの出来なかった距離と時間を、一瞬の内に駆けめぐることが出来るだろう。——連想とは、何よりも、複合的、重層的である観念の空間を、あたかもインターネットの網の目を縦横に渡り歩くように、あちらからこちらへ言葉を介して移動する広大無辺なる技術だと言える。——ある種の観念に対して、無意識に怖じ気づく病的な意識や葛藤は、罪もない言葉に軛を負わせるだけであり、僕たちが心に抱く詩や夢の世界を、けっして豊かにする代物でもない。言葉に加えられた理不尽な《圧力》というものは、肉体における手かせ、足かせと同じようなものだからである。言葉を観念の牢獄に押し込めようとする企ては、常に失敗に終わるだろう。——意識の負わされた傷の前で、僕たちは、つねに焦燥を抱きつつ、ひとり沈黙すべきなのか？　もがく力も失せてしまった肉体の猿ぐつわの下で、僕は一瞬、低くつぶやく観念の声を耳にする。今なお自由な言葉の連鎖に向かって、それでも、動く。わたしは動く、と。

＊　＊

近況めいたことを、少し報告しておこうと思う。昨年の十月に、脳内出血で倒れた僕の父は、意識混濁のまま体調に変わりもなくもうすぐ一年になろうとする日々を、自力で手足を動かしながら（意味のある動きなのかどうか、こちらには知る術はないが）とても元気に生きている。母は、そういう父の姿に希望を見出しながら、これまた同じようにせっせと病室に通っている。けれども世の中には、どういう理屈で言っているのか「早く楽にしてお貰いなさい」などというお為ごかしのとんでもない横言を親切のつもりで言う、聴いている者にとっては全くやりきれないお節介な人間がいるもので、それに黙って、じっと耐えている母の気持ちが哀れでもあります。病者の枕元で、頼みもしない滑稽な踊りを一くさり舞った後、強請たかりのように御布施を要求し、その立場を利用して他人の生死に口を挟み得ると本気で考えているそういう連中とは、一体何様なのであろうか？　父がもし、この事実を認識し得るのであれば、彼が付き合って来た人間どものうそ寒い心根を知って、精一杯怒り狂って欲しいと思う。父が今まさにその身で受けているおぞましい対応は、五十年の長きに渡って僕が彼らから受けて来た同じ性質のものだからである。

＊初版発行：一九九八年九月二十五日
＊B6判、三十頁

# VOL．58

# 冷笑百科　植物採集

——百草をなめて、徒らに腹を下せし神農のように……万虫を追って、妖かしの針に刺されしファーブルのように……。

## 植物採集

【痰つばき】　本来は冬の寒い季節に、駅の階段や繁華街の狭い路地裏で見かけた、懐かしい着生植物の類だが、空気の汚れの酷い昨今では、一年を通じて時季を選ばず家庭の軒下にまで芽吹くようになった。多くは、その形骸だけを残す乾燥草花の形態で存在するが、咲き立ての生きの良いものは幽かな温もりを感じさせる粘液質の花弁を持ち、乳白色や淡い黄緑色の淫靡な花を衆目にさらす。希に指先で、そっと触れてみたい欲望にかられるような薄紅色の怪しい妖気を漂わせた花もあり、スカトロジアの徒に珍重される。

【ウラン】　種目は、蘭。——夢幻性の猛毒を持つ。仏教で三千年に一度咲くという《優曇華》の花は、これに当たる。来世への期待を窺わせる一方で、この花が咲き始めると世界の終わりが近いという民間伝承も存在し、アメリカ先住民の一部族の間にはいついかなる時でさえ、その根を掘り起こし、人の手で植え園芸用に栽培されることのないよう厳しく諌める口伝が、今日にまで残されている。――先の愚かな大戦の終息前夜に、広島・長崎の両地域においてこの花の大輪が見事に咲き《吉兆》とされたが、現在では特に、絶対浄土への渇望を込めた身近な花として原発所在地の周辺に日常的に咲いているのが、世界各地で確認されている。

【ボーナス】　欧米に広く自生する茄子科のボヌスという一年草が原産であるが、地力に劣るわが国では、二期作を行なうことで、どうにかその実を食用にし得る、極めて貧しい日本的な栽培種。――父祖代々の《小作》で暮す奴婢同然の庶民の家では通常、地主から与えられた収穫物を神棚に上げ、某かの祈りを捧げた後に、へたを取って、盆暮の特別な《祝祭日》の惣菜とするが、むかしから空きナスは「嫁に食わすな」と言われるように、器に盛られた期待の品は、文字通り哀れなほどささやかで、嫁はもちろん、家族総てが満足して、食えるだけのものもなかったからである。――為す術もないこの種の話は、太田道灌の故事にもあるように、七重八重に花はたくさん咲くけれども、上辺だけの実のない花で、労苦ばかりが身を押しつぶし、《夢》の中身を覗いてみても、安心して子供を育てられるほど山吹色の実は得られなかったという庶民の悲しい胸の内を垣間見せてくれる。この心を知るや知らずや「賞与・花よ」と狂い咲く永田村辺りの畑には、地の利に任せて、相も変わらぬ惚けナスやおたんこナスが豊作だ。――一瞬、《大地》がうごめき、何かが起こる。ただし、そんなことで、びく付く必要は彼らにはない。庶民の夢が、遠い枯れ野を駆けめぐっている間は、この国は、つねに平和だと思わなければならぬ。

【このわた】　アスベストの木の実から、採取されるインド産の石綿。――元は、この実を食用にしていたが、常食すると肺癌になるという風説もあり、商売に行き詰まった三河の業者が、平賀源内の協力を得て《火乾布》に仕立て上げたことはあまりにも有名な話である。――研究材料に乏しかった頃は、竹取物語の記述を上げて、かぐや姫が求婚者の一人に天竺まで取りに行かせた、火鼠の衣がこれだという学者もいたが、現在では、それは三河産の海鼠の塩辛のことであるというのが定説となっている。因みに、姫が要求した三つの品は、総ては単なる酒の肴であって、他の二つは越前のウニと肥前のからすみだと考えられている。

【京花】　寝室用の陰生植物。学名は、ウタマロ。――長年、調査の手が及ばぬまま家庭での開花活動、並びにその生態は、杳として知れないが、怪しげなネオンの瞬くホテル街では通常、日暮れあたりから、早咲きの花が咲き始め、馥郁たる香気を発しつつ（特殊な花は例外として）翌日の明け方までには――兵どもが夢の跡と、芭蕉の句にも歌われたように――一斉にしぼむ。心得顔の善男善女が一致協力して種子を植え付け、ベッドサイドにこの花を散りばめる度ごとに、至福とも言える妙なる声を発し、泣いて悦ぶところから、園芸家の間では一名、淫声植物とも言われ、好豆家の又とない収集物として、密かに珍重されることもある。――思うに、手業があれば自家栽培でも欲する数だけの花を咲かせることは可能だが、ただ一人で観賞していても、この花ばかりは味気ないだけである。

【ぬいぐるみ】　食用ではなく、撫で物として若い子女たちに好まれる人気の胡桃。作家の江戸川乱歩の愛用していた手製の《椅子》のように、仁が人間の姿をした胡桃もあるが、意識障害を伴う接待麻痺や利益供与による慢性的糜乱症状を呈する、中毒性の「企業ぐるみ」とは種類が違う。――特に、日本の官公庁の庭先に自生したものは別名、手打ぐるみと言われ、政治にまつわる裏取引が成立した時などに採取して、関係者に《餅》などといっしょに振る舞われる。

【大法螺吹き】　ドイツの農学者・ミュンヒハウゼンが、戦後の食料難を救済する目的で、わが国に伝え広めた促成栽培の蕗の一種。――家屋に自生する瓦葺き、眼に美しいから拭きや霧吹き、果ては世にも珍しい《潮吹き》などという品種もあるが、いずれも細工用、鑑賞用の類であって、食用とはならない。――彼については、本国においてもその素性は明らかでなく、一説では、企業スパイに嫌気がさして日本に帰化したとも言われ、糊口を得るために、山野に自生する蕗の薹を《眉唾》から生成した手前味噌仕立ての灰汁で調理し、法螺貝に似せた容器に入れ「大言」と名付けて売り出したところ舌にうるさい時の為政者、御用商人や宗教者たちに、酒の摘まみとして大いに悦ばれ、一代で産を成したという逸話まで残されている。この茎を切り取り、息の出来ぬほど大量に、鼻や喉に詰め込めば文字通り、血止め咳止めの効果もある。……他愛のない、一杯機嫌のわが戯れ言に疑念を差し挟むことは御勝手だが、それ自体がまったくの出鱈目であるという確かな根拠など、どこにもない。

【三段腹】　装身具の代用品として、腹に付ける棘のない変異性の薔薇。――家庭や職場で、日頃うだつの上がらない中年期のおじさんたちが、せめて飲み屋のママさんや若い女の子の気を引こうと景気よくビールやチュウハイを振りかけながらベルトの緩んだズボンの下で、鑑賞用にこっそりと栽培する。自らの男振りと恰幅のよさを強調するための涙ぐましい努力の跡は、倦まず弛まず時間をかけた、波うつ花壇の、その蛇腹のごとき景観にある。この種の「役者にして殉教者」である汚辱にまみれた男たちは、己れの犯した美と聖性に対する悲しいまでの熱情を《薔薇の奇跡》と呼んでいる。――因みに、花言葉は、撫で摩りたくなるほどいとおしいと物の本にある。

【金瓶梅】　性欲を高め、強精効果を増大させる中国産の催淫性《梅もどき》。――明代に至るまでは民間においては、ほとんど身近に栽培されていなかったが、時の名医・西門慶が妻妾たちの協力の下に鹿の角や茯苓などと共に混ぜ、媚薬として精製して以来、その存在が世に知られるようになった。――西門慶は、この媚薬を愚かな時の為政者や、先の読めない商人たちに法外な価格で調剤し、巨万の富と権勢を得たと言われているが、わが国では、江戸期に四目屋が「長命丸」として売り出したのが最初であり、薬理的な側面ばかりではなく、歌舞音曲を初めとする貴人たちの日常生活や経済社会を取り扱った、今日の鍍金・泡沫文学にも多大な影響を与えている。

【葛ざくら】　夏の暑い盛りに三笠山を望む道明寺の境内で、絶えず涼しげに咲く珍しい練餡桜。――柴舟の出入りする石衣に囲まれた州浜の辺のこの寺では、一年を通じて雁が舞い降り、甘美なる声で鹿の子やウグイスが鳴き暮らし、牡丹やよもぎ、柏や萩、胡麻やわらび、栗や粟の類までも、季節に関わりなくさまざまな草花が生い茂るため「いずれがザラメかかき餅か」などという戯歌もあるように葛も桜も見分けが付かなくなったところから、このように呼ばれている。――糖・より善哉宗が伝えられて以来、小豆桃山の時代を経て、寒氷の張るしぐれ時にも点心や喫茶の風雅において、つねに隆盛を極める道明寺の面目躍如たるものがある。――祭礼の月ともなれば、「仰げば尊し和菓子の恩」という名高い《声明》が歌われ、五家宝の一つである塩釜を携えて、鶴の子も飛来する。

【花勝負】 実入りの少ない華道の家元が窮余の一策として考え出した、人をもあやめる腐乱の切り花。秘伝の座敷飾りと称して、人目を避けた奥座敷に肝入りの弟子たちを集め、黒光りのする座布団の上で意味ありげな符牒と共に矯めつ眇めつ剪定された。そこで使われる手持ちの素材は一種類ではなく、花合わせの約束事を重んじた複数の花によって造形美としての価値が競われたので、この名がある。――一名、馬鹿っ花とも言われ、初めは貝合わせと同じく暇を持て余した上つ方の間で、ある種の手慰みとして密かに行なわれていただけなのだが、青丹赤丹、猪鹿蝶、松桐坊主などという、お馴染みの《立華》の様式が今日に伝えられて、花好きの庶民の間にも流行した。

【せんそう】 花は咲かないし、実を結ぶこともけっしてないが、消費と儲けの種子だけは確実にまき散らしながら、刈っても刈っても、地上のあらゆるところに季節に関わりなく蔓延り続ける、どうしようもない厄介な草。古語では《いくさ》とも言う。――有機塩素系の除草剤に対して希に見る耐性を持ち、他の動植物がすべて死に絶えてもこの草だけは枯れず、却って、捌け口を見出したかのように生き生きと成長する。――生命工学の手法で、その種子の持つ生産と消費の究極の《原理》をあらゆる分野に押し進めているアメリカでは、一般家庭の台所にまで枯葉剤よりもさらに強い見事な草の恩恵が余すところなく行き渡っている。――彼らの繁栄は、言うまでもなく壊すことによって使うという、この草の絶対的な商品価値を自ら解き明かしたことにある。彼らは今や、神聖なるこの草の種子には正当な使用者があり、遺伝子操作で作り上げた、侵すべからざる特許権があるのだと主張している。

## 後記

このところ、わが家の電話代がウナギのぼりに上がっている。僕は元々電話が好きではないから、特別の用事でもない限り、単なるお喋りのために電話を掛けまくることは滅多にないし、どんな話があるのかと半ば呆れ顔に眺めている、例の流行りの携帯電話にも何一つ興味がない。だからもし、事情を知らなければ、この電話代の跳ね上がり具合を、他人は納得しないであろう。原因は、もちろんパソコンである。家人は戯れに《元凶》と呼んでいるが、それは今年の春から、わが家にインターネットがつなげられたからである。――スタンドアローンで使っていた以前にも、わがパソコンは、ワープロは言うに及ばず、ビデオキャプチャーやグラフィック、ＯＣＲからＭＩＤＩシーケンスに至るまで、通常のユーザーでは望むべくもないほど目一杯活躍してくれたが、ここに来て通信機能が加えられたことで、僕の生活環境も一変した。サーチエンジンを使えば、文字通り史上最大の百科事典的データベースから手に入れたい情報は寸時に得られ、ＵＲＬを打ち込めば、国内はおろか地の果てまでも行けることから、ほとんど繋ぎっぱなしの電話回線にタイムトラベルを夢見る「幽閉」の身にとっては、それ自体が観念の牢獄からの脱走であって、その網の目の中から、己れを拘束しているお為ごかしの現実の偽善を透かしみる《手引き者》を選び取ることも可能なのである。権力はともすれば、かつてないまでに自己の存在を危うくし、いかなる規範をも受け付けぬこの自由な絆に結ばれた壮大な宇宙を盛んに己れの支配下に置こうとし、企業はひたすら、儲けの種にしようと画策する。資本の論理に組み込まれ、法の呪縛に汚された修羅の世界に、真面な文化の生まれて来たという試しはないのだ。――テレビとパソコンの融合だと？　ネットの国家的浄化だと？　誰が、そんなものを望むのか。誰が、そんな猟奇に同調するのか。――陰惨な過去を放擲して、国家の牢獄から脱する悦ばしき知恵の価値を見出した君たちが、遅ればせにやって来た時、その足下で、わが希望の網の目がほころびていないことを祈る。メールの飛び交うこの誇らかな空間が、われらの未来をつなぎ止める輝く夢の在り処と共に、薄汚い首謀者たちによって侵されていないことを、切に祈る。

＊初版発行：一九九八年九月二十五日
＊Ｂ６判、三十頁

# VOL. 59

# 電網書簡　癒しへの道（上）

戯れに「ここで寝て行きませんか?」と目配せしながら手招きで、末期のベッドに僕を誘った、愛すべき義母に

## 電網書簡　癒しへの道（上）

――体験的《うば捨て》考

T・O宛

以前、Oさんが小犬の絵の付いた可愛らしいアニメのカードを送ってくれたのが切っ掛けで、この種のサービスの存在を知ったわけですが、今回、僕たちも思いついて、メールアドレスを持っている友人たち数人に試してみたのです。初めてなので、そもそもどこで利用できるのかが分からなくて、サーチ・エンジンであちこち調べて見つけたのが、NTTのカード・サービス。

有料から無料まで似たようなサービスが結構、たくさんあるんですね。メッセージだけではなく、絵も作れるものまでありました。絵心のある人には、うれしいサービスだと思いますが、こちらはもちろんお仕着せのアニメーションの絵。写真を貼り付けて出すものまであり、プリクラも顔負けです。

そちらのパソコンでは、画像が見えなかったようで残念ですが、まあ、この世界ではよくあることで、微妙な設定か何かの違いでしょう。アニメを動かすプラグインとか、ＭＩＤＩの音を出すサウンド機能とか、各機種で設定が違うことがあるようですから、僕のようなレベルではたいした対応もできないでしょうが、Ｏさんは大型コンピュータのプログラマーをやっていたと、彼女からも聞いていますし、パソコンでもセルフ・サポートぐらい、すんなりとやるのではないでしょうか。

Ｍさんも、今年の賀状に「二〇〇〇年までには、メール仲間に加わりたい」との抱負を綴っていました。われわれがメールを交換していると聞いて、大いに触発されたようです。Ｍさんは、ノートパソコンを数年前に購入しているので、もうとっくにあなたたちと交信しているものとばかり思ってましたから、ちょっと意外でした。聞くところによると、ＭさんはせっかくのＰＣをあまり使っていないようなので、最初のハードルが高いかも知れませんが、覚えてしまえば、後は時間の問題のような気もします。

ところで、正月早々興ざめな話ですが、わが家は昨年の暮れに来て、彼女の母が末期ガンで入院してしまい、僕の父に続いて、二年続きの厭味な年になりました。それにしても、癌というのは入院すると無意味な検査の連続で、あっと言う間に悪くなるようです。僕の関係だけでも、この数年の間に五、六人入院しましたが、手術してもみんな半年と持ちませんでした。中でも抗ガン剤は致命的です。

われわれは、痛みの緩和ケアや延命にはこれしかないと、免疫療法をやる漢方系の医者や、食事療法や断食を取り入れている医者を勧めたのですが、周囲は日頃から権威をありがたがるハードな人たちばかりなので、癌がどういうものかを思想的に突き詰めて考えてもいないようです。だから、われわれの言うことはすべて、オカルトみたいに考えられているので信用されず、好んで国立病院に入りましたが、検査検査で、早くも具合が悪くなってしまうという体たらくです。

　どういう死に方を選ぶかは、結局は、われわれの普段の生き方が問われていると、肝に銘じなければならないわけですよね。

T・O宛

　今の医療を見ていて、僕が一番駄目だなあと思うのは、本当のことを言うのは可哀相だという誤った考えを理由に、当事者の患者を抜きにして医療方針が進められていくことです。基本的には家族も同類ですが、そもそも医者自体が真実治せると確信しているものならば、このような秘密主義はナンセンスなことではないでしょうか。

　本当のことを知れば、患者が自分の死について悩み苦しむのは、誰にとっても想像に難くないことです。家族にもそれと向き合う勇気がないし、今の医療ではそれをケア出来る体制もないから、医者の権威という訳の分からない「希望」を代償に、本人に関わる情報は、つねに秘密にしておきたがるのでしょうが、それは結局、医療の敗北を認める以外の何ものでもありません。本当の医療というものは、そこから始まるのでしょうが、今の医療では家族が逃げ、医者も逃げ、患者だけが見放されて、苦しみの中に取り残されるわけです。

　自分の病気の状態について、全てではないにしても、半分しか情報が伝えられていないとすれば、最終的にどのような医療を選ぶかの重要な判断は、いくら患者にあるといっても、それでは正しい選択が出来るわけはなく、結局は、医者や家族の思惑の中でしか、判断出来ない疎外された状況におかれてしまいます。

　僕が個人的に収拾した情報から導き出された考えでは、現代の医学思想による癌や難病に対する考え方は、基本的なところで、間違っているにもかかわらず、科学という権威の上にあぐらをかいて、民間で行われている他の医療を、効果を確かめもせずに、おぞましいオカルトか何かのように異端扱いし、見向きもしないで一蹴する。こうした態度にも僕は、現代医療の病理が隠されているような気がします。

彼らは早期発見、早期治療をうんぬんしますが、国立癌センターに入院した癌患者でも治癒するのは、二〇〇人中一〇人程度というお粗末な統計からも明らかなように、これは手術や抗ガン剤、放射線治療で、医者が治したという種類の数ではなく、たまたま冗談で生き延びたという程度のものだと、僕には思えます。患者を苦しませた上で、確実に死に至らしめる現代の先端医療には、どこかで区切りが付けられるべきだと、僕は考えているのですが、やはり金が儲かる先端医療は、間違っていても止められぬもののようです。

残念ながら、キュブラー・ロスの『死の瞬間』は読んでいませんが、ホスピスの根本的な思想というのは、心身ともに、死を積極的に受け入れる環境をととのえることで、逆に患者を中心とした家族や、医療関係者が本当の意味で、最後まであきらめることなく、死と闘う姿勢を創り出して行くことだと思います。ホスピスが、本当に死を乗り越えるための施設ならば、そこで自分の受けたい本当の医療を探し、治癒を目指して闘うことに、どんな不都合もないでしょう。むしろそれこそが、僕の考えるホスピスの理想です。

ものの分かった人たちでさえ大半は、ホスピスが死にに行くところだと、マイナスのイメージでしか理解していません。まさに、うば捨ての思想ですが、痛みの緩和と同時に、最後まで治癒に希望を抱かせる医療の構築が、ホスピスのこれから獲得していかねばならない一つの課題であるように思います。

T・O宛

身近な友人たちや家族の死を前にして、ホスピスのことや、死生観という重い問題を「語る」という行為に置き換えてしまうことは、やはり辛いことですね。

いずれは避けて通れないことなのでしょうが、自分が言葉を発する度に、彼らとの距離が一層大きく開いて行くようで、わっと声を上げて叫びたい誘惑に駆られてしまいます。

やってもやらなくても同じだという手術の馬鹿馬鹿しさを説得しようとして「手術はしないで、痛みを取ってくれる病院もあるんだよ」という、M子の言葉に、「でも、そこでは治してくれないんでしょ」と、ぽつりと言った義母の言葉が、僕の胸に深く突き刺さっています。死を受け入れていない人々に対しては、われわれの平安を願う祈りの言葉は、無力です。

実際そういうところに、われわれの柔和な言葉は入って行く余地がありません。むしろ、何の考えもなく医者の権威を崇めるだけの、玉砕覚悟の特攻精神を鼓舞する短絡的な言葉の方に励まされ、希望を見いだすのです。ホスピスが「場所」ではないことは、もちろんです。「治療」するところでないことも、もちろんです。しかし、残念ながらわれわれは、この思想をそれ以外の言葉で説明することが出来ません。

だから、うば捨てみたいなところだと理解されるのでしょうが、それでも、なお語らずにいられない重い問題が、ここにはあります。こういう奥の深い問題を一言で語り尽くせるとは、僕も思っておりません。幸い、Oさんという先達が身近にいて、良い思想的刺激を与えてもらえます。折りを見て、時々水先案内としての意見を聞かせてもらえれば幸いです。

最近は顔が合えば繰り言のように、二人でこのことについて話しています。M子もまた、そのうち書くようです。

T・O宛

Yさんへのメール転送、了解しました。僕はそれほどの専門的知識もなく、ただ人生観や死生観の一つとして、僕なりに感じたり思ったりしたことを書いているにすぎませんから、勉強を充分なさっている人が見れば、お笑いになるでしょうが。

義母は、今朝手術室に入りました。M子が休みをとって病院の方に行っています。昨日も様子を見に一人で出かけましたが、本人は何の心配もしていない様子で、同室の人が検査に行く時に「勝って来るぞと勇ましく」と軍歌を歌ってやれば良かったなどという冗談が出るほど、普段通りにあっけらかんとして拍子抜けしたくらいだったそうです。江戸っ子気質の義母ですから多少気分がハイになっている位で、先のことはあまり考えていないのではとの分析です。

とにかく現状がいやだから、切るなと焼くなとどうにでもしてくれという腹らしい。そういう気持ちは、僕にも痛いほどよく分かりますが、内科の医者自身がやってもやらなくても同じだと言っていた、八〇歳を超えた老人の末期ガン手術がそもそも有効なのかどうか、M子も僕もいまだに疑問視しています。体力も弱って来るでしょうし、腸に栄養補給の管を付けるらしいので、本人も周囲もこれからが大変です。

手術自体は乗り切ってくれると思いますが、癌は取りきれない状態と聞いているので、後はどうするのでしょうか？　初めからそこまで考えるのは当事者には無理かもしれません。周囲も医者の方針に従うのが最善の道だという考えであったようですが、もっと重要なことが、いつもその先に控えているようです。詰まるところは、残りの人生をどう生きてもらうのかという「緩和ケア」や「食事療法」の考えに行き着かざるを得ないのではと思っている次第です。

M・T宛（実はT・T宛）

T兄からメールが入っているので、そちらに転送いたします。

母上の入院、ならびに手術については、そもそもの初めから、癌に対するスタンスや考え方の点でギャップがある上に、この時点にいたっても、その病状や対処の方法について、正しい認識をお持ちでないようなので、僕個人としての応答は遠慮させていただくことにいたします。

もちろん、兄妹であるあなたの方からなら、あるいは歯に衣着せぬ物言いもまた可能だと思いますが、僕の立場では、それはできないことですし、止めておいた方が良いかと思います。あなたがこのメールの内容をどう読むかはご自由ですが、少なくとも僕のデリケートな感覚からは、あまりにも楽観的で皮肉の一つも言ってやりたくなるような虫のよい内容です。

T・O宛

後で、詳しい経緯をM子自身からも語るものと思いますが、今回の義母の手術は、われわれが最初から予測して来た通りの散々なもので、周囲の期待をあざ笑うかのように、癌層は内臓のあらゆるところに広がり、医者自身が驚くような状態で、結果的にあまり意味のない栄養補給の管を取り付けただけで、早々に閉じてしまったということです。

僕などは一切処置をしないで、元通り閉じてくれた方がもっと良かったと思う訳ですが、これは自宅に戻って、生活してもらうための処置だという医者の説明を聞くに及んで、介護には消極的な本音が見え見えの、手術を勧めて来た人たちが、まだ本人の意向も聞かないうちに、いっせいにホスピス、ホスピスと騒ぎ立て始めたのです。

これはもう、うば捨ての思想に間違いなく、そういうことなら本末転倒なので、これは是が非でもホスピス反対の声を上げ、義母が望むなら、死の瞬間まで自宅療養させてやろうという側になる腹を決めました。僕は昔から、そうした扱いを受けている人間の一人なので、彼らは、いったい手術に何を期待していたのだろうと、背筋がぞっとするような思いです。

僕はけっして、身内のことを特殊な例として問題にしているつもりはなく、現状ではこういう対応が普通に「善意」として通用してしまうし、一般的な意味では、いつも人間の死そのものを、不条理なものとして隠そうとして来た社会の有り様こそがおかしいのだと言いたいのです。医者が見捨て、家族が見捨て、社会がそれについて問題にもしないホスピスなどは、理想はどうであれ、死にゆく人々にとって死ぬより辛い、許しがたい対応を日々行っている存在なのかもしれません。

西欧流の個が確立していない日本の現状の中では、ホスピスの思想は歪曲されて行くばかりで、われわれが望むような位置づけもなされていないのではないかと危惧しています。われわれは、西欧思想に基づく理想ばかりを聞かされて来ましたが、現実のホスピスについて、あるいは日本のホスピスについて、嘘偽りのないところを語るべき時期に来ているのではないかと、僕なりに感じ始めているところです。

T・T宛

すでに、ご帰国のことと思います。あちらのお二人には、思いもよらぬことがあり、さぞ、びっくりされていたことでしょう。祝福されて、生まれてくる小さな生命もあれば、慟哭の中に、惜しまれながら最期を迎えつつある、かけがえのない生命があります。悲しむべきことですが、やはり避けては通れない生きとし生けるものの運命でありましょうか。

今回のことは、僕にとっても、理性を失わせるほどの胸を痛める重い事柄であり、もう少し良い手立てがなかったかと、失礼をも省みず、不躾なメールを書き送ってしまいましたが、もう、ここに至っては言葉も祈りも、夢のように儚く、虚しいものと納得しました。お母上には何も出来なくて、すみませんと頭を下げるしかありません。

今日の午後、M子と共にお母上を見舞って来ましたが、われわれが当初考えていた以上に、術後の衰弱が激しいようです。僕が覗くと、笑顔を向けて手で挨拶をして下さいましたが、痰がからむのか相当に苦しそうで、波のように高鳴っている胸を見ているのが辛くなりました。心臓も弱っているのではないかとM子と話していますが、手術以来点滴のみで、まだ栄養物も入ってはいないようです。

今後のことが心配ですが、お母上のことで一番力を落とされているのは、誰でもないお父上に他なりません。言うまでもないことではありましょうが、皆さまもどうか、ご高齢のお父上を案じ、気を配って差し上げて下さい。こういう時の一声は、誰にとっても勇気づけられるものです。

今日は新座に寄って、早々と帰途についたのですが、途中で車のエンジンがおかしくなり下井草からタクシーで戻って来ました。車は近くのガソリンスタンドまでは辛うじて動き、そこで修理してもらうように頼んで来ました。もう諦めて買い換えろという合図でしょうか。去年の暮れにはエアコンが壊れ、正月早々トイレが壊れ、次には部屋のスイッチが壊れ、そして今度は、車です。

偶然ではありましょうが、修理の利かない人の生命というものを、厭でも考えてしまう年明けです。

T・O宛

先日、M子といっしょに、術後の義母を見舞って来ました。M子の姉からの電話で様子は聞いていましたが、予想外に衰弱が激しく、栄養補給のために腸に取り付けた頼みの管は、いまだ機能していないとのことです。痰が絡まり、心臓も弱っているのか、かなり息苦しそうで、見るも耐えないほど胸を波打たせていましたが、意識はいつも通りにしっかりとしていて、われわれに気がつくと、片手をひらひらさせながら笑顔で迎えてくれました。

悲しいことに、義母はいまだに、自分のやった手術が何の意味もなかったことを知らず、予定通りに、癌は切り取ったと思い込んでいます。事ここに至ると、今までの付けが一気にのしかかってくるばかりで、患者本人に真実を語って聞かせる心の準備もない状況は歴然としており、どう言えば納得させうるか微妙な判断を迫られ、医者から説明させる以外に、家族からは、簡単には言えないものと思います。気づいた時には、われわれが一番危惧していた最悪の姿で、一生を終えるということでしょう。

今回のことでは、家族の側にも医者任せの気分があり、意志統一がなかったことに加えて、本人への「癌告知」の手続きにも問題があったようです。すなわち、本人が最初に癌であることを知ったのは、医者の口からではなく、ましてや、告知について反対意見の多かった家族の口からでもない、まさに彼女の病室から家族が離れていた空白の時間に、看護婦から本人に不用意に渡された診断書からだったという事実が端的に物語っています。普段から楽観的で、物おじしない性格の義母は、そこに書かれた「胃ガン」という文字を短絡的に受け止めて、彼女なりの理屈で胃さえ取ってしまえば、癌は治ると思い込んだ節があります。

すでに義母自身が自分は癌だと知っているという経緯があるので、その後の医者の説明は、直接、あるいは間接的に、本人にも伝えられることにはなるのですが、納得して聞いているはずだという自らの病状についてのあれこれの情報は、つねに逡巡する周囲の気分を反映して、その多くが断片的で舌足らずなものであり、事実は、義母自身が診断書から最初に知り得た情報が全てであって、その後の検査で伝えられる絶望的な病状も、自分に都合よく再構成された期待と希望の言葉でしか、理解されてはいないのです。

加えて、彼女のいた外科の病室は四人部屋で、絶えず患者同士で話がはずんでおり、当然「今は、医療が進んでいるから、癌なんか切って、取ってしまえば治るわよ」という威勢のよい無責任な話題も出て来たようで、そういう確たる裏付けのない話にも多分に影響されているかもしれません。その幻想に彼女がしがみつき、家族がその可能性を鼓舞しさえすれば、理性の歯止めが失われたように、当初は望んでいなかった手術に突き進むのに、それほど時間はかからなかったと言えるでしょう。

「告知」の手続きの失敗は、おそらく家族の判断にも影を落とす重大な錯誤の一つだと考えられます。内科から外科に回された初期の段階で、医者は本人に対して、どういう勝算があるのか手術すれば食べられるようになるだろうという餌を与えて賭にもならない手術に誘っているのです。もちろん家族からは言うのは可哀相だという判断で、手術はしてもしなくても同じだという断片的な情報が伝えられているだけで、内科医が言った余命半年というそれこそが根本的だと思われるもう一つの情報は、本人には何も伝えられていないのです。

その後の検査で医者の初期の判断は、次第にトーンダウンして行きますが、食べられることは、患者が今の閉塞的状況を希望に転ずる、明確な要因であると理解していたとしても、あながち無理な話ではありません。医者に聞けば、そんな話はしていないというかもしれない。しかし、情報が断片的にしか伝わっていない患者の頭の中では、食べられることは、文字通り「回復」を意味することなのです。ここでも、無謀な手術に向かって、重大なボタンの掛け違いが起こっています。

初期の段階では、胃を通さないで食道から腸にバイパスを付けようというのが、本来の医者の腹積もりだったようですが、検査を進める内にそんな状況ではないことが分かって来たのでしょうか、手術するのもしないのも、すべては本人の意志という言葉にすり変わって来ているのは、医師としての責任を回避するためであるかのように僕には見えるのですが、その時点で家族が、手術を思い止まらせるチャンスを見失ったということは、返す返すも残念なことではあります。

断片的な情報で、患者に希望を与えてしまった若い外科医の責任は、いずれにせよ重大であるでしょう。そして、本人が希望を持っているから、それが生きる希望につながっているという理由で、この無駄な馬鹿馬鹿しい手術を押し進める周囲の判断にも、同様のボタンの掛け違いがあるようです。それを、帳消しにしようというのが彼らの考えるホスピスなら、当然ながら、われわれの中には、浮かばれる人間は誰もいないということです。

T・O宛

毎回、気の重い話ばかりお聞かせして、すみません。Oさんも妹さんのことで同じような経験をなさってこられるようですから、普段のように闘えないわれわれの立場は分かってもらえるはずです。僕もこの問題では、いまだに明快な結論が出ているわけではありません。すべては、後ずさり出来ない情け無用の進行形であり、今日答えらしきものが出たとしても、明日は覆らないとは確約出来ない、雲をつかむような危うい時の経過の中でのお話です。

ただ、手術の結果について義母は、日を追うごとに自分なりに気づいていたようで、昨日、家族立ち会いの中で行われた医者の説明にも、それほどの動揺はなく、気分の悪さを訴えた程度で、いつも通りに淡々と応じ、最後には医者に対して、感謝とねぎらいの言葉まで掛けていたと言うから、その意味では医者も家族も救われたのではないでしょうか。僕好みの逆説的な表現をすれば、医者や家族はその致命的な失敗を、まさに患者から救ってもらったのです。

後から聞いた話では「こんなに気分が悪いのだったら、死んだ方が増しね」と冗談めかして話していたそうで、多分相当に苦しいのでしょうが、可能な限り、その気分の悪さを取り除く処置さえやってもらえれば、たとえ何処にいたとしても、最後の一瞬まで、充実した生活が送れるかもしれません。いまだに一人でトイレに起き上がろうとする意志と気力は、何より彼女が生活への希望を失っていないことの証明です。

真実を話したら可哀相だという家族の心配は、杞憂に帰したようでもありますが、取り乱した様子は微塵もなく、明晰な意識をもって受け答えしていた義母の態度は、年齢によるものなのか、あるいは本人の資質によるものなのか、いずれにしても、ホスピスの言う「死の受容」とはまるで出生の違う、一瞬一瞬を悔いなく生きて来た義母らしい、その充足した普段の生き方にあると、僕には思われます。

悔いがないということは、つねに逡巡する胸奥の「取引」だの「怒り」だの「否認」だのという経過を飛び越えて、いつでも死ねるということです。一日一日を納得して生きて来たであろう義母は、そのこだわりのない性格で、己れの生活にも生き方にも、逡巡する余裕を与えて来なかったと言えるでしょう。日々が「死の準備」なのです。食卓に皿やコップを調えるように、つねに人生を調えることが出来たら、誰でも笑いさざめく希望の内に、死を迎え入れることができるかもしれません。

そこには、時間と共に蓄積された心の充足がある筈であり、われわれが日常的に、そういう生き方をしているかどうかこそが、問われているのではないかと思います。

T・O宛

周囲から馬鹿にされながら、とうとう十年以上も乗り続けて、ひとしお愛着のある溝鼠のごとき、わが家のボロ車に別れを告げて、前から下調べのしてあった小型の4WDに買い替えることにしました。最近は修理続きで、かなり持て余してはいたのですが、先日、入院中のM子の母を見舞った後、実家に寄って帰宅する途中、急にエンジン音がおかしくなって、車のライトが薄暗くなりだしたのです。不気味でもあり事故になると困るので、早速近くのスタンドに飛び込みました。

その時点ではバッテリーを充電するダイナモの故障だろうという話で、ヤレヤレまたかと思いつつも、修理を依頼してタクシーで帰宅したところ、整備工場でテストした結果、数日後に原因不明で戻って来ました。かなり以前から、カー・ステレオの電源が頻繁に切れるので、それも関連があるのではと思っていますが、原因が分からないとなるとなおさら不安になるもので、車検の日も近くなっているし、そろそろ潮時だろうと思い、やっと見切りをつけました。

最近、わが家では次々にものが壊れます。ピースハウスで亡くなられたＭ子の友人のお母さんの時もそうだったそうで、彼女と電話でひとしきり思い出話を語っていました。後で聞いた話では、入院中の義母を見舞いに行った近所の人の車も故障して、病院の入り口に置き去りにして来たということです。悪戯好きの義母が、最後の悪さをしているのだと、昔の他愛のない悪戯に思いを馳せながら、みんなで泣き笑いしていますが、義母のいないＭ子の実家は、文字通り火の気を失ったように寒々としています。われわれにとっての義母は、華やかな花園の花という感じで、そこで枯れて行こうとしている彼女の存在のいかに大きかったかを、いまさらながらに痛感している次第です。

その義母はといえば、半分医者の実験材料にされたような感じで、やってもやらなくても同じという手術を受けた後、期待していた飲み食いもならず、この数日で見るも無残に衰弱し、点滴で辛うじて身を持ち堪えているような始末です。「実験材料」というのは、義母自身の本音が言わしめた、機知に富む、半分は自嘲気味の感想でもあるのでしょう。われわれは、最初から手術には反対で、自然療法やホスピスなどを勧めたのだけれど、多勢に無勢の上に、医者が本人をその気にさせてしまったこともあり、こうなってはどうしようもなく「平和主義者」のわれわれの意見も、後の祭ということです。

日を追って義母も、段々とわれわれの主張していたことの意味を理解したらしく、昨夕、われわれが見舞った折りに、「もう治療は厭だから、止めて家に帰してくれるように」と、か細い声で、M子に繰り返し繰り返し頼んでいました。それは、おそらく周囲には頼めなかった心底からの訴えでもあり、今やあらゆる治療が、苦痛の種子になっている義母の最後の希望のようです。家族に説明もないところで、本人に別の治療をするようなことを言ったらしいのですが、もう治療は止めて欲しいと、拝まんばかりに訴えている義母を見ながら、さすがの僕も目頭の熱くなるのを禁じ得ませんでした。

手術の虚しさを訴えて、周囲と強行に闘えなかったわれわれには、心残りがある言葉ですが、まだ手術の後始末も終わっておらず、酸素マスクの下で、病巣が肺や心臓にも回っているのではないかと見えるほどの、絶え絶えの息をしている現状では、自宅に連れ帰るにしてもホスピスに移すにしても、本人にそれだけの体力があるかどうかが心配です。もう少し、病状が持ち直してくれるとありがたいのですが、癌と胃潰瘍の区別も付かない人たちが、一人でもいる限り、本人にも安らかな死に場所は存在しないということでしょう。

医療を専門家や医者任せにした付けが、われわれ自身に回って来ないためにも、日頃から自分はどんな医療を選択すべきか、あるいはどんな死に方を望むべきかを、つねにきちんと考えておく必要があろうかと思います。その時、酷薄非情の運命から、我が身が翻弄されないことを願って！

T・O宛

申し込みに行ったその日に、妹さんが亡くなられたというのは、ホスピスの先進的な考え方を知るものにとっては、やはり断腸の思いでしょう。治らないと医者自身が言っているような、馬鹿馬鹿しい医療のために苦しい思いをしている患者を、たえず目の前にして来たのだから、なぜ、もっと早くから勧めてやれなかったのかという自責の念も生まれる筈です。しかし、そういう重大な局面に入らなければ、その人が生きている現実や、考え方の面でのさまざまな抵抗があり、周囲が腰を上げにくいのもまた事実かも知れません。

他人の家の問題ととらえれば、たとえ「善意」の意見でも口出しははばかられる訳ですし、現代医療に何の疑問も抱かない、すべて医者任せの権威信仰の前では、人の死を現実社会の中にまるごと抱え込もうとする、こういう思想の存在自体が受け入れがたい代物なのだと思います。確かに、ホスピスへの受け入れ条件にもある通り、すべての「積極治療」が終わり、もはや死ぬのを待つばかりの人にしか用がないものだと受け取られても、已むを得ない側面があります。だから、ホスピスという考え方は評価される反面で、人間性を見失った無茶苦茶な現代医療の補完装置としての負の役割を、徐々に背負わされつつあるのではないかと思っています。

義母は、遅れていた抜糸も終わり、経管栄養を始めました。常識の判断からすれば、これだけ病巣が拡がっているのですから、腸にも病巣があると思うのが普通で、この医療措置が点滴に比べて、どれほど有効性があるのか、われわれには大いに疑問のあるところですが、少なくともこれで、退院に向けての条件は整った訳です。

医者も「実験材料」としての価値を見出さなくなったのか、家族の求めに応じてホスピスへの紹介状も書くと確約しており、本人の状態さえ良ければ酸素マスクをしたままでも、退院は可能という話でした。義母は家に帰ることを希望しているようで、本人のためにはそれが一番良いのですが、心臓の疾患のこともあり家族では急な対応が出来ないので、一時的には家に戻るとしても本人とも話し合った上で、清瀬の救世軍のホスピスに入れる段取りを調えました。

ところで、この間、医者が義母に勧めた次の治療というのは、やはりわれわれが予想していた通り、抗ガン剤の投与のことで、びっくりした家族が説明を聞きに行ったところ、肺に病巣が拡がらないようにするための予防の措置だという話でしたが、本人が拒まなければ、家族にも言わないでやる気だった節もあり、心臓に問題を抱えている義母の手術でさえ危険であるとの、はっきりとした意思表示を周囲にして来たわれわれとしては、このやくざ紛いの医者に対する不信感をさらに募らせた一件でした。おそらく、これが彼らの言う「積極医療」なのでしょうが、こんな馬鹿げた不毛の儀式を経なければ、安らかな死に場所も得られない人間という存在は、なんという悲しい生き物ではないでしょうか。

術後、目に見えて元気のなくなった義母は、最近は何ものにも関心を示さず眼をつぶって寝ていることが多いようで、無味乾燥の劣悪な病院という環境が精神面にも影響を与え、情念の快活な動きを奪ってしまったのだと思います。病室に入って来る看護婦は、患者と見ればすべて子供扱いで、人としてその身を思いやる心の余裕は微塵もなく、医者は、社会経験に乏しい薄っぺらな小狡そうな若造で、常にきちんとしたしゃべり方で応対している義母と世間話一つする訳ではない。医者は、機械類で数値とか映像に現れる検査はやっているものの、われわれが義母の体調を確認するために出させて見た、文字通り白いペンキを塗ったような舌苔のことなど、全く眼中にないかのようです。

義母を見舞った帰りに病院の一階の売店を覗いたら、大きな文字で「御禮」と書かれた金縁の、かなり高級な装飾を施した熨斗袋を売っていました。これは誰に対して使うものだろうかと、われわれは、かなり真剣に考えてしまいました。お見舞いとかお祝いなら話は分かりますが、国立の、しかも「入院の手引き」とかいう印刷物にはご丁寧に、従業員に金品をやり取りしない旨を謳ってある場所で、こういうものが堂々と売られているのが、いかにも本音と建前を使い分ける国の売り物という感じであり、その商いの精神には皮肉を通り越して、むしろ、あっぱれという気がしました。需要があるから供給がある、資本主義においては至極当たり前の論理ですが、この国には地獄の沙汰も金次第という金言もある位ですから、深く考える必要もないのかもしれません。

M子から聞きましたが、この一週間、珍しくも「鬼の霍乱《かくらん》」だったそうですね。お大事になさって下さい。

I・I宛

ご紹介したホームページは、お知り合いだったようで安心しました。まだ開設して日は浅いのに、NのHPも結構アクセスされているじゃあないですか。今度の夏は、ホームページを見て、お客もどっちゃり来るかもしれないから、交通整理のおじさんでも雇って置いて下さいよ。不況不況と言っているけど、デパートで割引セールやれば、人がどっと繰り出すし、普段買わない高級品まで景気よく買い漁るっていう話だから、庶民も金はない訳でもない。買いたくなるものがないだけで、それを悟るのが経営の哲学ってものではござんせんか。Nもここをくすぐれば、むふふ、たんまり儲かるという寸法じゃ。遊び心のないところが、この国の商売の駄目なところなんじゃよ。

そちらのウィンドウズの調子はいかが？　M子の職場は、今もって二〇〇〇年問題に取り組んでいないので、遅かれ早かれ、学者先生たちの頭のように、コンピュータも狂いだし、プログラムが暴走するはずだ。われわれ個人のデータには、あんまり影響ないけれど。

今日は、M子は職場の帰りに、お母さんの見舞いに寄ると言っていたので、遅くなるらしい。お母さんは、手術はしたけれども、手がつけられなかったようで、無駄なことをしたみたいだ。出来るだけ苦しまないように残りの生命を全うさせてやれば良かったのに、今頃になって周囲がホスピス、ホスピスと騒ぎだすから、厭になっちゃう。癌と胃潰瘍の区別も付かぬ連中がいるんだものね。呆れちゃうよ。

T・T宛

この間は、Nちゃん特製のアップルパイの御馳走に預かれなくて、僕としては非常に惜しいことをしました。アップルパイは好物なんですよ。後で考えたら、あの日はYさんの（ん、十回目の！）誕生日だったんだと気がついて、味見をし損ねたアップルパイが、終日、目の前にチラつきました。

お母上は、手術直後に比べて、この二、三日は病状が多少安定しているということで、昨日職場の帰りに見舞いに行ったM子の報告を聞き、一安心しました。ただ、息苦しそうなのは相変わらずだそうで、酸素マスクを着けたり外したりしていたそうです。心臓に負担がかかっているのか、肺に影響が現れて来たのか、われわれには判断は付きませんが、医者がホスピスへの紹介状を書くという話なので、病状を見ながらお母上の望まれる方向で、対処して行けば良いと思っています。

この頃は、新座のお家にうかがっても「スウちゃん」がいないので、火が消えたように寒々としています。お母上の存在の、いかに大きかったかを改めて感じている次第です。

M・T宛

誰が、そういう馬鹿げた金を出そうというのか！

治って出てくるのなら御祝儀の意味もあって、それはそれで理屈が通る。しかし、今度の手術は、医者が判断の過ちを認めているのだ。われわれが当初から言って来たように、この手術には何の利益もなかったことは本人だって、自分の身体の状況を冷静な眼で判断すれば、誰に言われなくたって充分納得している筈だろう。むしろ、余分なものをくっつけられて、生命を縮めただけではないか！

金額にしたってお門違いだろう。誰に、見栄を張っているのだ。理屈に合わない金を出して、度量のあるところを精一杯見せたいのだろうが、俺に言わせたら、それこそくだらない武士の高楊枝にすぎないではないか！　相手を恥じ入らせるつもりなら、菓子折りの一つも持って行けば、たくさんなのだ。

## 後記

義母のことで、その折々に僕が書き綴ったメールをまとめたら、面白い読み物になるのではないかと周囲から言われていた。あくまでも私信として他の出来事と共に進行形で書かれた以上、そこには文字通り何の脈絡もないし、意図があってのことではないから、他人が読んで面白いだろうかという危惧も手伝って、初めの内はあまりその気になれなかったのだが、M子がたまたまそのことを親父さんに話すと、結構読みたそうにしていたのを思い出して、久しぶりに関係のメールを読み返してみた。僕の感じでは、主要なものを入れて十通ぐらいのものだろうと踏んでいたのだが、実際に選び出してみると、かなりの分量があるのに内心驚いてしまった。ただ、M子のように無責任に面白がってばかりいられないのは、考え方の違いから異論の湧き出る可能性もあり、該当の人間が読めば気分を害しそうな箇所無きにしも非ずで、多少逡巡の気持ちがないでもなかったのだが、それも僕が腹をくくってしまえば問題ないではないかとも考えている。観ているものは総て、現象としては同じ事柄であるとしても、その立場立場で、別様の受け止め方があるわけだし、最終的には僕は僕の立場で、こうとしか考えられなかったことを、洗いざらい認めてしまわなければならないだろう。いずれにせよ（これは、誰にとっても言えることだが）議論を避けて通っていたら、己れの胸奥に、真摯な思想の生まれ出る余地などないと肝に銘じておく必要がある。もちろん、最小限の匿名性は守りたいと思うが、そういうものを熟慮再考した上で、出来れば、読むに値するものを提示してみたいというのが、これを編み上げた僕の、詩心に対する嘘偽りのない祈りでもあった。

＊初版発行：一九九九年四月二十五日
＊Ｂ６判、四十四頁

# VOL.60

## 電網書簡　癒しへの道（下）

北京にいた若き義父を、《写真》一枚で飛んで帰らせたドラマティックな逸話を遺して旅立った、美しき義母に

### 電網書簡　癒しへの道（下）

――体験的《うば捨て》考

T・O宛

メールをいただきながら、この一週間すっかり御無沙汰してしまいました。風邪で酷くやられたと聞いていたので、本調子に戻られるまではと思い、多少は控えていたのですが、こちらも義母のことやクルマの買い替えに伴う手続きのことなどがあったりして、何となく心落ち着かず、日々の雑念に取り紛れてしまいました。煩雑なことは全てお任せなのだから、何も僕が忙しがることもないとは思いつつも、気分が散漫になって、普段通りの日常を送れなくなるのは、やはり気持ちに余裕がないからでしょうね。

待望のクルマは、やっと先週の土曜日に届きました。思ったより大きくて身が退ける感じでしたが、意を決して、さっそく次の日に、義母の見舞いかたがた初乗りを試みました。今まで乗っていたクルマより大分車

高があるためか、フロントガラスを通して見下ろすような感じで、結構威圧感があります。ちょっと大きすぎたかと心配になりましたが、文字通り這い上がるように高い助手席に腰を落ち着けた途端、そのゆったりとした乗り心地に、すべてを納得してしまいました。

一六〇〇ＣＣだから、種別としては小型なんだけれど、ステーションワゴンという部類だから普通乗用車と比べても見劣りがしません。後ろに車椅子を積んでも、今までのように誰も乗れなくなることはないでしょう。今は全体に、クルマもハイテク化していて、標準でカーナビゲーションの付いた高級車もあるらしいのですが、われわれのクルマはオプションでフォグランプを付けただけの、いたってシンプルなシステムです。問題があるからエアバッグも要らないと言ったのですが、こちらがあまり値切らなかったためか、同じ値段で載《っ》けてくれました。

初めて乗ってみた印象としては４ＷＤ独特の揺れが多少気になりますが、車内が広々としていてエンジン音も静かだから、長旅でもゆっくりとカー・オーディオを楽しめます。以前のクルマは古い所為もあるのでしょうが、エンジンの音がうるさくラジオの音が聞き取れないので、いつも気分をいらいらさせられました。このクルマはセレクト方式の４ＷＤだから、街で乗っている分にはそんなに使い道もないとは思うのだけれど、ＲＶというのは座席に座っているだけで、他のクルマでは味わえない《夢》を見させてくれるんですよ。いかにも乗用車然とした遊び心のない高級車は、僕の趣味でもなく、乗ったところで大して似合いもしないでしょうから。

義母のことでは、Ｏ……さんにも、いろいろと相談に乗っていただきましたが、本人が家に帰りたいと言っており、それが本人の希望に添うことであるなら、何も家族の通いにくい遠くのホスピスに入れることもないという判断で、そうすることに決めました。数日前までは、清瀬の救世軍のホスピスに入れることを医者とも相談して準備していたのですが、この医者は何を考えているのか、紹介状を書くと言っておきながら、ホスピスの知識のない、予後数ヶ月の本人に向かって、ホスピスの何たるかを説かず、無責任にもホスピスに行きたいかと尋ねたところから、すでに緩和ケアが必要な段階だろうと納得して進めていた周囲の計画が、またまた頓挫してしまいました。

医者の質問に、義母は初め、キョトンとしていたそうです。「ホピス?」義母には、この医者の質問の意味が分からなかったようです。でも、「ホピスには行きません。家に帰ります」と答えたのが、掛け値なしの本人の希望だとすれば、われわれは躊躇なく、それを実現しなければならないでしょう。義母にはもう、時間がありません。さいわい近所に週三回往診を受け持ってくれる開業医を紹介してもらい、看護婦だけなら毎日でも来ていただけるようです。レンタルでは本人に可哀相だということで、その日のためにベッドを注文しましたし、家の荷物をあちこちと動かし、それを入れる空間も作りました。彼女が望めば近所の人たちにも気兼ねなく、話に来てもらう腹積もりです。

O……さんは、ホスピスというのは「場所」ではないと言っていました。もちろん，それは知っていましたが、義母が家に帰りたいというまで、こういう具体的なイメージが湧きませんでした。O……さんは、ホスピスは「治療」ではないとも言っていました。もちろん、僕にはそれも分かっていましたが、身近なものとして、それがわれわれの中にどう位置づけられるのか、その具体的なイメージも湧きませんでした。しかし、義母の帰宅を準備する中で、それを待つ家族一人一人の内に、ホスピス以上のホスピスが芽吹いて来たことを、確かなイメージとして実感するようになりました。

義母のホスピスは、家族であり、今まで付き合いのあった近所の人たちであり、俳句や書道の仲間たちであり、往診によって家族の介護を支えてくれる医者や看護婦、さらには彼女の長年住んで来た、街全体なのかも知れないと思った時、ホスピスとは、人間の絆のことではないかと閃きました。義母は、その「絆」を長年掛けて作り上げて来た人です。絆の中で生き、絆と共に死ぬことが義母にとって必要なら、「絆」という理想こそが、西欧流の辛気臭い「神」の思想に毒された真似事のホスピスを超える、義母自身のホスピスだと言っても過言ではないでしょう。

義母は、自分の手で自分自身のホスピスを造り、われわれの心の中にも永遠にそれを残そうとしているからです。

P．S．（熨斗袋の話は、気に入られたみたいですね。S……誌に載せるのは構いませんが、あの手の病院の話は、誰でも掃いて捨てるほど、眼にしているはずですがネ。）

M・T宛

皆さん、常識を以て常識の範囲内で、真面目に生きていることに安心したよ。

それが周囲の望みだったという暗い「下心」でもない限り、生命を縮めた人間に、誰が金なんてやるものかね！　こんなこと言っちゃあ申し訳ないが、わが家は、泥棒に追い銭やるほど裕福ではないのだ。そのことをわきまえなければいけないよ。

僕は、金を使うのが惜しいというのじゃない。生きる金なら、残らずお使いなさい。でも、相手が期待もしていない馬鹿げた金を使ったら、それこそ知性を疑われると言うものだ。

伊達や酔狂で、腹を切った訳ではあるまい。それに対する責任を考えれば、逆に、もっと悔しがって当然なんだ。

T・O宛

妹さんに引き続きお兄さんまで舌癌とは、O……さんの周辺も大変なことです。出来れば僕もそういう不吉な代物は常に避けて通りたいと思うものの、今や癌で死ぬ人間が三人に一人とか、四人に一人とか言われる時代だそうですから、けっして他人事で済ませられる状況ではないようです。大学の医者や専門家に任せて来た治療の結果がこの様ですから、われわれは権威だの先端だのといった虚仮威しの名前だけでは安心して彼らの治療を受ける気にはなれません。

マスコミは盛んに遺伝子治療や最新の研究成果を報道して、医学の進歩を誇らしげに謳歌していますが、その死亡率は増えこそすれ減って行かないのは、やはり癌に対する医者の基本的な姿勢そのものが間違っているからだと、僕は考えてます。例えば誠実な商人なら、自分の会社が業績不振に陥れば、己れの商売の哲学を見直して、新しい方向を打ち出そうとするでしょう。経営に行き詰まった己れの失敗を分析し、その失敗の理由を究明しようとするでしょう。

しかし、医者は、自分の患者の治療にこれだけ多くの失敗を重ねても、己れの医学そのものには何一つ疑問も持たず、ただ一言「もっと早く来れば」というお定まりの台詞を吐くことで、その愚かしい思想の中身をことごとく正当化し、抗ガン剤だの放射線療法だの外科手術だのといった相も変わらぬ方法を続けていくだけです。「素人に何が分かるのか」と言われるかもしれませんが、素人だからこそ、患者に苦痛しか与えないような、今の医学の間違った行き方に、はっきりとした疑問を提示することが出来るのだと思っています。

僕個人としては、不幸にして癌になってしまったとしても、世の人々が考える大病院の権威を当てにしたような医者の治療などは、絶対に受けないつもりです。多分僕の身体では、そういう野蛮な治療には耐えられないでしょうし、僕には、基本的なところで彼らの医療が有効であるとは思えないからです。癌を話題にする時、人はよく「転移」という言葉を使いますが、この言葉一つの中にも、僕は今の医学の薄っぺらな哲学性が滲み出ていると思っています。何故なら、生体を隈なく巡っているリンパや毛細血管に、それより大きな癌細胞の通り道はなく、それ自体に移動機能もあり得ないからです。

僕が知っているある異端の医者は、癌とは全身体的な炎症であると述べており、癌の元のものは赤血球であって、それが身体の弱っている部分に集中的に寄り集まって質を変え、細胞として新生するのだという説を唱えています。現在の形式論理的医学では、赤血球は赤血球であり、細胞は細胞分裂で増えるのであって新生はしないという定説が支配していますが、僕はこの時間と空間の中では、そもそもAは、いつまでもAであるという論理の方にこそ嘘があるような気がしてならないのです。

だから「転移」という言葉は、明らかに哲学的な誤謬を含む現代医学の嘘の証明であって、僕にはAはいつまでもAではなく、あらゆるものが流動的であり、細胞も断食において血球に戻り得るというこの異端の説の方が信用できそうな気がします。僕の抱く癌のイメージは風の吹き溜まりとか、川の流れの悪い場所に出来る芥溜まりのようなものです。僕は癌の一番の原因は広い意味でのストレスであり、それが身体の中にある種の傷を作り上げるのだと考えています。広い意味というのは精神的なものだけではなく、物理的、化学的なストレスを含むのですが、その滞りを目指して血球が集中するという図式です。

現代医学では、血液は骨髄で作られることになっていますが、僕の信ずるこの異端の説では、腸の絨毛が食べ物を吸収する時に作るという、昔から言い古された常識がふたたび明確にされる訳であり、どんなに馬鹿にされても信憑性の点では、この「腸造血説」の方にこそ遥かに分があると思っています。だから血液の状態は、食べ物の質と量、並びにその時の腸内環境で決定されるという結論が出て来ても、何の不思議もないのであって、こういう見方、考え方を積み重ねて行くと、現代医学の癌治療、難病治療が成功しないのも宜なるかなと思えて来ます。

僕がホスピスの先進的な思想を高く評価しながらも、実践の面であまり積極的になれないのは、われわれにはその前に、まだ現代医学の失敗に対して責任をとらせるという務めが残っているのではないかと思うからです。現代医学の過ちのために、切り刻まれ、焼き取られ、苦しみながら死んでいった患者たちの無念を晴らさぬうちは、僕は軽々しく、他人にも自分にも、死を受容させることは出来ません。癌という側面から見れば、ホスピスの思想は、現代医学の失敗の肩代わりをさせられているだけのものです。

恐ろしく大げさな話題になってしまいましたが、一度はこれを語っておかないと、僕の立場が明らかにならないような気がしたからです。義母は、昨日家に戻って、落ち着くべきところに落ち着きました。病院にいた時よりも、さっぱりとした表情をしていたそうです。狭いながらも安らぎのある、病人にとってはわがままも言える、精神的にはこの上なくよい環境で、それだけは安心したのですが、病院では直接指示されていなかった点滴も、介護メニューの中に入れられていて、初日から、周囲はおたおたしてしまうような困惑のスタートとなりました。

医者が経管栄養の策を弄したのは、当初の説明では点滴を止めて家に帰すためであり、そのための準備は出来ていたものの、素人には不安が残る点滴まで要求されては病院にいる時と同じであり、何のために手術をしたのか訳がわからないというのが家族の偽らざる思いでしょう。訪問医や看護婦は、来てくれる体制にはなっているものの、日常の介護は、一緒に住んでいるM子の姉一人の手にかかっているだけに、これからが心配なところです。

M・T宛

先程、清水から荷物が届いた。例の喪服を早々と送って来たようだ。どちらが先に必要になるかも分からないのに、いつものことで、こちらの意向などないようなものだ。しかも、送り主は親父の名前だ（最近は「お父さんはお前よりも先には死ねない」と繰り言のように言っているが）。これにもまた、彼女の世界から弾き出された、世間に対する重大な意味合いがなければならない。ただし、こんなことは僕の長い人生の中では日常化した事柄で、いまさらの感がある。意見を聞く、聞かぬというよりは、これが当然という彼女のいつも通りの「生き方」そのものを押しつけてくるだけだ。もっと本質的なことがあるだろうに、そんなことは考えてもみないのか。

息子の意志をなきものにする、その有無を言わせぬいやらしいやり方には唖然として、いまだに返事を返す術すらない。これは見方を変えれば、彼女の無意識の内にある精神的な子殺しの類なのだろう。彼女は、我が子をスポイルする以外、自分の人生を心から享受することが出来なかったようだ。しかし、こと僕に関する限り、彼女のこうしたやり方はこちらの思いとは裏腹に、何もできない息子のための、已むに已まれぬ「親心」として映るのか、世の人たちには、つねに受けがいい。子供の頃は、すべてがこの受けのいい彼女のやり方で完膚なきまでに押さえ込まれて来たし、それに少しでも異議を唱えれば、世の人たちは誰もが彼女の味方であって、抗う僕は、彼らから胸糞の悪いほど徹底的に矯正される運命だった。

しかし、こういう世界に立ち入ったことのない人たちの眼には、彼女のやることすべてが息子のためで、しなくても良い苦労まで背負っている「われわれには真似の出来ないあっぱれなこと」として映っているのだ。五〇年の長きに渡って、僕に関するあらゆるものを手段にしながら、彼女はつねに被害者然として、世間が覗いてみたがっている心の風景の中を実によく泳いで来た。感動を共有したがる世の人たちの中で、彼女が已れの息子になして来たあれこれを鼻にかけている現状に、僕はしばしば立ち合っているが、そういう時の彼女ほど、ツボを心得た演技者はいない。

心ある親なら、我が子の将来を思い、子供と共に生きるために生活を変え、自分の生き方まで変えるというのに、彼女は僕の知る限り、つねに已れにとって居心地のよい演技者であることを止めなかった。世間がどう受け取ろうと大した問題ではないだろうに、彼女の生き方の周辺には、この「喪服」に類する話が有り余るほどである。そうして、悪いことに彼女は、今もなお僕を意のままにし得ると思い込んでいるのだ。夕べ僕が、分かったと言ったのは、比喩的に表せばこういうことなのだが、彼女自身は、いまだに善良な母親として、哀れな息子を出しにしながら世間という表舞台に立っているだけのことだ。

それが証拠に、見たまえ、真面に歩けなくなった息子のために歩行の邪魔になる家の中のもの、息子がしばしば訴えてきた鉢一つ、物一つ、いいや、その前に心一つ、彼女は動かそうとはしないではないか！

T・O宛

在宅ケアの資料、興味深く読ませていただきました。最近は、マスコミも介護の問題をいろいろと取り上げているので、目に触れるものは少しは読んで来たのですが、あらためてこういう体験記事を突きつけられてみると、他人を使いこなす方法にしても、家族としての心構えにしても、何から何まで違うことに、やはり理屈ではないなあという思いにとらえられてしまいます。特に、介護計画を割り振って行くコーディネーターの存在が、重大な位置を占めていることに、衝撃すら覚えました。

僕もコーディネーターの必要性は理屈では分かっていましたが、義母の場合は、入院から在宅ケアに至る過程の何から何までが、物事を情緒的な言葉で考えようとする周囲の人間たちによって、つねに場当たり的な対応に振り回されて来たような気がします。手術にしてからが、理性的な判断によるものではありませんでしたし、当初からわれわれの勧めていたホスピスへの計画も、周囲の情緒的な判断の中で二転三転した末に、結局は何の用意もないままに、在宅ケアに移ってしまいました。

本人の希望であるのは事実だとしても、周囲が情緒的な判断に流されることなく、その中にもう少し計画性と理性の言葉を吹き込んでやれたら、病人を抱え込んだ哀れな家族が、会話らしい会話も交わさず黙りこくったまま、来る日も来る日も、恐ろしく長い点滴の時間をやり過ごすために、狭い家をなおさら狭くするような閉塞的な状況には少なくともならなかった筈です。ここには、日本の普通の庶民の住宅事情が抱えている、容易に克服できない問題が横たわっています。M子のいうアクの強い冗談では、まさに「おまる」の上で、飯を食らうという状況です。

ホスピスも現実には、自我の確立のない日本の家族関係を反映して、けっして書物で紹介されるような理想通りの明るさはないようですが、いくら病人を相手にしているとはいえ、もっと自然に振るまい、周囲にいる人間の欲望を充たす、それぞれの陽気さがあってもいいのではないでしょうか。聞けば、義母がテレビやラジオの音を極度に嫌がるというので、テレビもつけない、ひっそりとした部屋で、居場所を失った家族が、点滴や経管栄養の管を眺めながら、日がな一日手持ち無沙汰を託っているようです。

そこでは、彼らが普段交わしていた、真面な会話すらなくなってしまったようです。これは僕の予想に反する、考えられる限りでの一番悪い状態です。特に、九〇歳に近くなる年老いた義父にとっては、最悪の環境でしょう。これが今、僕の一番危惧していることですが、こういう問題を抱えた日常が、彼の上に長く続けば、精神生活上の心配すらあり得ます。僕は、義母が在宅医療に移る前から、義父について特段の配慮をするように、周囲に言って来たつもりですが、誰も良い方法を考えてはいないようです。

最近は、われわれがクルマで行くと、義父が必ず外まで迎えに出てくるようになりました。かつては、われわれが会いに行っても、義父はモーツアルトを聞いたり水彩画を描いたり、自分の好きなことをやっていました。おそらく、それは、家に籠もり切りの「幽閉者」としての現状を多少でも変えたいという義父の物言わぬ自然な心の現れなのかもしれません。だから、僕は自分を義父の立場に置き換えてみる時、これは当然、議論されても良い問題であると思う訳ですが、残念ながら、周囲にはそういうことを配慮できるような時間的ゆとりがなかったようです。

義父自身も介護という面では何一つ出来ないながらも、病人の側にいることで彼の役割を果たそうとしているようです。しかし、そうは言っても、そこには病人だけではなく、己れ自身の欲求を持っている普通の生活者がいるのですから、一日ベッタリと病人の傍に付いている必要はないでしょうし、そんなことをしていたら病人よりも周囲の方が疲れ切ってしまうでしょう。口を出すだけの家族では在宅ケアは出来ません。それに義母の場合、病院で看護婦がやっていた、ある意味では特殊な技術的なことを家族が要求されている訳です。

今まで生活を共にしており、病人がもっとも信頼しているからという理由のみで、これからもすべて義姉にやれと言っても、彼女ひとりでやり切れるものでもありません。確かに彼女自身は、この与えられた役割に特別な意義を見いだしているようですが、公的支援もあることですし、そういうものを利用する術を考え、介護を分担して誰かが代わってやらなければ、早晩無理が出てくるでしょう。今は義姉が頑張っていますが、医者へのお礼などという枝葉末節的なことよりも、これからのことをもっと周囲が真剣に議論し、他人にお伺いを立てているだけの、場当たり的なものにならないようにして行くべきです。その時のために、周囲がもっと動いても良いと思うのですが、僕には、いまだ彼らの考えが見えて来ません。

ただ、僕が今書いていることは、義母の症状が現状では安定しているということの反映であって、周囲にとって明日は我が身だということを除けば、特別心を動かす筋合いのものではないのかもしれません。冷静な観察者として、一連の成り行きを眺めていると、こうした場合、口を出さず（したがって手も出さず）黙りを決め込むのが、一番偉いやり方なのだと思えてくるのは不思議なことです。僕のように、いつも事を荒立てて周囲の反感を買ってしまうのは、やはり彼らにとって扱いにくい、場違いな人間なのかも知れませんね。

T・O宛

いやはや、早々と擦り付けてくれましたよ。横に高い縁石があるにもかかわらず、やみくもにハンドルを切って発進したものだから、右後部ドアの下に、とてつもない引っ掻き傷を作ってくれました。初乗りから三回目のことです。O……さんは、九州から北海道までクルマで旅をするほどのベテランだから、そういうことはけっしてないと思いますが、彼女の運転は、普通の人たちと違って、走っている時よりも止まっている時が危ういという「逆説」が成り立ちます。要するに、車体感覚が希薄なのです。

十年乗っていても、駐車技術は相変わらず初心者のままで、それが分かっているから、横に乗っている身としてはいまだに緊張の連続です。免許を持たない僕だって内輪差くらいはイメージできるのですが、どう言う訳か、周りにクルマがあったりすると、苦手意識が先に立ってハンドルさばきが覚束なくなるようです。前のクルマもやはり早い内に、喫茶店のどうということもない看板に引っ掻けて、右前部ドアに深手を負わせました。それを最初に、あとは切られ与三郎のごとく、総身に疵の数知れずです。

加えて今回の初仕事は、何と警察の駐車場でのことだから、恐れ入ってしまいます。それも、行った時は思い通りに駐車出来なくて、もたもたしていたので、見るに見かねて警官が代わって入れてくれたのです。4WDと言ったって車高が高いだけで、小型だから幅も長さもそれほど違いはしないと思うのだけれど、帰る時に僕が簡単な方に曲がるように指示しているのに、車体も充分出きらない内から、ことさら条件の悪い方にハンドルを切って出ようとするものだから、嫌というほど縁石に擦り付け、ご丁寧にも再度バックして、またまた同じところを擦り付け、結局は、僕の指示した方に曲がるしかなかったというお粗末を演じました。
他のクルマに擦り付けなかったのが、せめてもの幸いでしたが、一ヶ月も経たない内に傷物にしてくれたこともあって、これで糊が取れたワイシャツのように着心地が良くなって、むしろサバサバとした感じです。時々、家に上がるように靴を脱いでクルマに乗り込んでいる人たちを見かけますが、あれはどうも滑稽で、われわれの性に合いません。僕はいつも、世の中を洗い晒しの普段着で渡っているので、クルマも同じように、気軽な下駄の感覚で乗るのが似合っているようです。

ところで、先日、義母の容体が急変したという知らせがあり、無料の初期点検に出しておいたクルマが昼過ぎに戻ってから、われわれも急遽、家の方に駆けつけました。最初の電話では、救急車で病院に運ぶという話でしたが、遅かれ早かれこういう時が来るのだから、もう肝を据えてじたばたしない方がいいのではないかと、病院に行く前に折り返しわれわれの考えを電話で伝えたところ、訪問医もやはり同じ考えだったようで、延命治療はむしろ、患者を苦しませるだけだろうと言われたとのことで、家族もその意見にしたがって、このまま家に置くことに決めたからという返事でした。

この訪問医は、大病院の非人間的な医者たちとは違って、何か考えのある人らしく、われわれの思っていることを先回りして、家族に伝えてくれるようなところがあり、いつも患者の側に立って医療を考えているように見受けられ、やっと信頼に値する良い医者に当たったなと思っています。

帰り際にベッドの陰で、医師が手を合わせて「祈り」の仕種をしているのを義姉が垣間見たようなことを話しているので、おそらくクリスチャンか、あるいはホスピスの思想を身につけた人ではないでしょうか。特に、現在の判で押したような延命治療には批判的な考えを持っているようで、われわれもこの点では話の通じる人間のようです。

義母は先週見舞った時には、まだ義姉に助けられながら、自分でおまるを使っていましたが、その後急激に体力を喪失し、本格的に寝たきりの状態になったようです。経管栄養はほとんど腸に留まらず、注入すると直ちにそのまま出てくるようで、運が悪ければおしめをしていても、ベッドに散乱するような気の毒な状態におかれています。義父がその掃除を手伝っているようですが、夜は、義母の傍に寝ているので、ほとんど眠っていないのではと思われるほど憔悴し切っていました。幸い、今回は義母の状態も、一時に比べてかなり持ち直し、しばらくは、現状維持で落ち着いてくれることを期待しています。

ただ、前にもお話しした通り、本人も家族も普段から、こういう場合にどう対処するのかという基本的な考えがなく、つねに行き当たりばったりで来てしまったために、いまだに右往左往する状況から脱しきれていないのが、家族や周囲を必要以上に憔悴させている、一番の原因ではないかと思います。誰もが病気や死と無縁でいられないのだから、その時にこそ、自ら最善の方法をもって対処できるように、日頃から家族の間で、真面目な議論をしておくことが必要でしょう。

人生の最期に、悔いのない安らかな死を得ようとするなら、家族や周囲が同時に、その死を落ち着いて見送ることが出来るような環境もまた、用意しておきたいものです。

T・O宛

義母が突然、心臓発作を起こし、亡くなりました。今夜七時のことだったそうで、先ほど連絡がありました。一昨日のことがあってから、状態も多少は持ち直したと思っていたので、唐突に逝ってしまったのが、非常に残念です。

これからクルマで、家に向かいます。

T・O宛

しばらく御無沙汰している内に、返事を出さねばならないメールが溜まってしまいましたが、義母の入院以来、張り詰めていたものが一気に失われたことで、何やら疲労感や脱力感が抜けず、いまだにボーッとしています。われわれの間ではとにかく存在感の大きかった人でしたから、死んだという現実感があまりにも希薄すぎて、言われるような悲しみや感慨が実感として湧いてくるほど、義母はまだ充分思い出になりきっていません。またいつもの調子で、電話を掛けて来そうな気配がします。

葬儀のことは、合理主義者の義父が以前から、簡素にしようと決めていたらしく、当日も斎場の入り口には記帳所も置かず、親類縁者はもとより会社絡みの香典供花の類もすべて断るという徹底したものでしたが、特に知らせた訳でもないのに、それでも通夜、葬儀には共に、二百人もの人たちが集まって下さり、その交友範囲の広さ、豊かさに、改めて義母の人間性を偲ばせる、思いも寄らない結果となりました。後で聞いた笑い話のようなことですが、お焼香に来てくれた人たちを、家族はほとんど知らなかったそうです。

あれから、義母が人生の最期を過ごした「形見」のベッドは、義父の所有となり、彼はそこで、気が向けば机代わりに差し渡したボードの上で、ものを書いたり、カセットで音楽を聴いたりする毎日です。われわれが訪ねると飲み友達でも来たように、にこにこしながら酒を勧め、今まで聞けなかったことを、時々思い出したように、ぽつりぽつりと話して聞かせてくれます。

手術の無謀さは、義父にもよく分かっていたのでした。やはり余命いくばくもないことを本人に伝えなかったのが裏目に出たと言うべきでしょうが、実際は家族が、自分の口からは反対の意思表示がしにくいので、医者が手術は出来ないと言ってくれるのを半ば当てにしていたということです。正常な判断の出来る医者なら、やらないはずの手術だと誰もが思っていましたから。

ところが、こともあろうに人間性の欠片もない、もっとも悪い医者に当たってしまった。義母も初めは、手術に希望など持っていなかった。それが内科から外科に移されたことで、あるべき常識が突如として常識でなくなってしまった。内科の検査が予想外の苦痛をともなっていた上に、外科でも同じ検査をするというので、検査は止めたいと言う義母に向かって、担当になった若い医者は「素人に、何が分かるか」と恫喝紛いの言葉を吐いて、彼女を手術に誘い込んだと言うのです。

聞けば、義母とこの医者との間に、われわれの窺い知ることの出来ない、かなり激しいやり取りがあったと言います。病院という土俵の上で家族が口出ししにくい環境をつくられ、本人が手術を決めてしまえば、それは人質に取られたのも同じなのではないでしょうか。家族の中には手術をして良かった、経管栄養の処置はあくまでも正しかったと言う人たちも居りますし、今となってはその判断の善し悪しを云々しても仕方のないことですが、義父自身は、手術に積極的に反対しなかった理由を、身内にしか分からない情愛のこもった言葉で「恨まれては、困るからだ」と語っています。

義母に手術をあきらめさせて、それで納得すれば良いでしょうが、「手術をしていれば助かったかもしれない」と言われたら、それこそ長年苦楽を共にしてきた連れあいに対して、どんな言葉を返すことが出来るであろうかという、苦渋の中での選択なのだと思います。「僕には別れの言葉一つ、言ってくれなかった」と、冗談めかして話す義父の顔に一瞬赤みがさすのを、われわれは見たような気がしました。義母は、贅沢にも家で、家族に見守られながら、願ってもない最期の一時を幸福に生きたと言って良いでしょう。病院にいたら女王に仕える小姓のように、おまるの始末をする義父の姿など、けっして拝めはしなかったからです。

I・I宛

いよいよ東京で《個展》をやりますか……僕も愉しみにしています。S……ギャラリーというのは広々としていて、圧迫感のない好きな画廊です。小田急の時は、コセコセしていて雰囲気が悪かった。デパートということもあるだろうが、I……さんの作品は手狭なところに並べても、世界の違いが浮き立つばかりで空間的に映えないのだ。I……さんの真価を見てもらうためには、何よりもまず、展示場がゆったりしていなければと思う。いつも、宇宙大の空間に負けない位の作品を、みんなに見てもらおうじゃないの。

句報の方は、残念ながら「じり貧」みたいだね。それなりの世界を持っている人たちが書き続けているということか。題を与えられたり、定期的に書くというのは、強いられているという感じがあって、案外精神的に疲れるものだ。自分の中に書く必然性があるならいいが、書くために書くのはやりきれない。俳句に限らず、絶えずムラムラとしたものを持っていないと、書いても良いものにならないと思いますよ。

先日、M子の母が亡くなりました。無謀な手術をしたものだと思うが、本人が納得した上でやったことなので仕方がない。入院から二ヶ月半というのは、それにしても呆気ない。普通の医者なら末期癌の、それも八〇を過ぎている患者なら天命に任せて、手術はやらないものなんだが、あれは結局、医者が自分の手術の腕を磨きたかっただけのようで、腹に付けた「経管栄養」の管は、ほとんど機能しなかった。医者の権威に頼っていてはいけないのだ。人間性の希薄な医者に掛かったら、誰もが生命を縮められると心得ておくべきです。

ただし、今の時代に家で死ねたのは、返す返すも贅沢なことだった。M子の姉が、何から何までよくやっていた。それでも最後の五〇分間は、酸素マスクを付けていても呼吸する力がなくて、相当に苦しんだらしいが、家族に看取られて死んだのだから本望だろう。あれが病院なら、さしずめ蛸足配線みたいに沢山の管を付けられて強制的に呼吸させられ、その後の数日間を物として生かされることになったと思う。延命治療というのは、苦しみを長引かせるだけのものだ。だから、それを受けなかっただけでも、お母さんは良かったのではないかと、われわれとしては思うしかない。

I・I宛

生き物というのは、悲しいものだよね。人でも猫でも、一緒に暮らしていれば情愛の移るもので、やはり看取りは悲しいものだ。チャーというのはI……さんのところの縁側の篭の中にいた、丸々太ったあの猫かい？　ずいぶん可愛がっていたのに。K子さんは無類の猫好きだから、なおさらだろうさ。それにこの二三日、寒さがぶり返して大変なことだ。

M子のお母さんが亡くなって一週間目くらいに、M子が小学校のころから、女四人組みの中の一人だった友だちが、脳内出血で死んだという知らせを受けて、さすがに彼女もショックだったみたいだ。生きのよい、頑張り屋の人間から先に死んで行くねと二人で話したものですが、こうして、いくつもの死を見ていると、F……のあのがつがつとした生き方は、傍目にも危うかった。僕はいまだに、彼の生き急ぎが残念で、残念で堪らない。春になると、どうも人の死が身に染みていけないいな。

ところが、そんなことを考えている矢先に、またまたやってしまったのだ。昨日、いつものようにパソコンのスイッチを入れて、WINDOWSを立ち上げようとしたところ初期画面で止まってしまい、後は、うんともすんとも言わなくなった。フロッピー・ドライブから立ち上げようとしたが、全然動きがなく、恒例のシステム・クラッシュとあきらめました。一昨日、終了した時までは快調に動いていたので、なぜ止まってしまったのか、訳が分かりません。

もう、こういう事態には慣れっこで、基本的な最小のシステムだけは再セットアップして、インターネット・メールは、早々に回復しました。でも、これからが大変で、ソフトをすべて入れ直さなければならず、設定までやるとなると、いい加減うんざりしますがね。どうせ見捨てられたパソコンだから、その内買い替えるつもりではいますが、機能に支障のない内は、動いて欲しいと思っている次第です。

今日はまだシステムが不安を抱えているから、このくらいにしておきたい。せっかくシステムが動きはじめたのだから、このままうまく動いていいてほしいものだ。

I・I宛

パソコンがシステム・クラッシュして、今日で三日目ですが、やっと何とか元通り復旧しました。ヤレヤレと言ったところです。それに今回は、ゴミのような要らないファイルの掃除にもなり、１００ＭＢばかり多く、空きができたので助かりました。われわれ素人がファイルを下手に消すと危険だから、こういう時でもないと、システムをスリムにする術がないんですよ。１００ＭＢというのは、思っても見なかった量です。

猫のチャーが死んだそうですね。傍に付いていてやると安心するようだと聞いて、何だか胸にじーんと来てしまいました。やっぱり、いっしょなんだ、動物でも同じなんだと思いました。Ｆ……の最期を思うと、宜なるかなです。Ｍ子のお母さんの好きだった「願わくは花のしたにて春死なん」という西行の歌にあやかって、せめてＦ……にも、もちろんチャーにも、花を見せてやりたかったね。こちらは、昨日あたりから桜の蕾が開き始めたようです。ようやく三分咲きというところ。やっと、本格的に春になりそうです。

しかし、それにしても世の中、きな臭い雰囲気ですね。戦争をやりたくて堪らない連中がわんさといるから困ったものです。国を守るなんて言うけれど、人を守る気もないのに、国なんか守ってどうするんでしょうね。馬鹿げたことに、そういう言葉に乗ってしまう人間もいるんだけれど、彼らの言っている国というのは「体制」のことで、早い話が例によって例のごとく「天皇」を守ることなんでしょう。

天皇という「体制」を守ろうと君が代を歌ってきたこの国に、人間なんかいた例《ためし》はないですものね。それに標的には格好の原発が、元よりこんなに沢山あるんだから、戦争なんか始めたらそれこそ終わりではないでしょうか。昔は「国破れて山河あり」でしたが、今度は、国勝利して山河なしとなること請け合いです。こんな国に、人民の飢えや生命と引き換えに造ったミサイルなんぞは、もったいないと思いませんか？

## 後記

義母が亡くなって数週間経ってから、ふたたび議論の種になりそうな墓の話が周囲に持ち上がっていることを聞きつけたある友人から、続編を期待するとの物好きなメールが僕の元に寄せられた。その話を伝えているのは、確かにM子の仕業であろうと思うけれども、「無視」という言葉を持たない彼女と違って墓のことについては、僕にはあまり興味のない事柄なので、これ以上記録に留めるつもりもないし、そういう話を面白おかしく語ってくれる人間たちに、この後は総てを任せようと思う。人間誰でも、死ねば塵芥と同じようなもので、そのゴミをどこに埋めようが、どこにばら蒔こうが、大した問題ではありません。自分の死後のことは、僕にとってどうでも良いことですし、どこの墓に入れようが、野ざらしにされようが、その処置には一切、文句を付ける筋合いはありません。そうしたければ塵芥として手間隙掛けず、お好きなように扱ってくれて、もちろん結構だということです。僕は、生きている人間にしか興味がありません。どこに墓を買おうが、誰がいくつ墓を造ろうが、そこに誰を入れようが一切関わりありません。僕は常々、生命に対してのみ手を合わせ、生命に対してのみ頭を垂れる人間でありたいと、強く念願しています。慈悲とは、むしろ生命に懸けてこそ意味を持つものであって、死者には虚しい限りです。これが皮肉に聞こえたら、即刻お許しを乞う次第だが、ホスピスは金がかかるからと二の足を踏みながら、生きた人間を物として、辛苦の内に放擲する世の多くの善人たちが、何百万もかけて墓を造ろうとする行為自体が、正直言って僕には、ちゃんちゃら可笑しくて堪らない。

＊初版発行：一九九九年四月二十五日
＊B6判、四十四頁

# 解説

# 手紙魔　——吉田正人さんのこと

たなかよしゆき

吉田正人さんとわたしの出会いは「奴隷の言葉」からはじまりました。「奴隷の言葉」は東京の長谷川修児さんがガリバンで出している通信「遊撃」月報一九七四年二月号（三八号）に掲載された。そこから正人さんとわたしの手紙の長い交流がはじまりました。

長谷川修児、吉田正人、わたしの三人の出会いについて先に少し触れておきます。

修児さんは一九六五年、ベトナム戦争でアメリカが北爆をはじめたころ、全国の詩の愛好家に呼びかけて、ガリバン手づくりで「ベトナム反戦詩集」をつくり、東京の街頭で一人立売りをはじめました。「詩のべ平連」を標榜し、「アメリカはベトナムから手を引け」と訴え、「個の蜂起を！」と呼びかけられました。わたしと修児さんとは、一九六九年八月、小田実らが提唱した「反戦のための万国博」が大阪城公園でひらかれたとき、出会いました。修児さんは『ベトナム反戦詩集・ゴルゴダの丘』を、わたしは同じくガリバン手づくりの『ことばの中から日常を民衆を摑み出せ！』を持って参加し、そこで交流したのがはじまりです。わたしも一九六九年六月ごろから、天王寺の地下街でガリバン詩集の立売りをはじめていました。

正人さんも一九六九年三月、『黒いピエロ』をガリバン手づくりで出版（友人の協力あり）。静岡や清水の街頭で立売り（座り込み売り）をはじめられました。修児さん、正人さん、わたし。三人は年令こそ違え（修児さん一九三二年（昭和七年）、正人さん一九四七年（昭和二二年）、わたし一九五〇年（昭和二五年）生まれ）、ガリバンの詩集を手づくりし、土地こそ違え、街頭で売っていた、ということで共通項があります。さらに「個の蜂起を！」という行動原理で一致し、共通していました。何か人生の不思議な縁を感じさせます。修児さんと正人さんがどういう経緯で出会ったのか詳しく訊いたことはありませんが、「奴隷の言葉」の付記に「＊にんげん№.2-1（'72・2・1発行・発行者静岡・井上豊子）に発表。吉田さんの希望でここに再掲載した。原文のまま。」と書かれてあるので、そのころ正人さんから修児さんに申し出があったのでしょう。

「奴隷の言葉」にわたしは心惹かれました。そこには論理的で清潔な文章で、障害者の前に、一個の人間として尊重するよう、社会に要求する「個の原理」が貫徹されていました。「障害者が「社会復帰」するのではない。障害者が自分自身に復帰できるような社会になるのだ」は蓋《けだ》し名言でしょう。新鮮で刺激的。〈詩《ポエジー》〉を感じさせる文章でした。わたしが修児さんにそのような旨を書いて送ると、正人さんから「田中義行君への返書」（一九七四年四月四日）という手紙がとどきました。

これが手紙魔吉田正人さんとわたしとの手紙による交流のはじまりです。その返書を紹介しておきます。

　僕の詩に寄せて下さった、君の言葉に深く敬意を表します。僕は——君と同様に詩以外のところで——君について、何一つ知りません。けれども、君の手になる一連の詩作品にふれるにつれて、君が、希に見る愛しきロマンの持主であると云うことを確信するに到りました。多くのロマン主義者が、右翼的な貴族趣味に堕して行く中で、君は絶えず、生活の底辺にある民衆の感覚によって、自己を歌い、自らの反抗に結び付けるべき本物のロマンを育て上げているのだと云う気が、僕にはします。……君は、絶望したことが、おありでしょうか？　多分、あると思います。今日それは、希望と云う言葉以上に、明日を志向する僕たちの、価値ある勇気の証言です。

　友よ！　前進するが良い。だが、けっして誰かの命令によってでもなく——自由に、君の信ずるところへと。

4月4日　吉田正人

鳥よ。魚よ。獣たちよ。
君たちの悲しみよ。
てんとう虫よりも小さい
僕たちの世界！

《VOL．6》より（一九七四年）

＊

正人さんとの手紙の交流は一九八三年まで続き、わたしの手元に二三七通の手紙（そのうち三通はハガキ。正人さんが和文タイプの講習を受けていた一九八〇年ごろのもの。その他はすべて手書きの手紙。）が残されました。正人さんの手紙は原稿用紙（コクヨ20×20、Ｂ５型）を使って、一字一字ていねいに、かっちりとした文字で、青のボールペン（まれに黒のボールペン、鉛筆）を使って書かれています。ちょっと線がふるえているのは身体（手）のマヒによるものですが、その活字のような文字は実に読み易く、美的にもすぐれたものでした。五、六枚のことが多く、少ない時で二、三枚。原稿用紙一枚を書くのに、一時間かかると手紙の中に書かれていましたが、さもありなんという気がします。下書きをメモしてから清書されるので誤字や文章の乱れはほとんどありません。また文字のへたりがありません。（これは驚異的なことです）。一通書くのに五、六時間以上かかったのではないかと推察されます。手紙を書くことは正人さんにとって、日常生活での必要不可欠な仕事であり、重要な文学表現の形式、思想形成の方法、ひとびととの交流の大きなよろこびであったことが感じられます。身体マヒにもかかわらず、粘り強くこの作業をすすめ、貫徹する意志は並大抵の努力ではありません。正人さんの手紙はそれ自体でひとつの文学作品といえる完成度の高いものでした。手紙について書かれた手紙を紹介します。

謹啓

お葉書、ありがとうございます。こちらこそ、お忙しい兄を、僕の気まぐれな手紙などで、いつも、わずらわせているのではないかしら？　僕は特に書くことが好き、と云う訳ではないのですが、僕の愛する人たちが、たとえ、僕の側に居ず、又顔を合わせることがなくとも、いつも僕を忘れないで、心のとびらを、僕のために開いておいてくれることを願っているからです。僕は、多い時で、一カ月三十、ないし四十通程、手紙を書きますが、これは、僕の体力（筆はこび）からみれば、すでに限界に近い量です。でも、お返事がもらえれば、一行でも、愛をとりかわし得たと思います。僕の知人が、ある日、隣りの仲の良い友人に別れを告げて引越して行った人の話を、僕に聞かせてくれたことがあります。

何故、遠くへ行ってしまうのか、恐る恐るたずねると、彼は、こう云ったのだそうです。――《君に、手紙が書きたかったから》。

これを聞いた時、僕はまだ高校生だったのですが、十年たった今でも、その時の感動を忘れることが出来ません。たとえ、彼の作り話だとしても、良い話ではありませんか？

こんなことがあって、僕も、せっせと手紙を書き始めました。多分、僕は、うるさがれているでしょうけれども、詩は止めても、手紙だけは、死ぬまで書いて、書いて、書き続けてやろうと思うのです。僕にとって、手紙の方が、詩より以上に、僕自身の生《なま》の思考を伝えることの出来る場なのです。詩は、その過程の産物にすぎません。自分の人生を、その表出を、何一つ、もりこめぬ詩人など、ナンセンスだと思いますヨ。

（以下省略・一九七五年二月六日）

わたしの街頭での立売りは、三、四回でやめてしまったのですが（警官やガードマンがうるさくて）、正人さんは八二年ごろまで続けていたらしい。手紙の中に立売り（座り込み売り）について書かれているものがあるので、それを紹介します。一九七五年三月二一日付。

謹啓

お葉書を拝受。

昨日から〈詩集〉を売りに行っています。何しろ、八時間～九時間、道端のコンクリートの上に坐っているので大変です。その上、飲まず食わずで、一週間位続けるため、終った後、体重が3kg位はへります。特に冬は寒いし、身体にこたえますが、作品は発表してしまわないと荷を肩からおろせないので、冬でも、やっています。詩集を売っていて、出来た友人がたくさんいて、時々道端でインスタントの集会をやったりします。――僕の詩はプロパガンダの要素があると、自分では思っています。……だから自然とそういう仲間が出来る訳で、色々面白い話題が出て来ます。

時々、ポリ公にいびられるのを別にすれば、僕にとって楽しいことの一つです。ポリ公にはすでに四五回やられているので、ゴマカシ方も覚えました。何時かパネルにしてやってみたいと思っています。

兄の生活の平凡さ――僕も又それは愛すべきことだと思っています。危機だけを革命的だと思いこんで、常に緊張している人たちがいるけれど、緊張ばかりしていることにはとても耐えられないような気がします。――逆になってもやはり同じだと思う。緊張する時には緊張し、平凡である時には平凡さを愛したい――これが僕の願いです。

正人さんはヨーロッパやアメリカの文学、カフカやニーチェ、サドやバタイユ、ワイルド、ボードレール、ソローなどの作品を愛読し、中でも異端派の文学、耽美主義や反抗の文学に深く傾倒されていました。日本文学では太宰治を最も尊敬し愛読されていました。詩人では萩原朔太郎。埴谷雄高や澁澤龍彦も好きな作家だったようです。

正人さんの詩は散文体で書かれていて、アフォリズムの一形式、または一変化形とみなしてよいかとおもわれます。批評、風刺、皮肉、毒と笑い、ブラックユーモアの精神に満ち溢れていて、初期は翻訳の文体の影響が強かったのですが、だんだんと換骨奪胎、血肉化された自分の言葉へと変貌させていかれたようにおもいます。そのあたりのことを書かれた手紙を紹介します。

謹啓

自己の思想を、真に理解し、使いこなせる人ほど、誰にでも分かる、やさしい、やわらかな文章で表現するものではないでしょうか……もちろん《誰にでも》と云うのは、ある程度の教養を受け入れている人々ですが……やさしい文章で、自己の思想をあやつれる人が、最も深く、自分を理解し、考えている人ではないでしょうか?

竹内好なども、ポピュラーな文章の書ける学者です。学者の文章は、僕のような人間には、大体が、とりつきにくいものですが、中には、非常にポピュラーな文章で、高級な思想を表現できる人たちがいます。林達夫がそうですし、鶴見俊輔がそうです。

彼らは本来、僕たちの寄りつけぬ思想的高みに居るのですが、それを感じさせぬ、おだやかさ、やさしさがあります。僕が、彼らを愛する理由は、この点です。

(中略)

朔太郎のアフォリズムは、僕の現在の形式を作る上での動機となったものです。ニーチェも、その一人で、以来、アフォリズムと詩を結合させようと云う《こころみ》を始めました。僕は、一定の見方では、ものを見ませんので、思考そのものが断章的です。だからこの形式が一番合っているのだと思います。

僕にとって、自然な形式でも、他人から見ると異様さがあるようです。初期の頃は、それをめぐって、賛否両論があったのも、そのためです。……今でも、否定する者は、ありますけれども……。

人それぞれ、自然な文体を発見するのが、良いことだと思うのです。

兄のものも、立派なものだと思います。

兄の細やかな感情を表現するためには、現在の文体、形式を守り発展させるべきです。

クセは、自然のものですから、重大です。

たとえ、それが、不安に思えても。

（一九七五年八月二八日）

＊

（前略）

さて……昨日、久しぶりに、萩原朔太郎の詩集を、手にしました。多分、三四年ぶりのことでしょう。僕が日本で一番愛する詩人の一人ですので、こんなことではいけませんが、実は、新聞を読んでいたら、朔太郎の研究書の新刊本の批評文がのっていたので、思い出したように、詩集を取り出して、ペラペラとめくってみることになったと云う訳。僕が、彼のものを、のめり込むように読んだのは、十年以上も前のことで、それに、僕が好んだのは、むしろアフォリズムの方なので、詩の一つ一つを、その頃、どう読んでいたかは、あまり思い出せませんけれども、彼の文章のところどころにあるニヒリズムのニオイは、未だに、思い出として、僕の鼻にしみついていたようです。新聞を見た時、その引用文の一センテンスがあざやかに、昔のままの感動と共に僕の胸を打ちました。こう云うと、レトリックめいて聞こえるでしょうが、彼の書いた、あの孤独の心情は、今でも、僕の悲しい共感の中に、うずまいて存在しているのです。

郷土！　……人々は私に情なくして
いつも白眼でにらんでいた。単に私
が無職であり、もしくは変人である
といふ理由をもって、あわれな詩人
を嘲辱し、私の背後から唾をかけた。
「あすこに、バカが歩いて行く」。

この孤独の心情は、今もそのまま僕のものです。世の大人ぶった生活人どもは、この文の中にある悲しみを、文学的レトリックか何かと見なして、日常とか云うものを無関係に生きて行くけれども、この孤独の心情を理解し得ない人間どもに、どうして、人生など論ずることが出来よう。確かに僕は、生活者としても、又、大人としても失格だし、それは彼らに云われるまでもないのだが、生きることの哀しさは、彼らより数倍も理解しているのだ。あゝ、大人。大人とは、世の中をわたるためのズルサをわきまえ、波風たてぬことを唯一の誇りにして生きて行くご立派な人たちのことなのだ。あゝ、大人。彼らが作っている、このご立派な世の中に、僕は、もう、加えていただく気持もないが、僕が、彼らに云いたいのは、安易に、《生活》とか《日常》とかを口にしてくれるなと云うことだ。
ギリギリの生命を支え、彼らから、つまはじきにされた人間の孤独など、彼らには、死んでも分かりはしない。

彼らの嘲辱する人たちこそ、つまり、世の中に、うとんじられた孤独な人間こそ、人生をギリギリに認め、それの何たるかを知るだろう。

昔、朔太郎が与えてくれた感動に、再び、めぐり合ったことで、この共通の悲しみが、いよいよ大きく、身近になったように、僕は思う。

ダダをこね、クソを投げ、永遠に悟らぬエゴイストとして、彼らの仮面を、その醜い面の上から、ひっぱがしてやろう。それだけが僕の存在理由のようでもあるのだから。

正人拝

（一九七七年七月二六日）


引用紹介したい手紙はまだまだたくさんあるのですが、紙幅が尽きてきたのでこれくらいにします。正人さんは手紙の中で、「僕は、コスモポリタンで、アナキーで、エトランゼーで（こんな言葉があれば）イエス主義者の無神論者で、エゴイストですが…」（一九七五年二月六日）と書かれていますが正確な自己批評ではないでしょうか。

正人さんは世相や権威に媚びへつらうことを最も嫌悪されていました。己れの詩と哲学を求め、無名でよい、市井の隠者であることを願われていました。まさにそのように一生を貫徹され、見事に逝かれたとおもいます。

正人さんからもらった手紙を大切にし、感謝し、その文学作品を味わい続けたいとおもっています。

# 「カベを破る勇気」を生きたアフォリズムの詩人
## 『吉田正人詩集・省察集　黒いピエロ　1969～2019』に寄せて

鈴木比佐雄

### 1

詩人とは生涯を賭けて自らの詩を追求した人物に与えられる称号だろう。その中でも自己表現の追求が、同時代の民衆の思いとその感受性の解放につながっていく詩人は数少ないだろう。昨年亡くなった吉田正人氏は、そんな本来的な多様な人間存在と人間の自由を同時に根源的に追求した詩人であったと考えられる。吉田正人氏は二〇一九年三月に七十一歳で他界し、一周忌となる二〇二〇年三月に第一詩集『人間をやめない　1963～1966』が妻の高畠まり子さんによって刊行された。本書は吉田氏が第一詩集以後に半世紀もの年月をかけて書き綴ってきた六十冊もの詩集、童話などの創作物を時系列に編集した著作集である。まり子さんによると吉田氏は生前に私家版の小冊子として発行していた六十冊のデータを後に自ら整理しており、出版を計画していたと言う。そんな吉田氏の詩や創作集に賭けた思いを引き継がれたまり子さんによって今回の『吉田正人詩集・省察集　黒いピエロ　1969～2019』もまた出版が実現できた。

第一詩集『人間をやめない』の中にあった詩「幸福な人に」の最終連は次のように吉田氏の強い思いが記されている。

逃がされた小鳥によみがえる
自由な過去……
そんな気持ちで
世界に呼ぼう

〈立て！〉
幸せとは
カベを破る勇気

第一詩集『人間をやめない』のまり子さんの作成した略歴に記されているように、吉田氏は先天性脳性麻痺により言語（発音、構音）障害を抱えていたこともあり、生まれながらにハンデを抱えていた。しかし学生時代は私家版の手作り詩集を数十部作って駅の地下通路で販売し、その際の交流によって生涯の友人たちを得たり、大学卒業後も亡くなるまで詩作を続けていた。吉田氏には自分とは何かという問いだけでなく、「人間」とは何かという強い問いがある。それは私たちにも、社会で言われている人間とは本来的な「人間」なのかと問いかけてくる。その意味では吉田氏の詩を読むことは自らの人間観を問われ続けることなのかも知れない。私は本書の六十冊もの作品を拝読し、吉田正人氏の書かれた一冊一冊に、前例のない「カベを破る勇気」が根底に貫かれていることを感じた。一人の詩人が自己の様々なカベを一つひとつ乗り越えていき、ついには広大な詩的領域を広げていった詩的な勇者の姿を辿ることができた。吉田氏はある意味でこの詩が予言したように誰よりも物書きとして「幸福な人に」なる人生を生きたと想像される。吉田氏は第一詩集の延長である感性を研ぎ澄ませて、言葉だけの美の世界を構築する純粋詩の展開として、その後の詩を書き記したのではなかった。決して高踏的に自らを別次元に置くのではなく、社会の底辺で生きるか死ぬかを抱え込む多くの「人間」の本来的な解放を目指すために、思索的なことを詩に込めた警句・箴言・名言などを含むアフォリズム的な表現を駆使した詩を書こうと、思索し実践したことが理解できる。私はこれほど徹底して二十歳前半から生涯を通し、このような啓示的な文体で詩に向き合っていた詩人が存在していたことに驚きを隠せない。これは推測だが「幸せとは／カベを破る勇気」と記したのは、吉田氏の中に十代の頃からのニーチェの影響があったか、ニーチェ的な資質があったからだろう。

人びとや社会の根本的なニヒリズムに対して気付いてしまい、ニーチェの言う「積極的ニヒリズム」として、無価値な自己から本来的で前向きな自己を目指していく「カベを破る勇気」を追求してきたのだろうと考えられる。

2

「VOL．1　詩集　黒いピエロ」の冒頭には「あ、、彼らは、人間を埋葬するために偏見を必要とし、僕たちは、人間を取り戻すために偏見を埋葬するのだ！」という箴言的な詩行が掲げられている。この詩は最後の十篇目の「冬の断片（一）」であり、ある意味で吉田氏は世間に流布している常識的な「偏見」が人間を冷酷に滅ぼすものであり、本来的な人間の観点からは人間を滅ぼす「偏見」を死滅させるべきことだと逆説的に語る。このように吉田氏の目指す詩とは、社会や世界で当たり前のことと信じられていることが実は「偏見」であり、人間にとって有害なことであると勇気をもっと語ろうとする、根源的な社会批判を込めたアフォリズム的詩篇である。そんな六十冊もの詩集などを紹介したい。冒頭の詩を引用してみる。

「日本やぁーい！」

水っ溜まりにのめり込んだ／泥の中に顔があった／いやに　しつこい世界だった／／腹芸などお手のもので／野太鼓だぁ／胡麻すりだぁ／金魚の糞みてぇな奴らが／佃煮のぬめりの中で／ぴょんぴょんしていた／／盗っ人め！／それっ　持ってけ！／遠慮なんぞ柄じゃあねぇよ／／負け犬一匹　男でござる／恥の文化にゃ／用はない

吉田氏の二〇歳から三〇歳代の一九六〇年代から一九八〇年代の高度成長の日本の社会では、不運な経験を重ねて、地を這いつくばる「負け犬一匹」的な人びとがこの世に多数存在していることを痛切に感じたのだろう。

それゆえにそんな人びとは「恥の文化」などに構ってはいられない、生存の危機を感じながら仕事をこなしている。その現場では「腹芸などお手のもので／野太鼓だぁ／胡麻すりだぁ」などの民衆の醜悪な面を吉田氏は書き記す。しかし「盗っ人め！／それっ　持ってけ！」とやけくそ気味に潔くすべての所有物を捨ててしまいたくなる。この無所有な感覚こそが、吉田氏の本来的な「人間」の存在感を暗示している。題名の「日本やぁーい！」の「やぁーい！」は、日本が本来的な「人間」を損なう社会に変貌していることへの悲痛な叫びに聞こえてくる。詩「黒いピエロ」では自らの存在を誰も理解できないという悲壮感が滲み出ているが、かなり冷静に自らがこれから生涯を賭けて試みる表現活動を暗示している。

「黒いピエロ」

彼は　舞台には立たなかった／客の白けた笑い声を／せめて　彼女にだけは／聞かせたくなかったから／／もの言わぬピエロ／人は　彼を一目見ようと／彼の虚ろな楽屋に／赤い風船を持って訪ねて来る／／天才の名に相応しく／彼の居る所／つねに　嘲笑の悪臭が立ち込めた／／楽屋で　人は彼の裸体の／いくつかの赤痣を見る／あゝ　その時　赤い風船は不覚にも／呪いの針に刺されるのだ

この「黒いピエロ」という暗喩は、「負け犬一匹」のことであり、それは職を持たない自分のように経済活動から排除されていく存在であり、「ろくでなし」の詩人のような存在でもある。「黒いピエロ」は芸もしないで、「客の白けた笑い声」や「嘲笑の悪臭」にひたすら耐えるしか術はない。しかし客たちは「黒いピエロ」の「裸体のいくつかの赤痣」を見て、なぜか恥じ入ってしまい、虚飾の持ち物の「赤い風船」も「呪いの針」によって萎んでしまうのだ。吉田氏が目指した詩人は「黒いピエロ」であり、その「裸体の赤痣」を描き、その時代の常識的な人を恥じ入らせるような詩行を書くことが自分の詩であると暗示しているように私には考えられる。時には「呪いの針」のような毒のあるレトリックを駆使しようとも語っているようだ。

### 3

その後の詩集などの心に残る詩行などを紹介したい。

「VOL．2　詩集　黄昏」では、詩「黄昏」の「僕たちの中の永遠へ　立ち返る／僕たちは　孤立する／立ち返る　そうして／僕たちの愛のモノローグへ／／不可能だった僕たちそのもの／不幸だった歴史そのもの／不安だった希望そのもの／不快だった認識そのもの／／お、　偉大なる逆説よ！／そういうものを僕たちは愛する」と不可能だと思われる詩的想像力を「偉大なる逆説」と物語る。

「VOL．3　詩集　ユダの微笑」では、詩「ユダの微笑」の「僕の愛よ／僕に返れ！／都会が僕を忘れてくれる／／この孤独を　ユダ／僕は　悦んで受け入れよう／／さあ　もはや僕は独りなのだ／／都会が消える……／僕の前から　孤独が／消える　僕の前から……／／そうして　ついに／僕は　目覚めた！／全てのものに微笑むために」と自らの「ユダ」や他者の「ユダ」をも自覚して、「全てのものに微笑む」ことの不可能性に挑戦しようという。

「VOL．4　詩集　漂泊」の詩「同時代」では、「ある時　絶望は　自ら／《希望》の玉子を産む／ニワトリであることを知った」と言う。

「VOL．5　詩集　堕天使の悲しみ」の詩「堕天使の悲しみ　二十一」では、「苦悩している人間の《美しさ》にだ／けは、神でさえも、その足下に跪か／なければならない」と真の美しさを告げている。

「VOL．6　詩集　道標《みちしるべ》」の詩「道標　九」では、「労することもなく／ただ、泥に埋もれて、／一匹のみみずの――限りない――／《幸福》があるだろう。」と、みみずの《幸福》を願っている。

「VOL．7　詩集　時の淵から」の詩「時の淵から　八」では、「重要なことは、唯一つ。君の時代が、／必要とする人間にならないこと。」と自分の頭で考えることを示唆している。

「ＶＯＬ．８　詩集　洞窟」の詩「洞窟」では、「二十一／詩は、僕の《思い》をうるおす花の／つぼみ。大地の悦びを胸に……詩は／何かに向けて、花開かなければなら／ない。すでに、一粒の《種子》の時／から――。／／二十二／問い掛け、疑い、反抗するところ、／詩は、待っている。美と愛と真実と／を内に秘めて、詩は、君たちを待っ／ている。」よう他者に詩を促す優れた詩論となっている。

「ＶＯＬ．９　詩集　絶望への遁走」の詩「絶望への遁走　三十」では、「他人の顔に、ただ泥を塗り付けるた／めに産まれて来た愚かなる《倫理》／よ。どうして、お前など求めていよ／う？　僕は――三度――知らない。」と「人間」の尊厳を貶める支配を強要する《倫理》に対して激しい怒りを記している。

「ＶＯＬ．10　詩集　断層」の詩「断層　十六」では、「友よ！　――それは、良いことだ。／無一物なら良いことだ。無為である／なら良いことだ。無名であれば、な／おのこと。その上、無用であるなら／ば、さらにずっと良いことだ。無二／無三の世界において、無比無類であ／る者よ。それが、何より良いことだ。」と自らの思想哲学をしなやかな言葉で語っている。

　全て一冊ずつ論じたいのだが、紙面が限られているので割愛しながら紹介をさせて頂く。

「ＶＯＬ．20　詩集　翼なき自由」の詩「翼なき自由　十四」では、「《愛》とは、約束された神聖な時間。／――恋人に逢う前の長い《身支度》。／そこで、君が呼吸を整え、念入りに／身なりを正す、《心》の鏡。今日、／君の眼差しのほとりに艶やかな薔薇／が一輪、信頼しながら、君を待って／いる。――君の泪で、彼女の顔を曇／らせてはならない。――君が見る…／…それは、君の《姿》だ！」と、愛することの意味を深く物語っている。

「ＶＯＬ．30　詩集　自虐と淫蕩」の詩「自虐と淫蕩　七」では、「明日、死すべき人間として、平凡に／生きること。――絶えず《己れ》に／相応しく――しかし、けっして人並／みにではなく。」という座右の銘にしたくなる名言がさりげなく記されている。

「ＶＯＬ．40　音楽随想　バロック頌　―その一―」では、「もし、斯く言うことがお望みなら、／バロックは、まさに明解な《対極》／の音楽と呼び得るだろう。——果し／て、この美しい音色の中には、持っ／て廻ったいかなる中庸も存在しない。／／バロックとは畢竟、僕たち／の住まうこの巨大な地球さ／ながら、絶えざる可能性を／内包する、ある種の《楕円》／に他ならない。——思うに／それは、ただ一つの中心を、／悪しき《創造》の観念であ／る、あの絶対を排除する。」とバロック音楽の普遍性の本質とその魅力を解釈している。

「VOL．50　饒舌廃句　冬扇房便りI」では、次のような俳句であり短歌であり一行詩を書いている。「山が霧に包まれる　手に負えぬ虚無を抱えて人を恋する」／「日だまりに　蜻蛉と化した座禅僧」／「今朝見れば地に平伏している　修羅の虫」／「野辺の花に　羽根を休めて見る　荘子の夢」。

「VOL．60　電網書簡　癒しへの道（下）」の最後の二連では、「しかし、それにしても世の中、きな臭い雰囲気ですね。戦争をやりたくて堪らない連中がわんさといるから困ったものです。国を守るなんて言うけれど、人を守る気もないのに、国なんか守ってどうするんでしょうね。馬鹿げたことに、そういう言葉に乗ってしまう人間もいるんだけれど、彼らの言っている国というのは「体制」のことで、早い話が例によって例のごとく「天皇」を守ることなんでしょう。／／天皇という「体制」を守ろうと君が代を歌ってきたこの国に、人間なんかいた例《ためし》はないですものね。それに標的には格好の原発が、元よりこんなに沢山あるんだから、戦争なんか始めたらそれこそ終わりではないでしょうか。昔は「国破れて山河あり」でしたが、今度は、国勝利して山河なしとなること請け合いです。こんな国に、人民の飢えや生命と引き換えに造ったミサイルなんぞは、もったいないと思いませんか?」という日本が根本的に何も変わっていない「人間」不在の国であるのではないかと言う憂いを語って本文は終えられている。

　吉田氏は自分が生きたいように六十冊の詩や散文を書きながら、生きぬいたように思われる。そのような類例のないアフォリズムの詩的表現を生涯試みた詩集・省察集『黒いピエロ』を多くの本来的な「人間」に立ち還ろうとしている人びとに読んで頂きたいと願っている。

# 謝辞

高畠まり子

この本は著者にとって吉田正人第一詩集『人間をやめない』に続き、二冊目の出版物であり、かつこの二冊をもって吉田正人の出版すべき作品はすべて網羅されたと言えるでしょう。

本書『吉田正人詩集・省察集　黒いピエロ』もまた、第一詩集同様、コールサック社代表鈴木比佐雄氏が編集者です。そして著者に対する深い理解、熱意ある励ましと実行力のおかげで、速やかに刊行が進められました。

新型コロナウイルスが猛威をふるい、あっという間に何十万人もの人々が世界中で亡くなっていき、感染者も何百万人へと広がっていくばかりの異常事態にあったこの春、「自粛」という言葉をほとんど意に介さず粛々と仕事をこなし、そのことで行き場を失った子供たちのことに思いを馳せ、『少年少女に希望を届ける詩集』の朗読用無料配布に取り組まれた、と、そのように高度な精神性をもって若年層の「心の栄養補給」のために行動しつつ仕事に邁進する編集者に出会い、出版していただけたことを考えると、いくら感謝しても、し足りないかもしれません。また大いに誇らしいことと考えています。

長い年月を白い布カバンに詰め込まれ、我が家の机の下で過ごしてきた詩集の旧稿は、これで新しい居場所に就くことができたというわけです。人間と同様、言葉もまた、いろいろな人の目に触れることで新たな生命を得るのではないか？　……このことを私は、正人第一詩集を出し、その反響を見知らぬ多くの方々からいただいて感じたのです。私は皆さんが正人の詩に真摯に向き合い、深く読んで下さったことに感謝しております。本来お一人ずつにお返事すべきところですが力及ばず、とりあえずこの場を借りてお礼申し上げますことをご寛恕願います。

この二冊目の本では、特に長年吉田正人と手紙のやり取りをしていた、たなかよしゆきさんにもご執筆いただき、手紙から見える正人像を解説していただきました。古い手紙を（火災から救い出し！）大切に保存されていたこと、押入れの奥から引っ張り出してすべて再読した上で執筆にとりかかった、という念の入れ方はすごいものです。おかげで正人が生き生きと喋りまくっているようなリアルな感じがします。本当にありがとうございました。

このほか、前回と同様に校正、装丁、その他事務一般をコールサック社のスタッフに負っています。ありがとうございました。

二〇二〇年七月

〔編集付記〕

一、原文に見られる明らかな誤字・脱字は訂正しました。

一、難読と思われる漢字にはふり仮名を付しました。

一、今日からみると差別的、不適切と見なされる用語、言葉遣いが用いられている箇所がありますが、差別や偏見を助長する意図はないこと、また、作品が制作された時代背景や文学性、作者が故人であることも考慮し、原文のまま掲載しました。

一、詩作品の行替えはできるだけ原文どおりにしました。

一、同じタイトルを持つ四篇の詩「冬の断片」(p.14)について、原文では各作品を区別するサブタイトルや番号等が付されていなかったため、草稿の配列順に(一)〜(四)の番号を振りました。

## 吉田正人（よしだ　まさと）略歴

1947 年 12 月 8 日、静岡県清水市（現静岡市清水区）三保生まれ。東海大学卒。幼少時に先天性脳性麻痺と診断。当初言語（発声、構音）障害と手のマヒが目立ったが、年齢とともに頸椎、上下肢、体幹、内臓に及び、痛みを伴う諸症状が顕れ、40 歳になるまでに歩行困難になる。

1969 年 3 月、吉田正人詩集 vol.1「黒いピエロ」をガリ版印刷で発行、1999 年 4 月、vol.60「癒しへの道（下）」までシリーズの発行を続けた。vol.44「市民的抵抗」は、1982 年、東海大学新聞編集委員会・（第 2 次）第 4 回青鷗賞詩部門・選外佳作となる。1982 年、高畠まり子と結婚、住居を清水から所沢、7 か月後に東京中野に移す。2019 年 3 月 26 日、呼吸不全により死去。

2020 年 3 月 26 日、『吉田正人第一詩集　人間をやめない　1963 ～ 1966』刊行。同年 8 月 23 日、『吉田正人詩集・省察集　黒いピエロ　1969 ～ 2019』刊行。

石炭袋

吉田正人詩集・省察集　黒いピエロ　1969 ～ 2019

2020 年 8 月 23 日　初版発行

著者　吉田正人（著作権継承者　高畠まり子）

編集・発行者　鈴木比佐雄

発行所　株式会社 コールサック社

〒 173-0004　東京都板橋区板橋 2-63-4-209

電話 03-5944-3258　FAX 03-5944-3238

suzuki@coal-sack.com　http://www.coal-sack.com

郵便振替　00180-4-741802

印刷管理　（株）コールサック社　製作部

＊装幀　奥川はるみ

落丁本・乱丁本はお取り替えいたします。

ISBN978-4-86435-446-2　C1092　￥3000E